WARUI NATSU

ⓒTamehito Somei 2017, 2020

First published in Japan in 2017 by KADOKAWA CORPORATION, Tokyo.

Korean translation rights arranged with KADOKAWA CORPORATION, Tokyo through JM Contents Agency Co.

이 책의 한국어판 저작권은 JMCA를 통한
저작권자와의 독점계약으로 아프로스미디어에 있습니다.
저작권법에 의해 한국 내에서 보호를 받는 저작물이므로 무단 전재와 무단 복제를
금합니다.

나쁜 여름

소메이 다메히토 장편소설

주자덕 옮김

아프로스
ⓒ미디어

나쁜 여름 7p

비극과 희극 338p

1

조금 춥긴 했지만, 머리맡에 있는 알람 시계가 울리기 전까지 꼼짝하지 않고 버텼다. 그러다 일어났더니 목이 따갑고 침을 삼킬 때마다 불편했다.

스물여섯 살 독신남 사사키 마모루는 졸린 눈을 비비며 머리 위에 있는 에어컨을 노려봤다.

자기 전에 타이머를 설정해 둔 것을 분명히 기억하는데, 아직도 열심히 찬바람을 뿜고 있는 이 에어컨에 마모루는 단단히 화가 났다. 이 아파트로 이사 온 지 1년 조금 넘었는데, 번번이 주인을 무시하는 이 에어컨은 설치되어 있었던 것이다. 마모루는 집주인이나 제조 회사에 따지고 싶어졌다.

애벌레처럼 몸을 꿈틀거리며 침대에서 기어 나왔더니 멍청한 에어컨 때문에 방 안에 냉기가 가득했다. 마모루는 커튼을 열어젖히고 창문을 열었다. 온몸에 강렬한 햇빛을 받으며 기지개를 켰다. 밖은 맑은 날씨였지만 몸 상태가 별로 좋지 않았다. 감기에 걸린 듯 나른했다. 비상약 상자에서 종합 감기약을 꺼내 미지근한 물과 함께 먹었지만 별로 소용이 없을 것 같았다. 병원에서 처방받지 않은 약들은 약하다는 걸 알아서 더 그렇게 느껴졌다.

마모루는 소파에 앉아 안경을 썼다. 시야가 선명해지자 TV를 켰다. 그는 뉴스를 보면서 잠시 생각에 잠겼다. 오늘은 화요일, 휴일인 주말까지는 꽤 남았다. 평일은 일정이 꽉 차서 병원에 갈 시간이 없다.

TV에는 미모의 기상 캐스터가 나와서 열사병에 주의하라며 열심히 설명하고 있었다. 올해 여름은 작년의 '작렬하는 지옥 더위' 이상 가는 폭염이 기승을 부릴 것이라며 초봄부터 경고했다. 그 예상을 벗어나지 않는 날들이 이어지고 있다. 지난주에 지겨운 장마가 겨우 끝나자마자 기다렸다는 듯이 쨍쨍한 햇볕이 세상을 달구었다. 아직 7월이라는 걸 생각하면 다음 달은 어느 정도일까 하는 불안을 넘어 공포를 느꼈다.

마모루는 무거운 몸을 일으켜 욕실로 향했다. 세수하고 이를 닦았다. 그러고 나서 잠옷을 벗어서 세탁기에 넣었다. 방으로 돌아와 옷장을 열고 여름 양복을 꺼냈다. 입을 옷들을 미리 준비해 놨기 때문에 뭘 입을지 고민할 필요는 없었다.

전철역으로 가는 길에 편의점에 들러 목캔디와 스포츠 음료를 샀다. 마스크도 살까 망설이다 말았다. 한여름에 마스크를 쓰는 건 연예인이라도 주저할 일이다. 상의를 어깨에 걸치고 입 안에 목캔디를 굴리면서 터벅터벅 포장된 길을 걸었다.

역시 더웠다. 머리 위의 태양이 죽일 듯 열기를 뿜어냈다. 들이마시는 공기가 뜨거웠다. 핸드 타월로 이마의 땀을 닦았다. 젖은 와이셔츠가 등에 착 달라붙어 있었다. 몸 상태가 좋지 않아서인지 땀도 평소보다 더 많이 나서 불쾌지수가 올라갔다.

마모루는 역 승강장에 늘어선 줄 맨 끝에 서서 전철을 기다렸다. 정각보다 2분 늦게 온 전철은 여성 전용 차량을 제외하고 이미 승객들로 꽉 차 있었다. 매일같이 이 모양이다. 그 안에서는 숨도 제대로 쉬지 못하고 그저 꾹 참고 견뎌야 했다. 체격이 작고 마른 마모루에게는 고문 같은 시간이었다. 마모루의 키는 160cm가 채 되지 않았다. 몸무게도 웬만한 여자보다 가볍다. 학생 때 별명이 '쪼무래기'였다.

그렇게 목적지까지 15분 정도 시달렸다. 역에 도착해 내렸을 때는 '초죽음' 상태였다. 개찰구를 통과해 역에서 나왔다. 5분 정도 걸으면 후나오카시청 청사가 나오는데, 그곳에 마모루의 직장이 있다.

치바현의 북서부에 있는 후나오카시는 인구 30만 명의 중간 규모 지방 도시이다. 전쟁의 재해를 입지 않았으며 바다를 접하고 있어서 패전 직후 물자의 집산지로 암시장이 융성했던 곳이다. 당시에는 '일본의 상하이'라는 거창한 별명까지 붙었으나 현재는 전형적인 베드타운이다. 인구가 많다 보니 주요 역 주변에는 상업 시설이 나름대로 발전했지만, 수준은 전부 2급 이하다. 쉽게 말해, 시골에 있는 번화가라고 보면 된다. 그리고 그 어중간함이 별별 잡다한 인간들을 끌어모았다. 마모루가 후나오카가 아닌 이웃 동네에 사는 건 직장과 거리를 두고 싶었기 때문이다. '정신 건강'을 고려한 것이다.

고가 밑을 지나 큰길로 나가면 도로에 인접해 세워진 새 시청 청사가 눈에 들어온다. 후나오카시청은 반년 정도 전에 전면 개축되어 근대적인 디자인의 청사로 다시 태어났다. '초고령 사회, 배리어프리(장벽 제거)'라는 캐치프레이즈 아래 바닥에는 빽빽하게 점자 블록이 깔려 있었다. 그리고 벽마다 나무로 만든 암레일이 설치되어 있었다. 노인 방문객들을 위해 전동 휠체어까지 대여해 준다니, 복지 서비스에 투자를 많이 했다는 것을 알 수 있다.

초로의 경비원과 인사를 나누고 입구 현관을 지나 계단으로 4층까지 올라갔다. 이 건물의 4층에는 사회 복지 사무소가 있고, 그 안에 있는 생활 복지과 보호 담당과가 마모루의 일터다. 1년 전에 배속되어 팀 내에서 마모루의 위치는 아직 말단이다. 그 전에는 산업 관광과라는 극히 목가적인 부서에 있었다. 이동이 정해졌을 때 그 부서 상사가 3년만 참으라고 했는데, 이동한 다음 이곳 상사도 같은 소리를 했다.

생활 복지과는 그런 곳이었다. 그 때문에 마모루는 이곳에서 '인내의 날들'을 보내고 있다. 지금은 그저 3년의 세월이 조금이라도 빨리 흘러가길 빌 뿐이다. '3년만'이라고 한 이유는, 지금까지의 관례로 볼 때 3년 후부터는 부서 이동 희망이 받아들여질 가능성이 높기 때문이다.

사무실 안으로 들어갔더니 먼저 출근한 미네모토 과장이 데스크에 신문을 펼쳐 놓고 있었다. 50세 가까이 된 미네모토 과장은 언제나 일등으로 출근하는 것을 신념으로 삼고 있다. 몸을 만드는 것이 취미인지 가슴팍이 운동선수처럼 불룩 튀어나왔는데, 그것을 자랑하려는 것처럼 일부러 꼭 끼는 셔츠를 즐겨 입는 남자다. 마모루에게 3년만 참으라고 한 상사가 바로 미네모토 과장이다.

"사사키, 왔어?"

미네모토가 신문을 내려놓고 마모루를 봤다. 얼마 없는 머리카락 사이로 살갗이 보였다.

"좋은 아침입니다."

"무슨 일 있어? 평소보다 얼굴이 안 좋아 보이는데."

"목이 좀 아파서요."

"이런, 여름 감기 걸린 거야?"

"그런 거 같습니다."

"어디 봐."

미네모토가 손을 쑥 뻗어 마모루의 이마에 대었다.

"열이 있는데?"

"아, 그건 더운 밖에 있다가 들어와서일 겁니다."

"그런 건가? 그러고 보니 사사키, 이번 주는 '독거노인 순회'지? 언제지?"

"목요일입니다."

"그럼 그때까지는 꼭 낫도록 해. 괜히 노인들한테 감기 옮겼다가 문제가 될 수도 있으니까."

마모루는 쓴웃음을 지으며 고개를 끄덕이고는 자신의 데스크로 갔다.

'독거노인 순회'란, 말 그대로 관할 내에 사는 독거노인 집을 돌며 방문하는 것이다. 물론 정식 명칭은 아니고 은어다. 생활 복지과의 업무 중 하나로, 팀 내에서 주로 젊은 직원들이 하는 일이다.

혼자 사는 노인의 생활을 돕는다는 건 표면적인 것이고, 진짜 목적은 생사 확인이다. 그것만이 이유라면 일부러 가 보지 않아도 될 것 같지만, 세상에는 휴대 전화는 물론 집 전화조차 없는 노인들이 적지 않다. 다행히도 마모루는 아직 방문했다가 고인을 대면한 적은 없었다. 앞으로도 없었으면 하지만 그럴 리는 없을 테니 마음을 비우고 있다.

고령화가 진행된 일본에서는 노인들의 고독사가 잇따르고 있다. 뉴스에 나오지 않을 뿐, 매일 어디선가 노인이 조용히 숨을 거두고 있다. 마모루는 그걸 확인하는 일을 하고 있다. 물론, 언젠가 자신에게도 그런 날이 온다는 것도 알고 있다.

직원들이 모두 출근한 시점에서 조례가 시작되었다. 항상 업무 시작 시각에 딱 맞춰져 있다.

"모두 좋은 아침!"

과장 미네모토의 굵은 목소리가 사무실 안에 울려 퍼졌다.

"자, 주목. 2분만 시간을 줘. 어제 내가 기초 자치 단체 합동 정례 회의에 참석한 건 다들 알고 있지? 매번 나오는 의제지만 기초 생활 수급자 증가 문제에 대한 말이 많았어. 기본 소득이 어쩌고 하는 얘기도 나왔는데 그런 건 먼 훗날의 일이고 우리가 신경 쓸 문제는 아니지. 윗분들의 지시를 그대로 전하자면 '신규 신청 적정 판단', '기존 신청자 사정 파악 철저'. 쉽게 말하면 신규 신청과 기존 수급자를 줄이라 이거야. 다음 달부터 꼼꼼히 각 지역의 목표 숫자를 정한 다음, 달성률을 정례 회의에서 발표하기로 했어. 그 결과에 따라, 현청의 높은 분이 오셔서 직접 지도를 해 주실 예정이야. 적어도 1개월은 와 있을 거 같은데, 그렇게 되면 매일같이 긴장하면서 살아야겠지? 그런 건 여러분도 싫겠지만 나는 더 싫어. 그러니 오늘도 힘내서 열심히 해 줘. 이상!"

미네모토는 이런 말을 하는 남자다. 겉과 속이 다르지 않아서 친해지기는 쉽지만, 아직 독신이라서 툭하면 젊은 직원들한테 술 마시러 가자고 하는 것이 부담스럽다. 싫은 상사는 아니나 그렇다고 사적인 시간을 같이하고 싶지는 않다. 우선, 나이 차이가 두 배라 얘기가 잘 안 통한다. 나이 든 사람의 입장에서는 '요즘 젊은 애들은 개인주의'라고 생각할 수 있다. 하지만 사적인 시간을 지키는 것이 뭐가 잘못이란 말인가. 마모루의 생각은 그랬다. 하지만 마모루가 그의 권유를 거절한 적은 거의 없었다. 마모루는 그런 성격이다.

"아~~"

옆 데스크의 다카노 요지가 들으란 듯이 한숨을 쉬었다. 다카노는 현재 33세, 나이로 따지면 마모루의 7년 선배다. 툭하면 일 안 하고 몰래 파친코나 하러 가는 사람이다. 결코 존경할 만한 선배는 아니다.

"무슨 일 있으세요?"

마모루는 솔직히 그에게 무슨 일이 있든 관심 없었다. 이 남자의 혼잣말은 누군가 들으라고 하는 것이라 반응해 줬을 뿐이다.

"오늘 이쪽의 케이스 방문이 세 건인데."

다카노는 '이쪽'이라고 말하며 손가락으로 자신을 가리켰다.

"세 집 모두 부재중이었습니다, 라고 하는 건 안 되겠지? 어떻게 하면 좋을까?"

"네?"

"그 인간들한테 지금 정지 얘기하잖아? 그러면 '나 죽으면 당신이 책임질 거야?'하고 협박한다니까. 몰아붙였다가 괜히 원한이라도 사면 내가 죽게 생겼다니까."

"설마 그렇게까지 하겠어요."

"넌 몰라. 그 인간들은 잃을 게 없잖아. 궁지에 몰리면 무슨 짓을 할지 모른다니까."

잃을 게 없다는 점은 대체로 동의한다. 그래서 그들이 막무가내인 것이다.

"사사키."

다카노가 눈을 치켜뜨고 마모루와의 거리를 바짝 좁혀 오며 말했다.

"네가 대신 가 주면 안 될까?"

마모루는 자신의 귀를 의심했다.

"그게 무슨 소리세요."

"부탁이야."

"안 돼요. 저 역시 비슷한 케이스가 한둘이 아닙니다."

마모루는 황급히 고개를 저었다. 거짓말이 아니었다. 마모루도 골치 아픈 케이스를 몇 개 담당하고 있었다. 오늘도 마모루는 담당 케이스 중에서도 가장 번거로운 사람을 방문할 예정이다.

"그럼 더 잘됐네. 너는 말 잘하니까 그 인간들이 잘 들어 줄 거야."

"안 된다니까요. 그리고 담당을 바꾸고 싶으면 과장님한테 말씀하세요."

"괜찮아. 들키지 않으면 되잖아."

"들키지 않으면 된다뇨. 그러면 근무 일지도 못 쓰잖아요."

"근무 일지? 그런 건 대충 쓰면 몰라."

"그래도……."

"그럼 한 건만. 그건 괜찮겠지?"

다카노는 두 손을 모으며 부탁했다. 마모루가 곤란한 표정을 짓고 있는데 등 뒤에서 여자 목소리가 들렸다.

"그거 제가 대신 해 드릴까요?"

뒤돌아보니 동료인 미야타 유코가 차가운 눈으로 미소를 짓고 있었다.

"다카노 씨, 곤란한 일이라면 제가 들어드릴게요."

"아니, 그게 그……."

"어떻게 하시겠어요?"

"아냐. 그냥 농담 좀 해 본 거야."

"그러세요. 그럼 문제없는 거네요."

미야타 유코는 입을 더 크게 벌리더니 뒤돌아 그 자리를 떠났다. 바지 정장으로 감싸인 좌우 엉덩이가 리드미컬하게 씰룩거렸다.

역시 쎈 여자야. 마모루는 경외의 눈빛으로 멀어져 가는 미야타 유코의 뒷모습을 보았다. 다카노가 혀를 차며 중얼거렸다.

"싸가지없는 년이……."

미야타 유코는 마모루와 동기로 같은 시기에 이곳으로 이동해 온 여자였다. 팀에서 홍일점이지만 거침없는 성격 때문인지 주변 사람들로부터 홍일점이라는 특별 대우를 받지 못하고 있다. 특별 대우는커녕 오히려 거북스러운 존재다. 남자 직원들은 모두 스물여섯 살인 이 여자를 무서워한다. 소문에 따르면 미야타 유코는 자진해서 생활 복지과 이동을 지원했다고 한다. 이유는 알 수 없지만 괴짜임이 분명하다.

참고로, '케이스'는 생활 보조금 수급자를 가리키는 말이며, 그들을 담당하는 이곳 직원들을 '케이스 워커'라고 부르기도 한다. 케이스의 가정 방문은 독거노인 점검 방문보다 훨씬 부담스럽다. 얘기나 좀 하고 끝내는 일이 아니기 때문이다. 케이스라면 누구라도 케이스 워커의 방문이 달갑지 않다. 그들에게 있어서 마모루 같은 케이스 워커는 짜증 나는 존재일 뿐이다. 특히 부정 수급자들에게는 눈엣가시일 것이다.

생활 보조금 부정 수급은 현재 커다란 사회 문제이다. 경제력이 없는 약자로 위장하여 나랏돈을 탐내는 인간들이 있다. 그 돈은 국민의 세금으로 조달된 것이니 공분을 사는 건 당연한 일이다. 결과적으로 그 창끝이 지급을 관리하고 있는 관공서 종사자들에게 향하는 건 어쩔 수 없다.

아무리 그래도 지급을 결정한 담당자들의 허술한 심사가 문제잖아. 어쩔 수 없이 이곳에 배속된 신참자인 내가 비난의 대상이 되는 건 말도 안 돼. 물론 세상 사람들은 그런 사정 같은 건 안중에도 없겠지만, 그래서 나더러 어쩌라고.

마모루는 따지고 싶은 심정이었다. 그래서 누군가 직업을 물어보면 관공서에서 일한다는 것 외에는 말하지 않는다. 요즘 툭하면 뉴스에서 나오는 이슈라 케이스 워커를 비난하는 사람이 있기 때문이다. 참으로 불합리한 세상이다.

기본 업무를 재빨리 마친 마모루는 가방에 필요 서류를 챙겨 넣은 다음 사무실을 나왔다. 이제부터 관공서 자전거를 타고 케이스 집을 한 곳씩 방문할 것이다. 오늘은 네 건. 생각만 해도 한숨이 나왔다.

첫 번째 케이스는 야마다 요시오, 42세, 이혼 경력이 있는 독신 남성이다. 반년 전까지 택시 운전을 했지만 허리 디스크와 정맥 혈전 색전증이 발병해서 퇴사할 수밖에 없었다고 한다. 실제로는 어땠는지 둘째 치고, 결국 허리병 때문에 재취업도 못 하고 나라의 도움을 요청한 것이다.

마모루는 야마다가 살고 있는 단층 아파트에 도착했다. 이번으로 일곱 번째 방문이다. 지은 지 30년은 지났을 이 아파트는 외벽에 갈라진 곳이 눈에 띄었고 군데군데 담쟁이덩굴이 자라서 건물 전체가 낡고 지저분한 분위기였다. 아파트 이름이 '클린 코포'인 것이 말장난처럼 느껴졌다.

마모루는 문 앞에서 심호흡을 한 번 하고 인터폰을 눌렀다. 한참 기다렸는데도 응답이 없었다. 마모루는 주위를 둘러본 다음 문에 대고 귀를 기울였다. 안에서 TV 소리가 작게 들렸다. 주먹으로 문을 탕탕, 두드리며 큰 소리로 말했다.

"야마다 씨, 후나오카시청의 사사키입니다. 안에 계신 거 아니까 열어 주세요."

그러자 안에서 터벅터벅 발소리가 나더니 거칠게 문이 열렸다. 안에서 미간에 깊은 세로 주름이 새겨진 야마다가 모습을 드러냈다. 위아래로 회색 추리닝을 입고 있었다. 까치집을 지은 머리카락이 가다랑어포처럼 하늘거리고 있었다.

"목소리가 왜 이렇게 커."

"죄송합니다. 어디 가셨나 해서요."

"열 시에 약속했는데 집에 있지 어디 가겠어. 쯧."

야마다는 짜증스러운 표정으로 혀를 찼다. 당연한 얘기지만, 케이스에 해당하는 사람들은 모두 자신이 생활 보조금 대상자라는 사실을 주위 사람들이 알게 되는 것을 꺼린다. 그만큼 케이스 워커는 불청객이다.

"그런데 말이야, 집에서 얘기하는 건 좀 그런데. 너무 지저분해서."

이 케이스는 방문할 때마다 매번 이런 소리를 한다.

"그럼 가까운 찻집에서 말씀하셔도 좋습니다. 다만 찻값은 경비 처리가 안 되니까 지난번처럼 내 드리지는 못합니다."

야마다는 이전에 이 케이스와 같이 찻집에 갔다가 당연하다는 듯이 계산서를 내밀어서 찻값을 낸 적이 있다.

"그럼, 여기서 하면 안 될까?"

"여기서 이렇게 서서 말씀하시자는 건가요?"

"응."

"여긴 좀······. 제대로 얘기할 수 있는 장소가 아니면 곤란합니다."

"그럼 들어와."

야마다는 마모루를 잠깐 노려보더니 불만스러운 표정으로 그를 집 안으로 들였다. 여전히 형편없는 방이었다. 다다미 여덟 장짜리 원룸 방 한가운데에는 늘 깔려 있는 듯한 이부자리가 있고, 그 주위를 컵라면이나 편의점 도시락의 빈 용기가 둘러싸고 있었다. 어지럽게 널브러져 있는 빈 캔 대부분이 맥주 캔이었다. 맥주 캔에 시선을 둔 마모루는 발포주(맥아 함량을 낮추어 낮은 주세로 싸게 파는 일본 맥주)로 만족해야 하는 사람들이 보면 분명 화를 낼 것이라는 생각을 했다. 그나마 에어컨은 제대로 돌아가는 것 같아 다행이었다. 이 분위기에 곰팡이 냄새까지 났다면 아마 견디기 힘들었을 것이다.

야마다는 바닥에 널린 쓰레기들을 밀어서 공간을 만들고는 그곳에 방석을 내놓았다. 마모루가 그 위에 정좌로 앉자 야마다는 깔린 이불 위에 앉아 양반다리를 했다. 마모루가 이 집에서 차를 대접받은 적은 없다. 만약 준다고 해도 절대 마시고 싶지 않겠지만.

"야마다 씨, 어떠세요? 일자리를 좀 찾으셨나요?"

마모루는 단도직입적으로 본론으로 들어갔다. 다른 잡담은 이 케이스에게 필요 없다. 어이없다는 표정으로 야마다가 콧소리를 냈다.

"찾았을 리가 없잖아. 이런 허리로 무슨 일을 해."

"야마다 씨 정도의 상태지만 일하고 계시는 분들은 많습니다."

"그래 봤자 천식 정도겠지."

"아뇨, 허리병을 가지고 계신 분도 있어요."

"그럼 참을 만한 정도의 사람이겠지. 나처럼 참기 어려운 사람은 일을 할 수 없어. 허리 굽은 할아버지가 하루 종일 서 있어야 하는 경비원 일을 할 수 있겠어? 못 하잖아. 나는 그런 경우라고."

"앉아서 할 수 있는 일도 있어요."

"내가 허리 디스크 중증 환자라는 거 알면서 어떻게 그런 말을 하지? 계속 앉아 있는 일도 마찬가지야. 얼마나 아픈 줄 알아."

"그러시면 적당히 앉아서 할 수 있는 일을 헬로워크(일본 후생 노동성이 설치한 직업 안정소)에서 찾아서……."

야마다가 마모루의 말을 가로막았다.

"그런 일자리가 어디 있어. 헬로워크는 제대로 된 일자리가 없잖아. 그런 일자리가 있으면 사사키 씨가 직접 소개해 주든가. 허리가 아픈 날은 쉴 수 있고 괜찮은 날만 일할 수 있다면 한번 생각해 볼게."

야마다는 피식, 하며 얄미운 미소를 지었다. 마모루는 헛기침을 한번 하고 가운뎃손가락으로 안경을 밀어 올렸다.

"야마다 씨, 몸이 불편하신 상태라 어쩔 수 없이 고용 장벽이 높은 건 압니다. 그래도……."

야마다는 물리치듯 거절의 손짓을 했다.

"됐어, 됐다니까. 취직해도 워킹푸어(풀타임으로 일해도 생계 유지조차 제대로 하기 어려운 저소득 노동자층)가 될 게 뻔하잖아. 그러지 말고, 월지급액을 좀 더 올려 줄 수 없을까? 한 달에 9만 엔 약간 넘는 돈으로는 먹고살기 힘들어. 고등학생 아르바이트비밖에 안 되잖아. 밥도 맨날 편의점 도시락에, 헌 옷밖에 못 사 입고. 우울해도 기분 전환하러 영화관도 못 가고 말이야."

마모루는 화가 나서 더 듣고 있을 수 없었다.

"지금 무슨 말씀을 하시는 겁니까? 식사는 집에서 해 드세요. 비용도 덜 들고 건강에도 좋습니다. 그리고 야마다 씨, 한 달에 9만 엔뿐이라뇨. 그 외에도 주거비, 그러니까 월세도 지원해 드리고 의료비도 무료로 지원받으시잖아요."

야마다가 입술에 검지를 가져다 댔다.

"소리 좀 낮춰. 방 벽이 얇아서 다 들리잖아."

마모루는 얼굴이 화끈거렸다. 당장이라도 보조금을 지급 정지해 버리고 싶은 심정이었다.

"아무튼, 투정 부리지 마시고 일단 헬로워크에 가세요. 그리고 재활 치료에 힘써 주세요. 아직 젊으신데 사회 복귀 안 하시고 맨날 이렇게 한심하게 사시면 안 됩니다. 아시겠죠? 다음 면담까지 개선하려는 노력이 보이지 않으면……."

"잠깐만, 내가 한심하게 산다고?"

야마다의 얼굴색이 확 바뀌었다.

"아, 그러니까……. 죄송합니다. 제 말이 지나쳤네요."

"당신 말이야, 날 바보 취급하고 있지?"

"그럴 리가요."

"아니, 그러고 있어. 깔보는 거야, 사회적 약자인 나를. 이봐, 사사키 씨. 당신 나처럼 허리 아픈 적 있어?"

마모루가 대답을 못 하고 있자 야마다가 강압적인 목소리로 다시 물었다.

"있냐고?"

"아뇨, 없습니다."

"그럼 알 수가 없겠지? 내가 겪는 고통 말이야."

"……."

"알 수 없지 않냐고 묻잖아."

"네."

"거봐, 쥐뿔도 모르잖아. 겪어 보지도 않았으면서 왜 그렇게 잘난 척 하며 설교야. 당신, 그렇게 잘났어? 당신 몇 살이야? 내가 두 배는 더 산 거 같은데. 학교 졸업한 지도 얼마 안 된 애가 나이 많고 아픈 사람 붙잡고 뭐? 투정 부리지 말고 일이나 하라고? 사람을 무시하는 데도 정도가 있지. 내가 서러워서 살 수가 없어, 내가."

"죄송합니다."

"당신들도 우리 같은 사람들이 낸 세금으로 먹고사는 거 아니야?"

마모루는 속으로 당신은 그 세금 안 내잖아, 하고 반박했다.

"아야. 아야. 아, 큰 소리 내니까 허리가 또 아프네. 내가 이런 상태란 말이야."

야마다는 과장되게 얼굴을 찡그리며 보란 듯이 허리를 어루만졌다. 이 남자의 요통은 대체 어느 정도일까. 정말로 허리 디스크가 맞는 걸까. 진단서를 보니 병원에 다니는 건 맞는 거 같은데.

"그래서 어떻게 할 거야?"

야마다가 눈을 치켜뜨며 마모루에게 물었다. 마모루는 무슨 말이냐는 듯이 고개를 갸우뚱했다.

"돈 더 주는 거 말이야. 어떻게 안 돼?"

"네, 그건 안 됩니다."

마모루는 딱 잘라 거절했다. 말도 안 되는 소리 말라고 호통치고 싶은 충동을 느꼈다.

"참 냉정한 공무원 양반이네."

마모루는 앞에 있는 남자의 태도에 기가 막혔다. 대체 어떤 인생을 살아야 이렇게 뻔뻔해질 수 있지? 수치심 같은 건 개나 줘 버린 건가. 마모루가 케이스 워커가 되고 나서 실감하게 된 것이 있다. 일하고 싶어도 못 하는 사람보다 일할 수 있으면서 하지 않는 사람이 압도적으로 많다는 것이다.

야마다가 담배를 물더니 불을 붙였다. 코에서 담배 연기가 나왔다.

"왜? 생활 보조금 받는 사람은 담배도 피우면 안 돼?"

마모루가 쳐다보자 야마다는 밉살스러운 투로 말했다. 마모루는 야마다의 무릎 밑을 손가락으로 가리켰다.

"그거, 그 라이터, 역 앞 파친코 가게 거죠?"

"아, 이거? 누가 준 거야."

야마다는 들쑥날쑥한 이빨을 보이며 활짝 웃었다.

"야마다 씨, 도박까지 하시는 건가요?"

"누가 준 거라고 했잖아."

"정말인가요?"

"당신도 참 어지간하네."

담배를 입에 문 야마다는 뒤통수를 두 손으로 잡고 고개를 젖혔다.

"말 나온 김에 물어보고 싶은데, 생활 보조금 받는 사람은 도박하면 안 되는 거야? 그런 규칙은 들어 본 적이 없어서 말이야."

"안 되죠. 당연한 거 아닙니까."

"그런 규칙이 있어?"

"법적으로 정해져 있진 않지만 안 되는 건 안 되죠. 그건 도덕적 문제입니다."

야마다가 코웃음을 치며 말했다.

"흥. 법으로 정해져 있지 않은 걸 당신이 금지할 권한은 없잖아. 물론 나는 도박 같은 거 하지 않지만 말이야."

야마다는 담배꽁초를 맥주 캔 속으로 넣었다. 안에서 슈욱, 하는 소리가 났다. 창문을 닫아 놔서 하얀 연기가 방 안에 가득했다. 야마다는 새끼손가락으로 귀를 후비기 시작했다. 그의 시선 끝은 마모루를 향하고 있었다. 무언가를 살피듯이 눈을 가늘게 뜨고 쳐다봤다. 잠시 그런 묘한 시간이 흘렀다.

"사사키 씨, 당신 독신이지?"

귓구멍에서 뺀 새끼손가락 끝을 보며 야마다는 갑자기 그런 말을 꺼냈다.

"그런데요."

"여자 친구는 있어? 없지?"

마모루는 이런 말을 듣고 어떻게 반응해야 할지 감이 안 잡혀서 대충 고개를 끄덕였다.

"네, 뭐."

실제로 그는 교제 상대가 없다. 마모루에게 여자 친구가 있었던 건 스무 살 때뿐이다. 상대는 같은 대학 동급생으로 서로 사귀는 사람이 없다는 것 때문에 같이하게 된 여자였다. 그러나 그런 관계도 일주일 만에 끝나 버렸다. 갑자기 차인 것이다. 솔직히 떠올리고 싶지 않은 과거였다.

"이봐, 사카에쵸에 있는 '미장스'라는 가게 알아?"

"미장스? 글쎄요. 무슨 가게죠?"

"세크캬바."

"네?"

"세크캬바(프랑스에서 발달한 댄스홀이나 무대가 있는 술집인 '캬바레'가 어원으로, 일본에서는 주로 여성 접대부가 있는 유흥업소를 칭함. '세크캬바'는 '섹시한 캬바레'의 준말로 성적 서비스까지 제공하는 업소를 의미한다.) 몰라? 만질 수 있는 언니들하고 술 같이 마실 수 있는 곳 말이야. 그런데 알잖아."

마모루는 어리둥절한 표정으로 야마다에게 물었다.

"그게 뭐 어쨌다는 거죠?"

"최근에 어떤 일로 그 가게의 오너하고 조금 알게 됐거든. 그 사람이 내가 이렇게 사는 게 불쌍했나 봐. 그래서 싸게 놀 수 있게 해 주겠다잖아. 아주 건실한 사람인데……."

마모루가 손을 들어 말을 막았다.

"잠깐만요. 설마 야마다 씨, 그런 곳까지 다니시는 건 아니죠?"

"나는 간 적 없어. 이런 처지로 그런 데서 못 놀지. 나도 양심은 있는 사람이잖아."

야마다는 고개를 저으며 부정했다. 다니는구나. 마모루는 확신했다. 기가 막혀서 기운이 빠졌다. 국민의 혈세를 그런 데 쓰다니.

"그래서, 우리끼리 얘긴데."

야마다는 은근한 말과 함께 몸을 앞으로 기울이며 속삭이듯 말했다.

"말만 잘하면 가게 밖에서도 만날 수 있는 여자도 있나 봐. 진짜로 할 수 있다는 얘기지. 그것도 잘만 하면 꽤 싼 가격에. 아, 물론 늙은 여자 말고 팔팔한 젊은 애들로. 무슨 말인지 알겠지?"

마모루는 아무런 대답도 하지 않았다.

"어때, 사사키 씨. 나 대신에 한번 놀아 보면? 내가 소개해 준 걸로 하면 그만큼 우대를……."

"필요 없습니다."

마모루가 언성을 높이며 야마다의 말을 가로막았다.

"거참, 목소리 좀 낮추라니까."

야마다가 검지를 입술에 대며 말을 이었다.

"아무튼, 생각 좀 해 봐. 아무 데서 노는 것보다 훨씬……."

"필요 없다니까요. 그런 데는 간 적도 없고, 앞으로도 갈 생각이 없습니다."

"거짓말. 사사키 씨는 업소 경험이 없다 이거야?"

"……."

"그럼 어떻게 성욕을 해소하지? 설마 맨날 이걸로?"

야마다는 담배로 누래진 이를 보이며 오른 주먹을 자신의 사타구니에 대더니 위아래로 움직이며 자위하는 시늉을 냈다.

"아, 설마 아직 총각 딱지도 못 뗀 건 아니겠지?"

"그만하세요!"

마모루는 가방에서 프린트된 종이 한 장을 꺼냈다. 기초 생활 보조금 중단 동의서였다.

"이런 식으로 나오시면 바로 여기에 서명을 부탁드릴 수밖에 없습니다. 국가 보조금은 일시적인 것이지 영원히 드릴 수 있는 건 아닙니다. 게다가 어쩔 수 없는 사정으로 생활이 어려워서 궁지에 몰린 분만을 대상으로 한다는 것이 전제입니다. 지금 야마다 씨를 보면 아무래도 그 조건에 해당한다고 볼 수 없네요."

마모루는 흥분해서 침을 튀기며 말했다. 평소에는 감정을 잘 드러내지 않아서 그런지 넘치는 분노를 주체할 수 없었다.

"무슨 소리 하는 거야. 몸이 망가져서 일을 못 하는 독거 생활자가 궁지에 몰린 사람이 아니면 뭐야."

야마다는 별떡 일어서서 선반에 있던 프린트된 종이 한 장을 꺼냈다. 그 종이를 마모루의 눈앞에 들이밀었다. 병원 진단서였다. 거기에는 '허리 디스크'와 '안정이 필요'라고 기재되어 있었다. 마모루가 고개를 들자, 야마다는 마치 면죄부라도 얻은 듯 의기양양한 미소를 지었다.

잠시 후 마모루는 야마다의 집을 나와 자전거를 타고 다음 케이스의 집으로 향했다. 가는 길에 자동 판매기 앞에 멈춘 그는 캔 콜라를 하나 뽑자마자 따개를 열어 꿀꺽꿀꺽 마셨다. 탄산이 따갑게 목 안을 자극하며 위로 흘러갔다. 목 상태가 나빠서 그런 자극이 안 좋을지 몰라도 후련한 느낌이었다. 마모루는 야마다를 기필코 지급 중지시키겠다고 결심했다. 현시점에서 묘안은 떠오르지 않았지만 기필코······.

다시 자전거를 탄 마모루는 후나오카의 거리를 따라 달렸다. 다음 방문할 케이스는 야노 키요코, 70세의 여성이다. 술집을 운영하고 있었지만 5년 전에 접고 지금은 시영 아파트에서 혼자 살고 있다. 연령을 생각하면 연금 수급 대상이지만, 장기 미납으로 제외되어 생활 보조금을 받게 되었다. 호적상 52세의 외아들이 있다. 하지만 소원해진 관계로 사실상 연을 끊은 상태라고 한다. 그밖에 가까운 친족은 없다.

하지만 그건 본인 주장이다. 지난달에 근처 사는 주민이 "아들같이 생긴 사람이 빈번하게 드나드는 것 같습니다."라며 사무실에 신고했다. 진위는 알 수 없지만, 사실이라면 아들과 연을 끊었다는 말은 거짓인

셈이다. 게다가 아들로부터 생활 자금을 받았을 가능성까지 있다.

"어서 와."

야노는 오랜만에 집에 온 아들을 대하듯 마모루를 맞이했다. 이 노파는 케이스 워커, 즉 마모루에게 싫은 티를 안 내는 유일한 사람이다. 전에 왔을 때는 무슨 할 말이 그렇게 많은지 업무와는 전혀 관계없는 잡담만 늘어놓았다. 시간이 남아도는 사람과의 대화는 한번 시작하면 끝이 없다.

야노는 구겨진 티셔츠에 면바지의 후줄근한 차림을 하고 있었다. 화장도 하지 않은 듯했다. 그런데도 어딘가 물장사 냄새가 풍기는 건 오랫동안 밤의 세계에 있었기 때문일까. '변두리 술집의 마녀'라며 자학적으로 말했지만, 실제로 그런 느낌이었다. 거실에는 고양이가 두 마리, 창가에 붙어서 햇볕을 쬐고 있었다. 그 고양이들은 마모루를 나른한 눈으로 쳐다봤다.

"사사키 씨, 보리차와 아이스커피 중 어떤 게 좋아?"

야노가 냉장고를 열고 돌아보며 물었다. 야노의 쉰 목소리는 정말 알아듣기 힘들었다. 오랫동안 술독에 빠져 있었기 때문이리라.

"저는 아이스커피 마시겠습니다."

잠시 후 야노가 얼음이 든 아이스커피가 담긴 유리컵을 가져왔다.

"덥지? 시원하게 들어."

야노는 마모루 앞에 그 컵을 놓더니 테이블을 사이에 두고 마주 보며 앉았다.

"이렇게 더운 날 고생이 많네. 열사병으로 쓰러지지 않게 조심해."

야노는 보리차가 든 잔을 기울였다. 달그락달그락 차가운 얼음들이 부딪히는 소리가 났다.

"이렇게 더울 때는 아무 데도 가고 싶지 않아. 그렇지? 동네 슈퍼에 가는 것도 귀찮아."

"그렇죠."

"참, 그 얘기 들었어? 바로 얼마 전에 어떤 할머니가 길에서 쓰러졌대, 글쎄. 탈수 증상이었다나 봐. 하여튼 노인네들은 수분 섭취가 부족해. 화장실 가는 것도 귀찮아하고 말이야. 아무리 그래도 제대로 수분을 섭취해야 돼. 안 그래? 이럴 땐 물을 벌컥벌컥 마셔야 한다고 TV에서 그러잖아."

야노는 마치 남 얘기하듯 곧잘 '노인'에 대한 화제를 꺼낸다. 자긴 노인이 아니라고 생각하고 싶은가 보다. 야노는 실제 나이보다 젊어 보이기는 했다. 하지만 피부는 중력의 영향을 제대로 받고 있으며, 주름도 진하게 새겨져 있다. 팔뚝 살은 움직일 때마다 크게 물결친다.

"야노 씨도 수분 잘 섭취하셔야죠."

"나는 너무 마셔서 문제야, 알코올만. 아하하."

마모루가 살짝 비꼬는 투로 말했지만 야노는 태평스럽게 웃었다. 이런 인간은 빈정거리는 게 통하지 않는다.

"지금도 술 많이 드세요?"

"물론 물장사할 때 생각하면 많이 줄었지. 혼자 마시는 건 별로 재미없잖아. 아, 맞다. 사사키 씨, 다음엔 밤에 와. 같이 한잔하자."

"기회가 되면요. 그건 그렇고 야노 씨, 아드님 말씀인데요."

마모루는 쓴웃음을 지으며 받아넘기고는 말을 바꿨다. 야노는 노골적으로 얼굴을 찡그렸다.

"싫어. 그 얘긴 하지 마."

"그런 말씀 마시고요. 저희가 조사해 본 바로는, 아드님이 사이타마에서 회사를 경영하고 계십니다."

아들이 어디서 뭐 하는지 모른다는 야노의 말에 마모루가 조사해 본 것이다. 주민 등록표를 근거로 어렵지 않게 거처를 알 수 있었다.

"아드님의 회사 홈페이지도 쉽게 찾아냈습니다. 거기 정보에 따르면 아드님은 청소업을 하시는데 사원도 열 명 정도 있는 듯합니다."

"흥, 지가 사업은 무슨. 겨우 청소하는 일이 변변한 게 있겠어?"

야노는 턱을 괴고 허공을 노려봤다.

"청소업도 분명한 사업입니다."

"그래 봤자 그 동네 야쿠자에 빌붙어서 하는 일이겠지."

야노의 말에 의하면 아들은 태생부터 불량해서 어른이 되자 그 부류의 인간들과 자주 어울렸다고 한다.

"그런 속사정까지는 잘 모르겠습니다만……."

"아무튼, 걔가 사장인 회사가 제대로 된 곳이겠어? 모모, 이리 와."

야노가 부르자 고양이 한 마리가 귀찮다는 듯 일어나더니 하품을 하며 다가왔다. 야노는 그 고양이를 번쩍 들어 안았다.

"얘는 참 말 잘 듣지? 저 애는 못돼 먹었어, 불러도 안 오고."

야노는 물어보지도 않은 얘기를 했다. 마모루는 헛기침을 하고 앉음새를 가다듬었다.

"다시 말씀드리겠습니다. 가까운 가족이 제대로 된 수입이 있다면 가능한 지원을 받으시기 바랍니다."

"그런 건달 같은 놈하고는 연 끊었다고 했잖아. 전에도 말했지만, 20

년 전에 한바탕 싸우고 나서 안 본다니까."

"건달이라고 해도 아드님인 사실은 바뀌지 않습니다."

"아냐! 난 그런 아들 없어."

마모루가 한숨을 쉬고는 말했다.

"그러지 말고 한번 연락해 보시는 건 어떠세요?"

"연락처도 몰라."

"홈페이지에 회사 전화번호가 나와 있습니다. 이것이 회사 전화번호입니다."

마모루가 가방에서 메모장을 꺼냈다.

"그럼 사사키 씨가 전화해 보면 되겠네. 모모야, 그렇지?"

"저는 이미 해 봤죠. 그런데 아드님과 한 번도 통화 못 했습니다."

마모루는 몇 번이고 전화했지만 야노의 아들은 항상 자리에 없다고 했다. 직원에게 돌아오면 연락 달라고 메시지도 남겨 봤지만 아무런 연락이 없었다.

"그럼 내가 해도 마찬가지겠네."

"모친이라고 하시면……."

야노는 고개를 저었다.

"아냐, 아냐. 그래서 만약 통화되면 뭐라고 해? 돈 없으니까 생활비 달라고? 말도 안 되는 소리. 그런 놈한테는 절대로 의지하고 싶지 않아. 수치스럽게 사느니 차라리 죽는 게 낫지."

"그런 말씀 마세요. 배를 앓아서 고생하며 낳은 아드님이시잖아요. 야노 씨의 상황을 알면 아드님도 그냥 내버려 두지는 않을 겁니다."

마모루는 자신이 말하고도 낯간지러웠다. 상대는 자신의 어머니보다 훨씬 연상이다.

"걔는 아니라니까."

야노가 잘라 말하곤 티셔츠를 입은 가슴에 손을 얹더니 몸을 앞으로 숙였다.

"이 상처, 옛날에 개한테 맞고 쓰러지면서 생긴 거야. 나 불쌍하지 않아? 엄마한테 이런 상처나 주는 놈이 돈을 줄 리가 없어."

마모루는 놀라며 시선을 돌렸다. 확실히 오래된 열상 자국이 있었지만 야노의 가슴을 계속 볼 순 없었다. 노브라였기 때문이다.

"어쩌다 저렇게 몹쓸 인간으로 컸을까. 하긴, 내 잘못도 있겠지. 나도 젊었을 때는 말이야, 남자가 항상 두세 명 이상은 있었거든. 그러니 걔를 돌볼 시간이 있었겠어. 그냥 방치했더니 저 모양이 된 거지. 뿌린 대로 거둔 거 아니겠어."

야노는 자조적인 웃음소리를 냈다. 바로 그때 테이블 위에 놓여 있던 야노의 핸드폰이 반짝거렸다. 전화가 온 모양이다. 슬쩍 핸드폰 화면을 본 마모루의 눈에 '코이치'라는 글자가 들어왔다. 야노가 재빠르게 손을 뻗어 핸드폰을 집더니 앞으로 끌어당겨 주머니에 넣었다. 개구리가 먹이를 잡아채듯 날랜 동작이었다. 야노의 아들 이름이 코이치이다.

"전화, 안 받으셔도 돼요?"

마모루는 눈을 가늘게 뜨며 야노를 봤다.

"괜찮아, 괜찮아. 귀찮은 상대거든."

야노가 보리차 잔으로 손을 뻗어 꿀꺽꿀꺽하며 단숨에 마셨다. 동요하고 있음이 분명했다.

"지금 전화, 아드님한테 온 거 아닌가요?"

"아냐, 아냐. 걔가 전화를 왜 해. 그냥 아는 사람이야."

"아드님하고 이름이 같네요."

"어머, 그러고 보니 그러네. 이런 우연이 있나."

이런 너구리 같은 할멈. 마모루는 아랫입술을 깨물었다.

"그나저나, 내 수급을 끊고 싶어서 그런 소리 하는 거지?"

야노가 턱을 괴고 마모루를 비스듬하게 쳐다봤다.

"그런 게 아니고요. 저희는 모든 분이 제대로 된 생활 기반을 확립하고, 국가의 원조에 의지하지 않는 건전한 일상을 영위하실 수 있게 지원해 드리고 싶은 겁니다."

"상사가 내 수급을 끊으라고 압박하는구나."

"아참, 그러니까 그런 얘기가 아니라······."

"분명히 말해 두는데, 그건 안 돼. 재산도 없고, 수입도 없고, 일할 데도 없어. 나더러 목매달아 죽으라는 얘기라고."

야노는 딱 잘라 말했다. 연금 납부도 하지 않은 것에 대한 양심의 가책은 눈곱만큼도 없는 것 같다. 생활 보조금 대상자 중 다수는 연금을 받는 사람보다 많은 금액을 받고 있다. 착실하게 연금을 납부해 온 사람보다 그렇지 않은 사람이 득이라는 건 납득할 수 없는 현실이다. 이것이 불공평이 아니고 무엇이란 말인가.

일본은 구제에 힘을 쓰는 나라다. 그러나 그것을 역이용하는 사람들이 있다. 야노가 그걸 노리고 연금을 납부하지 않았다고는 할 수 없지만, 결과적으로 이득을 보고 있다. 마모루는 가끔씩 '다들 스스로 책임져.' 하며 이런 사람들을 과감하게 쳐 내는 것이 세상을 위해 옳은 것이란 생각을 한다.

야노는 안고 있던 고양이를 놓아줬다. 풀려난 고양이는 다른 한 마리 고양이 곁으로 걸어가더니 다시 마주 보고 드러누웠다. 야노가 불쑥 입을 열었다.

"한 사람 정도는 괜찮잖아."

"네?"

"나같이 늙은 할머니 한 사람 쥐어짠다고 누가 죽는 것도 아니고 말이야."

야노가 상자 속 전병으로 손을 뻗으며 말했다. 이럴 때는 할머니라고 하네. 마모루는 어이가 없었다.

"그런 얘기가 아닙니다."

"할 수 없잖아. 돈이 없는 건 없는 거니까. 그럴 때는 나라의 도움을 받을 수밖에 없잖아."

야노는 전병을 입으로 가져가지 않고 테이블 위에 내던졌다. 전병은 테이블 위에서 빙글빙글 구르더니 마모루의 잔에 부딪히고 멈췄다.

"사사키 씨, 우리 아버지는 말이야, 나라의 부름을 받아 특공대에 들어가서 나라를 위해 죽었어."

"네?"

마모루는 고개를 갸우뚱했다.

"남겨진 어머니는 어린 나를 먹여살려야 하잖아. 그래서 술집을 하게 된 거야. 게다가 종업원도 고용할 여력이 없어서 어린 내가 일을 도왔다고. 미즈와리(술에 물을 넣어 희석시킨 것)부터 시작해서 술집 일을 이것저것 배운 게 열 살쯤이야. 눈물 나는 얘기지?"

"그게 이번 일과 무슨 관계가……."

"얘기를 끝까지 들어 봐. 그런 어머니도 너무 무리해서 일찍 돌아가셨고, 어쩔 수 없이 내가 장사를 이어받을 수밖에 없었어. 학교에 다니는 건 꿈같은 얘기였지. 내 인생에 선택지가 처음부터 술장사밖에 없었던 거야. 당시는 그런 걸 몰랐지만, 정말 불행한 팔자가 아니야? 자신의 인생을 선택할 수 없다는 건 지금 같으면 생각도 할 수 없는 거잖아. 사사키 씨, 당신도 여러 가지 선택지 중에서 지금 하는 일을 고른 거 아냐?"

"뭐…… 그렇다고 할 수 있죠."

"나 말이야, 이 나이가 돼서 든 생각이지만 아버지가 죽지 않았다면 좀 더 다른 인생을 살지 않았을까? 물론 그때는 그런 시대였다고 말하면 그만일지도 모르지만, 그렇다고 해서 나라가 나에게 저지른 죄가 사라지는 건 아니야. 잃어버린 인생을 돌려줄 수는 없어도 최소한 시대의 희생양이 된 사람에게는 성의를 보여야 하지 않겠냐고."

"그건 좀 너무 비약된 얘기 같은……."

야노는 크게 고개를 저었다.

"아니, 그렇지 않아. 실제로 내 인생이 이렇잖아. 철이 들 무렵부터 땀 흘려 열심히 일해 왔지만, 결국 이 모양 이 꼴로 빈털터리가 됐잖아. 애초부터 잘못된 삶이었다는 거야. 하지만 좀 전에 말한 대로 나에게는 이 길밖에 없었어. 그런 걸 참작하면 나 같은 사람을 좀 봐줘도 나쁠 거 없잖아."

야노는 흡족한 듯 고개를 크게 끄덕이며 종잡을 수 없는 궤변을 마무리했다. 책임 전가 일색인 그녀의 주장은 도저히 이해할 수 없는 것이었지만, 마모루가 당장 야노에게 지급 정지를 하는 건 어렵겠다고 생각하게 하는 건 성공적이었다.

아들과 접촉을 하고 있고 금전적 지원을 받고 있다는 증거를 대 봤자 이 노파는 그리 쉽게 넘어가지 않을 것이다. 그런 공방에 들이게 될 노력을 상상하면 솔직히 주눅이 든다. 결국, 끈질기게 불평을 늘어놓아서 피곤해질 것이 뻔하다. 마모루는 완전히 의기소침해졌다. 덕분에 그 이후로는 평소처럼 끊임없는 야노의 수다를 들을 수밖에 없었다. 무슨 얘기를 했는지도 모르겠다. 마모루가 야노의 집을 나왔을 때는 정오를 한참 넘긴 시간이었다. 이럭저럭 두 시간 가까이 있었다.

"다음엔 언제 와?"

나가려는 참에 야노가 그렇게 묻자 마모루는 대답 대신 힘없이 웃었다.

야노의 집을 나온 후, 근처에 있는 중화요리 체인점에서 점심을 해결하기로 했다. 중국식 냉면을 후루룩 먹고 있는데 사무실에서 지급된 핸드폰의 벨이 울렸다. 봤더니 동료인 미야타 유코의 전화였다. 마모루는 한쪽 눈썹을 치켜올렸다. 지금까지 미야타 유코가 전화를 건 적이 있었던가. 기억에는 없었다. 마모루는 물을 마시며 입 안을 헹군 다음 전화를 받았다.

"네, 사사키입니다."

[갑자기 연락해서 미안해. 사사키, 지금 혼자 있어?]

미야타 유코가 신묘한 목소리로 물었다.

"네, 혼자 있는데요. 무슨 일 있으세요?"

[사사키하고 잠깐 할 얘기가 있는데, 오늘 일 끝나고 시간 돼?]

"아, 네. 시간 괜찮습니다."

반사적으로 말하고 나서 바로 몸 컨디션이 별로 좋지 않다는 것을 깨달았다. 마모루는 자신의 이런 성격이 싫었다.

"그런데 무슨 얘기를 하시려고……."

잠시 뭔가 생각하는지 뜸을 들이던 미야타 유코가 입을 열었다.

[자세한 건 만나서 얘기하고 싶은데…… 다카노 씨 때문이야.]

"다카노 씨요?"

[응. 그럼 일 끝나고 봐. 시간과 장소는 내가 다시 연락해서 알려 줄게. 그리고 이 얘기 다른 사람들에게는 비밀로 해 줘.]

일방적으로 전화가 끊겼다. 마모루는 손에 들고 있는 핸드폰에서 시선을 떨어뜨리고 곰곰이 생각했다. 무슨 얘기를 하려는 건지 짐작이 가지 않지만 뭔가 불길한 느낌이 들었다. 쓸데없는 걱정이라면 좋겠지만, 옛날부터 좋지 않은 예감은 잘 들어맞았다. 혹시 다카노를 좋아하는 건가. 설마. 그럴 리는 없다. 만약 그렇다고 해도 마모루와 할 얘기는 없다.

생각만 해 봤자 소용없으니 일단 두고 보기로 했다. 마모루는 핸드폰을 넣고 다시 젓가락을 들었다. 식욕은 별로 없지만 일단 먹어 두어야 했다. 젊은 남자가 쓰러져도 이상할 것이 없는 그런 여름이니까.

2

점심시간을 약간 지나 인터폰 소리가 났다. 한 시간쯤 전에 주문한 음식의 배달원임을 인터폰 모니터로 확인한 하야시노 아이미는 현관으로 향했다.

문을 열자 배달 온 젊은 아르바이트 남자가 땀을 뻘뻘 흘리며 서 있었다. 이마에 구슬땀이 송골송골 맺혀 있었다. 오늘도 여전히 미친 듯이 더운 날씨인가 보다. 하지만 아이미는 별 상관이 없었다. 거의 종일 집 안에서 지내기 때문이다. 밖에 나간 건 3일 전이었다.

음식값을 건넬 때 남자가 슬쩍 아이미의 가슴팍으로 시선을 떨구었다. 아이미는 가슴팍이 크게 벌어진 잠옷 차림 그대로였다. 하지만 별로 신경 쓰지 않았다. 부끄럽지도 않았고 가슴을 봤다고 불쾌한 느낌도 없었다.

테이블 위에 닭고기 계란덮밥과 메밀국수를 올려놓고 옆방에 있는 딸 미소라를 불렀다. 미소라는 그림 그리는 것에 정신이 팔려 있었다. 네 살짜리 딸은 그리기에 빠지면 주위의 소리가 거의 안 들리는 것 같다. 아이미는 혀를 차며 미닫이문을 난폭하게 열어젖혔다.

"밥 먹으라고 했지!"

미소라가 놀라 몸을 떨며 스르르 일어섰다. 미소라는 말이 없는 아이였다. 특히 요즘 와서 말수가 부쩍 줄었다. 이유는 알 수 없다. 미소라를 추궁해 봤자 소용없으므로 원래 이런 애라 생각하기로 했다. 아이미는 냉장고에서 오렌지주스를 꺼내 두 개의 컵에 따랐다.

"닭고기 계란덮밥과 메밀국수 중에 어느 게 좋아?"

아이미가 미소라에게 물었다.

"모르겠어."

"그럼 메밀국수 먹어."

두 사람은 TV를 보면서 꼼실꼼실 젓가락을 움직였다. 버라이어티 프로그램은 이제 질렸다. 다른 세계인 줄은 알지만, 가끔 한가로운 연예인들을 보면 괜히 화가 난다. 팔자 더럽게 좋네, 하며 침을 뱉고 싶어진다. 하지만 달리 할 게 없으니, TV나 볼 수밖에 없다. 집엔 인터넷도 연결되어 있지 않다. 스마트폰도 쓸 수 있는 데이터가 얼마 안 돼서 인터넷 접속도 한 달에 3일 이상 못 한다.

"참 지저분하게도 먹네."

아이미는 짜증스러운 목소리로 그렇게 말했다. 미소라 앞 테이블 위는 그릇에서 떨어진 음식물 찌꺼기투성이였다. 국물도 사방으로 튀어 있었다.

"젓가락질 제대로 안 할래?"

왜 이런 칠칠치 못한 애가 태어났을까? 아이미는 젓가락 사용법을 가르쳐 준 적이 없지만 그런 건 자연스럽게 배우는 거라 생각했다. 자신도 그랬으니까.

미소라는 그릇 주변에 떨어진 음식물 찌꺼기를 오른손으로 모으면서 왼손으로는 머리카락을 조물조물 만지작거렸다. 아이미는 그것 역시 거슬렸다. 갈색으로 염색한 미소라의 머리카락은 길이가 제각각이라 꼴사나워 보였다. 지난주에 멋대로 가위질을 한 결과였다.

그 모습을 발견했을 때 아이미는 격분한 나머지 아이의 머리를 세게 때리고 말았다. 그리고 무서운 목소리로 방 안에 흩어진 머리카락을 전부 주우라고 호통쳤다. 말없이 머리카락을 쓸어모으는 미소라를 보자 왠지 모를 눈물이 흘렀다. 어쩌다 이렇게 된 건지 한탄스러웠다.

미소라는 아이미가 열일곱 살 때 만난 남자와의 사이에서 생긴 아이다. 상대는 아이미와 열두 살 이상 차이 나는 연상이었다. 그 남자는 아이미의 임신 소식을 듣고 바로 모습을 감췄다. 나중에 알게 된 사실이지만, 남자는 결혼 상대가 따로 있었다. 아이미는 교제 상대가 아니라 단순한 잠자리 상대였던 것이다.

그래도 아이미는 낳기로 했다. 모성 본능 때문이라기보다 아이를 낳으면 뭔가 바뀌지 않을까 하는 생각이 들었기 때문이다. 자신의 변변치 않은 인생에 변화를 줄 계기가 될 것 같았다.

닭고기 계란덮밥은 반쯤 먹다가 남겼다. 아이미는 최근 만성적 식욕부진이다. 그런데도 살은 전혀 빠지는 거 같지 않았다. 인체의 메커니즘은 복잡하고 불합리하다는 생각이 들었다. 아이미는 담뱃갑으로 손을 뻗었다. 텅 비어 있었다. 혀를 차고 보루 상자를 열어 봤다. 하지만 그 역시 비어 있었다. 생각해 보니 피우던 담뱃갑이 마지막이었다.

아이미는 한숨을 푹 쉬었다. 담배를 사러 밖으로 나가야 했다. 샤워하고, 옷 갈아입고, 화장하고, 너무 귀찮아서 담배를 끊어 버릴까 생각했다. 하지만 바로 그 생각을 접었다. 참지 못할 게 뻔했기 때문이다.

벌써 금단 현상이 왔다. 없다는 걸 알면 더욱 피우고 싶어지는 것이 담배다. 아이미는 재떨이에서 비교적 긴 꽁초를 집어서 불을 붙였다. 입 안에 쓴맛과 냄새가 퍼졌다. 그래도 깊게 들이마셨다. 길이가 짧아서 금방 불씨가 필터까지 붙었다. 바로 다른 꽁초를 찾아 다시 불을 붙였다.

잠시 후 샤워를 했다. 욕실 거울에 비친 자신의 모습을 봤다. 여전히 팔뚝 살과 뱃살이 늘어져 있었다. 그래도 외출하지 않은 덕에 피부는 눈처럼 희었다. 불균형한 식사에도 불구하고 피부가 매끄러웠다. 그나마 위안이 되었다. 그러고 보니 미소라를 최근에 목욕시킨 게 언제였더라……. 샤워를 하면서 아이미는 문득 생각했다. 일주일은 넘은 듯했다.

"미소라~"

욕실 문을 열고 외쳤다. 아니나 다를까, 대답이 없었다. 아마 또 그림이나 그리고 있겠지. 그럼 말지 뭐. 다시 문을 닫았다. 애들은 안 씻어도 냄새가 별로 안 나니까 괜찮을 거야. 모처럼 씻는 김에 정성 들여 트리트먼트를 했다. 머리카락 끝 방향으로 천천히 크림을 펴 발랐다. 그러고 났더니 자연스럽게 마음이 안정되었다.

욕실을 나와 세면대 거울 앞에서 드라이를 했다. 슬슬 미용실에도 가야 할 것 같았다. 모근이 거뭇거뭇해서 보기 싫어졌다. 거실 테이블 위에 거울을 놓고 화장을 했다. 막상 시작하니 집중해서 정성 들여 하게 되었다. 컬러 렌즈도 꼈다. 속눈썹도 붙였다. 그런 자신이 웃겼다. 근처에 담배 사러 가는 것뿐인데.

나가기 전에 미닫이문을 열었다. 미소라는 여전히 그림 그리기에 몰두하고 있었다. 크레용을 손에 들고 광고 전단지의 뒷면에 열심히 뭔가를 그리고 있었다. 아이미는 그게 뭔지 알아볼 수 없었다. 미소라가 그리는 그림은 사람도, 동식물도, 탈것도 아니고 풍경화도 아니었다. 추상적이고, 질서도 없는, 그냥 색의 집합체였다. 도대체 이게 뭔지, 한 번이라도 좋으니 미소라의 입으로 하는 설명을 듣고 싶었다.

"장 보러 갔다 올 건데 너도 같이 갈래?"

물어보긴 했지만 역시 묵묵부답이었다. 아이미는 뒤돌아 나가려다가 문득 발걸음을 멈추고 방향을 돌렸다.

"혹시 사고 싶은 거 있어?"

아무런 말도 들리지 않았다.

밖으로 나와 30초도 안 지나서 집에 가고 싶어졌다. 지구에 무슨 원한이라도 있는지, 하늘에 뜬 태양이 미친 듯이 이글거리고 있었다. 그 열기를 받은 아스팔트 바닥 역시 강렬한 열기를 뿜어내고 있었다. 아이미는 양산을 쓰고 가능한 가로수 그늘 밑으로 걸었다.

옷을 잘못 입었다는 생각이 들었다. 좀 더 피부 노출이 적은 것을 입어야 했다. 이 대로라면 햇볕을 잠시만 쬐어도 그을릴 것이다. 아이미가 입고 있는 여름 원피스는 위가 캐미솔처럼 되어 있어서 어깨와 등이 한껏 드러난 차림이다. 다리도 무릎 아래를 제대로 보여 주고 있다.

겨우 편의점에 도착해서 안으로 들어갔다. 에어컨의 냉기가 감사하게 느껴졌다. 가판대로 가서 5분 정도 잡지를 뒤적이다 진열대에서 푸딩을 두 개 집어 들었다. 계산대로 가서 원하는 담배 이름을 말했다.

"한 보루 주세요."

아이미의 말이 끝나자 중년의 남자 직원이 담배를 꺼내려고 움직이던 손을 멈췄다.

"실례지만, 신분증 같은 거 있으세요? 운전 면허증이라든가, 의료 보험증이라든가 그런 거 보여 주시면 될 것 같은데."

남자가 접대용 미소를 띠며 물었다. 가슴에 달린 명찰에는 '점장'이라고 찍혀 있었다. 그 말을 들은 아이미는 지갑 속을 뒤졌다. 운전 면허증은 없다. 면허 자체가 없다. 그럼 의료 보험증인가……. 그것 역시 보이지 않았다. 제대로 뒤져 보면 찾을 수 있겠지만 귀찮은 일이었다. 아이미의 지갑 속은 영수증과 카드가 잡다하게 들어차 있었다. 대부분 필요 없는 것뿐이었다.

"저, 스물두 살인데요. 애도 있고."

아이미가 신경질적인 투로 말하자 점장은 순간 이상하다는 표정을 짓더니 바로 표정을 고치고 어색한 미소를 지으며 둘러댔다.

"손님이 너무 어려 보여서 그랬어요."

그런데 또 곤란한 일이 생겼다. 돈이 모자랐다. 전부 해서 5천 엔 정도인데 아이미의 지갑 속에는 3천 엔밖에 없었다. 현금 인출기에서 더 뽑으려다가 포기했다. 현재 잔고를 알고 싶지 않았다. 결국 푸딩은 포기하고 담배도 낱개로 살 수 있는 만큼만 샀다.

담배를 피우며 집으로 향했다. 아이미가 내뿜는 연기가 푸른 하늘을 향해 피어오르다가 공중에서 분산되었다. 계좌에는 얼마나 남았는지 궁금했다. 가진 돈이 별로 없을 것 같았다.

집에 왔더니 현관 바닥에 남자 구두가 있었다. 그것을 본 아이미는 추락하는 기분이 들었다.

"왔어? 아이미, 어린애를 집에 두고 문도 안 잠그고 나가면 어떡해."

생활 복지과의 다카노 요지가 거실 소파에 앉아 있었다. 그 옆에는 미소라가 바닥에 앉아서 아이스크림을 먹고 있었다.

"잠깐 요 앞 편의점에 갔다 왔어."

아이미는 거리를 두고 부동자세로 섰다.

"아무리 그래도 그러면 안 되지. 세상에 나쁜 놈들이 얼마나 많은데."

남 얘기하고 있네.

"게다가 핸드폰도 이렇게 두고. 이러면 핸드폰이 소용없잖아."

다카노가 아이미의 핸드폰을 들어 보였다. 아이미는 핸드폰을 집에 두고 나갔다는 것조차 모르고 있었다. 어차피 전화 올 데도 없었지만.

"내가 몇 번이나 전화했는데. 전에 '올 때는 미리 전화해.'라며 화냈잖아. 그래서 전화했는데 안 받으면 어떡해."

다카노는 야비한 미소를 보였다.

"아참, 아이스크림 먹을래? 아이미 꺼도 사 왔는데. 냉장고에 넣어놨어."

"필요 없어."

"그래?"

다카노는 쓴웃음을 지었다.

"오늘은 무슨 일로 화장을 제대로 했네. 어디 갈 데 있어?"

"아니."

다카노는 아이미를 핥듯이 머리끝에서 발끝까지 훑어봤다.

"흐음, 그런 옷이 어울리는 건 역시 젊다는 증거지."

서른세 살의 다카노가 능글능글한 표정을 지었다.

"계속 거기 서 있지 말고 이리 와 봐."

그가 기분 나쁘게 손짓하며 부르자 아이미는 할 수 없이 다카노 쪽으로 걸어갔다.

"이쪽으로."

다카노는 바로 옆자리를 손으로 탕탕 두드렸다. 아이미는 코로 한숨을 쉬며 소파에 앉았다. 허벅지에 다카노의 손이 올라갔다. 아이미는 그 손을 치워 버리고 싶었지만 참았다.

"오늘은 좀 있다가 방문 일정이 있어서 별로 시간이 없어. 빨리하자."

다카노가 귀에 대고 속삭였다. 그가 왼손 약지에 있는 반지를 뺐다. 매번 그런다. 나름 배려하는 걸까. 이쪽은 아무래도 상관없는데. 아니면 와이프에게 죄책감이라도 느끼는 건가. 이런 인간일수록 집에서는 좋은 남편 행세를 할 수도 있다. 핸드폰에 있는 애들 사진을 "귀엽지?" 하고 자랑하듯 보여 준 적도 있다.

"미소라, 이제 그림 그리러 가."

아이미는 턱으로 옆방을 가리키며 말했다. 미소라는 다 먹은 아이스크림 용기를 그 자리에 두고 일어섰다.

"미소라, 미안해. 아이스크림 또 사 올게."

다카노가 방으로 들어가는 미소라를 보며 말했다. 미소라는 반응을 보이지 않고 미닫이문을 닫았다. 그와 동시에 다카노는 입술로 아이미의 목덜미를 탐했다.

"갑자기 하고 싶어 참을 수가 없었어."

아이미의 가슴에 얼굴을 파묻은 다카노의 콧김이 거칠어졌다. 원피스를 벗기고 브래지어도 풀었다. 다카노는 입술을 문어처럼 오므리고 소리 내며 아이미의 유두를 미친 듯이 빨았다. 아이미는 그것을 무표정으로 내려다봤다.

다카노를 알게 된 건 1년 정도 전이었다. 아이미가 생활 보조금 대상자가 되었을 때였다. 아이미가 생활 보조금을 신청한 것은 지인인 레이카가 "받는 거 어렵지 않아."라고 했기 때문이었다. 레이카 자신도 생활 보조금을 신청해서 매달 23만 엔 정도를 받고 있다고 했다. "의지할 가족이 없는 미혼모라면 틀림없이 받는다니까." 라며 큰소리쳐서 신청은 했지만, 수급 자격을 얻는 건 생각보다 쉽지 않았다.

아이미는 바로 돈을 받을 줄 알았지만, 현실은 그리 만만하지 않았다. 사회 복지 사무소에 수없이 불려 갔다. 집요하게 신변 조사를 했고, 재산이 될 만한 것을 소유하고 있는지도 샅샅이 뒤졌다. 아무래도 레이카가 신청했을 때와는 상황이 많이 달라진 것 같았다.

겨우 신청이 승인된 건 아이미가 생활 복지 사무소에 처음 방문한 지 두 달이 지나서였다. 그때부터 2주에 한 번씩 사회 복지과에 가야 하는 의무가 부과되었다. 또한, 근황을 살피기 위해 한 달에 한 번씩 케이스 워커가 찾아오게 되었다. 그 사람이 바로 다카노였다.

다카노의 첫인상은 성실해 보였다. 적어도 그때는 그랬다. 아이미에게 제대로 된 사회인 본연의 자세를 설명하고, 격려하고, 때로는 성실하게 살도록 질책도 했다. 아이미가 일자리 찾는 노력을 보이지 않으면 "보조금은 드리는 것이 아니라 빌려드리는 겁니다. 당연히 반납하셔야죠."라며 겁주는 말도 했다.

그러던 중, 반년 전 레이카의 부탁으로 옆 동네 캬바쿠라(캬바레클럽의 줄인 단어. 여자가 접대하는 유흥 주점으로 한국의 룸살롱과 비슷함)에서 잠깐 일하게 되었다. 내키지 않았지만 레이카에게 신세 진 것도 있어서 어쩔 수 없었다.

그런데 정작 가 보니 캬바쿠라가 아니라 세크캬바였다(캬바쿠라는 술 접대만 하지만, 세크캬바는 '성적 서비스'까지 하는 차이가 있음). 레이카에게 따지니 "뭐 어때. 위만 만지는 건데."라며 뻔뻔스럽게 말했다.

결국 아이미는 울며 겨자 먹기로 일을 하게 되었다. 당연히 즐거운 일은 아니었지만 의외로 참지 못할 것도 없었다. 그 자리에서 당일 수당을 받을 수 있는 것도 아이미에게는 쏠쏠한 것이었다. 그래도 약속한 기간이 지나면 일을 그만할 생각이었다. 몸을 만지는 건 괜찮았지만 술 마시며 관심도 없는 남자들과 얘기를 나누는 것이 고역이었다. 이럴 바에는 그냥 '소프(소프랜드(Soapland)의 준말로 목욕탕 같은 곳에서 하는 성매매)'나 '헬스(일반적으로 성매매 업소를 의미함)'에서 일하는 게 나을 것 같았다.

그런 밤을 몇 번이나 보내며 레이카와 약속한 기간이 다 되어 갔다. 그리고 마지막 날, 가게에 다카노가 나타난 것이다. 운명의 장난으로 다카노를 접대하는 상대는 아이미가 되었다. 숨길 방법이 없었다. 아이미가 다카노 옆에 앉자마자 서로 알아차렸다. 한동안 어느 쪽도 말을 하지 못하고 있었다. 어디서 한잔 걸치고 왔는지 다카노에게서 술 냄새가 진동했다. 아이미가 입을 열었다.

"어떤 거 드시겠어요?"

"음…… 위스키 희석해서 줘."

그리고 다시 침묵이 흘렀다. 잠시 후 다카노가 어깨를 들썩거렸다. 아이미가 곁눈질로 보니 다카노는 입가에 웃음을 띤 채 잔 속의 얼음을 응시하고 있었다. 그리고 중얼중얼 혼잣말을 했다.

"기가 막히는구만……. 이럴 수도 있네……. 설마 이런 곳에서."

아이미는 그 말을 조용히 듣고 있었다.

"어차피 이렇게 된 거."

다카노는 허공을 향해 불쑥 그렇게 말하더니 위스키를 단숨에 마셨다. 그리고 아이미를 봤다. 그의 눈은 케이스 워커로 찾아왔을 때와는 전혀 달랐다. 다카노는 손을 뻗어 아이미의 가슴을 확 움켜쥐었다. 물론 그런 가게였다. 아무런 문제는 없었다. 아이미는 저항도 하지 못하고 받아들였다.

놀라운 일은, 다카노가 아이미와의 시간을 연장한 것이었다. 그는 체인지를 알리러 온 종업원을 돌려보내며 아이미와의 추가 시간을 요청했다. 도대체 무슨 생각일까. 아이미는 이해하기 힘들었다.

그리고 나서 3일 동안 다카노로부터 아무런 소식이 없었다. 아이미는 안도했다. 생활 보조금 받는 사람이 술집에서 돈을 벌고 있었으니 그냥 넘어갈 리 없다고 생각했다. 하지만 다카노도 떳떳하지 못한 상황이었기 때문에 못 본 척해 줬을 것이라며 낙관적으로 생각했다. 하지만 그렇게 호락호락 넘어갈 리가 없었다. 사흘 후, 약속도 없이 갑자기 집에 찾아온 다카노는 못 본 척해 주는 대가로 잠자리를 요구했다.

"다카노 씨도 거기 간 거 들키면 곤란한 거 아니에요?"

아이미는 저항하는 자세를 보였다.

"곤란할 거 없어. 그런 술집에 가면 안 된다는 규칙 같은 건 없거든."

"협박당했다고 신고할 거예요."

"마음대로 해. 그런 적 없다고 하면 그만이니까."

"……."

"뭐 거절해도 상관없어. 하지만 생활 보조금 지급은 바로 스톱이지. 사기 친 거 들통나면 지금까지 받은 거 다 토해 내야 할걸."

다카노는 약 올리듯 그렇게 말하곤 바로 부드러운 태도로 설득했다.

"하지만 말만 잘 들으면 지급은 끊지 않아. 경우에 따라 지금보다 더 줄 수도 있어. 지급액이 확 바뀌는 거지. 내겐 그만한 재량이 있거든."

아이미는 인간이란 존재의 추악한 이면을 보았다. 그렇게 다카노와의 관계가 시작되었다. 아이미에게 생활 보조금 지급을 포기하는 선택지는 없었다. 일하지 않고 돈을 받을 수 있는 건 그 방법밖에 없었다.

흥분한 다카노는 자신의 성기를 아이미의 몸속에 삽입했다. 최근에는 콘돔도 착용하지 않는다. 그는 아이미 위에서 거친 콧김과 함께 개처럼 헐떡이며 허리를 움직였다. 그리고 바로 키스를 요구했다. 아이미는 얼굴을 돌렸다. 다카노와 잠자리를 할 때 가장 싫은 것이 키스였다. 입으로 하는 것보다, 성기를 삽입하는 것보다 더 끔찍했다.

다카노의 움직임이 빨라졌다. 아이미가 재빨리 티슈 상자로 손을 뻗어 몇 장을 뽑았다.

"안에 사정하지 마세요."

매번 하는 말이지만 소용이 없다. 다카노는 눈을 크게 뜨더니 짧게 신음했다.

"3만 엔 줘."

창가에 서서 밖을 내다보던 다카노가 혼잣말처럼 중얼거렸다. 등 뒤에서 담배를 피우고 있는 아이미에게 한 말이었다. 아이미는 담배를 재떨이에 눌러 껐다.

"저도 먹고살기 힘들어요."

다카노가 어이없는 표정으로 어깨를 들썩였다.

"지금 그런 소리가 나와? 요즘 나도 주머니 사정이 별로 좋지 않아. 얼마 전에 와이프한테 바람피우는 걸 들켰거든. 아, 아이미 말하는 건 아니야. 우리 사이는 바람피우는 것도 아니니까. 아무튼, 이런저런 사정으로 용돈이 반으로 줄어들었어. 반성 기간이라고 할까. 물론 아이미하고는 상관없는 일이지. 이건 부탁이 아니야."

다카노는 3개월 전부터 몸뿐 아니라 돈까지 요구하고 있다. "지급액을 늘려 줬으니까 용돈 정도는 당연히 줘야 하는 거 아냐."라고 말도 안 되는 소리를 하며 한 달에 2만 엔씩 달라고 한다. 그리고 아이미가 난색을 보이면 "그럼 지급 중지."라며 협박한다. 그 금액을 이제 3만 엔으로 올려 달라는 것이다.

초조한 표정의 다카노가 손목시계로 시선을 떨어뜨리더니 일어서서 나갈 준비를 했다.

"슬슬 가야겠다. 아, 힘들어. 이런 개 같은 더위에 최악의 상대를 만나러 가야 한다니. 정말 못 해 먹겠다니까. 그럼 다음 달도 잘 부탁해."

다카노는 아이미의 어깨에 손을 살짝 올리고는 뒤돌아 나갔다. 현관문이 열리고 닫히는 소리가 났다. 동시에 정적이 찾아왔다.

가다 뒈져라. 아이미는 담배를 피우면서 속으로 생각했다. 다카노만 죽어 준다면⋯⋯. 아, 안 되나? 그러면 생활 보조금도 잃게 될지 몰라. 아냐. 아냐. 다카노가 죽으면 다른 케이스 워커가 오겠지. 아무것도 모르는 사람이니 지급액이 줄 가능성은 있지만 끊기지는 않을 거야. 게다가 뜯기는 돈도 없으니 원래 상태로 돌아오겠지. 다카노하고 그 짓 안 해도 되고. 역시 다카노는 죽는 게 좋겠어. 아이미는 쓴웃음을 지으며 머리를 저었다. 알아서 죽어주면 좋겠지만 그럴 리는 없지.

문득, 미소라가 생각났다. 아이미는 일어나서 옆방 문을 열었다. 미소라는 바닥에 무릎을 꿇고 상체를 앞으로 기우뚱한 상태로 그림을 그리고 있었다. 엄마가 거실에서 남자와 무슨 짓을 했는지 아이는 모를 것이다. 미소라는 아무것도 모른다. 아니, 몰라야 한다. 아이미는 미소라 옆에 앉았다. 도화지 대신에 쓰고 있는 전단지를 들여다봤다. 빈 부분이 보이지 않을 정도로 색이 가득 채워져 있었다. 이상한 그림이었다.

"넌 맨날 뭘 그리는 거니?"

아이미는 미소라의 머리로 손을 뻗어 머리카락을 쓰다듬었다. 그 순간, 미소라가 스윽 몸의 각도를 바꿨다. 아이미를 외면한 것이다.

아이미는 얼굴이 뜨거워졌다. 갑자기 머리로 피가 솟구쳤다. 자기도 모르게 미소라의 엉덩이를 밀치듯이 걷어찼다. 퍽, 하고 둔탁한 소리가 났다. 앞으로 기우뚱하고 있던 미소라는 머리를 벽에 세게 박았다. 미소라는 두 손으로 머리를 감싸고 몸을 둥글게 웅크렸다.

"괜찮아?"

아이미가 조심스럽게 말을 걸었다. 역시 대답은 없었다.

"야, 괜찮냐고 묻잖아. 어서 괜찮다고 말해."

아이의 몸을 잡고 흔들었다.

"괘…… 괜찮아."

미소라는 모기 소리로 겨우 말했다.

"그럼 일어나."

아이미는 미소라의 양쪽 어깨를 잡고 힘을 주어 일으켜 세우려 했다. 하지만 미소라의 몸은 축 늘어져서 손을 놓자마자 다시 쓰러졌다. 아이미의 입술이 떨렸다. 이윽고 그 떨림은 온몸으로 전염되었다.

도망치듯 그 방을 나와 문을 닫았다. 일단 담배에 불을 붙였다. 한 모금 빨고 나서 바로 눌러 껐다. 수돗물을 한 컵 마셨다. 다시 담배에 불을 붙이고 또 바로 껐다. 그런 행동을 몇 번인가 반복했다.

5분 정도 지났을까. 다시 한번 살며시 미닫이문을 열어 봤다. 거기에는 아무 일도 없었다는 듯이 그림을 그리고 있는 미소라가 있었다. 하지만 여전히 마음은 편하지 않았다. 오히려 화가 났다. 저것이 죽은 것처럼 자빠져서 사람 겁이나 주고. 그런 생각을 하는 자신을 깨달았을 때, 아이미는 스스로가 혐오스럽고 무서웠다.

밤이 되었다. 아이미는 보고 싶지도 않은 TV를 보고 있었다. 딴생각 안 나게 하려면 이 방법이 최고다. 하지만 오늘은 왠지 TV에서 나오는 내용이 전혀 눈에 들어오지 않았다.

아이미는 마음이 지쳐 있었다. 또 어린 딸을 향해 폭발했다. 폭력을 휘둘렀다. 이번이 몇 번째인가 세어 보면 분명 두 손을 다 써도 모자랄 것이다. 그런데도 미소라는 울지 않았다. 눈물샘이 닫혔는지 무슨 일이 있어도 미소라는 눈물을 보이지 않았다. 엄마에게 있는 힘껏 걷어차여도 말이다.

미소라는 역시 어딘가 이상해. 아, 나도 모르겠다. 아이미는 앞니로 손톱을 잘근잘근 씹었다. 딸을 발로 찬 것이 걸렸다. 솔직히, 미소라에 대한 죄책감보다 자신에게 느끼는 실망감이 더 컸다. 그렇게 증오하던 자신의 엄마와 같은 짓을 했기 때문이다.

아이미의 엄마도 폭력을 휘둘렀다. 자주 맞은 건 아니었지만 엄마가 기분이 안 좋은 날에는 걷지도 못할 정도로 두들겨 맞았다. 갑자기 아이미의 마음속 깊은 곳에서 혐오와 연민의 감정이 고개를 들더니 서서히 스며들어 몸속에 퍼졌다.

나는 왜 이렇게 엉망인 인생을 사는 거지? 대체 언제부터 내 인생이 이렇게 비참해진 거지? 생활 보조금을 받을 때부터? 미소라를 낳았을 때부터? 엄마한테 맞고 살았을 때부터? 아니면 태어났을 때부터?

지금까지 그런 생각은 하지 않고 살았다. 언제부터일까, 아이미는 인생에 많은 기대를 하지 않고 살아왔다. 처음부터 포기하고 있으면 상처받을 일도 없다. 자신의 인생에서 행복했던 시기는 없었다. 있었는지 모르지만, 기억이 나지 않는다면 없는 거랑 마찬가지다.

분명히 앞으로도 그럴 것이다. 아무리 발버둥 쳐도 내 인생은 이미 실패한 인생이야. 별 볼 일 없는 미혼모잖아. 남들이 비웃을 거야. 어떤 고통을 느끼며 사는지 이해할 리가 없어. 활력이 생길 일도 없고. 변하고 싶다는 막연한 생각은 있지만, 어떻게 변하고 싶은지도 모르겠어. 그런 생각들도 거기서 거기야. 결국 구질구질하게 살 겠지.

생각할수록 몸이 피곤해지고 마음이 피폐해지는 것 같아. 죽어 버릴까? 마음 한구석에서 조용히 그런 생각이 고개를 들었다. 일부러 자살할 생각은 없지만, 내일 어떤 이유로 죽게 되더라도 저항하지 않고 받아들일 수 있을 것 같았다.

아이미는 담뱃갑을 집었다. 속이 텅 비어 있었다. 반나절 동안 한 갑을 피워 버렸다.

그날은 역 앞 파친코 가게에 갔다. 레이카가 나오라고 불렀다. 딸은 집에 두고 나왔다. 엄마가 집을 비워 혼자가 되어도 우는소리조차 하지 않는다. 그런 점에서는 손이 별로 가지 않아 다행이다. 애가 엉엉 울기라도 하면 미쳐서 무슨 짓을 할지 모른다.

가게 안엔 수많은 전자음이 난무하고 있었다. 자리는 40% 정도 차 있었다. 평일 낮인데 일 안 하는 사람이 이 정도로 많나, 하고 남 일인 듯 감탄했다. 세상 사람들은 나처럼 할 일이 없구나.

아이미는 끝자리에 앉아 담배를 피웠다. 액정 화면 속에선 애니메이션 캐릭터가 열심히 숫자와 씨름하고 있었다. 7의 숫자를 밧줄로 묶어서 줄다리기하듯 잡아당겼다. 이제 6의 숫자를 밀어내면 '휘바(fever, 당첨)'가 된다. 하지만 꽝이었다. 애니메이션 캐릭터가 쓰러져서 엉엉 울고 있다. 다시 액정 패널이 돌기 시작했다. 아이미는 그다지 신경 쓰지 않았다. 그냥 시간 때우기로 하는 거니까.

30분 정도 돌렸더니 드디어 당첨의 기회가 왔다. 하지만 바로 단발성이라는 걸 알 수 있었다.

"오, 왔네."

레이카가 아이미의 어깨 뒤에서 얼굴을 내밀며 말했다. 지독한 향수 냄새 때문에 숨이 막힐 것 같았다.

"아냐. 단발로 끝날 거야. 끝나면 자리 바꿔야지."

"좀 더 돌려 봐. 이 자리 나쁘지 않아."

레이카가 기계 위의 데이터 수치를 확인하면서 멋대로 지껄였다.

"그럼 레이카가 해 보든가."

"아냐, 네가 하는 게 나아. 참, 끝나고 밥이나 먹으러 가자. 나 아침도 못 먹었어."

"그러든지."

잠시 후 두 사람은 파친코 가게에서 나왔다. 건너편에 있는 패밀리 레스토랑에 들어가 아무 데나 비어 있는 흡연석에 앉았다. 레이카는 앉자마자 담뱃불을 붙이고 호출 버튼을 눌렀다. 바로 웨이트리스가 왔다.

"주문하시겠습니까?"

"뭐 먹을까?"

레이카는 메뉴판을 펼치더니 고민을 했다. 이 여자는 주문할 걸 정하기도 전에 웨이트리스를 부른다. 그런데 서두르지도 않고 한참을 고르고 있다.

"아이미는 뭐 먹을래?"

"나는 드링크바면 충분해."

"정말?"

"배가 별로 안 고파."

"난 좀 제대로 먹어야겠어. 뭘 먹을까."

웨이트리스는 미소를 풀지 않고 참을성 있게 레이카의 주문을 기다렸다. 전에 이 가게 한 점원이 짜증 내는 태도를 보인 적이 있었다. 그걸 본 레이카는 꼭지가 돌았다. 레이카는 성질 더러운 강아지처럼 시끄럽게 짖었고 점장을 불러서 따지더니 결국 음식값도 안 냈다. 그런데도 그 다음부터 아무렇지도 않게 이 가게에 온다. 분명히 레이카와 일행인 아이미도 이 가게의 진상 손님 리스트에 있을 것이다.

아이미는 자리에서 일어나 드링크바 코너로 갔다. 멜론 소다를 들고 자리에 왔더니 웨이트리스가 보이지 않았다. 겨우 주문을 받았나 보다.

"아이미, 부탁이 있는데, 또 거기서 일해 주면 안 돼?"

레이카가 금발 머리카락을 만지작거리며 말했다. 거기라는 건, 전에 레이카의 부탁으로 잠깐 일했던 세크캬바일 것이다. 다카노와 마주치게 된 그곳.

"안 돼."

"왜?"

"너무 힘들어."

"그런 소리 하지 마. 돈도 벌고 좋잖아."

"안 된다니까."

"그럼 누구 소개해 줄 만한 친구 없어?"

"없어."

아이미에게 친구 같은 건 없었다. 레이카 역시 친구는 아니다.

"너 또 점장이 부탁해서 그러는 거지?"

아이미는 담뱃불을 붙이며 물었다. 레이카는 세크캬바 점장하고 그렇고 그런 사이였다. 본인한테 직접 들은 건 아니지만 딱 보고 알아차렸다. 아이미를 도와준 이유도 뻔했다. 분명히 가게에서 일할 여자를 구해 달라는 부탁을 받았을 것이다. 이번에도 마찬가지다.

"그래. 우리, 사귀는 사이거든."

레이카는 솔직하게 대답했다. 여자 친구를 그런 가게에서 일이나 시키는 남자가 뭐가 좋다고 이러는지. 아이미는 레이카가 자기보다 더 멍청하다는 생각이 들었다.

"당장 일할 애들이 모자란단 말이야."

"내가 있을 때는 꽤 있었잖아. 대기하다 돌아갈 때도 있었고."

"그때는 그랬지. 하지만 지금은 부족해. 그 가게 급여가 싸서 들어왔다가도 조건이 더 좋은 곳으로 바로 가 버리거든. 그러니 어떻게든 충원해야 해. 부탁이야."

레이카가 두 손을 모아 빌었다.

"그래도 안 되는 건 안 돼."

"제발 좀 부탁할게. 아이미 인기 많았잖아. 너처럼 가슴 큰 애는 돈많이 벌 수 있어."

레이카는 좀처럼 물러서지 않았다. 억지 미소를 지으며 아이미를 치켜세웠다.

"참 끈질기네. 어쨌든 무조건 안 돼."

아이미가 진절머리를 내며 거절하자 레이카는 혀를 찼다. 입을 삐죽 내밀고 토라진 태도로 의자에 등을 기대며 담배에 불을 붙이더니 천장을 쳐다보며 담배 연기를 내뿜었다.

"아이미, 너 생활 보조금 받고 있는 거 내 덕인 거 알지? 내가 알려주지 않았으면 못 받았을 거 아냐."

갑자기 레이카의 인상이 험악해졌다. 아이미는 아무런 말도 못 했다.

"그럼 내 작은 부탁 정도는 들어줘야 하는 거 아냐?"

"그래서 전에 들어줬잖아."

"이번에도 부탁해. 그걸로 퉁쳐 줄게."

"뭘?"

"일 좀 해 주면 내 은혜 갚은 거로 해 준다 이 말이야."

이 미친년이······.

아이미는 레이카를 노려봤다. 레이카도 눈을 부릅뜨고 응수했다. 수초 동안 눈싸움이 이어졌다.

"한판 붙고 싶으면 말해."

레이카는 테이블을 치며 위협적인 태도를 보였다. 그러자 주위의 시선이 모였다.

"아가씨들, 여긴 싸울 만한 장소가 아니잖아. 괜히 소란 피우지 말고 참아."

옆자리에 있던 노인이 타이르듯 미소를 지으며 말했다. 그는 커피를 홀짝거리며 문고본 책을 펼치고 있었다.

"시끄러, 이 영감탱이야!"

레이카가 크게 소리치며 인상을 썼다. 이 여자는 원래 여자 폭주족 출신이다. 노인은 한숨을 쉬더니 그 이상 아무런 말도 하지 않았다.

"좋아, 그럼 알았어. 류 짱한테 말해서 너 좀 혼내 주라고 할 테니까."

류 짱은 그 세크캬바의 점장이다. 이름이 가네모토 류야던가. 그가 야쿠자라는 사실은 다들 알고 있다.

"지금 나 협박하는 거야? 이놈이나 저놈이나 나만 보면 협박이네."

아이미가 혀를 차며 말하자 레이카가 눈썹을 씰룩 움직였다.

"뭐야, 너 누군가한테 협박당하고 있어?"

"아냐……."

"말해 봐, 내가 들어 줄게. 친구잖아."

레이카의 목소리가 갑자기 부드러워졌다. 뭐야, 이년. 이제 와서 친한 척하고.

"아니라니까."

"괜찮으니까 말해 봐. 만약 내가 네 문제 해결해 주면 가게에서 일해 줄 거지?"

레이카는 자기 멋대로 조건을 걸었다.

몇 번인가 '말해.', '안 해.' 하며 입씨름을 벌이던 아이미는 결국 못 이기는 척 얘기했다. 은근히 레이카를 원망하는 마음도 담겨 있었다. 아이미를 착취하는 쓰레기 같은 다카노라는 인간은 사회 복지 사무소 소속이고, 그곳을 알려 준 사람이 레이카였다. 세크캬바에서 다카노와 마주치게 된 것도 따지고 보면 레이카가 원인이었다. 하지만 레이카는 전혀 그런 건 신경 쓰지 않는 눈치였다. 아이미의 이야기를 재미없다는 표정으로 듣고 있었다.

"너 바보냐? 그런 놈한테 협박이나 당하고?"

"별수 없잖아."

"그 다카노란 새끼한테 몸을 팔 정도라면 소프랜드에서 일하는 게 낫겠다."

"그래도 그 새끼가 우리 집에 오는 건 일주일에 한 번 정도야."

"아하, 그러니까 한 달에 네 번 하게 해 주고 20만 엔 생기는 거네. 뭐, 괜찮은 장사네."

"그렇게 생각하면 그렇지."

"잠깐, 아가씨들. 지금 얘기 정말이야?"

조금 전 그 노인이 또 말을 걸었다.

"영감은 닥치라고 했지! 지금 남의 얘기 훔쳐 들은 거야?"

레이카가 날카로운 목소리를 날렸다.

"훔쳐 들을 생각은 없었어. 둘이 하는 얘기가 그냥 들린 거지."

노인이 냉정한 말투로 대답했다.

"그래서, 아가씨가 지금 한 얘기 정말이야? 지금 얘기가 정말이라면 보통 일이 아니야. 공직에 있는 사람한테 협박을 당하다니."

노인이 아이미 쪽을 보며 물었다. 안경 속의 눈이 빛났다.

"영감하고는 관계없는 얘기잖아. 닥치고 찌그러져 있어."

레이카가 위협적인 목소리로 말했다.

"내가 참견할 일은 아니지만, 경찰한테 얘기하는 게 좋을 거야."

"이 영감이 정말……."

노인이 손바닥을 들어 보이며 레이카를 저지했다.

"내 말 좀 들어 봐. 아가씨들은 부정하게 생활 보조금을 받으며 이득이라 생각하는 거 같은데 그거 큰 착각이다. 사실은 손해 보고 있는 거라고. 불로소득의 돈은 독이야. 그 돈으로 좋은 음식을 먹고 좋은 옷을 사 입어도 결코 행복해질 수 없어. 만약 아가씨들이 지금 행복하다고 생각한다면 그건 가짜 행복이고 불행해지는 길이야. 보아하니 내 손녀뻘인 거 같은데, 앞으로도 창창하잖아. 정신 차리고 제대로 살아."

"안 되겠다. 아이미, 나가자."

레이카가 자리에서 일어섰다. 그때 마침 웨이트리스가 쟁반 위에 김이 모락모락 나는 철판을 들고 왔다. 레이카가 주문한 음식이었다.

"오래 기다렸습니다. 햄버그스테이크와 라이스 세트입니다."

"안 먹어."

"네?"

"늦어서 안 먹어. 다른 가게에서 먹을 거야."

레이카가 빠른 걸음으로 자리를 떴다. 웨이트리스는 그런 레이카의 뒷모습을 보며 멍하니 서 있었다. 아이미가 레이카를 따라가려고 일어서자 노인이 불러 세웠다.

"기다려. 아가씨들은 젊으니까, 시간이 많을 거야. 하지만 그 시간은 무한정이 아니라고. 지금을 소중하게 생각해야 해. 하루 또 하루 의미 있게 살아야 한다고."

노인은 자애로운 표정으로 아이미를 보았다. 당황한 아이미는 레이카의 뒤를 쫓아 가게를 나왔다.

"난 저런 놈이 제일 짜증 나."

레이카가 햄버거를 한입 문 상태로 욕설을 퍼부었다. 아이미는 점심을 제대로 못 먹은 레이카를 따라 근처 맥도날드에 들어갔다. 아이미도 동감이었다. 저런 노인은 젊은 사람들 계몽하는 것을 삶의 보람으로 여기는 구식 인간이다. 오늘 밤 마시는 술은 분명히 맛있을 것이다.

"그러고 보니, 니 딸은 뭐 하고 있어?"

레이카가 프렌치프라이를 하나 집으며 그다지 관심 없다는 표정으로 물었다.

"집에서 혼자 놀고 있어."

"지금 몇 살이지?"

"네 살."

"유치원 같은 데 안 보내?"

"안 보내. 들어갈 자리도 없고 돈도 없어."

"그렇구나."

"레이카, 네 애는 뭐 하고 있는데?"

"엄마가 봐 주고 있지. 나보다 지 할머니를 더 잘 따르기도 하고."

레이카에게도 카렌이라는 아들이 있다. 아마 아직 두 살 정도밖에 안 되었을 것이다. 애 아빠는 아이미도 알고 있다. 젊었을 때 현지 폭주족에서 깃발 들고 다니던 유지란 남자다. 둘은 당연하다는 듯 이혼했다.

"류 짱하고 합치고 싶은데 걸리적거려 죽겠어."

아들을 뜻한다는 건 말하지 않아도 알 수 있었다.

"류 짱이 애들을 싫어하잖아. 그래서 엄마한테 키워 달라고 부탁했다가 크게 한 소리 들었거든. 유지한테 데려다 키우라고 할 수도 있지만, 말해 봤자 거절할 게 뻔해."

아이미는 얘기를 들으며 미소라를 생각했다. 만약 미소라를 키우지 않아도 된다면 어떨까? 잠깐 생각해 봤지만, 답은 나오지 않았다.

"답답해, 너무 어렸을 때 애를 낳았으니. 우리 나이대 여자들은 다들 놀기 바쁘잖아. 난 소개팅도 못 나가 봤어."

"나도 그래."

"꼭 그런 데 가고 싶은 건 아니지만, 자유가 없다고 생각하면 괴롭지. 피곤할 때 밤에 울기라도 하면 정말 목 졸라 죽여 버리고 싶다니까."

"두 살 아니야? 아직도 밤에 울어?"

"그렇다니까. 성장이 좀 느린 거 같아. 아직 기저귀도 못 뗐거든."

미소라는…… 어땠었지? 언제 기저귀를 떼었지? 자신이 키워 온 게 분명한데 그런 기억들이 모호하고 헷갈린다.

"하~ 그래도 귀여울 때는 귀엽긴 하지."

귀여울 때? 아이미는 마음속에서 반추했다. 나는 미소라를 어떻게 생각하고 있었지? 귀엽다고 생각하고 있었나? 아이미는 매장 유리 벽 밖으로 시선을 던졌다. 반사적으로 눈을 가늘게 뜨고 작게 혀를 찼다. 성가신 태양이 눈에 비치는 모든 것을 눈부시게 했다.

3

"다카노 씨가 케이스를 공갈·협박했다고요?"

사사키 마모루는 몸을 내밀며 목소리를 높였다. 미야타 유코가 반사적으로 주위를 둘러보자 마모루는 얼른 소리를 낮추며 고개를 숙였다.

"아, 죄송해요. 미야타 씨, 그게 도대체 무슨 소리예요?"

미야타 유코를 만난 바는 한산했다. 양복을 입은 서양 사람들도 있었는데, 후나오카에 이런 세련된 바가 있었나 싶었다. 사실 마모루는 바에 처음 왔다. 가게 안은 어슴푸레하고 자장가 같은 오르골 음악이 아련하게 흐르고 있었다. 하지만 마모루는 전혀 졸리지 않았다. 확 깨는 얘기를 들었기 때문이다.

"생활 보조금을 받는 사람한테 돈을 요구하다니, 그런 말도 안 되는 얘기가 어디 있어요. 어떻게 그런……."

마모루는 다리가 긴 둥근 테이블을 사이에 두고 마주 보고 있는 미야타 유코에게 따지듯 말했다.

"그 수급자 여성은 따로 수입이 있다는 사실을 숨기고 있었나 봐. 그 사실을 알아낸 다카노 씨가 그것을 빌미로 협박을 했고. 수급을 계속 받는 대신에 수급액 중 일부를 내놓으라고 한 것 같아. 게다가…… 육체 관계까지 요구했나 봐."

미야타 유코가 콧등에 주름을 만들며 찡그렸다. 마모루는 열린 입을 다물지 못했다. 다카노의 평소 모습이 떠올랐다. 일 안 하고 몰래 파친코나 하러 다닌다는 건 알고 있었지만, 그 정도일 줄이야. 직업 정신은 없어도 그런 범죄까지 저지를 거라고는 생각 못 했다. 가정까지 있는 사람이.

"미야타 씨는 그런 정보를 어디서?"

"제보가 들어왔어. 어떤 아저씨가 사무실로 전화했거든. 우연히 나쁜 케이스 워커에 대해 알게 되었다고 말이야. 그 전화를 내가 받았어."

"그분은 어떻게 그걸 알게 된 거죠?"

"패밀리 레스토랑에서 식사하다가 옆 테이블에 앉은 두 젊은 여성이 하는 얘기를 들었대. 둘 중 한 사람이 피해자인데 또 다른 여성에게 그 사실을 털어놓고 있었나 봐."

그런 얘기를 그런 데서 한다니, 제정신이 아니라는 생각이 들었다.

"대화 중에 다카노 씨의 이름이 나왔나요?"

"아니, 케이스 워커라는 말밖에 듣지 못했대."

마모루는 고개를 갸우뚱했다.

"왜 그게 다카노 씨라고 생각하는 거죠?"

"감이지."

"네? 가, 감이라고요?"

"그래."

"그럼 확증도 없는 거잖아요."

"없지."

"그렇다면, 너무 심한 비약 아닌가요? 상대가 남자 케이스 워커라면 저 역시 용의자 중 한 사람이잖아요."

마모루가 자신을 손가락으로 가리키자 미야타 유코는 칵테일 잔을 기울여 한 모금 마셨다. 마시고 있는 건 '키스 인 더 다크'라는 마모루가 모르는 술이다. 마모루는 카루아 밀크를 마시고 있었다.

"나는 말이야, 사람 보는 눈이 정확해. 인간은 크게 둘로 나눌 수 있지. 착한 사람과 나쁜 사람. 사사키는 전자고, 다카노는 후자."

"저를 착한 사람으로 봐 주셔서 감사합니다."

"그 정도 가지고 뭘."

"하지만 다른 남자 직원일 수도 있잖아요."

"그렇지. 하지만 나는 다카노 씨라고 생각해."

미야타 유코는 근거도 없이 확신하고 있었다. 그 정도로 다카노에 대한 평가가 상당히 낮은 듯했다. 솔직히 마모루 역시 직원 중에서 그럴 만

한 사람을 고르라면 역시 다카노를 지목했을 가능성이 높다.

"그나저나 그 얘기, 믿을 만한 건가요? 저는 좀 말이 안 되는 것 같은데."

"유감스럽지만, 사실 같아. 지어낸 얘기 같지 않았어. 거짓말 같은 느낌은 없었거든. 나도 그게 사실이 아니었으면 좋겠어."

진심일까? 나쁘게 생각하고 싶지는 않지만, 미야타 유코는 왠지 이 상황을 즐기고 있는 것 같았다. 정의를 지킨다. 악을 때려 부순다. 이 둘은 같은 듯하지만 미묘하게 다른 느낌이다. 그리고 미야타 유코의 태도는 후자에 속하는 것 같다.

"사사키, 지금 한 얘기는 절대 아무한테도 하지 마."

"이런 일은 과장님께 보고해야 하는 거 아닌가요?"

미야타 유코는 고개를 저었다.

"이렇게 불확실한 상황에서 보고하면 안 돼. 과장이 어떤 사람인지 몰라? 제대로 조사도 해 보지 않고 덮어 버릴 수 있어."

미야타 유코의 미네모토 과장에 대한 평가 역시 그다지 좋지 않구나.

"과장을 나쁘게 말해서 미안해."

마모루는 고개를 갸우뚱했다.

"왜 저한테 사과하시는 거죠?"

"사사키는 과장하고 꽤 사이가 좋잖아."

"나쁘지도 않지만, 특별히 좋은 사이도 아니에요. 상사와 부하 관계 이하도 이상도 아닌."

"정말?"

미야타 유코가 눈을 가늘게 뜨며 물었다.

"왜 그런 눈으로 보시죠?"

"사귀는 거 아냐?"

"네?"

그녀는 조심스럽게 물었다.

"그러니까, 그…… 과장이 남자 좋아하잖아."

마모루는 기가 막혔다.

"지금…… 농담하시는 거죠?"

"그런 거 아니야? 다들 눈치채고 있는데."

그렇게 생각하고 있을 줄은 전혀 몰랐다. 마모루는 관자놀이가 아팠다. 나만 눈치를 못 챈 걸까? 등줄기에 오한이 느껴졌다. 오늘 아침 과장이 자신의 이마에 손을 올렸을 때가 떠올랐다. 그러고 보니 이상하게 신체 접촉을 많이 한다는 느낌은 있었다. 미네모토 과장은 툭하면 마모루에게 같이 저녁을 먹자고 한다. 하지만 그건 상사와 부하 사이로서지 그 이상도 이하도 아닐 것이다. 마모루는 그렇게 믿고 싶었다.

"아무튼, 과장이 사사키를 마음에 들어 하는 건 확실해."

"그런 얘긴 그만하세요."

"<u>흐흐</u>."

미야타 유코가 장난기 어린 눈으로 웃었다.

"과장님이 그…… 게이인지 아닌지는 둘째치고, 저는 역시 상사에게 보고하고 판단을 맡기는 게 좋을 것 같습니다."

"그건 안 된다니까. 현시점에서 보고해 봤자 소용없어. 다카노 씨가 절대 발뺌할 수 없는 상황으로 만들고 나서 하는 게 나아. 증거를 제대로 잡지 못하면 세상에 공표할 수도 없잖아."

"네?"

무심코 목소리가 커진 마모루는 바로 사과했다.

"아, 죄송합니다. 정말 공표할 생각이세요?"

"당연하지."

미야타 유코는 태연한 표정으로 말했다.

"이 일이 세상에 알려지면 후폭풍이 클 텐데요."

만약 이 일을 세상 사람들이 알면 큰 문제가 된다. 세상은 절대로 다카노 한 사람만의 악행이라고 생각하지 않을 것이다. 사회 복지 사무소 전체의 문제로 번질 것이 불 보듯 뻔하다. 경찰이나 교사의 경우를 보면 알 수 있다. 문제 있는 1% 때문에 99%가 곤경에 빠진다.

"어쩔 수 없잖아. 나쁜 건 나쁜 거니까."

"같이 일 하는 사람들 전부 큰 곤욕을 치르게 될 텐데요."

"그 역시 어쩔 수 없어."

"하지만 그게……."

"실망인데. 사사키도 몸 사리는 거야? 이 일, 덮어 버리고 싶어? 내가 상대를 잘못 고른 건가."

미야타 유코는 사람 잘못 봤다는 듯 차가운 눈으로 말했다.

"없던 걸로 하자는 게 아닙니다. 이 일이 세상에 공개되면 그냥 넘어가지 않을 거예요. 이런 사안을 언론에서 그냥 두겠어요? 사람들은 생활 보조금 문제에 민감하잖아요. 그렇지 않아도 신경이 날카로워져 있습니다. 그런데 이 일이 알려져 봐요. 전국의 사회 복지 사무소에 있는 케이스 워커의 입장에 문제가 발생할 겁니다. 괜히 꼬투리 잡고 달려드는 사람도 나올 거고요. 물론 미야타 씨가 말씀하신 것도 맞습니다. 하지만 세상에 알리는 건 신중해야 합니다. 혼란만 가중되고 모두 힘들어질 테니까요."

"하고 싶은 말은 그게 다야? 그냥 넘어가지 않을 거라니, 이런 일이 벌어졌는데 당연한 거 아냐? 내가 우리 업계에 심각한 여파가 생기는 것도 예상 못 할 거 같아? 날 바보 취급하지 말고 잘 들어. 만약 사사키가 말한 대로 다카노 씨 한 사람만 조용히 징계 면직하고 정리한다고 치자. 어차피 나중에는 이 일이 세상에 들통나게 돼 있어. 숨기고 넘어가는 짓이야말로 눈 뜨고 볼 수 없는 대참사를 부르게 될 거라고. 그렇게 되면 사사키가 책임질 수 있겠어?"

미야타 유코는 여전히 차가운 눈빛을 유지하고 있었다.

"그건 저도 어떻게 할 수 없겠죠."

"거봐, 사사키의 판단은 잘못된 거야. 앞뒤를 잘 생각해야 해."

마모루는 더 할 말이 없었다. 미야타 유코가 새삼 무섭게 느껴졌다. 항상 정론을 뱉어 내는 그녀 앞에 있으면 자기혐오에 빠지게 된다. 자신이 지독하게 추악한 생물처럼 느껴진다. 마모루는 조용히 한숨을 내쉬었다. 이래 봤자 소용없다. 결국은 위에서 판단할 일이다. 말단인 자신이 어떻게 할 수 있는 문제가 아니다. 기분 탓인지 몸이 나른해졌다. 심각한 얘기를 해서 그런지 정신적으로 지친 것 같다.

"그런데 미야타 씨는 왜 이런 얘기를 저한테 하신 거죠?"

문득 생각나서 물었다.

"사사키가 여러 가지로 도와줘야 할 것 같거든."

"여러 가지라뇨?"

"그 얘긴 좀 더 마시고 나서 하자."

미야타 유코가 입꼬리를 올리며 미소를 짓더니 카운터 너머에 있는 바텐더를 불렀다.

"여기 러시안(보드카와 진에 카카오를 섞어 만든 칵테일) 한 잔 주세요."

거드름 피우는 태도가 묘하게 무서워 보였다. 도대체 무슨 일을 시키려는 걸까.

"사사키는 왜 케이스 워커가 됐어?"

러시안인가 뭔가 하는 술이 담긴 잔을 받은 미야타 유코가 물었다. 이미 그녀는 다섯 잔 이상 마셨다. 마모루는 아직도 한 잔째였다.

"저는 그냥, 이동한 근무처가 여기라서……."

"그럼 공무원은 왜 됐어?"

또 다른 어려운 질문에 마모루는 멈칫했다.

"아, 그건…… 성격상 민간 기업은 잘 안 맞는 거 같아서……."

"그게 무슨 소리야."

미야타 유코가 피식 웃음을 터뜨렸다. 하지만 그건 사실이다. 느긋하고 신경이 예민한 마모루는 경쟁이나 실적으로 결정되는 세계에서는 살아 나갈 수 없을 것 같았다. 치졸한 생각이지만, 공무원은 민간 기업과 비교해서 다소 평온한 분위기일 것이라 상상했다. 결국, 여기서도 실적에 쫓기는 나날을 보내는 처지가 되긴 했지만.

미야타 유코가 입을 다물어서 대화가 끊겼다. 그녀는 묵묵히 술잔을 기울이고 있었다. 술술 마시다 보니 어느새 잔이 또 비었다. 그녀는 역시 마모루가 모르는 니콜라시카라는 술을 새로 주문했다.

"그러고 보니, 야마다 씨와 야노 씨는 어땠어? 오전에 방문했잖아."

미야타 유코가 설탕을 뿌린 레몬을 반으로 접으며 물었다. 마모루는 미간을 찌푸렸다.

"어떻게 그런 걸 아시죠?"

"예정표에 적혀 있으니까."

놀랐다. 분명히 예정표에 적혀 있긴 하지만, 다른 직원의 방문처 같은 걸 외우는 사람은 없기 때문이다. 마모루는 오늘 미야타 유코가 어디의 누굴 방문했는지 전혀 모른다.

"만만치 않네요, 둘 다."

"둘 다 수상하지."

거기까지 알고 있는 건가. 마모루가 또 놀란 표정을 짓자 미야타 유코가 설명했다.

"사사키의 일보를 꼼꼼히 읽어 보거든."

사무소에서는 매일 업무 보고를 전 직원에게 메일로 보내는 것이 의무화되어 있다. 하지만 임직원들만 그 내용을 제대로 읽어 보는 줄 알았다. 말단은 다른 사람의 업무 보고 확인은커녕 자기 앞가림하기도 힘들다.

미야타 유코는 반으로 접은 레몬을 입에 넣더니 이어서 칵테일 잔을 기울였다. 니콜라시카라는 술은 그런 식으로 입 안에서 중화시켜 마시는 것인가 보다. 자신보다 훨씬 많이 산 것 같은 그녀가 동갑인 것이 믿기지 않았다. 마모루는 그런 미야타 유코를 힐끗힐끗 훔쳐봤다. 별로 화장기가 없는 얼굴이지만 미인 축에 속했다. 약간 매부리코라 기가 더 세 보였다.

"사사키, 포기하면 안 돼."

"네?"

"야마다 씨도 야노 씨도. 부정 수급이라면 더더욱 말이야."

"네, 포기하지 않겠습니다."

"이런 건 끈기 싸움이야. 우리가 포기하면 일본은 나쁜 놈이 이기는, 자존심도 존엄도 없는 나라로 전락해 버려. 우리는 국가의 도덕적 해이를 막는 방파제 역할을 하고 있다는 것 잊지 마."

뭔가 거창한 말을 참 잘한다. 미야타 유코의 정의는 어디에서 오는 걸까. 그녀의 주장이 틀린 건 아니지만 왠지 위화감이 느껴진다. 물론, 미야타 유코가 생활 복지과의 에이스라는 건 의심할 여지가 없다. 실적으로 그녀를 뛰어넘을 사람은 없다. 매달 두 사람은 반드시 부정 수급자로 적발해 낸다. 민간 기업의 영업직이라면 틀림없이 매달 표창장을 받았을 것이다.

"미야타 씨는 참 대단하신 거 같아요."

마모루는 솔직한 생각을 말했다.

"뭐가?"

"에너지가 넘친다고 할까. 의지가 충만하다고 할까."

"그러는 사사키는 의욕이 없어?"

"아뇨, 물론 저 나름대로 진지하게 임하고 있지만, 미야타 씨에게는 머리가 숙여집니다."

"그렇게 생각하면 안 돼. 안 되는 건 안 되고, 당연한 건 당연한 거잖아. 특별할 게 뭐 있어."

미야타가 테이블을 두드리며 눈을 치켜떴다.

"그건 그렇죠."

마모루는 생각지 못한 질타에 몸이 경직되었다. 자세히 보니 미야타 유코의 눈이 풀려 있었다. 미야타 유코가 몸을 가까이 내밀었다.

"사사키는 말이야. 좋은 사람 같긴 한데, 그 성격이 나쁜 결과를 낳을 때가 있어. 지난주에 20대 미혼모가 사무소에 왔던 거 기억해?"

지난주, 사무소에 아이 둘을 데리고 한 여자가 왔었다. 그때 상담 창구에 있었던 사람이 마모루였다.

"그렇게 된 것도 다 자업자득 아니야? 스무 살에 임신해서 결혼했다가 이혼하고, 바로 또 딴 남자 만나 애 만들고 이혼하고. 그런 짓을 반복하다 돈이 없으니 도와달라니. 너무 뻔뻔한 얘기 아니야?"

"맞는 말씀이세요."

상담 내용을 다 듣고 있었던 건가? 역시 미야타 유코는 방심할 수 없다.

"그런데도 사사키는 정중하게 응대했잖아. 네네, 하며 고개를 끄덕이면서 위로의 말까지 했고."

"일단 얘기는 제대로 들어야 해서……."

"그 여자, 가짜로 울면서 말하는 거 못 느꼈어?"

그 미혼모는 자신이 얼마나 어려운 생활을 하고 있는지 울먹이며 호소했다.

"사사키, 설마 그 신청을 받아 준 건 아니겠지?"

미야타 유코가 의심스러운 시선을 보냈다.

"물론 그렇게 쉽게 받아 주지 않습니다. 다만 생활이 어려운 건 확실한 듯하니 검토의 여지는 있어서……."

미야타 유코가 또 테이블을 두드리며 눈을 부릅떴다.

"너무 물러. 너무 물러. 그런 걸 통과시키면 한도 끝도 없어. 그 여자 스마트폰 제대로 봤어? 그거 바로 얼마 전에 새로 나온 거잖아. 앞뒤가 전혀 맞지 않아. 잘 들어, 사사키. 그런 건 문전 박대해야 해. 안 그러면 결국, 돌고 돌아서 우리의 목을 조르게 될 거라고."

"지당한 말씀이긴 한데……."

"그런데 뭐?"

"아, 아무것도 아닙니다."

미야타 유코는 어깨를 으쓱하더니 칵테일을 단숨에 들이켰다. 그리고 손수건으로 입을 닦더니 벌떡 일어섰다.

"자, 2차 가자."

"아, 저는 여기서 그만……."

"안 돼. 사사키도 같이 가."

미야타 유코가 사사키의 팔을 꽉 잡았다. 뭐야, 이 여자. 마모루는 아연실색하며 미야타 유코를 쳐다봤다.

"아직 정말 중요한 얘기를 하지 않았어."

"여기서 하시면 안 되나요?"

"안 돼."

마모루는 깊이 한숨을 쉬었다. 대체 무슨 부탁을 하려는 걸까.

가게를 나갈 때, 마모루는 얼른 가서 계산하려는 미야타 유코를 막았다. 오늘 아침 다카노 건으로 신세 진 일도 있고 해서 술값은 자기가 내야겠다고 생각한 것이다. 그걸 알아차린 미야타 유코가 '더치페이'를 하자고 했다.

"아침에 빚진 것도 있으니 제가 낼게요."

"나는 사 주는 것도 얻어먹는 것도 절대 싫어."

이 여자는 정말 적응이 안 돼. 마모루는 새삼스럽게 그런 생각을 했다.

4

요즘 같은 시간에 눈을 뜬다. 잠자리에 드는 시간은 제각각인데 기상 시간은 약속이라도 한 것처럼 정해져 있다. 그다지 시간에 쫓기는 신세가 아니라 마음껏 자고 싶지만 몸이 그걸 허락하지 않는다. 지금 이 순간도 그렇다. 시계를 확인하니 역시 여느 때와 같이 정오에 접어드는 시각이었다. 다시 누워 봤자 잠들지 못할 게 분명했다. 나도 이제 젊지 않다는 얘긴가? 42세의 야마다 요시오는 멍한 머리로 상념에 빠져 있었다.

눈을 거칠게 비비자 눈곱이 부슬부슬 떨어졌다. 머리맡에 있는 빈 컵라면 용기에 가래침을 뱉고 그 옆에 있는 뚜껑이 열린 츄하이(소주에 약간의 탄산과 과즙을 넣은 일본의 주류) 캔을 향해 손을 뻗었다. 어제 마시다 남은 것이다. 요시오는 아직 반쯤 남아 있는 것을 확인하고 입으로 가져갔다. 하지만 바로 뱉어 냈다. 재떨이를 대신해 담배꽁초를 넣은 것을 까먹고 있었다. 부엌으로 가서 수돗물로 몇 번이고 입을 헹궜다. 하지만 입 안의 형용할 수 없는 쓰고 찝찝한 맛은 좀처럼 가시지 않았다.

화장실로 가서 소변을 봤다. 조준을 제대로 못 했는지 오줌이 변기에서 크게 벗어나 바닥으로 튀었다. 귀찮아서 그냥 두기로 했다. 화장실을 나오는데 무언가를 밟고 말았다. 물컹, 하는 감촉이 느껴졌다. 확인은 하지 않았다. 귀찮기도 했지만 혹시 이상한 것일까 봐 두려웠다.

청소하지 않으면 당연히 더러워진다는 것을 요시오가 실감한 건 서른다섯이 넘어서였다. 그 전까지는 아내가 청소했다. 아내는 7년 전에 당시 여덟 살이었던 딸을 데리고 집을 나갔다.

배에서 꼬르륵 소리가 났다. 일하거나 움직이지 않고 가만히 있는데 배가 고파지다니. 아무래도 태어나서 사는 것은 그 자체만으로도 힘든 것 같다. 공짜로 먹고 살 수는 없으니 말이다.

주전자에 물을 넣어 끓이고 선반에서 아무 컵라면이나 골라 두 개를 꺼냈다. 하나만 먹으면 배가 차지 않아서 항상 두 개씩 먹는다. 더운물을 넣고 3분도 못 기다리고 열어서 젓가락을 집어넣었다. 아직 덜 익은 면을 기계적으로 위 속으로 삼켜 넘겼다. 후루룩 소리와 함께 면을 입에 넣으며 아무 생각 없이 벽에 걸려 있는 달력으로 시선을 옮겼다. 오늘 날짜에 빨간색 글씨가 표시되어 있었다.

아, 그렇지. 요시오는 무릎을 쳤다. 오늘은 병원 가는 날이다. 깜박 잊고 있었다. 전에는 예약해 놓고 까먹었다가 그 돌팔이 의사로부터 적지 않게 싫은 소리를 들었다. 오늘은 떠올라서 다행이다. 전화로 콜택시를 불렀다. 이런 무더위에 걸어서 이동하는 건 도저히 엄두가 나지 않았다.

여기저기 널려 있는 양말을 하나씩 집어 들어 냄새를 맡았다. 비교적 냄새가 지독하지 않은 것을 한 짝 발견했다. 다른 한 짝은 어디 갔지. 요시오는 허리를 굽히고 좁은 방 안을 빙빙 돌아다녔다. 아무리 찾아도 보이지 않아 포기하려다가 간신히 찾아냈다. 평소에 사용하지 않는 방석 밑에 깔려 있었다.

요시오는 혀를 찼다. 이 방석은 어제 사회 복지 사무소에서 사사키가 왔을 때 놈의 엉덩이 밑에 깔렸던 것이다. 사사키는 바람이 불면 날아갈 것같이 생긴 애송이 주제에 건방지게 입만 살아서 아주 얄밉기 짝이 없다. 그래서 어제는 설복해 주었다. 사사키는 얼굴을 붉히며 화를 냈다. 아주 고소하다. 다만 앞으로의 일을 생각하면 너무 밉게 보여 봤자 좋을 게 없다.

말을 알아들으면 좋았을 텐데 사사키는 정말 고지식한 녀석이다. 모처럼 생각해서 여자랑 재미 좀 볼 방법을 알려 줬지만, 전혀 관심을 보이지 않았다. 오히려 더 딱딱한 태도만 보였다. 요즘 젊은 남자애들은 다 저런 걸까.

요시오는 소리 내며 크게 하품을 했다. 오늘 밤엔 오랜만에 '미장스'에 얼굴을 내밀어야겠다. 지난달 치 보수도 받을 겸. 가만히 있으면 돈은 영원히 들어오지 않을 것이다.

후나오카 시내에 있는 평화 자혜 종합 병원 대기실, 요시오는 신문을 보면서 순서를 기다리고 있었다. 지금의 자신과 요만큼도 관계없는데도 경제란 등을 훑어보는 건 젊었을 때 증권 회사에서 근무했기 때문이다.

지금 생각하면 당시의 자신은 솔직하고 순수한 인간이었다. 털끝만큼도 의심을 하지 않고 회사와 상사의 가르침을 꿋꿋하게 지켰다. 그래서 희생양이 되기에는 안성맞춤이었을 것이다. 별로 관여하지도 않았던 일의 실패에 대한 책임을 떠넘기더니 회사에서 쫓아냈다.

심심해서 주위를 둘러봤다. 이곳에 오면 초고령 사회가 정말이구나, 하고 생각하게 된다. 언제 와도 노인들뿐이다. 그래도 이곳이 병원이라는 걸 생각하면 한편으로 다행이라는 생각도 든다. 반대로 자기 빼고 젊은 사람들뿐이라면 그게 훨씬 더 무서울 거 같으니까. 그건 그렇고, 노인들은 쓸데없이 말이 많다. 여기저기 옆에 있는 사람하고 재잘재잘

수다를 떨고 있다. 기분 탓인지 노인 특유의 냄새도 풍기는 것 같다.

그렇게 이리저리 시선을 옮기던 요시오의 눈이 어떤 곳에서 멈추었다. 서른 살 정도의 엄마와 초등학교 저학년으로 보이는 남자아이가 나란히 앉았는데, 울고 있는 듯했다. 그것도 엄마 쪽이.

엄마는 베이지색 카스케트 모자를 푹 눌러쓰고 고개를 숙인 채 손수건을 눈가에 대고 있고, 옆에 있는 아들은 그런 엄마의 팔을 어루만지며 걱정스러운 표정으로 얼굴을 들여다보고 있었다. 그 묘한 광경을 본 요시오는 의아했다.

문득 고개를 든 엄마와 요시오의 눈이 마주쳤다. 그녀가 살짝 고개를 끄덕여서 요시오 역시 반사적으로 묵례를 했다. 하지만 그때는 이미 여자가 시선을 다른 곳으로 돌리고 있었다. 뭐야, 기분 나쁜 여자네. 솔직히 그런 느낌이 들었다. 분명히 정서 불안일 거야. 요시오는 문득 아이가 불쌍했다. 저 남자애는 몇 학년일까. 키로 봐서는 2학년 정도 될까.

아내와 딸이 요시오 곁을 떠났을 때, 딸 아야노도 2학년이었다. 아야노는 말괄량이 같은 성격이었다. 싸우다 남자애를 울린 적도 있었다. 하지만 그건 7년 전의 일이다. 지금은 중학생이 되어 있을 것이다. 한번 상상을 해 봤지만 어떤 모습일지 잘 그려지지 않았다.

[야마다 요시오 씨.]

스피커에서 이름이 호출되자 요시오는 지정된 진료실로 들어갔다. 문 안쪽에 요시오의 담당 의사인 이시고가 그 거구의 몸으로 의자 등받이에 기대어 넉살 좋게 앉아 있었다.

"오랜만이네."

이시고가 빈정거리는 말투로 인사했다. 요시오는 지난주도 그 전 주도 이 병원에 왔었다.

"허리 상태는 어떻지?"

"선생님, 그 무슨 농담을 또."

이시고는 코웃음을 치더니 몸을 돌려 컴퓨터 자판을 두드리기 시작했다.

"흐흥, 매번 똑같은 건 재미가 없잖아. 새로운 병이라도 붙여 줄까?"

그가 히죽거리며 중얼거렸다. 풍모도 말하는 것도 의사 같지 않은 남자다.

"야마다 씨, 오늘은 엑스레이라도 찍어 볼까?"

갑자기 생각났다는 듯 이시고가 물었다.

"왜요?"

"그래야 더 그럴듯해 보이지 않아?"

"그냥 찍은 거로 해 주세요."

"안 돼. 일단 찍었다는 기록을 남겨 놔야 해."

"그럼 빨리 찍어 버리죠, 뭐."

요시오는 알아서 엑스레이 촬영실로 갔다. 티셔츠를 벗고 상반신 알몸이 되었다. 바지와 팬티를 내려 엉덩이를 반쯤 보였다. 여러 번 각도를 바꿔 촬영했다. 물론 이것이 엑스레이 사진으로 나오지는 않을 것이다.

"수고했어."

"수고하셨습니다."

요시오는 옷을 다시 입었다.

"또 입원이라도 해 볼래? 빈 침대도 있는데."

"아이고, 그건 싫습니다. 지겨워서 못 있어요."

"금방 퇴원시켜 줄게."

"제발 참아 주세요. 어차피 바로 또 입원해야 하잖아요."

이시고가 듣기 싫은 목소리로 크게 웃었다.

빙글빙글 병원, 이것이 이 병원이 음지의 세계에서 불리는 별명이다. 요시오처럼 의료비가 들지 않는 생활 보조금 수급자들을 모아 단기간 빙글빙글 빈번하게 입퇴원을 반복시켜서 그렇게 불린다. 게다가 매번 대량으로 나오는 약은 전혀 필요 없는 것들이다. 그렇게 하면 병원 측은 나라에 높은 의료비를 청구할 수 있게 된다. 국가로부터 받는 돈은 물론 국민이 내는 세금이다.

"아, 맞다. 야마다 씨, 당신 요즘 가네모토 일 돕는다며?"

다시 진찰실에서 마주 앉은 이시고가 굵은 목을 긁적거리며 물었다. 요시오는 움직임을 멈췄다.

"선생님, 어디서 그런 소리를……."

이시고는 입꼬리를 치켜올렸다.

"소문이란 건 빠르게 퍼지는 법이지. 그래서, 당신 푸셔(pusher, 마약 밀매업자)야?"

"아뇨, 그냥 허드렛일하고 있어요."

"물건은 아이스(얼음처럼 생긴 마약)?"

"아니, 아니라니까요."

"그럼 종이(종잇조각 모양 마약)? 아니면 눈(가루 형태의 마약)?"

예전이었다면 요시오는 이시고가 무슨 말을 하는지 전혀 못 알아들었을 것이다. 하지만 지금은 다르다. 이젠 그게 마약의 종류를 뜻하는 은어라는 걸 안다. 요시오는 잠시 생각하더니 씁쓸한 표정으로 말했다.

"알약입니다."

"알약이라. 뭐, 아이스 같은 거보다 하기 쉽겠네. 그래도 조심해. 실수로라도 손댔다가는 큰일 나."

이시고는 늘어진 턱살을 쓰다듬었다.

"알고 있다니까요. 전 그런 거 겁나서 못 해요."

"그렇게 말하고 다들 손대더라."

이시고가 그때만 잠깐 요시오로부터 시선을 돌리며 말했다. 역시 그게 사실이었구나, 하고 요시오는 생각했다.

"빌어먹을 약쟁이 새끼가." 요시오에게 판매원 일을 시킨 가네모토 류야가 이시고와의 전화를 끊고 나서 내뱉은 말이었다. 하지만 이시고가 별로 그런 사람으로 보이지 않는 것이 신기했다. 얼굴색도 좋고 언동에도 위화감이 느껴지지 않았다. 물론 야쿠자하고 짜고 더러운 돈을 탐하고 있으니 제대로 된 인간이 아닌 건 분명하다. 하지만 그건 요시오도 마찬가지다.

"가네모토 만나면 밥이라도 한번 사라고 전해 줘."

진찰실을 나갈 때 이시고가 말했다. 요시오는 애매하게 고개를 끄덕이고는 병원을 나왔다.

요시오는 밤이 될 때까지 파친코에서 시간을 때우기로 했다. 미장스에서 가네모토를 꼭 만나야 한다. 지난달 보수를 아직 받지 못했다. 일단 가네모토에게 전화를 걸어 가게에 얼굴을 내밀겠다는 음성 메시지를 남겨 두었다. 가네모토는 기본적으로 이쪽에서 건 전화는 받지 않는다. 그러면서 자기 전화를 안 받으면 성질을 부린다.

장시간 같은 자세로 앉아 있었더니 간만에 허리에 둔한 통증이 왔다. 요시오에게 허리 통증이 있다는 건 거짓이 아니었다. 허리디스크 진단을 내린 것도 이시고가 아닌 제대로 된 의사였기 때문에 틀림없을 것이다. 하지만 호전된 지 오래다. 가끔 지금처럼 통증이 오긴 하지만 생활하는 데는 전혀 지장이 없다.

택시 운전 일을 그만둘 수밖에 없었던 건 정말로 허리 통증이 원인이었다. 대충 참으며 지내다가 전혀 나을 기미가 없어서 과감하게 휴직계를 냈더니 그대로 쫓겨난 것이다. 회사도 한창 인원 정리를 하던 때라 마침 잘됐다는 듯 압력을 가했고, 그 결과 하는 수 없이 퇴사하게 되었다. 그 택시 회사는 몇 개의 직장을 전전하다 자리 잡은 곳이었다. 경력도 별로 없고 근무 태도도 좋지 않은 요시오가 인원 정리에서 살아남을 리 만무했다.

가네모토 류야와 만난 건 그 시기였다. 나쁜 동료로부터 나쁜 인간을 소개받기를 반복하다 알게 되었다. 생활 보조금을 받도록 종용했던 것도 가네모토였다. "아무 일 안 해도 돈이 들어오면 좋은 거 아냐?"라는 말에 귀를 기울이지 않는 실업자는 없다.

이 야쿠자는 생활 보조금에 관한 지식이 풍부했다. 뭘 준비해서 어떻게 신청하면 좋은지를. 가네모토가 알려 준 생활 보조금 신청 방법에는 요령이 있는데, 하라는 대로만 하면 문제없이 수리된다는 것이다. "결국엔 말 잘하는 놈이 통해. 영업 일하는 거랑 똑같아."라며 자신 있게 말했다. 가네모토가 그런 것에 도가 튼 건, 그것이 그들 세계에서 말하는 '돈줄'이기 때문이다.

확실히 가네모토의 조언대로 신청하면 깔끔하게 수리되는 것은 가능하다. 그 대신에 매월 수급액의 반을 가네모토에게 바쳐야 한다. 그것이 반영구적이라는 것을 요시오가 알게 된 건 맨처음 생활 보조금을 받던 날이었다.

잘 생각해 보면 뻔한 결과였다. 야쿠자가 득실을 따지지 않고 도움을 줄 리가 없다. 요시오는 가네모토가 야쿠자라는 것을 새삼스레 깨달았다. 당연히 반이나 돈을 가져가면 생활이 유지되지 않는다. 그렇다고 일도 할 수 없다. 요시오는 자신의 바보 같음을 저주할 수밖에 없었다.

"이봐, 아저씨."

갑자기 들려온 소리에 요시오는 고개를 옆으로 틀었다. 옆에서 파친코를 하던 탱크톱 차림에 갈색 머리카락의 젊은 남자가 불쾌하다는 표정으로 요시오를 노려보고 있었다. 어깨에는 볼품없는 문신이 새겨져 있었다.

"……잖아."

"뭐?"

가게 안이 워낙 시끄러워서 말이 잘 안 들렸다.

"아저씨, 냄새나잖아. 다른 데 가서 해."

저리 가라는 듯 손을 팔락거렸다. 아, 냄새 말이구나. 생각해 보니 목욕한 지 3일은 된 것 같다. 요시오 역시 냄새나는 놈이 가까이에 있으면 저리 가라고 했을 것이다. 사람은 보통 자신의 냄새에는 관대하다.

"모리노구미(森野組) 알아?"

갈색 머리 남자의 귓가에 대고 요시오가 속삭였다. 그는 반사적으로 몸을 휙 뒤로 뺐다.

"어?"

갈색 머리는 수상하다는 표정을 지었다.

"내가 그쪽 사람이야. 지금 버릇없이 군 거는 봐줄 테니 꺼져라."

요시오는 담담한 말투로 말했다. 거짓말은 아니었다. 관련은 있으니까. 갈색 머리는 아랫입술을 깨물더니 눈을 깜박거렸다. 요시오의 말이 진짜인지 속으로 따져 보고 있을 것이다.

"왜? 우리 애들 좀 불러?"

요시오가 핸드폰을 꺼내 보였다.

"……잘못했습니다."

갈색 머리는 고개를 숙이더니 가지고 있던 파친코 구슬도 그 자리에 두고 급히 자리를 떴다. 요시오는 코를 훌쩍거렸다. 작은 쾌감을 느꼈다. 자신은 모리노구미의 사람이다. 이런 사소한 시비는 대체로 그 한마디로 정리된다. 그 지역에 사는 사람이라면 모리노구미의 이름을 모를 리가 없다.

모리노구미는 구성원이 채 열 명도 안 되는 소규모 조직이지만 그래도 야쿠자다. 참고로 가네모토 류야는 모리노구미의 구성원이자 세크캬바 '미장스'의 점장이기도 하다. 조직에서 반강제로 시키고 있는 일이다.

그때부터 간헐적으로 당첨이 되어 구슬이 늘었다 줄었다를 반복했다. 요시오는 적당한 타이밍에서 멈추고 가게를 나왔다. 땄느냐 못 땄느냐 묻는다면 땄다고 할 수 있지만 네 시간 하고 겨우 6천 엔이라 별로 만족스럽지 않았다.

'미장스'에 가기 전에 캡슐 호텔에 가서 샤워를 했다. 남자가 자신의 냄새를 어떻게 생각하는지는 신경 쓰지 않지만, 여자에게 거부감을 느끼게 하고 싶진 않았다. 요시오는 가네모토로부터 보수를 받으면 가게에서 좀 놀다가 여자를 산 다음 집에 갈 생각이었다.

건물 밖으로 나오니 밤하늘로 바뀌어 있었다. 태양은 지평선 너머로 모습을 감추고 어둑어둑한 거리를 노란 달이 어슴푸레 비추고 있었다. 번화가로 가서 네온 불빛을 받으며 활보했다. 10m 간격으로 삐끼들이 말을 걸었다. 아는 얼굴도 있어서 몇 마디 주고받았다.

미장스가 있는 빌딩이 전방에 보였다. 나비넥타이를 한 정장 차림의 보이가 밖에 서 있었다. 보이가 요시오를 발견하고 멀리서 허리 굽혀 인사했다. 그 얼굴에는 긴장감이 어려 있었다. 아직 스무 살 정도인 이 남자는 점장 가네모토와 요시오가 어떤 사이인지 모를 것이다. 요시오 역시 야쿠자라고 생각할지도 모른다. 요시오가 물었다.

"가네모토 씨 있지?"

"잠깐 외출하셨는데요, 곧 돌아오실 겁니다."

"그래? 수고해."

요시오는 보이의 어깨를 툭 두드리고 계단을 올라갔다. 문을 열고 가게 안으로 들어가자 또 다른 보이가 빠른 걸음으로 다가왔다. 이 남자도 조금 전 보이처럼 요시오가 어떤 사람인지 잘 모른다. 실례하면 안 된다고 생각하는지 곧은 자세를 유지하고 있다. 가게 안에 음악이 깔리면서 막 영업이 시작된 듯했다. 아직 이른 시간이라 손님은 보이지 않았다.

"야마다 씨, 어서 오세요."

"가네모토 씨를 만나러 왔는데 어디 나갔다며."

"네, 곧 돌아오실 겁니다."

"응, 들었어. 그럼 잠깐 놀면서 기다릴까. 아가씨들은 출근했지?"

요시오가 묻자 보이의 얼굴이 확 어두워졌다.

"왜 그래? 무슨 일 있어?"

보이는 뭔가 말하기 어려운 듯 눈만 치켜뜨고 말했다.

"야마다 씨, 이제부터 조금이라도 요금을 내 주시면 좋겠습니다. 물론 전액이 아니라도 괜찮습니다만."

뜻밖의 말을 들은 요시오의 얼굴에 노여움이 나타났다.

"무슨 소리야. 나는 가네모토 씨가 마음대로 놀아도 된다고 했잖아."

"그렇습니다만, 그…… 점장님이 다음부터는 돈을 받으라고 하셨거든요. 죄송합니다."

"뭐가 어째?"

"죄송합니다."

"죄송해서 되는 게 아니라, 나 돈 없어."

"정말 죄송합니다."

보이는 고개만 연거푸 숙일 뿐 말이 통하지 않았다. 그때, 등 뒤에서 문이 열리는 소리가 들렸다. 요시오가 뒤돌아보니 바로 뒤에 회색 정장 차림의 가네모토 류야가 서 있었다. 큰 키에 호리호리한 몸, 삼백안으로 쏘는 듯한 눈빛을 보고 있으면 안 지 1년이 넘었지만 아직도 약간 긴장감을 느낀다. 요시오가 고개 숙여 인사했다.

"가네모토 씨, 오셨어요."

"무슨 일 가지고 그래."

보이가 얼른 가네모토에게 귓속말을 했다. 작은 소리였지만, "또 돈 안 내고 놀려고 합니다."라는 말이 들렸다.

"아, 그랬구나. 야마다, 서비스 기간 끝났어. 이제 제 돈 내고 놀아."

가네모토가 퉁명스럽게 말했다.

"하지만……."

"하지만은 무슨 하지만. 네가 공짜로 논 만큼 가게가 손해라고. 그런 바보 같은 짓은 더 못 하지. 게다가 너, 여자 산 것까지 안 냈다며. 난 그렇게까지 해 준다고 말한 적 없어."

"그럼 그 보수 대신이라는 얘기는……."

거기까지 얘기하는데 가네모토가 요시오의 목덜미를 잡더니 억지로 안쪽에 있는 VIP룸으로 끌고 들어갔다. 들어가자마자 얼굴을 몇 센티 앞까지 들이대고 겁을 줬다.

"이 새끼, 가게 안에서 무슨 소리를 지껄이는 거야. 네가 비아그라 팔고 있는 거 아무도 모른단 말이야."

그 기세로 요시오는 소파에 내동댕이쳐졌다. VIP룸이라고 해도 싸구려 소파라 뒤로 자빠지며 부딪친 등에 강한 충격이 느껴졌다. 요시코는 콜록거리며 사죄했다.

"죄송합니다. 저도 모르게 그만……."

가네모토가 말한 비아그라는 일반적으로 알고 있는 발기 부전 치료제를 뜻하는 것이 아니다. MDMA라는 위법의 약, 즉 불법 마약을 말하는 것이다. MDMA는 의식을 각성시켜서 흥분을 촉진하지만, 과잉 복용하면 강렬한 환각을 일으키는 것으로 알려져 있다. 왜 이것을 비아그라라고 부르는가 하면, 가네모토가 취급하고 있는 MDMA는 비아그라처럼 보라색 알약이라 언뜻 보면 전혀 구분되지 않기 때문이다. 게다가 좋은 건지 나쁜 건지 MDMA에는 성적 흥분을 촉진하는 작용도 있다.

속칭 '엑스터시'라고 불리는 이유이기도 하다.

바로 얼마 전, '비아그라인 줄 알고 먹었는데 마약이었다.'라는 농담 같은 사건이 뉴스에 나왔는데, 그것이 바로 가네모토가 팔고 있는 MDMA였다.

"그래서, 오늘은 무슨 일이야. 그냥 놀러 온 거야?"

가네모토가 비뚤어진 테이블 위치를 바로잡으면서 요시오에게 물었다. 이어서 소매로 테이블 위의 먼지를 털어 냈다. 이 야쿠자는 어울리지 않게 깔끔한 면이 있다.

"지난달 급여를 아직 못 받아서요."

가네모토가 또 성질을 냈다.

"아이! 좀 전에 한 얘기 못 들었어? 너 우리 가게에서 얼마나 처논 줄 알아? 지난번에는 신나서 샴페인 한 병 마셨다며. 그렇게 논 돈이 전부 얼마나 되는 줄 아느냐구? 지난달은 합해서 10만 엔이 넘어. 그렇게 논 것도 모자라서 돈까지 내놓으라고? 잠꼬대는 자면서 해."

요시오는 반론하지 않았다. 관자놀이에 핏대가 선 가네모토 앞에서 이 이상 무슨 말을 할 수 있을까. 가네모토가 사람을 죽였다는 소문도 있다.

하지만 가네모토는 말도 안 되는 소리를 하고 있다. 일의 속사정은 이렇다. 생활 보조금의 반을 내는 것을 면제해 줄 수 없냐며 호소하던 요시오에게 가네모토가 제안했다. 흔히 '푸셔'라고 불리는 마약 판매원 일을 해 준다면 생활 보조금의 반을 내는 것을 면제해 준다. 반대로 돈을 줄 수도 있다.

왜 이런 일을 가네모토가 제안했는지, 이유는 두 가지다. 하나는 요시오 같은 일반인은 경찰의 감시가 허술해서 잘 잡히지 않는다는 것. 또 하나는 가네모토가 마약을 취급하고 있다는 것을 조직에게 비밀로 하고 있기 때문이다.

가네모토가 소속되어 있는 모리노구미에서는 마약은 금지되어 있다. 괜히 손을 댔다가 들키면 파문된다고 한다. 가네모토는 요시오 앞에서 잘난 척하고 있지만, 모리노구미 안에서는 제대로 된 직함도 없는 구성원 중 하나에 불과하다. 나이도 아직 다른 사람들보다 어린 편이다.

아무튼, 요시오로서도 선뜻 받아들일 수 있는 내용이 아니었다. 아무리 좋은 조건의 일이라고 해도 마약이라니. 그러다 경찰에게 붙잡히면 어쩌란 말인가. 게다가 돈을 받는다고 해도 고작 한 달에 8만 엔이다. 리스크를 생각하면 터무니없는 금액이다. 그런 일 못 하겠다고 했더니 "내가 운영하는 이 가게에서 맘대로 놀아도 돼."라고 가네모토가 말했다. 그런 거로 되겠냐고 생각했지만, 계속 거절하면 어떻게 나올지 몰라서 받아들이기로 했다. 요시오에게는 처음부터 선택지는 없었던 것이다.

"아, 류 짱. 여기 있었네."

갑자기 문이 열리더니 젊은 여자 둘이 우르르 들어왔다. 한쪽 여자는 낯이 익었다. 이 가게의 서비스 담당 아가씨다.

"지금은 정신이 없으니 나중에 얘기해."

"뭐야, 모처럼 쓸 만한 애 하나 데려왔는데."

낯익은 금발의 여자가 입을 삐죽거리며 말했다.

"오오, 그래?"

가네모토가 돌아섰다. 그러고는 정중하게 허리를 굽히며 말했다.

"처음 뵙겠습니다. 점장인 가네모토라고 합니다. 잘 부탁드려요."

"하하, 류 짱. 아이미야, 아이미. 전에도 일했었잖아. 미레이란 가명이었지."

"미레이? 미안. 미안. 애들이 워낙 많아서 다 기억 못 하거든. 다시 와 줬구나. 이번에도 잘 부탁해."

"잠깐, 레이카. 나 일한다고 한 적 없잖아."

가만있던 갈색 머리카락의 여자가 이의를 제기했다.

"무슨 소리야. 여기까지 와서 그럼 안 되지."

"네가 강제로 끌고 온 거잖아."

"아이미, 적당히 해라. 여기까지 와서 나한테 창피 주려는 거야?"

금발의 말투가 험악해졌다.

"이봐, 레이카. 싸우려면 밖에서 싸워. 이제 영업 시간 다 됐어."

가네모토가 짜증 난다는 말투로 턱을 치켜들며 밖으로 나가라고 재촉했다.

"류 짱, 그게 아니야. 아이미가 말이야, 걱정거리가 있어서 그걸 해결해 주면 일한다고 했거든."

"난 그런 말 한 적 없는데."

"아이미는 입 다물고 있어."

"레이카, 난 지금 누굴 도와줄 만큼 한가한 사람이 아니야. 괜히 쓸데없는 일에 끌어들이지 마."

가네모토는 한숨을 쉬며 스마트폰을 만지작거렸다. 일 관련 메일이라도 보내는 모양이었다.

"그러지 말고 일단 한번 들어 봐. 아이미가 말이야, 사회 복지 사무소의 케이스 워커에게 협박당하고 있대. 돈도 갈취하고 강제로 몸도 요구하고. 정말 나쁜 놈 아냐? 류 짱이 좀 혼내 줘."

가네모토의 손가락이 문득 움직임을 멈췄다. 그리고 아이미의 얼굴을 말끄러미 쳐다봤다. 잠시 침묵이 흘렀다.

"아이미라고 했던가. 잠깐 거기 앉아 봐. 좀 더 자세히 얘기해 줘."

두 여자는 나란히 소파에 앉았다. 어쩌다 보니 요시오도 그 자리에 같이 있게 되었다. 그러라고 시킨 건 아니지만 나가라는 말도 없었다.

아이미라는 여자는 고개를 숙인 채 입을 다물고 있었다. 대신 자세한 경위를 말한 건 레이카였다. 레이카의 입에서 나온 얘기는 관계없는 요시오조차 흥미로울 정도였다. 생활 보조금을 받고 있다는 아이미가 이 가게에서 일했을 때 손님으로 찾아온 담당 케이스 워커와 마주치고 말았다. 그리고 그것을 빌미로 돈과 잠자리를 강요당했다. 그 케이스 워커가 요시오를 담당하는 사사키라면 더 재밌었을 텐데, 아쉽게도 다카노라는 이름의 모르는 사람이었다.

"어때? 나쁜 새끼지? 류 짱이 가서 혼내 줘, 응?"

레이카가 주먹으로 손바닥을 치며 말했다. 시종일관 입가에 손을 대고 진지한 눈빛으로 얘기를 듣고 있던 가네모토가 갑자기 웃음을 터뜨렸다.

"듣고 보니 정말 그냥 두면 안 되겠네. 그런 쓰레기 같은 놈은 벌을 받아야지, 그럼."

"그렇지?"

"아이미, 이 일은 내가 꼭 해결해 줄 테니까 걱정 마. 일단, 슬슬 때가 됐으니까 두 사람은 손님 좀 받아 줄래?"

"애가 집에 혼자 있어서 안 돼요."

아이미가 딱 잘라 거절했다.

"뭐? 그걸 지금 핑계라고 대는 거야?"

레이카의 목소리가 날카로워졌다.

"레이카, 됐어. 그만해."

가네모토가 말렸다.

"아이미, 애가 몇 살이지?"

"네 살요."

"그럼 어서 가 봐야겠네."

"난 더 어린 애 키우고 있거든."

레이카가 입을 삐죽거리며 항의했다.

"너는 엄마가 봐 주잖아. 아이미, 얼른 집에 가 봐. 이 일은 내일 다시 제대로 얘기해 보자. 일단 오늘은 집에 가."

가네모토가 안주머니에서 지갑을 꺼내더니 손이 베일 듯 빳빳한 1만 엔을 꺼내 아이미에게 내밀었다. 아이미는 그 돈을 사양하지 않고 받았다. 레이카가 화나서 볼을 부풀렸다.

"열받네. 류 짱, 아이미한테만 잘해 주고."

"바보야, 너는 식구잖아. 나더러 식구한테까지 신경 쓰라고?"

그 말을 듣고 만족했는지 레이카의 얼굴이 환해졌다. 잠시 후 레이카와 아이미가 밖으로 나갔다. 문이 닫힘과 동시에 방 안에 가네모토의 큰 웃음소리가 울렸다.

"야, 야마다. 너는 왜 계속 여기 있어?"

가네모토가 이제야 요시오의 존재를 알아차린 듯 말했다. 하지만 기분 좋은지 얼굴은 웃고 있었다.

"다 들었냐? 나쁜 공무원 새끼지? 안 그래?"

가네모토가 장난스럽게 요시오의 머리를 털더니 발로 툭 차며 물었다. 요시오도 장난스러운 공격을 방어하며 맞장구를 쳤다.

"정말 그렇네요. 레이카라는 애, 가네모토 씨 여자예요?"

"응? 걔는 발이 넓어서 쓸 만하단 말이지. 같은 부류의 멍청한 년들을 잘 데려오거든. 이 가게에도 열 명 이상은 걔가 데리고 온 애들일걸."

"그렇군요."

"그건 그렇고, 너라면 이 얘기를 듣고 어떻게 할 거 같아?"

가네모토가 입맛을 다시며 물었다.

"쥐어짜야죠, 그 다카노란 새끼를."

"호오, 너도 나이 헛먹지 않았구나."

요시오는 쓴웃음을 지으며 고개를 숙였다. 요시오는 마흔두 살이다. 가네모토는 겉보기는 사납게 생겼지만 기껏해야 서른 정도일 것이다.

"그래서 어떤 그림을 그릴 수 있지?"

"네?"

"어떻게 쥐어짜겠냐고."

"아 네, 그러니까…… 간단한 방법은 협박해서 돈을 뜯어내는 거겠죠. 자기가 한 짓을 들키면 틀림없이 짤릴 테니."

"역시 넌 거기까지밖에 생각 못 하는구나. 하긴, 그럴 수밖에 없겠지."

가네모토가 웃는 얼굴로 고개를 가로저었다.

"그럼 어떤 방법이 있죠?"

가네모토가 어떤 질문을 원하는지 눈치챈 요시오가 물었다.

"잘 들어. 개인을 표적으로 해 봤자 나올 수 있는 건 뻔하다 이 말이야. 아무리 열심히 쥐어짜 봤자 별로 돈이 안 돼. 그 새끼 직업이 뭐냐? 케이스 워커잖아. 그럼 어떻게 하겠어? 길바닥에서 지내는 노숙자들 긁어모아서 사회 복지 사무소에 데리고 갈 수밖에 없잖아."

"아, 네."

요시오는 모호한 표정으로 고개를 끄덕였다. 가네모토의 입 끝이 느슨해졌다.

"아직 무슨 소린지 잘 모르겠지? 내 말 잘 들어 봐. 노숙자는 말이야, 사실 가장 생활 보조금을 받기 좋은 인재라고. 돈도 없고, 가족도 없고, 당연히 집도 없고. 완벽한 조건이지. 하지만, 이 인간들의 신청을 통과시키는 건 그렇게 간단하지 않아. 왠지 알아?"

"글쎄요."

"국가가 국민으로 간주하지 않기 때문이야."

"네?"

"생활 보조금이란 게 나라가 국민을 대상으로 주는 거잖아. 상대가 국민이 아니면 돈을 받을 도리가 없어. 하지만 말이야, 마음씨 좋은 케이스 워커가 창구에 있어 주면 방법은 생기는 거지. 그리고 노숙자들은 내가 관리하면 끝."

"관리를요?"

"그러니까 숙소를 제공하는 거지. 밥도 주고 말이야. 놈들에게 그 이상 행복한 일은 없겠지."

"그렇군요."

"다다미 여덟 장 크기의 아파트에 이층 침대를 두 개씩 넣으면 네 사람은 살잖아. 밥도 한 사람당 월 1만 엔이면 충분하고. 그렇게 하면……."

가네모토가 허공을 노려보듯 올려다봤다.

"아무리 싸게 잡아도 한 사람당 월 7만 엔은 떨어지겠지. 그렇게 열 사람을 관리하면 월 70만 엔은 될 거 아니냐고. 스무 명이면 140만 엔. 그것도 불로 소득으로. 죽지 않는 한 돈은 계속 나올 테고."

"괜찮은 생각이네요."

"노숙자들은 애들 시켜서 모으면 되고, 집은 야마네가 있는 부동산에 부탁하면 바로 준비될 거야. 계좌 개설은 수고를 좀 해야겠지만 어떻게든 되겠지. 나머지는 뭐냐…… 중요한 부분은 내가 몸소 나설 수밖에 없겠구나. 아아, 맞다. 돌팔이 이시고도 거들게 해야지."

가네모토가 중얼중얼 혼잣말을 했다.

"그런데 가네모토 씨."

조심스럽게 요시오가 말을 걸었다.

"응?"

"이번 주……."

"아아, 이 일 너도 도와라."

"네?"

"일손이 필요해. 잘만 해 주면 보수도 생각해 줄게."

어차피 또 푼돈이겠지. 요시오는 물론 입 밖으로 말하지 않았다.

"말 난 김에 말인데, 너 오늘 아키하바라에라도 가서 초소형 비디오카메라 좀 사 와."

"비디오카메라요? 이런?"

요시오가 핸디캠 카메라를 손에 든 동작을 했다.

"아니 그런 거 말고, 도촬할 때 쓰는 콩알만 한 놈 있잖아."

"도촬이라고요? 그런 걸 아무 데서나 팔까요?"

"그럼, 일본은 도촬 왕국이잖아. 얼마든지 손에 넣을 수 있어. 잘 모르겠으면 점원한테 물어봐."

도촬하고 싶어서 그러는데요, 라고 말하라는 건가. 요시오는 힘들더라도 스스로 찾아봐야겠다고 생각했다. 요시오에게도 그 정도의 수치심은 있었다.

"그래서 이번 주에 뭐?"

"아 네, 이번 주의 비아그라 말인데요. 좀 더 많이 받아야 돌릴 수 있을 것 같습니다."

"그 정도로 예약이 들어온 건 아니잖아."

"아시겠지만, 최근에 급주문이 늘었거든요."

가네모토가 요시오의 눈을 찌르듯 빤히 쳐다봤다.

"알았어. 하루 이틀 사이에 준비해 두지. 그리고 이번 달부터 신규가 두 명 들어왔어. 연락처는 이따 알려 줄게."

"잘 알겠습니다."

원래 요시오의 역할은, 가네모토가 고객으로부터 사전에 예약을 받은 양만큼 지정된 일시에 지정된 장소로 가져가는 운반책이었다. 그런데 최근에 갑자기 당장 필요하다는 고객이 늘었다. 그렇게 되면 바쁜 가네모토를 통하면 대응이 늦어져서 선수를 빼앗기게 된다. 그래서 가네모토는 요시오에게 소량이지만 여분의 MDMA를 더 주고 있다.

하지만 가네모토는 이것을 그다지 탐탁지 않게 생각했다. 그래서 고객에게는 적어도 3일 전에는 예약을 해 달라고 부탁하고 있지만 취급하는 상품의 특성상 완전 예약 시스템은 어렵다.

가네모토는 리스크를 무릅쓰고 싶지 않았다. 여기서 리스크란 돌발적 의뢰는 트러블의 원인이 될 수 있다는 것과 여분의 MDMA를 요시오에게 가지고 다니게 하는 것이다. 요시오는 그런 걸 가지고 어디로 도망치겠냐고 하지만, 의심이 많은 가네모토는 다른 사람을 절대 믿지 않는다.

"드디어 기회가 왔어. 무조건 성공해야 해. 성공만 하면 이 동네하고도 바이바이다."

가네모토는 의미를 알 수 없는 독백을 했다. 요시오는 곁눈질로 가네모토를 봤다. 그의 눈은 표적을 발견한 육식 동물처럼 둔탁하고 사나운 빛을 띠고 있었다.

5

눈물이 한 방울 뺨을 타고 왼쪽 손등으로 떨어졌다. 후루카와 카스미는 정신이 들었다. 오른쪽 귀에 대고 있던 핸드폰을 집어넣고 황급히 가방에서 손수건을 꺼냈다.

"엄마, 왜 울고 있어?"

옆에 앉아 있던 아들 유타가 얼굴을 들여다보며 물었다.

"엄마 우는 거 아냐."

부정했지만 울먹이는 목소리라 숨기지 못했다. 게다가 계속해서 밀려오는 눈물의 물결을 카스미는 막지 못했다.

불합격. 조금 전에 핸드폰에 진동음이 울렸다. 얼마 전에 면접을 봤던 회사에서 온 전화였지만 병원 대기실에 있었기 때문에 나중에 통화하려고 받지 않았더니 음성 메시지가 도착했다. 지원한 건 식품 공장 라인 작업 일이었다. 그런 일이라면 채용이 되지 않을까 기대했기 때문에 크게 낙담했다. 도대체 어디에 가면 자신을 채용해 준단 말인가.

유타가 계속 팔을 문질러 주고 있었다. 그것이 카스미를 더 참담한 기분이 들게 했다. 생각해 보면 누구라도 자신 같은 사람을 고용하고 싶지 않을 것 같다. 커뮤니케이션 능력도 떨어지고 인간관계도 서툴러 극도로 소극적인 성격. 이것이 카스미의 자기 평가다. 그것도 모자라 최근에는 사람의 눈조차 제대로 쳐다보지 못하고 있다. 이유는 이 머리 때문이다.

카스미는 모자를 푹 눌러쓰고 시야를 좁혔다. 지난주 거울 앞에서 머리를 빗던 중 빈틈 사이로 노출된 두피를 발견했다. 깜짝 놀라 자세히 들여다보니 엄지발톱만 한 맨살이 세 군데나 있었다. 원형 탈모증. 물론 그 이름은 알고 있었지만 설마 자신에게 생길 거라고는 꿈에도 생각 못 했다.

그때부터 모자를 벗을 수 없게 되었다. 집 밖에서는 항상 모자를 쓰고 있었다. 그래도 면접 장소에 모자를 쓰고 갈 수 없어서 가능한 눈에 띄지 않게 머리카락을 묶고 갔지만, 면접관의 시선이 자꾸 올라가는 것을 보고 카스미는 그 자리에서 도망가고 싶었다. 자연적으로 치유되는 것은 기대할 수 없어서 큰마음 먹고 오늘 병원에 온 것이다.

"엄마, 내가 무슨 잘못이라도 했어?"

유타가 불안한 눈으로 물었다.

"아냐. 잘못한 건 엄마야."

카스미가 고개를 가로저었다. 그렇게 말하고 났더니 정말로 그렇다는 생각이 들었다. 엄마가 칠칠치 못해서 유타까지 괴롭게 만들었다. 학교 급식비도 내지 못했다. 성격이 안 좋은 담임은 3학년인 유타를 불러서 "엄마한테 급식비 제대로 좀 내 달라고 해."라고 했다. 정말 너무한다는 생각이 들었다. 유타는 동급생 아이들보다 키도 작고 바싹 말랐다. 그 탓에 항상 더 낮은 학년으로 오인한다. 제대로 먹지 못하기 때문이다. 그것 역시 자신 탓이다.

"엄마가 무슨 잘못을 했다고 그래. 엄마는 착하고 좋은 사람이야."

카스미는 하마터면 사람들 많은 데서 오열할 뻔했다. 배에 힘을 주고 눈물을 참았다. 손수건으로 눈 끝을 힘주어 닦고 얼굴을 들었다. 바로 그때, 몇 미터 떨어진 벤치에 앉아 있는 중년의 남자와 문득 눈이 마주쳤다. 남자는 신기하다는 표정으로 카스미를 보고 있었다. 카스미는 반사적으로 고개를 숙이고 시선을 돌렸다.

진찰은 3분 만에 끝났다. 무관심한 표정의 의사는 "아, 원형 탈모증이네요."라며 표정을 바꾸지 않고 말한 다음 "약을 처방해 줄 테니 드시고 스트레스받지 않도록 하세요." 하고는 카스미에게 그만 나가라는 눈치를 줬다. 그것뿐인데 진찰료를 1,200엔이나 받더니 무턱대고 대량으로 처방된 약이 2,000엔이나 했다. 카스미에게는 너무 큰 지출이었다. 이번 주 식비는 어디에서 마련해야 할지 캄캄했다.

병원을 나와 유타와 나란히 뙤약볕 아래 길을 걸었다. 한쪽에는 논밭이 넓게 펼쳐져 있었고 다른 한쪽에는 비슷비슷한 키 작은 아파트들이

드문드문 있었다. 집까지는 걸어서 30분 정도 걸린다. 버스는 탈 수 없다. 교통비가 아깝기 때문이다.

정말 자포자기의 심정이었다. 내리쬐는 햇살이 강렬해서 눈앞에는 아지랑이가 물결치듯 피어올랐다. 뒤에서 온 버스가 흙먼지를 일으키며 카스미의 옆을 지나갔다.

카스미는 반사적으로 눈을 가늘게 떴다. 차라리 이대로 타 버리고 싶었다. 이 작열하는 햇볕에 타서 흔적도 없이 사라지고 싶었다. 유타가 없었다면 이미 삶을 포기했을 것이다. 카스미는 옆을 봤다. 초등학교 운동모자를 쓴 유타가 재주 좋게 작은 돌을 차며 앞으로 걷고 있다. 유타의 옆얼굴은 애 아빠의 모습을 닮았다.

유타의 아빠이자 카스미의 남편이었던 유이치로는 4년 전 유타가 초등학교에 들어가기 전에 교통사고로 사망했다. 트럭 운전사였던 유이치로는 심야에 산길을 달리던 중 가드레일을 들이받고 벼랑에서 떨어졌다. 졸음운전이었다. 남편이 가입한 보험 회사에서 300만 엔의 돈이 나왔지만 4년 동안의 생활비로 나가고 별로 남지 않았다. 물론 그사이 카스미도 일을 했지만 주부의 파트타임 급여로는 겨우 입에 풀칠할 정도밖에 되지 않았다. 그리고 지금은 그 파트 일조차 하지 못하고 있다.

카스미가 한 살 위인 유이치로와 만난 건 10년 전, 그녀가 스물두 살 때였다. 서로 부모를 일찍 잃고 형제도 없는 홀몸인 처지라 자연스럽게 가까워졌다. 카스미의 배 속에 유타가 생긴 것을 계기로 호적에 올리고 같이 살게 되었다. 유이치로는 카스미와는 정반대 성격의 소유자였다. 언제나 시시한 농담을 하고 카스미와 유타의 반응을 즐겼다. 그런 남편을 카스미는 사랑했다. 세 식구는 그렇게 행복했다.

카스미는 하늘을 올려다봤다. 투명한 푸른 하늘이 끝없이 펼쳐져 있었다. 열심히 살아야 한다. 기죽어 있으면 안 된다. 입 속으로 말했다. 그러지 않으면 하늘에 있는 남편에게 면목이 없다.

3일 후, 상황은 더욱 악화되었다. 가스가 끊긴 것이다. 온수도 나오지 않는다. 가스 불도 쓸 수 없다. 한 달 치가 체납된 상태지만 한동안 유예해 줄 것이라 생각했다. 오산이었다. 다음은 전기와 수도가 끊길 것이다. 둘 다 역시 요금 미납 상태였다.

"여름이니까 시원한 물이 좋아."

샤워를 한 유타가 눈물겹게도 기특한 말을 했지만, 이건 어떻게든 해야 한다. 어디서 돈을 마련해야 한다. 대부업체는 더 이상 의지할 수 없다. 초봄에 난생처음으로 돈을 빌렸지만 한 푼도 갚지 못했다. 다른 일을 찾지 못했기 때문이다. 도대체 이자는 얼마나 늘었을까.

카스미는 무의식적으로 지갑을 열어 보았다. 4,263엔. 이것이 전 재산이었다. 그리고 앞으로 돈이 들어올 예정은 없다. 지금의 일본에 우리 집처럼 가난한 가정이 존재할까.

저녁때가 지나자 카스미는 타임 세일을 노리고 슈퍼로 향했다. 반찬 같은 걸 3분의 1 가격으로 판다. 가스 요금도 내야 하지만 우선 오늘 먹을 것을 생각해야 한다. 배고픈 거라면 자신은 얼마든지 참을 수 있지만 유타는 굶길 수 없다. 가게 안으로 들어간 카스미는 반찬 코너로 가서 비닐 팩을 집어 바구니에 넣었다. 야채 크로켓이 두 개에 40엔이었다.

그리고 나서 가게 안을 한 바퀴 돌았지만 바구니 안의 물건은 늘어나지 않았다. 가격 인하된 식품은 얼마든지 있었으나 현재의 지갑 상태를 생각하니 뻗었던 손이 움츠러들었다.

카스미는 고민 끝에 유타가 좋아하는 레토르트 카레를 사기로 했다. 이런 날이니 더욱 좋아하는 걸 먹이고 싶었다. 자신은 크로켓을 반찬으로 밥을 먹으면 된다. 유타가 좋아하는 레토르트 카레를 발견한 카스미는 손을 뻗었다. 그런데 손끝으로 잡고 꺼내다 놓쳐서 그만 상품을 떨어뜨리고 말았다. 그리고 이게 무슨 운명의 장난인지, 카스미가 바구니와 같이 손에 들고 있던 토트백에 쏙 들어가 버렸다. 이 토트백은 유료 봉투를 안 써도 되는 에코백 대신 들고 다니던 것이다.

이 우발적 상황에 카스미는 쓴웃음을 지었다. 카레를 바구니로 옮기려고 토트백 속에 손을 집어넣었다. 상품에 손이 닿는 순간, 문득 움직임을 멈추었다. 주위를 둘러보았다. 근처에는 점원은커녕 손님도 없었다.

내가 무슨 생각을 하는 거야. 카스미가 작게 고개를 저었다. 이런 짓 하면 안 돼. 그렇게 생각하면서도 직후 자신의 행동에 놀랐다. 선반에 놓여 있던 레토르트 카레를 몇 개 손으로 집어 재빠르게 토트백 속으로 떨어뜨렸다. 그리고 바구니 속에 있는 크로켓도 꺼내서 레토르트 카레처럼 토트백 속에 숨겼다.

정신을 차리니 출입구로 발길을 향하고 있었다. 그대로 가게를 나왔다. 거기서부터 빠른 걸음으로 가다 마침내는 뛰었다. 정신없이 손발을 내뻗었다. 전신에서 땀이 솟구쳤다.

잠시 후, 카스미는 옆구리에 둔탁한 통증을 느끼며 멈춰 섰다. 무릎에 손을 얹고 필사적으로 산소를 체내로 들였다. 호흡이 안정되자 압도적인 자기혐오가 엄습해 왔다. 도대체 내가 무슨 짓을 한 거야. 무슨 짓을 한 거냐고. 카스미는 몇 분 전에 한 자신의 행동이 믿어지지 않았다.

다시 돌아가자. 카레와 크로켓을 제대로 계산하자. 발길을 돌렸지만 몇 걸음 가다 멈췄다. 눈을 감았다. 몇 초 동안 그 상태로 있다가 다시 몸을 돌렸다. 어이없게도 이번만 신에게 허락을 받자며 자신에게 변명했다. 저 슈퍼에는 무인의 셀프 계산대가 있다는 것이 떠올랐다.

반년 전까지 카스미도 다른 슈퍼 계산대에서 일을 했다. 하지만 그곳에 셀프 계산대가 도입되자 인원 과다라며 파트 직원이 3분의 2로 줄어들게 되었다. 점장으로부터 "후루카와 씨에게는 패기가 없어."라며 맨날 한 소리 듣던 처지라 당연히 카스미도 3분의 1에 들어갔다. 그렇다고 특별히 원망하는 것은 아니지만, 그 일과 이 일은 관계가 없지만, 그렇지만, 한 번, 한 번만.

다시 걷기 시작한 카스미는 발길을 서둘렀다. 골목을 돌아 건널목이 있는 교차로에 접어들었다. 파란불이었는데 가는 길을 막듯이 눈앞에서 빨간불로 바뀌었다. 발을 멈춘 것과 동시에 "내가 사람 잘못 봤군." 하는 말이 귓가에 들렸다. 카스미는 소름이 돋았다. 그 목소리의 주인은 남편 유이치로였다.

카스미는 주위를 둘러봤다. 아무런 인기척이 느껴지지 않았다. 환청인가. 아냐, 너무도 선명하고 온기가 있는 목소리였어. 군침을 삼켰다. 죽은 사람의 목소리가 들렸다. 남편은 분명히 "내가 사람 잘못 봤군."이라고 했다. 심장이 바닥까지 가라앉는 기분이었다. 남편은 보고 있었다. 분명히 보고 있었다.

사람 잘못 봤군……. 사람 잘못 봤군……. 사람 잘못 봤군…….

메아리처럼 귓가에 남편의 목소리가 반복해서 들렸다. 그럴 때마다 카스미는 생기를 빼앗겼다. 조금이라도 쿡 찌르면 쓰러져 버릴 것 같았다. 그렇게 되면 다시 일어날 자신이 없었다.

유이치로를 실망시킨 건가. 틀림없이 그랬을 거야. 자신 역시 실망했다. 이런 여자라 유이치로가 내 곁을 떠난 것이 아닐까. 그런 생각마저 들었다. 모든 것으로부터 버림받은 기분이었다. 눈앞이 차단된 것 같았다. 카스미의 실망은 절망으로 색을 바꾸었다. 앞으로 대체 나는 어떻게 살면 좋을까. 유타를 어떻게 키우면 좋을까. 어떻게, 어떻게, 어떻게…….

그때 카스미는 머리 안쪽에서 툭 하고 실이 끊어지는 느낌이 들었다. 무슨 끈인지 모른다. 카스미 속에 있는 무언가의 끈이다. 그리고 그것을 계기로 짙은 안개가 자욱해졌다. 머릿속이 하얘졌다. 발이 움직였다. 멋대로 걷기 시작했다. 이윽고, 멀리서 자동차의 날카로운 브레이크 소리가 울려 퍼지는 것을 들으며 카스미는 발길을 멈추었다. 옆에서 강렬한 빛이 느껴졌다.

카스미는 공허한 눈으로 그 빛을 향해 돌아보았다. 손을 뻗으면 만질 수 있을 곳에 자동차 한 대가 멈춰 있었다. 빛의 정체는 전조등이었다. 어두컴컴한 자동차 속 운전사와 눈이 마주쳤다. 운전하던 남자는 눈을 크게 뜨고 어깨를 들썩거리며 숨을 몰아쉬고 있었다.

카스미는 상태를 겨우 알아차렸다. 바로 전 브레이크 소리는 먼 곳이 아닌 바로 이곳에서 난 것이었다. 카스미가 서 있는 장소는 건널목 한가운데였다. 보행자 신호가 빨간색이었나 보다. 하지만 아무래도 상관없었다. 넋이 나간 표정의 카스미는 고개를 휙 돌리고 다시 걷기 시작했다.

6

 14번 국도 삼거리 교차로에서 좌회전하여 게이요 도로 입구로 접어드는 곳에서 다시 신호에 걸려 멈추었다. 운전대를 잡고 있던 가네모토 류야는 혀를 찼다. 오늘따라 이상하게 신호에 잘 걸려서 가다 서다를 반복한다. 그는 신호에 자주 걸리는 걸 싫어했다. 적신호에 걸려 멈추면 귀중한 인생을 낭비하는 기분이 들었다. 농담이 아니라 류야는 진심으로 그렇게 느꼈다.

 시간을 확인했다. 오후 다섯 시가 넘었지만 아직 해가 높이 떠 있었다. 류야는 룸미러 위에 있는 수납 케이스에서 레이밴 선글라스를 꺼냈다.

 겨우 신호가 녹색으로 바뀌었다. 한동안 달리다가 수도 고속 도로를 탔다. 차가 많지 않아서 주변의 차들과 발을 맞추어 왼쪽 차선 위를 달렸다. 좋은 페이스였다. 이대로 가면 약속 장소인 카구라자카에 예정대로 도착하게 될 것이다.

 아라카와 위를 통과하는 다리에 접어들었을 때, 오른쪽 차선 후방에서 올라오는 파란색 스바루 임프레자가 백미러에 비쳤다. 맹속력으로 다가오고 있었다. 눈 깜짝하는 사이에 류야의 차를 추월했다. 임프레자는 경주를 하듯 차선 변경을 반복하며 앞에 있는 차들을 차례차례 제치더니 이내 시야에서 사라졌다.

 이쪽은 람보르기니 우라칸이라 승부를 가린다면 틀림없이 이기겠지만 그럴 마음은 생기지 않았다. 다른 스피드광들처럼 자동차로 질주하고 싶은 욕구가 류야에게는 없었다. 류야는 그냥 서 있는 것이 무엇보다 싫었다.

일상에서도 이런데, 비즈니스에서 계획대로 일이 진행이 안 되면 격해질 수밖에 없다. 자기가 생각해도 왜 이러나 싶을 정도로 단숨에 머리에 피가 쏠린다. 그렇게 되면 컨트롤할 수 없어진다. 평소의 냉정한 모습은 어디 갔는지 앞뒤 가리지 않고 어리석은 행동을 해 버리고 만다. 그런 탓에 지금까지 몇 번의 실패를 거듭했다.

가슴 안주머니에 있는 스마트폰이 울렸다. 꺼내서 봤더니 야마다의 전화였다. 보통 같았으면 무시하고 안 받았겠지만, 어떻게 진척되는지 신경 써야 하는 일을 맡긴 상태라 받기로 했다. 류야는 이어폰을 스마트폰에 접속한 후 귀에 끼웠다.

[수고 많으십니다. 지금 괜찮으세요?]

야마다의 음성이 이어폰을 통해 귀에 들어왔다.

"어, 짧게 말해 봐."

[조금 전에 아이미로부터 연락이 왔습니다. 다카노가 집에 곧 올 거라 하네요.]

"좋아. 카메라는 제대로 설치해 두었겠지? 잘 보이게 해둔 거 맞지?"

류야는 말하면서 핸들을 두드렸다.

[네, 테스트도 해 봤으니 문제없을 겁니다.]

"드디어 때가 왔군. 중요한 일이니까 아이미한테도 빈틈없이 하라고 잘 얘기해 둬."

류야는 그렇게 말하고 일방적으로 전화를 끊었다.

"좋아. 좋아. 좋아."

혼잣말을 하며 액셀을 밟아 속도를 높였다.

3일 전에 뜻밖의 기회가 찾아왔다. 레이카가 데려온 아이미라는 여자의 고민 상담은 돈이 될 만한 이야기였다. 바로 머릿속에서 계획을 세웠다. 이 일만 잘 풀리면 후나오카 같은 촌구석에서 벗어나 도쿄 신주쿠로 돌아갈 수 있을지 모른다.

레이카를 가까이에 둔 건 잘한 일이었다. 역시 쓸모 있는 여자다. 머리는 나쁘지만 가끔 이렇게 행운을 가져온다. 그리고 야마다 역시 칠칠치 못한 인간이지만 일을 시키면 고분고분하게 제대로 처리해 준다. 시키는 일밖에는 못 하지만 때론 그런 인간도 필요하다. 류야는 사람을 알아보는 능력에는 자신이 있었다. 냄새로 알 수 있다. 이용 가치가 있는 인간인지 아닌지를 말이다.

기타이케부쿠로 방면으로 우회전하여 왼편에 보이는 부도칸(스포츠나 콘서트가 열리는 유명 실내 경기장)을 지나쳤다. 거기서 몇 분 달려, 와세다 출구에서 고속 도로를 나왔다. 벤텐쵸 교차로에서 좌회전한 후 도로를 따라 코인 주차장에 차를 세웠다. 엔진을 끄고 문을 열자마자 열기가 몸을 감쌌다. 이 더위는 뭐지? 여름이라 더운 건 당연하지만 올 여름은 약간 비정상이다.

조금 걸어서 약속 장소인 카페에 들어갔다. 시선을 떨구어 손목시계를 봤다. 10분 후면 약속 시간인 오후 여섯 시가 된다. 계산대로 도착한 것에 만족했다. 아직 도착하지 않았을 거로 생각했는데, 이미 이누카이는 가장 안쪽 자리에 앉아 있었다. 류야는 선글라스를 벗고 빠른 걸음으로 그쪽으로 향했다. 류야가 허리를 숙이며 말했다.

"늦어서 죄송합니다, 제가 뵙자고 하고선."

"내가 너무 일찍 도착한 거니까 괜찮아."

이누카이는 환한 얼굴로 류야를 맞이했다.

"뭐라도 좀 마셔."

류야는 점원에게 주문을 한 후 의자를 당겨 앉았다. 마주 앉은 상태에서 다시 입을 열었다.

"바쁘신데 시간을 내 주셔서 감사합니다, 형님."

이누카이 타이토. 59세. 야쿠자 일길회(日吉会)의 간부로 신주쿠에 사무실이 있는 야시로구미(八代組)의 3대째 구미쵸(組長). 그리고 류야의 오야붕이었다. 이누카이는 겉보기엔 평범한 비즈니스맨같이 생겼다. 키나 몸집도 보통이고 온화한 얼굴에 헤어스타일도 깔끔한 7 대 3 가르마 스타일이다. 어느 기업의 성실한 중역 같은 풍채의 소유자였다.

주문했던 아이스커피가 나와 한 모금 마신 다음 이누카이가 먼저 말을 꺼냈다.

"그래서 하고 싶은 얘기가 뭐지?"

"아 네, 저는 역시 후나오카가 맞지 않는 것 같습니다. 신주쿠로 돌아가고 싶습니다."

류야는 몸을 내밀며 단도직입적으로 말했다. 이누카이는 팔짱을 꼈다. 입을 약간 오므리더니 미간을 찡그렸다.

"가네모토, 네 희망은 충분히 이해한다. 그런데 말이야, 전에도 말했지만……."

"3년 지났습니다."

류야가 끼어들며 말했다. 3년 전까지 류야는 야시로구미의 '와카츄우(若中, 야쿠자 조직원)'였다. 열여덟 살에 이 세계에 들어왔으니 청춘의 8년을 야시로구미에서 살아온 셈이 된다. 신주쿠에서 계속 살아온 것이다. 그런 것이 3년 전 어느 날, 류야는 돌이킬 수 없는 사건을 저질러서 모리노구미로 보내지게 되었다.

천부적인 재능이 있었는지, 야시로구미에 있던 류야는 사업 견습 기간을 끝내고 바로 두각을 나타냈다. 조직의 기존 업무를 능숙하게 수행했을 뿐 아니라 자신만의 능력으로 차례차례 새로운 비즈니스 루트를 개척했다. 어설픈 풋내기를 상대로 한 시시한 용돈벌이가 아닌, 기업을 상대로 한 차원이 다른 비즈니스를 혼자서 돌리게 된 것이다. 그리고 20대 중반에는 조직에서 세 손가락 안에 드는 능력자가 되었다. 또래의 조직원은 물론이고 다른 데서도 류야만 한 인물이 없었다.

그 시절이 류야 인생에서 가장 즐거웠던 시기였다. 완력도 강했고 머리도 잘 돌아갔다. 주위 사람들이 단세포처럼 느껴져서 답답할 정도였다. 그런 류야와 유일하게 대등한 대화를 할 수 있는 것이 형님으로 모시고 있던 조직 총본부장 도마루라는 남자였다. 도마루는 류야를 귀여워했고 류야도 도마루를 따랐다.

그러나 시간이 지나면서 도마루의 태도에 변화가 생겼다. 툭하면 류야가 하는 일에 트집을 잡은 것이다. 이유는 뻔했다. 류야가 너무 일을 잘했기 때문이다. 류야의 벌이가 이미 도마루를 뛰어넘었다.

그러던 중 류야가 도저히 그냥 넘어갈 수 없는 일이 발생했다. 류야가 공들였던 비즈니스를 도마루가 가로챈 것이다. 아무리 형님으로 모시는 사람이라고 해도 이 일은 그냥 넘어갈 수 없었다. 류야는 솔직하게 도마루에게 불복 의사를 밝혔다. 하지만 도마루는 표정이 굳어지면서 류야의 태도를 비난했다.

그때 류야 속에서 무언가가 터졌다. 정신을 차려 보니 자신이 도마루를 맨주먹으로 사정없이 때리고 있었다. 때리고 또 때렸다. 도마루는 몇 번이고 살려 달라고 빌었다. 하지만 분노에 지배당한 류야의 귀에는 들리지 않았다. 도마루는 그렇게 알아보기 힘들 정도의 몰골로 죽었다.

이 걷잡을 수 없는 사건은 금방 업계에 소문이 나 버렸다. 야시로구미는 물론이고 일길회의 상층부까지 간과할 수 없는 중대한 불상사라며 류야의 처우에 대해 말을 꺼냈다. 그런 상황에서 감싸 준 사람이 바로 구미쵸이자 오야붕이었던 이누카이였다. 이누카이는 류야 편을 들며, 먼저 도의를 저버린 것은 도마루이며 류야와 절연할 생각은 없다고 성명을 냈다.

하지만 윗사람을 죽인 조직원을 그대로 야시로구미가 있는 신주쿠에 둘 수는 없었다. 이누카이는 산하 조직인 모리노구미에게 류야를 맡기기로 했다. 류야는 굴욕적이었지만 따를 수밖에 없었다. 류야는 모리노구미에 정식 가입 절차도 거치지 못했다. 이 업계에서는 조직 이적 같은 건 기본적으로 행하지 않는다. 그래서 형식상 류야는 모리노구미의 정식 구성원이 아니다.

모리노구미에서의 나날들은 류야에게 있어서 너무나 무미건조했다. 모리노구미는 전형적인 시골 야쿠자로 구성원의 대부분이 동네 불량배들과 별 차이가 없었다. 게다가 후나오카라는 동네도 마음에 들지 않았다. 이런 시골 마을에서 대체 어떤 꿈과 야망을 품어야 한단 말인가.

몇 달 후, 류야는 어떻게든 신주쿠 야시로구미로 돌아가고 싶다며 이누카이에게 빌었다. 그러자 이누카이는 말했다.

"3년, 적어도 3년은 참아라. 수행이라고 생각하고 참는 거야."

그리고 약속했던 3년이 지났다.

"그래, 알고 있어. 하지만 미안하게도 일이 그렇게 쉽게 바로 될 수 있는 게 아니야. 조직에는 도마루를 따르던 놈들이 아직 많이 있어. 놈들의 기분이 어떻겠냐? 그놈들이 가만히 있겠냐고. 너는 그러고도 남을 일을 저질렀어."

이누카이는 류야의 눈을 똑바로 쳐다보며 말했다.

"천만 엔."

류야가 짧게 말을 이었다.

"야시로구미에 바치겠습니다."

이누카이의 한쪽 눈썹이 씰룩 올라갔다. 이 남자는 돈이면 된다. 류야는 확신했다. 결국 류야와 연을 끊지 않는 것도 의리 때문이 아닌 돈을 잘 가져다주는 류야를 버리기 아까웠기 때문이다. 가만히 두고 있으면 언젠가 또 자신에게 복을 가져다줄지 모른다. 그런 사고 회로는 잘 알 수 있었다. 이누카이는 류야 자신과 닮은 사람이다.

"고토에게도 설명이 필요해. 내가 직접 머리를 숙이며 너를 잘 봐달라고 고토에게 부탁한 거잖아. 이제 와서 류야를 돌려달라고 하면 그 녀석도 별로 좋아하지 않을 거야."

고토는 모리노구미의 구미쵸다.

"물론 모리노구미에게도 성의를 보여 줄 생각입니다."

"얼마나."

"100만 엔 정도 바칠 생각입니다."

이누카이는 눈을 가늘게 떴다.

"물론 규모는 다르지만, 우리에게 천만 엔에 모리노구미가 100만 엔이면 균형이 맞지 않잖아."

"새로운 돈줄을 발견했습니다. 그것을 덤으로 선물할 생각입니다. 잘

하면 매달 가만히 있어도 돈이 굴러들어 올 겁니다."

"그 새로운 돈줄이란 게 뭐지?"

"생활 보조금 관련입니다. 관공서 케이스 워커를 잡았거든요. 도움을 계속 받을 수 있을 것 같습니다. 잘해서 수급자를 늘리겠습니다. 일단 길을 트고 나면 이건 계속 이어질 겁니다. 안정된 수입원이 되겠죠."

"호, 그렇군. 그런데 괜찮겠어? 겨우 마련한 돈벌이를 포기해도?"

"네, 어차피 후나오카 안에서만 가능한 일이라 미련은 없습니다."

류야가 그렇게 말하자 이누카이는 어깨를 들썩이며 웃었다.

"너는 그 동네가 정말 싫은 모양이구나. 알았어. 바로 이 자리에서 답을 줄 수는 없지만, 잘 생각해 보지."

그 후에는 류야가 이누카이 얘기를 듣는 입장이 되었다. 최근 수년 동안의 신주쿠 정보, 업계 불경기에 관한 이야기 등 푸념 같은 내용뿐이었다. 맞장구를 쳤지만, 이누카이도 이제 별 볼 일 없어졌다는 것을 류야는 깨달았다. 가망 없는 인간의 냄새가 풍겼다. 하지만 자신은 다르다. 분명한 선견지명이 있다. 무슨 일이 있어도 신주쿠에 돌아가야 한다. 이번 기회를 놓치면 자신도 이대로 끝나 버릴 것이다.

돌아오는 길은 전조등을 켜고 달렸다. 저녁 일곱 시를 넘어가자 드디어 하늘이 어슴푸레해졌다. 도쿄 도내에서 출발해 달리다가 치바로 들어가 고속 도로를 나왔을 때 스마트폰이 울렸다. 야마다인가 했지만 미장스의 종업원이었다. 열 명 단체 손님 예약이 들어왔는데 접대할 여자애들이 부족하다는 것이었다.

"쉬고 있는 애들한테 전부 연락해 볼 수밖에 없겠네. 출근한 애들은 모두 시급을 천 엔씩 올려 준다고 해."

[잘 알겠습니다.]

"아, 잠깐. 전화는 레이카한테 하라고 해. 걔라면 애들 잘 모아 올 거야."

[네, 알겠습니다.]

"나는 오늘 가게에 안 나갈 거니까 잘해 봐. 손님들 기분 잘 맞춰 주고, 알았지? 그럼 너만 믿는다."

통화가 끝나자 류야는 한숨을 쉬었다. 마주 오는 자동차의 불빛 때문에 눈을 가늘게 떴다.

최근 미장스의 매상은 제자리걸음이다. 적자는 한 번도 없었지만 지출을 억제해서 겨우 꾸려 가고 있는 상황이다. 그나마 자신이 운영해서 망하지 않고 이 정도로 버틸 수 있었다는 생각이 들었다. 미장스는 번화가 안에 있지만 입지 조건과 위치가 좋지 않았다. 그래서 더욱 지혜가 필요했다. 고객이 떨어지지 않도록 연구를 거듭해서 매주 캠페인이나 이벤트를 개최하여 새로운 고객을 확보하고 있다. 이런 아이디어를 생각하는 것이 류야는 싫지 않았다. 적성에 맞았던 것이다.

지난달 다른 동네에 '코스프레 캬바쿠라'라는 색다른 가게도 오픈했다. 그곳에서는 돈만 내면 코스프레 차림의 아가씨를 촬영할 수 있는 옵션도 있었다. 원래는 메이드 카페였던 장소를 거의 그대로 인수하는 형태로 사용하는 것이라 개점 비용도 그렇게 들지 않았다.

미장스도 옛날에는 대중 술집이었다. 그것을 류야가 유흥업 허가를 신청하여 세크캬바로 바꾼 것이다. 캬바쿠라도 아니고 소프랜드도 아닌 세크캬바. 그리고 음지에서 성매매 알선을 하고 있다. 소개 수수료는 가게 매상과 별개로 하고 있어서 조직에 상납하지 않는다. 조직에선이미 알고 있겠지만 묵인해 주고 있는 것 같다.

사실 류야 개인의 가장 큰 수입원은 MDMA라는 이름의 불법 마약 판매 비즈니스였다. 이 일도 연구를 거듭해서 비아그라와 똑같은 모양의 제품으로 사입하고 있다. 원래부터 비슷하게 생기긴 했지만 거기에 더 가공을 한 것이다.

비아그라의 매상은 해마다 상승해서 이제는 일반화되었다. 하지만 비아그라에는 한계가 있다. 몸에 내성이 생겨 버리기 때문이다. 그렇게 되면 더한 자극을 원하는 것이 인간의 본성이다. 겉모양이 같으면 손을 대는 저항이 줄어든다.

당연히 이것도 조직은 알고 있겠지만, 성매매 알선처럼 눈감아 주고 있다. 류야가 정식 조직원이 아니라는 이유도 있겠지만, 한심하게도 결국 류야가 가져다주는 돈이 끊어지는 것이 두려운 것이다. 참고로 다른 모리노구미 조직원들의 메인 수단은 암거래상이다. 류야는 죽어도 그런 짓은 못 할 것 같았다.

어쨌든 이 사업들도 조만간에 손 떼게 될 것이다. 아니, 그만둬야 한다. 류야는 도저히 참을 수 없었다. 조금씩 후나오카에 물들어 가는 자신을 말이다. 이 동네에서 조금씩 돈을 벌면서, 괜찮은 기분을 느끼며 잠이 들었다. 그런 날들을 받아들이는 자신을 깨달았을 때, 류야는 놀라지 않을 수 없었다. 능력 있는 야쿠자를 자부하던 자신이 이런 시골 동네에서 물장사나 하고 있다니. 게다가 인정하고 싶지 않지만 그 일에서 적지 않은 보람까지 느끼고 있다. 그 말인즉, 자신이 항상 깔보던 놈들처럼 가네모토 류야도 결국 별 볼 일 없는 인간이 되었다는 얘기다.

계속 이렇게 살래? 류야는 스스로에게 따졌다. 변명의 여지가 없었다. 아무리 마음 잡고 열심히 살아도 후나오카에서는 뜻을 이루지 못한다. 환경을 바꿔야 한다. 나는 다시 신주쿠로 돌아갈 것이다. 그리고 언젠가 정점에 설 것이다. 꼭.

지방 도로로 들어가 후나오카 운동 공원 앞에서 좌회전을 하려는데 또 스마트폰이 울렸다. 이번에야말로 야마다일 거로 생각했는데 의사 이시고였다. 귀찮은 상대라 무시하기로 했다. 류야는 스마트폰을 조수석에 던졌다. 이시고는 비즈니스 파트너지만, 매번 쓸데없는 용건으로 전화를 한다.

앞의 신호등이 적신호로 바뀌어 액셀에서 발을 떼고 속도를 늦췄다. 주변이 제법 어두워졌다. 하늘에는 불빛을 깜빡거리는 비행기가 별들 사이를 빠져나가듯 날고 있었다. 아직 차 안에는 전화벨 소리가 울리고 있다. 겨우 끊겼나 싶었는데 바로 다시 울렸다. 끈질긴 놈이라고 생각하며 스마트폰을 향해 손을 뻗었다. 이번에는 야마다의 전화였다. 재빨리 이어폰을 오른쪽 귀에 꽂은 류야는 받자마자 물었다.

"그래서, 찍었어?"

[네, 좀 전에 연락이 와서…….]

"즉시 아이미의 집으로 가서 영상을 확보해."

류야는 야마다의 말이 끝나기도 전에 명령했다. 체온이 급히 상승했다.

[지금 아이미의 집입니다. 영상도 이미 확인했습니다. 아주 잘 찍었네요.]

"오오, 제법 눈치가 빨라졌네. 말 안 해도 알아서 하고. 잘했어. 아이미 좀 바꿔 봐."

류야가 웬일로 야마다를 칭찬했다. 중얼중얼 대화하는 소리가 나더니 몇 초 후 [여보세요.] 하고 아이미의 나른한 목소리가 들렸다.

"아이미, 잘했어. 수고 많았어."

류야의 말은 들었는지 못 들었는지 아이미는 바로 [돈은 언제 주시는 거죠?]라며 물었다. 이번 일을 하면 보수로 50만 엔을 주기로 약속했었다.

"걱정 마, 다카노와 얘기가 끝나면 바로 줄 테니. 야마다 좀 다시 바꿔 줄래?"

[네, 전화 바꿨습니다.]

다시 야마다의 목소리로 바뀌었다.

"아이미한테 전화번호를 알아내서 다카노를 내일 낮에 미장스로 불러내. 토요일이니까 출근은 안 하겠지. 아, 지금은 걸지 마. 지금 걸면 괜히 생각할 시간을 주는 거잖아. 엉뚱한 짓 못 하게 내일 오전 중에 전화해. 바로 오라고 협박하는 거야. 알겠지?"

류야는 빠르게 지시를 하고 핸들을 돌려서 교차로에서 좌회전했다.

[알겠습니다. 그러면 제가 할 일은 끝나는 건가요?]

"아니, 아직이지. 자세한 건 나중에 메일로 전달할게. 이 건은 차분하게 시뮬레이션을 해 봐야 해. 그럼……."

[아, 잠깐만요.]

류야가 전화를 끊으려고 하는데 야마다의 황급한 목소리가 들렸다.

[여보세요. 류 짱, 나야.]

레이카의 목소리였다. 류야는 혀를 찼다.

"야, 니가 왜 거기 있어."

[있으면 안 돼? 이 건은 내가 가져온 거잖아.]

"너 오늘 출근이잖아."

[맞아. 좀 있다가 갈 거야.]

"그리고 오늘 쉬는 애들 출근시키라는 말 못 들었어?"

[아, 아까 가게에서 전화 왔던 게 그거 때문이구나. 귀찮아서 안 받았는데.]

짜증이 난 류야는 소리 나게 혀를 찼다.

[어? 지금 혀 찼어?]

"딴소리 말고, 얼른 전화해서 한 사람이라도 더 많이 잡아 와. 단체 예약이 들어왔다잖아."

[몰라. 맨날 이래라저래라 말만 하고.]

"그야 너를 믿으니까 그러는 거잖아. 그리고 오늘 가게 끝나면 우리 집으로 와."

[정말? 가도 돼? 좋아. 좋아.]

레이카는 들뜬 목소리로 말했다. 류야는 눈치채지 못하게 한숨을 쉬었다. 내키지 않지만 레이카에게 신경을 안 쓸 수 없었다.

100m 정도 전방의 신호가 청신호로 바뀌었다. 앞에 다른 자동차는 없다. 류야는 액셀을 꽉 밟았다. 우라칸의 낮은 엔진음과 함께 속도가 확 올라갔다.

"그럼 이따가……."

갑자기 수십 미터 앞에 한 여자가 나타났다. 류야는 즉시 브레이크를 밟았다. 귀청을 찢는 날카로운 소리가 울려 퍼졌다. 엉덩이가 떠올랐다. 안 돼. 이러다 치고 말겠어.

……멈췄다. 아슬아슬한 위치에서 자동차가 멈추었다. 모자를 쓴 여자가 차와 거의 닿을 곳에 서 있었다. 그곳은 건널목의 한가운데였다.

보행 신호는 적색이었다.

[류 짱, 왜 그래? 여보세요? 류 짱? 여보세요?]

류야는 어깨를 들썩이며 거친 숨을 쉬면서 앞 유리창 너머를 노려봤다. 여자가 천천히 고개를 돌려 이쪽을 봤다. 그녀를 본 순간, 류야의 몸에 오한이 스쳤다. 여자의 눈은 공허하고 생기가 전혀 느껴지지 않았다. 아무런 일도 없었다는 듯 여자는 다시 걸어갔다. 류야는 꿀꺽 침을 삼키며 멀어져 가는 그 여자의 뒷모습을 눈으로 좇았다. 여자의 뒷모습이 마치 저승사자 같았다.

7

마모루의 몸 상태가 호전되지 않은 채 4일이 지났다. 그렇다고 더 악화되지도 않았다. 목의 통증도 참을 만했고 만성적인 나른함도 일상에 지장을 줄 정도는 아니었다. 일정한 선을 유지하고 있어서 그나마 다행이지만, 언제 더 악화될지 모르니 늦기 전에 병원에 가야 할 것 같았다.

하지만 오늘은 못 갈 것 같다. 오늘은 토요일이라 휴일이지만 마모루는 정장을 입고 사회 복지 사무소 직원을 증명하는 출입증 카드를 목에 걸었다. 이렇게 되면 평일과 별다른 게 없다. 게다가 옆에는 동료인 미야타 유코가 있었다.

"여기가 틀림없지?"

미야타 유코가 눈앞에 있는 3층짜리 아파트를 올려다보며 물었다. 역광을 받은 옆얼굴의 윤곽이 마모루의 눈에 더욱 또렷하게 비쳤다. 오늘도 찌는 듯한 더위가 기승을 부리고 있다.

"네, 여기가 맞습니다."

마모루는 고개를 끄덕였다.

"한 번 더 확인하자. 케이스 하야시노 아이미. 네 살짜리 딸이 있는 싱글맘. 담당자는 다카노 씨. 어제 다카노 씨는 예정에 없는 이 아파트를 방문해서 하야시노 아이미가 사는 103호에서 한 시간 가까이 있었다 이거지?"

미야타 유코가 무슨 보고서 읽듯이 말했다.

"네, 그렇습니다."

"좋아."

다카노는 자신이 담당한 젊은 여자 케이스를 협박하며 갈취하고 있다. 이 뜬금없고 믿기 어려운 얘기를 들은 다음 날부터 마모루는 다카노의 근무 중 행동을 감시하라며 미야타 유코로부터 명령을 받았다. 그 대신 마모루가 방문 예정이었던 곳은 미야타 유코가 가 주기로 했다. 물론 위에는 보고하지 않고 둘만의 비밀로 진행했다.

다카노를 미행하고 감시하는 일은 생각만큼 지루하지 않았다. 약간의 호기심까지 자극했다. 하지만 이틀 만에 싫어졌다. 아니, 싫다기보다 정신적으로 힘들었다. 배덕감과 허무함 때문이었다. 왜 내가 이런 짓을 하고 있는지 자신에게 물으며 번민했다. 마모루는 흥신소 일 같은 건 도저히 못 할 것이란 생각을 했다.

수요일, 목요일의 다카노는 극히 평범한 하루를 보냈다. 가끔 땡땡이를 치는 시간도 있었지만 두드러진 움직임은 없었다. 이제 그만하고 싶다고 미야타 유코에게 호소하려던 금요일, 다카노가 수상한 행동을 했다. 예정에 없는 케이스의 집을 갑자기 찾아간 것이다. 그 케이스가 바로 하야시노 아이미였다. 다카노는 그 집에 들어가더니 잠시 후 베란다 쪽 창문의 커튼을 쳤다. 그것을 마모루는 밖에서 보고 있었다.

미야타 유코의 행동은 빨랐다. 마모루가 보고하자마자 다음 날 하야시노 아이미 집에 가자고 한 것이다. 당연하다는 듯 마모루도 동행할 것을 요구했다. 미야타 유코가 말하길, 두 사람이 같이 가는 것이 정석이란다. 남자인 자신이 있으면 불편하지 않겠냐는 마모루의 의견은 무시당했다.

미야타 유코는 하야시노 아이미의 집 인터폰 버튼을 눌렀다. 사전 방문 약속은 하면 안 된다. 갑자기 들이닥쳐야 한다. 이 역시 미야타 유코의 생각이다. 빠져나갈 틈을 주지 말아야 한다고 했다.

[네.]

인터폰에서 여자의 나른한 목소리가 들렸다. 하야시노 아이미가 틀림없다.

"저는 후나오카 사회 복지 사무소에서 온 미야타라고 합니다. 주말에 갑자기 찾아와서 죄송합니다. 하야시노 아이미 씨와 잠깐 말씀을 나누고 싶습니다."

미야타 유코는 한 옥타브 높은 목소리로 거침없이 말했다.

[……그런 약속은 없었던 것 같은데요.]

"네, 말씀대로 사전 약속 없이 이렇게 찾아왔습니다. 실례인 건 알고 있습니다. 바쁘신데 죄송합니다만, 시간을 좀 내 주시면 안 되겠습니까?"

대답이 없었다. 갑작스러운 방문에 당황하고 있을 것이다. 틀림없이 머릿속으로 이런저런 생각을 하고 있겠지. 인터폰이 꺼지더니 이윽고 잠금이 해제되는 소리가 났다. 문이 열렸다. 나온 건 계절에 맞지 않게 창백한 피부를 가진 통통한 체형의 여자였다. 이 여자가 바로 하야시노 아이미다.

"갑자기 용건이 뭔가요? 좀 있다가 손님이 올 예정이라 시간이 별로 없는데요."

하야시노 아이미는 뿌리가 거뭇거뭇한 갈색 머리카락을 쓸어 올리며 말했다. 마모루는 듣자마자 거짓말이라 생각했다. 아이미는 쌩얼이었다. 조금 전까지 자고 있었다는 걸 뚜렷하게 알 수 있었다.

"갑자기 방문드려 죄송합니다. 시간을 많이 뺏지는 않겠습니다. 잠깐 안에 들어가도 될까요?"

미야타 유코가 머리를 낮춘 자세로 말하자 아이미는 검은 눈동자를 좌우로 움직이며 잠시 침묵하더니 "들어오세요."라고 했다.

현관에는 유아용 신발이 있었다. 신상 기록에 따르면 아이미에게는 미소라는 이름의 네 살짜리 딸이 있다. 마모루와 미야타 유코는 신발을 벗고 집 안으로 들어갔다. 거실로 향하는 복도에 옷이 널려 있었다. 아이미가 그것을 뛰어넘어 들어가자 마모루와 미야타 유코도 뒤따라갔다.

마모루는 생각보다 거실이 넓어서 놀랐다. 자신이 사는 아파트보다 훨씬 넓었다. 맹장지가 있는 것으로 봐서 옆방은 아마도 일본식일 것이다. 방의 배치는 1LDK(방 하나에 거실과 주방이 있는 구조) 같았다. 생활 보조금 대상자가 이런 데 사는 건가. 하긴 월세가 쌀 것 같긴 하네. 여기까지 오는데 가장 가까운 역에서 버스로 10분 정도 걸렸다. 주위는 논과 밭으로 둘러싸여 있고 근처에 편의점도 보이지 않았다.

"여기 앉으세요."

아이미는 2인용 소파에 둘이 앉도록 권하고는 자신은 바닥에 털썩 주저앉았다.

"아닙니다. 저희도 바닥에 앉겠습니다."

미야타 유코가 무릎을 꿇더니 바닥에 정좌했다. 마모루도 옆에서 같은 자세를 취했다. 작고 둥근 테이블을 사이에 두고 서로 마주 보았다.

"다시 소개해 드리면, 저희는 이런 사람입니다."

미야타 유코가 명함을 내밀었다. 마모루도 명함을 건넸다. 아이미는 제대로 보지도 않고 명함들을 테이블 위에 놓았다. 미야타 유코가 주위를 보며 물었다.

"따님은 어디에?"

"옆방에서 놀고 있습니다."

"참 얌전한 아이군요, 인기척도 들리지 않는다니."

"아마 그림을 그리고 있을 겁니다."

"따님이 네 살이죠? 한창 귀여울 때 아닌가요?"

"저, 시간이 별로 없는데요."

"아, 실례했습니다."

미야타 유코는 살짝 고개를 숙이더니 앉음새를 고쳤다.

"시간이 없으신 관계로 단도직입적으로 말씀드리겠습니다. 저희 직원인 다카노 요지가 하야시노 씨에게 나쁜 짓을 하고 있지 않나요?"

미야타 유코가 몸을 앞으로 내밀며 추궁했다. 집 앞으로 지나가는 전동 자전거의 마른 배기음 소리가 방 안에 울렸다.

"나쁜 짓이라니…… 무슨 말씀이시죠?"

아이미는 고개를 살짝 기울였다. 눈동자가 흔들리고 있었다. 시치미 떼고 있다는 것을 바로 알 수 있었다.

"아 네, 그럼 구체적으로 말씀드리죠. 하야시노 씨를 담당하는 케이스 워커 다카노 씨가 생활 보조금을 계속 지급하는 대가로 얼만큼의 돈을 달라고 하지 않던가요? 그리고……."

미야타 유코는 말하다 말고 살짝 인상을 썼다.

"하야시노 씨에게 육체관계를 강요하지 않던가요?"

"네? 아니, 그게 무슨 말씀이세요? 뭘 강요했다고요?"

"이상하네요, 저희는 확실한 증거를 가지고 있는데……."

미야타 유코는 아이미의 눈을 보며 의연한 어조로 말했다. 확실한 증거 같은 건 없는데 잘도 그런 말을 하는구나.

"하야시노 씨, 왜 다카노 같은 인간을 감싸시는지 모르겠지만, 혹시 하야시노 씨에게 뭔가 찔리는 것이 있으셔도 추궁할 생각은 전혀 없습니다. 하지만 다카노는 다릅니다. 생활 보조금의 약점을 이용해서 협박하는 짓은 같은 케이스 워커로서 절대로 간과할 수 없습니다. 저는 같은 여성으로서 하야시노 씨를 구하고 싶습니다. 그러니 솔직히 말씀해 주시지 않겠습니까?"

"제가 누굴 감싸다니, 왜 그런 말씀을 하시는지 모르겠네요."

"그럼, 전혀 그런 적이 없다는 건가요?"

아이미는 입을 꼭 다물고 시선을 돌렸다. 자신이 거짓말을 하고 있다는 것을 행동으로 보여 준 것이다. 마모루는 이곳에 와서 겨우 이 얘기가 사실이라는 것을 확신했다.

"만약 당신이 말한 것이 사실이고 제가 그걸 인정하면 어떻게 되는 건가요?"

"하야시노 씨가 제대로 절차를 밟아 고발해 주셨으면 합니다."

"고발이라고요?"

"네, 구체적으로 말씀드리면 경찰에 피해 신고를 하시기 바랍니다."

"……."

"하야시노 씨, 부탁드립니다."

미야타 유코가 절실한 눈빛으로 호소했다. 아이미가 도망치듯 일어섰다.

"전화 한 통만 하고 오겠습니다."

"이 일과 관련된 통화인가요?"

미야타 유코가 불러 세우듯 물었다.

"아니요."

"급한 일이신가요?"

"네, 지금 제가 전화도 하면 안 되는 건가요?"

"아닙니다. 하고 오세요."

아이미가 스마트폰을 들고 옆방으로 갔다. 맹장지를 열자 어린 여자아이의 뒷모습이 살짝 보였다.

"뭔가 있어."

미야타 유코가 앞을 보며 나직이 중얼거렸다.

"혹시 다카노 씨와의 관계를 인정하면 생활 보조금이 끊길 거라고 생각하는 건 아닐까요? 술집에서 일하다 걸린 게 원인일 테니……."

마모루는 곁눈질로 미야타 유코를 보며 목소리를 낮춰 말했다. 미야타 유코가 눈을 가늘게 뜨고 허공을 노려보았다.

"그런 것도 있을지 모르지만…… 다른 뭔가가 있어."

"뭐가요?"

"그건 나도 모르지."

뭐가 있다는 말인가. 마모루는 통 감이 잡히지 않았다.

"패밀리 레스토랑에서 같이 있었던 친구한테 연락하는 걸까요?"

"글쎄."

"설마 다카노 씨에게 연락한 건 아니겠죠?"

미야타 유코는 그 질문에 대답하지 않았다. 2분쯤 지났을 때 맹장지가 열리더니 아이미가 나왔다.

"좀 전에 말씀하신 거, 저는 모르는 일입니다. 이제 돌아가 주세요."

아이미가 갑자기 그렇게 말했다. 틀림없이 누군가와 통화한 결과, 무조건 시치미 떼고 내쫓기로 한 것이다.

"사사키, 잠깐만 하야시노 씨와 단둘이 얘기할 수 있게 해 줄래?"

미야타 유코가 마모루에게 미소 지으며 말했다.

"아, 네."

역시 난 필요 없는 거였잖아. 마모루는 속으로 불평했다.

"곤란한데요. 좀 있다 약속이 있는데."

"하야시노 씨, 잠깐이면 됩니다. 여자끼리만 얘기할 시간을 주세요."

"얘기라면 다 끝난 거 아닌가요?"

"아직 못 한 얘기가 있습니다. 하야시노 씨에게 아주 중요한 얘기예요."

미야타 유코는 끈질기게 물고 늘어졌다. 아이미는 어쩔 수 없다는 듯 떨떠름한 표정으로 말없이 다시 앉았다.

"그럼, 사사키……."

미야타 유코의 재촉에 마모루는 자리에서 일어나 나가려다 갑자기 멈쳤다. 그리고 아이미와 미야타 유코를 번갈아 보았다.

"저…… 저는 어디로 가 있어야……."

"하야시노 씨의 따님하고 잠깐 놀고 있으면 되지 않을까?"

미야타 유코는 그렇게 말하면서 눈을 부릅떴다. 그 정도는 스스로 알아서 하라고 얼굴에 쓰여 있었다. 아이미는 아무런 말도 없었다.

"아 네, 그럼 저는……."

마모루는 맹장지 쪽으로 가 살며시 문을 열었다. 조금 전에 살짝 보였던 방 안 한가운데에서 아이미의 딸 미소라가 크레용으로 그림을 그리고 있었다. 그림에 정신이 팔린 미소라는 모르는 어른이 방에 들어왔는데 눈길도 주지 않았다.

"미소라 짱, 맞지? 갑자기 들어와서 미안해."

마모루는 미소라의 옆에 앉아 부드럽게 말을 걸었다. 여전히 미소라의 반응은 없었다. 궁금해서 얼굴을 들여다본 마모루는 흠칫 놀라 숨을 멈추었다. 무언가에 씐 사람처럼 무섭게 눈을 크게 뜨고 있었기 때문이다. 유리구슬 같은 둥글고 검은 눈동자의 가장자리가 흰자 위에 고스란히 드러나 있었다. 방해하지 마. 미소라의 눈동자가 마모루에게 그렇게 말하는 듯했다. 미소라는 자신만의 세계 속에 있었다.

시선을 돌려서 슬쩍 그림을 들여다보았다. 마모루는 보자마자 눈살을 찌푸렸다. 그 그림은 일반적인 아이가 그린 것과 무척 달랐다. 형태는 없고 그냥 색이 가득 깔려 있을 뿐이다. 나쁘게 말하면 기분 내키는 대로 색을 칠하고 적당히 그 위에 덧칠하는 것처럼 보였다. 별다른 미적 감각이 없는 마모루조차 그 그림이 지닌 형언할 수 없는 불가사의한 힘에 마음을 빼앗겼다.

그 자리에서 살며시 이동한 마모루는 방 한구석에 앉았다. 벽에 기댄 채 미소라의 옆모습을 조용히 바라보았다. 이 아이는 평범한 아이일까. 유년기에 이런 그림을 그리는 아이는 자폐적 기질이 있다고 들은 적이 있다. 하지만 하야시노 아이미의 신상서에는 미소라에게 장애가 있다고 기재되어 있지 않았다.

벽 너머 거실 쪽에서 미야타 유코의 목소리가 들렸다. 작은 소리라 무슨 말을 하는지 알 수 없었다. 도대체 무슨 얘기를 하는 걸까. 나는 여기 뭐 하러 온 걸까. 결국 방해밖에 되지 않는 사람 취급인데.

마모루는 주머니에서 목캔디를 꺼내 소리 나지 않게 살며시 입 안으로 던져 넣었다. 바로 그때 미소라가 불쑥 내뱉었다.

"핑크, 없어졌다."

그리고 앞쪽으로 몸을 기울인 자세에서 상체를 일으키며 고개를 숙였다.

"왜 그래?"

마모루가 말을 걸었다. 미소라는 머리를 기울여 마모루를 보며 말했다.

"핑크, 없어졌어."

"핑크?"

미소라의 무릎 아래를 본 마모루는 "아아." 하고 이제 알았다는 듯 고개를 끄덕였다. 크레용 상자 속에 핑크색이 없었다. 자세히 보니 크레용이 전부 얼마 안 남은 상태였다. 하지만 마모루는 어떻게 할 도리가 없었다. 미소라는 슬픈 눈으로 마모루를 바라봤다.

"다른 색을 써 보면 어떨까? 그래, 빨강이나 오렌지색 어때?"

"안 돼. 핑크 아니면 안 돼."

미소라는 고개를 가로저었다.

"그렇구나. 그런데 어떡하지. 지금은 이 아저씨도 가진 크레용이 없는데. 어쩌면 좋을까……."

미소라는 어깨를 축 늘어뜨리고 다시 고개를 숙였다.

"사탕, 먹을래? 목캔디라 맛은 별로 없지만."

미소라는 아무런 반응도 하지 않았다.

"그럼…… 좋아, 다음에 아저씨가 크레용 사다 줄게."

마모루는 자기도 모르게 그렇게 말해 버렸다. 그의 말에 미소라는 얼굴을 번쩍 들었다. 마치 시들어 가던 꽃이 되살아나듯, 어린아이의 귀엽고 사랑스러운 미소가 활짝 피었다. 마모루는 겨우 안도했다. 미소라는 네 살짜리 아이라는 것을 감안해도 말하는 것이 서툴렀지만 의사소통을 못 할 정도는 아니었다. 그때 등 뒤의 문이 거세게 열리는 소리가 났다. 깜짝 놀라 뒤돌아보니 차가운 표정의 아이미가 서 있었다.

"얘기 다 끝났으니까 이제 가 주시겠어요."

"아, 네."

마모루는 황급히 자리에서 일어섰다. 미야타 유코는 나갈 준비가 되어 있는 듯했다. 이미 숄더백을 어깨에 메고 있었다. 그 표정에서 얘기가 진전이 있었는지 없었는지는 알 수 없었다. 마모루도 가방을 손에 들고 쫓기듯 현관 쪽으로 갔다.

"바쁘신데 갑자기 찾아와서 죄송합니다. 또 말씀드릴 일이 있을 것 같으니 그때 다시 뵙겠습니다."

미야타 유코가 도전적인 어조로 말했다. 마모루가 문고리를 잡으려고 할 때, 안쪽에서 타닥타닥 발소리가 들렸다. 아이미의 뒤에 미소라가 나타났다.

"다음에 언제 와?"

미소라가 마모루의 얼굴을 올려다보며 물었다. 크레용을 사다 주기로 한 것이 생각난 마모루는 어떻게 말해야 할지 망설이며 관자놀이를 검지로 긁적였다.

"아, 그러니까……."

"넌 저리 가 있어!"

아이미의 날카로운 목소리가 들렸다. 흠칫 놀란 미소라가 어깨를 떨었다. 마모루와 미야타 유코의 시선이 마주쳤다. 미야타 유코의 눈짓에 마모루가 문을 열고 밖으로 나갔다. 밖에서 뒤를 돌아보니 문이 닫히는 마지막 순간까지 미소라는 마모루를 보고 있었다.

"만만하지 않네."

마모루와 마주 앉아 있는 미야타 유코가 아이스커피를 한 모금 마시며 꺼림칙한 듯이 말했다. 하야시노 아이미의 집을 나온 후 두 사람은 바로 근처 카페에 들어갔다. 결국 아이미는 끝까지 입을 열지 않은 것이다.

"내가 살짝 위협을 해 봤거든. 계속 입 다물고 있으면 당신에게도 죄를 물을 가능성이 있다고 말이야."

"하지만 하야시노 씨는 피해자잖아요."

"그래서 위협만 해 본 거지. 게다가, 그 여자 역시 일하는 거 숨기고 돈을 받았으니 전혀 잘못이 없는 건 아니잖아."

"뭔가 숨기고 있는 것 같다고 하셨는데, 그게 뭔지 알아내셨나요?"

"아니. 아무튼, 분명히 뭔가 숨기고 있어."

여전히 근거도 없이 확신에 찬 말투였지만, 마모루 역시 같은 생각이었다. 하야시노 아이미는 분명히 뭔가 숨기고 있다. 다카노와의 관계를 인정하면 어떤 불이익을 당하게 될 것이다. 생각할 수 있는 불이익이라면 생활 보조금 지원이 끊기는 것밖에 없지만.

"내가 이런 말도 해 봤어. 다카노 씨와의 관계를 인정해도 생활 보조금 지원은 끊지 않겠다고 말이야. 그런데도 입을 열지 않는 걸 보면 역시 뭔가 켕기는 게 있어."

그건 도대체 뭘까? 생각만 해도 머리가 아팠다.

"어쩌면 좋을까요? 역시 다카노 씨를 대면할 수밖에 없을까요?"

미야타 유코는 만약 하야시노 아이미가 털어놓지 않으면 직접 다카노를 추궁할 것이라고 했다.

"그럴 수밖에 없겠지."

"하지만 다카노 씨야말로 쉽게 자백할 리가 없지 않을까요? 시치미를 워낙 잘 떼는 분이라."

"정말 그럴까? 자백하지 않으면 경찰 도움을 받을 수밖에 없다고 협박하면 쉽게 인정할 것 같은데. 다카노 씨는 의외로 겁이 많거든."

"그 말씀은, 인정만 하면 경찰에는 말하지 않겠다는 건가요?"

"무슨 소리야, 당연히 말해야지."

역시 미야타 유코는 무서운 여자다. 그녀는 남은 아이스커피를 단숨에 마셔 버렸다.

"아, 그리고 다카노 씨는 사사키 혼자만 만나는 거야."

"네?"

"그런 타입은 나 같은 인간은 없는 편이 나아."

"그게 무슨 말씀이세요?"

"말 그대로야. 나는 방해가 돼. 그러니까 사사키만 하야시노 아이미 씨 건을 알고 있는 것으로 하는 거야. 이렇게 해 봐. 먼저 솔직하게 물어보는 거야. 그래도 얘기를 하지 않으면 하야시노 아이미는 이미 털어놨다고 해. 그래도 잡아떼면 경찰에 신고한다고 협박하는 거야. 간단하지. 어때?"

"자, 잠깐만요. 저 혼자 그런 말을 어떻게……."

"할 수 있다 없다의 문제가 아니야. 그냥 해."

"그래도…… 저 같은 사람은 우습게 볼 것 같은데요."

"한심하게스리. 아무튼 해 봐. 이건 사사키가 해야 할 일이야."

해야 할 일이라고? 나는 내가 맡은 케이스 워커 일만 하면 되는데. 풀이 죽은 마모루는 고개를 숙였다.

"그럼 바로 다카노 씨네 집에 가."

마모루는 얼굴을 번쩍 들었다.

"지금 가라고요?"

"지금 안 가면 언제 갈 생각인데."

"아니, 그게…… 집이 어딘지도 모르는데……."

"걱정 마. 내가 알아. 자, 가자."

미야타 유코는 벌떡 일어서더니 계산서를 들고 총총걸음으로 계산대로 갔다.

어째서 미야타 유코는 다카노의 집을 알고 있는 걸까. 마모루는 의문이 들었다. 그리고 그녀의 저 활동력의 원천은 무엇일까? 뭐가 그녀를 자극해서 움직이게 하는 걸까? 아무리 생각해도 도저히 이해가 안 된다. 마모루는 깊게 한숨을 내쉬더니 가방 속에 든 감기약을 꺼내 입 안으로 던져 넣었다.

8

다카노 요지는 같은 말밖에 하지 못하는 로봇처럼 계속해서 "용서해 주세요."를 반복했다. 미장스 VIP룸의 테이블 위에는 비디오카메라와 케이블이 연결된 소형 액정 모니터가 놓여 있었다. 그 모니터의 화면에선 다카노와 아이미의 정사 영상이 위에서 본 앵글로 나오고 있었다. 스피커에서는 다카노의 헐떡이는 숨소리가 들렸다. 그 모니터 근처에는 벌거벗은 다카노가 바닥에 무릎 꿇고 앉은 채 떨고 있었다.

"당신 말이야, 어린애도 아니고. 말을 해, 말을."

가네모토는 다리를 꼰 자세로 소파에 앉아 다카노를 관찰하듯 가늘게 뜬 눈으로 보고 있었다. 그 옆에는 가네모토의 애인이자 아이미의 친구인 레이카도 있었다.

지시를 받고 요시오가 하야시노 아이미의 집에 몰래카메라를 설치한 건 4일 전이었다. 아이미에게는 다카노가 집에 오면 녹화 버튼을 누르라고 말해 두었다. 그로부터 3일 후, 금요일 낮에 다카노가 아이미 집에 찾아와 보기 좋게 함정에 빠졌다.

모든 일이 순조롭게 진행된 것에 요시오는 만족했다. 하지만 아무리 다카노를 몰아붙일 증거를 만들기 위해서라고 하지만, 아이미가 정사 영상을 찍는 것에 난색을 표하지 않은 것에 놀라지 않을 수 없었다. 이 여자의 머릿속은 대체 어떻게 되어 있는 거야. 요시오에게 아이미는 도저히 이해할 수 없는 인간이었다. 그리고 다음 날인 오늘, 다카노를 미장스에 불러서 이 영상을 들이밀었다. 낮이라 가게에는 손님은 물론이고 직원들도 없었다.

[기분 좋지?]

스피커에서 다카노의 외설적인 목소리가 들렸다.

"기분 좋지?"

그 말을 흉내 내며 요시오는 다카노의 엉덩이를 가볍게 발로 찼다. 뒤에서 레이카가 큰 소리로 웃음을 터뜨렸다.

"다카노 씨야, 지금부터 내가 하는 말을 '네'아니면 '아니요'로 대답해라."

계속해서 보고만 있던 가네모토가 이윽고 몸을 내밀며 입을 열었다. 다카노는 고개를 숙이고 있을 뿐 대답이 없었다.

"안 들리냐?"

"……."

역시 다카노는 반응이 없었다.

"류 짱이 말하는데 대답 안 해? 이 새끼, 거시기 한 번 더 차 줄까?"

레이카가 다카노의 머리채를 잡아 들더니 난폭하게 흔들었다. 다카노는 레이카가 무서워서 겁에 질려 있었다. 얼굴이 일그러져 작게 경련이 일었다. 여기서 다카노는 주로 레이카에게 폭행을 당하고 있었다. 옷을 전부 벗으라고 명령한 것도 레이카였다. 폭주족 시절에는 이렇게 인정사정없이 상대를 제압했었나 보다. 정말 무서운 여자다.

"레이카, 내가 얘기할게."

가네모토가 그녀를 제지했다.

"자, 다카노 씨야. 저걸 눈으로 보고 대답해 볼까? '예' 아니면 '아니요'로."

다카노의 공포에 질린 얼굴이 가네모토를 향했다.

"당신은 돌이킬 수 없는 나쁜 짓을 했다."

"네."

다카노는 기어들어 가는 목소리로 대답했다.

"이것이 알려지면 직장도 가정도 끝이다."

"네."

"협박과 강간죄로 교도소에 갈 가능성도 크다."

"네."

"당신, 여기서 인생 끝내고 싶어?"

"……."

"끝나고 싶다고?"

"아니요."

가네모토가 고개를 크게 끄덕였다.

"내가 시키는 대로만 하면 직장도 가정도 그대로가 될 거야. 즉, 아무일 없을 거란 얘기지. 협조해 줄 거지?"

다카노의 눈동자가 요동쳤다.

"협조 못 한다는 건가?"

"아, 아니요."

"해 줄 거지?"

"네."

가네모토가 손뼉을 딱 쳤다.

"좋아. 그럼 이제부터 구체적인 얘기를 시작하지. 내가 아는 생활 보조금을 받아야 하는 불쌍한 사람들이 있거든. 그 사람들의 창구는 당신이 되는 거야. 바로 다음 주부터……."

그때 가네모토의 스마트폰이 울렸다. 가네모토가 주머니에서 스마트폰을 꺼내며 "당신의 아이미 전화야." 하고 다카노를 향해 입꼬리를 치켜들었다. 전화를 받으며 밝았던 가네모토의 얼굴이 이내 험악하게 바뀌었다.

"그래서, 그 인간들은 지금 어디 있어? 집? 무조건 바로 내보내. 강제로라도 내쫓아. 절대 아무런 말도 하지 마, 알았지?"

가네모토의 잔뜩 흥분한 목소리가 좁은 방 안에 울렸다. 요시오는 무의식적으로 가네모토와 거리를 두었다.

"보수 50만 엔? 지금 상황을 보고 말을 해. 그런 얘기 할 때가 아니잖아. 아무튼 당장 쫓아내, 어서."

전화를 끊은 가네모토는 잠시 동안 눈을 감고 있었다. 레이카가 물었다.

"류 짱, 무슨 일이야."

가네모토는 그녀의 말을 무시하고 무서운 얼굴로 다카노를 추궁했다.

"야, 너. 누구한테 아이미와의 관계 얘기했어?"

다카노는 고개를 가로저었다.

"그럼 어떻게 된 거야."

이번에는 가네모토가 고개를 갸우뚱했다.

"들통났어. 지금 아이미네 집에 네 동료가 너와 아이미 일로 왔대."

다카노는 입을 반쯤 벌리고 있었다. 상황 파악이 안 되는 듯했다. 그런 다카노의 얼굴을 가네모토가 갑자기 발로 찼다. 다카노는 차에 치인 사람처럼 뒤로 튕겨 나갔다. 후방의 벽에 부딪히더니 다시 튕겨서 앞으로 엎드리듯 쓰러졌다. 순식간에 벌어진 일이었다. 다카노는 그 상태에서 조금도 움직이지 않았다. 요시오는 그가 죽은 것이 아닐까 생각했다. 가네모토가 그만큼 힘껏 걷어찼기 때문이다.

"이런 씨발!"

가네모토는 분노를 참을 수 없어서 테이블을 걷어찼다. 충격으로 위에 있던 모니터가 바닥에 떨어졌다. 그 기세로 가네모토는 관엽 식물 화분을 차서 넘어뜨리고, 소파도 차고, 심지어 요시오까지 찼다. 요시오는 예상하고 있었기 때문에 적당히 방어할 수 있었다.

"류 짱, 참아. 뭐가 어떻게 된 거야. 얘기 좀 해 봐."

레이카가 가네모토를 달래며 말했다.

"말했잖아, 들통났다니까. 어떻게 된 건지 모르지만 다카노와 아이미의 일을 동료 직원들이 알고 있어. 그놈들이 확인하러 아이미한테까지 찾아왔대."

"어떻게 알았지?"

"씨발, 그걸 내가 어떻게 알아! 어쨌든 이 계획은 파투 났어."

가네모토가 언성을 높였다.

"왜?"

"너 바보냐? 이 정도까지 알려졌으니 다카노는 짤릴 거 아냐. 그렇게 되면 누가 창구 역할을 하냔 말이야. 이걸 설명을 해 줘야 아냐? 이거 생각보다 머리 나쁜 년이네."

욕을 먹고도 아무런 말도 못 하는 레이카는 아랫입술을 내밀고 뾰로 통해 있었다. 분통이 터진 가네모토는 문을 박차고 밖으로 나갔다. 레이카도 그의 뒤를 따라가려 했다.

"잠깐만, 이 인간은 이제 어떻게 해?"

레이카를 불러 세운 요시오가 쓰러져 있는 다카노를 손가락으로 가리키며 물었다. 하지만 레이카는 무시하고 방을 나가 버렸다. 요시오는 그 자리에서 멍하니 있었다. 이런 곳에 남겨진 자신이 딱하게 느껴졌다. 벌거벗은 채 쓰러져 있는 다카노를 쳐다봤다. 각도를 바꾸어 얼굴을 들여다봤다. 코뼈가 부러졌다는 것을 한눈에 알 수 있었다. 앞니도 부러진 것 같다. 그래도 숨은 쉬고 있었다. 일단 죽지는 않았다는 사실에 안도했다.

요시오는 소파에 앉았다. 팔짱을 끼고 눈을 감았다. 그리고 잠시 생각에 잠겼다. 다카노가 앞으로 어떻게 될지 생각하니 남의 일이지만 약간은 불쌍하다는 생각이 들었다. 이제 이 인간에게 밝은 미래는 없다. 직장에 이 인간이 한 짓이 알려지면 가네모토가 말한 대로 해고당할 것이다. 이유가 이유인지라 가족한테도 버려질 것이다. 그건 요시오 자신과 같은 처지가 된다는 뜻이다. 그렇게 생각하니 요시오는 반대로 유쾌한 기분이 들기도 했다. 따지고 보면 모든 게 다 뿌린 대로 거두는 것이라 자업자득이다.

이런저런 생각을 하다 보니 이런 상황인데도 요시오는 졸음을 느꼈다. 어제부터 제대로 잠을 자지 못했다. 방 안에는 기절한 다카노뿐이었다. 눈치 볼 사람도 없어서 그대로 쓰러져 잠들었다.

요시오가 깨어난 건 그로부터 30분 후였다. 주머니 속에서 핸드폰 진동이 느껴졌다. 약을 찾는 손님인가 했더니 하야시노 아이미였다. 전화를 받자 아이미는 가네모토가 전화를 받지 않아서 요시오에게 연락했다고 말했다. 요시오가 눈을 비비며 물었다.

"상황은 가네모토 씨한테 들었는데, 그래서 그 동료라는 사람들은 갔어?"

[조금 전에 갔어요.]

"흐음."

요시오는 여전히 쓰러져 있는 다카노를 내려다봤다. 이 녀석 아직도 정신이 들지 않았네. 이대로 죽지는 않겠지. 약간 불안했다.

[이제 어떻게 하죠?]

"나한테 물어봤자지. 거꾸로 내가 물어보고 싶을 정돈데. 일단 가네모토 씨 연락을 기다릴 수밖에 없지 않겠어. 나야 뭐 가네모토 씨한테 명령받고 움직이는 것뿐이니까."

[그럼 레이카한테도 전화해 볼게요.]

"응, 그래. 해 봐."

그렇게 대답하는데 근처에서 처음 듣는 전화벨 소리가 났다. 요시오는 주변을 둘러봤다. 누구한테서 나오는 소리인지 바로 알 수 있었다. 방구석에 벗어 던져 놓은 다카노의 바지에서 나는 소리였다.

요시오는 바지 뒷주머니에 들어 있던 핸드폰을 꺼냈다. 그 핸드폰의 화면을 본 요시오는 숨이 멎는 기분이었다. '사사키 마모루'라는 이름이 눈에 들어온 것이다. 그렇다. 요시오는 다카노와 자신의 담당 케이스 워커인 사사키가 동료라는 사실을 깨달았다.

[그럼 끊을게요.]

아이미가 그렇게 말했을 때, 요시오의 머릿속에 어떤 직감이 하늘의 계시처럼 떠올랐다.

"잠깐만, 혹시 그 찾아온 동료 이름이 뭐지? 명함 같은 거 주지 않았어?"

[어느 쪽 말씀이시죠?]

"어느 쪽이라니. 혼자 온 거 아니었어?"

[둘이었어요.]

"그럼 두 사람 다 알려 줘."

[미야타라는 여자하고 사사키라는 남자였어요.]

"사사키?"

그 이름을 들으니 마음이 조급해졌다.

"성이 사사키면 이름이 혹시 마모루?"

[네, 맞아요.]

"키 작고, 깡마르고, 안경 쓰고?"

"네, 그렇게 생겼던 거 같아요."

틀림없다. 사사키다. 그 사사키 마모루다. 그 녀석이 이번 건과 관련되어 있다. 요시오는 안절부절못하는 상태가 되었다. 체내의 세포가 봇물 터지듯 날뛰기 시작했다. 요시오는 전화기를 귀에 댄 채 방 안을 왔다 갔다 배회했다. 쓰러져 있는 다카노를 단순한 장해물처럼 넘어 다녔다.

냉정하게 생각해 보면 아이미 집을 방문한 것이 누구든 지금 이 상황은 변하지 않잖아. 아냐. 가령 상황이 호전된다고 해도 나에게는 전혀 메리트가 없어. 가네모토가 그린 그림을 현실화해 봤자 좋은 건 어차피 가네모토뿐인데 뭐. 생각이 거기까지 미치자 요시오 속에서 거세게 확산되었던 흥분이 조금씩 가라앉았다.

그나저나 이 기묘한 연결 고리를 잘 이용할 방법이 없을까? 요시오는 쉽게 포기할 수 없었다. 파투 났다고 생각했던 계획이 다시 타오를 듯한 징조를 보였다. 그리고 그 연료의 정체가 무엇인지도 알고 있었다. 지금이야말로 어부지리로 기회를 잡을 수 있을 때가 아닌가. 당장은 묘안이 떠오르지 않지만 기회가 손을 뻗어 잡을 수 있는 곳에 있었다. 요시오는 잠시 생각에 빠져 있었다.

[저…… 이제 끊어도 돼요?]

핸드폰 너머 아이미의 목소리에 요시오는 정신을 차렸다. 그리고 "일단 지금 거기로 갈게."라고 말한 다음 전화를 끊었다.

9

전화를 끊자마자 바로 담뱃불을 붙이고 폐 속으로 니코틴을 흡입시켰다. 아이미는 기분을 진정시키는 방법을 이것밖에 모른다. 이러니 평생 담배를 못 끊을 것 같다.

오늘은 정신없는 하루였다. 갑자기 사회 복지 사무소 사람이 집으로 들이닥쳤다. 그리고 잠시 후에 가네모토의 졸개인 야마다가 온다니. 아이미는 아까 왔던 두 사람을 머릿속에 떠올렸다. 미야타 유코라는 여자는 다카노와의 관계를 인정해도 생활 보조금 지급이 끊기지 않게 해 주겠다고 했다. 정말일까? 그 여자는 믿을 수 없을 것 같다. 아이미는 본능적으로 그렇게 생각했다.

게다가, 만약 생활 보조금 지급이 계속돼도 다카노와의 관계를 인정해 버리면 가네모토로부터 보수를 받지 못한다. 가네모토가 무슨 꿍꿍

이인지 모르지만, 다카노를 이용하려는 건 분명하다. 가네모토는 일만 잘되면 50만 엔을 더 준다고 약속했다. 물론 생활 보조금 지급도 그대로 계속되는 조건이다. 그래서 어제 다카노와의 정사 동영상을 찍었고, 그것을 가네모토에게 바쳤다. 아이미는 영상을 확인하지 않았다. 봤다면 기분이 더러워졌을 것이다. 이렇게 된 상황에서 앞으로 어떻게 해야 할까. 한숨과 함께 담배 연기를 내뿜었다. 아이미는 누군가 정답을 알려 주면 좋겠다고 생각했다.

미소라는 여전히 옆방에서 그림 그리기에 정신이 팔려 있다. 미소라는 잠을 자든지 그림을 그리든지 두 행동만으로 매일을 살고 있다. 그건 그것대로 미소라에게 행복일지도 모른다. 그렇게라도 생각하지 않으면 견딜 수 없을 것 같다. 그런 미소라가 오늘 평소에 안 하던 모습을 보였다. 사사키라는 남자에게 배웅까지 나와서 다음에 언제 오냐고 물었다. 아이미는 미소라가 그런 말을 한 것 자체가 믿기지 않았다.

한 시간 정도 지나 야마다 요시오가 아이미의 집에 찾아왔다. 야쿠자로는 보이지 않지만 가네모토의 졸개 같으니 역시 그쪽 세계 사람이겠지.

"역시 사사키가 맞았군?"

야마다는 놓고 간 명함을 손에 들고 자세히 들여다보았다. 아무래도 아까 왔던 남자 케이스 워커와 야마다는 아는 사이인 것 같다. 야마다가 명함에 있는 이름을 손가락으로 튕겼다.

"나도 너처럼 생활 보조금 받고 있어. 그런데 내 담당이 이놈이거든. 말하는 게 얄밉지 않았어?"

"그 사사키란 사람은 별로 말을 안 했어요. 그 여자를 따라온 느낌이었거든요."

"이 미야타라는 여자 말이야?"

그가 다른 명함을 들더니 다시 그것을 유심히 들여다봤다.

"누군지 모르겠는데. 어떤 느낌의 여자였지?"

"짜증 나는 여자."

아이미가 그렇게 말하자 야마다는 쓴웃음을 지었다.

"좀 자세히 얘기해 봐."

아이미가 아까 있었던 일을 간추려서 말해 주자 야마다는 삐죽삐죽 수염이 난 턱을 어루만지며 고개를 끄덕였다.

"그랬구나. 그거참 일이 골치 아프게 됐네."

모든 얘기를 들은 야마다는 소파에 등을 기대며 한숨을 쉬었다. 그리고 두 손을 뒤통수에 대고 깍지를 낀 채 얼굴을 찡그리고 허공을 응시했다.

"이제 저는 어떻게 해야 하는 거죠?"

"아, 해결 방법이 쉽게 안 떠오르네."

"다카노와의 관계, 인정하면 안 되겠죠?"

"하~~ 좋은 방법이 없을까."

"제 말 듣고 계세요?"

"어, 미안. 뭐라고 했지?"

"저는 어떻게 하면 좋겠냐고요."

"나한테 물어봤자 알 수 없지. 가네모토 씨한테 물어봐."

아이미는 어깨를 축 늘어뜨리며 한숨을 쉬었다. 이 남자는 도움이 안 되네.

"그나저나 아이미, 먹을 것 좀 없어? 아침부터 아무것도 못 먹었거든."

야마다가 배에 손을 대고 뻔뻔스럽게 말했다.

"컵라면밖에 없어요."

"여기도 그것밖에 없나. 할 수 없지 뭐. 그거라도 좀 줘."

"주방 위쪽 선반에 있으니까 물 끓여서 알아서 드세요."

야마다는 쓴웃음을 지으며 일어나더니 부엌으로 갔다. 주방에서 야마다가 물었다.

"너도 먹을래? 컵라면 맛있게 끓여 줄게."

"전 괜찮아요."

야마다는 콧방귀를 뀌었다.

"그래. 아, 그러고 보니 꼬마 아가씨는? 밖에서 놀고 있어?"

아이미가 담배를 입에 문 상태로 일어서더니 옆방 문을 열었다. 웬일로 미소라는 그림을 그리고 있지 않았다. 한쪽 구석에서 '자시키와라시(어린 여자의 모습을 한 일본 요괴)'처럼 오도카니 앉아 있었다.

"미소라, 라면 먹을 거야?"

"어? 있었네."

아이미의 등 뒤에서 야마다의 목소리가 들렸다. 미소라가 대답을 안 하자 아이미는 손으로 아이의 머리를 툭 치면서 물었다.

"야, 라면 먹을 거냐고 묻잖아."

"먹을 거야."

미소라가 대답했다.

"오케이, 아저씨가 맛있게 끓여 줄게. 잠깐 기다려."

아이미는 다시 바닥에 주저앉아 담배를 피웠다. 시선이 창밖으로 향했다. 사람 속도 모르는 태양이 찬란하게 거리를 비추고 있었다. 그래도 지금은 이 햇빛이 고맙다. 이런 상황에서 비라도 내린다면 기분이 더 우울해질 것 같았다.

이제 앞으로 어떻게 될까. 생활 보조금이 끊기면 앞으로 어떻게 살지. 이럴 줄 알았으면 다카노의 노리개로 계속 살걸. 정말 일하기 싫은데. 누가 좀 어떻게 해 줘. 아이미는 미소라를 보며 속으로 그렇게 중얼거렸다.

잠시 후 야마다가 김이 모락모락 피어나는 컵라면 두 개를 가져왔다. 야마다는 미소라를 안아서 어린이용 의자에 앉히고 자신은 그 옆에 앉았다.

"어때, 맛있지?"

야마다는 라면을 먹으면서 미소라의 얼굴을 들여다보며 물었다. 미소라는 고개를 끄덕였다. 미소라는 서툰 솜씨로 그릇에 담긴 면을 포크를 사용하여 입으로 가져갔다. 거의 다 먹어 가자 야마다가 약간의 면과 국물을 덜어 줬다.

"뜨거우니까 후후 불면서 식혀 먹어. 자, 아저씨가 식혀 줄게."

야마다는 상냥하고 세심하게 신경 썼다. 미소라의 일거수일투족을 살피면서 온화한 표정을 지었다. 그때 부-부- 하고 진동음이 방 안에 울렸다. 야마다는 주머니에서 핸드폰을 꺼냈다. 스마트폰이 아닌 구식 전화기였다.

"아, 고객이다."

야마다는 자리에서 일어나 핸드폰을 귀에 대고 창문 쪽으로 갔다.

"전화 감사합니다. 항상 친절히 모시겠습니다. 네. 네. 알겠습니다. 장소는 전에 거기 괜찮으시죠?"

영업 사원처럼 지나치게 정중한 말투로 누군가와 통화했다.

"얼마나 필요하시죠? 네? 그 정도나요? 잠시만요. 바로 확인해 보겠습니다."

야마다는 핸드폰을 귀와 어깨 사이에 끼우고 소파에 두었던 자신의 세컨드 백을 열더니 손을 넣어 뒤졌다. 투명하고 작은 비닐 백을 몇 개 꺼내서는 그 수를 턱 끝으로 셌다. 비닐 백 속에는 보랏빛 작은 알약이 들어 있었다. 아이미는 곁눈질로 봤지만 그것이 '위험한 약'이라는 것을 쉽게 짐작할 수 있었다.

"충분하네요. 그럼 몇 시경에? 네, 그럼 이따 열두 시에 뵙겠습니다."

아이미는 마약 경험이 없다. 굳이 따지자면 중학생 때 친구 사이에서 톨루엔(시너에 함유된 휘발성의 액체로, 마취성이 강해 호흡하면 환각을 일으키고 때로는 급성 중독으로 죽는 수도 있음)이 유행해서 한 번 해 본 적은 있다. 바로 속이 안 좋아져서 자신과 맞지 않는다는 생각에 다시는 손대지 않았다.

"흐흥, 이놈은 완전히 빠졌네."

전화를 끊은 야마다가 코웃음 치며 말했다.

"그거, 위험한 약인가요?"

"아니, 아니. 이건 비아그라야. 자, 봐."

야마다는 아이미의 얼굴 앞에 그 작은 비닐 백을 흔들어 보였다. 그렇게 말해 봤자 아이미는 모른다. 비아그라를 본 적도 없으니까. 비닐 백 너머의 야마다와 시선이 마주쳤다. 눈웃음을 짓고 있었다. 야마다가 기분 나쁘게 웃었다.

"흐흐흐, 너한테는 얘기해도 문제없을 것 같으니 알려 줄게. 이건 비아그라가 아니야. 네 말대로 위험한 약이지. MDMA라든가 엑스터시 같은 이름 들어 본 적 있어? 각성제의 일종이라고 하는데 바로 뿅 간다더라고. 너도 해 볼래?"

아이미가 고개를 끄덕이자 야마다는 멈칫하고 눈을 크게 뜨더니 정색했다.

"꿈도 꾸지 마."

뭐야, 이 사람. 어쩌라는 거지. 아이미는 눈앞의 남자가 점점 더 싫어졌다.

"우와~ 라면 불겠다."

자리로 돌아간 야마다는 남은 면을 젓가락으로 집더니 얼굴을 찡그렸다.

"라면은 불면 맛없는데."

불평을 늘어놓으면서도 계속 먹었다. 가끔씩 미소라의 얼굴을 보며 웃기는 표정을 하고 반응을 즐기기도 했다. 그런 모습에서는 마약 판매상 같은 느낌이 없다. 마약 판매상 같지 않은 느낌이 어떤 건지 모르지만. 야마다가 문득 뭔가 생각났다는 듯 말했다.

"다카노 그놈, 다시는 오지 않을 거야."

"왜요?"

"아까 불러서 따끔하게 혼내 줬거든. 네가 찍어 준 비디오 보여 줬더니 벌벌 떨면서 울더라. 너한테도 사죄시키고 싶었는데 말이야."

그때 상황을 떠올리고 있는지 야마다가 어깨를 들썩이며 웃었다.

"그래서, 뭘 어쩔 생각이었죠?"

"뭘 어쩌다니."

"다카노한테 돈을 뜯어낼 계획이었잖아요."

"자세한 계획은 이미 얘기해 줬잖아."

야마다는 국물을 후루룩 마시더니 손등으로 입 주위를 닦았다.

"간단하게 말하면, 다카노를 이용해서 생활 보조금 수급자를 늘리려고 했지. 그리고 가네모토 씨는 그 보조금을 떼어먹을 작정이었고."

아이미는 역시 예상대로 그럴 생각이었구나, 하고 생각했다.

"그 계획은 이제 틀린 건가요?"

"그렇지 뭐. 다카노가 없으면 아무것도 할 수 없으니까."

"제가 다카노가 한 짓을 눈감아 줘도 안 되는 건가요?"

"안 될 거야. 동료가 거기까지 알고 있다면 네가 그래 봤자 소용없을걸."

"다카노가 잘리면 제 보조금도 끊길까요?"

"흐흠, 글쎄……. 그냥 유지될지도 모르지, 보상금 같은 의미로."

"그렇게 되면 좋겠네요."

야마다가 담배를 꺼내서 불을 붙였다. 옆에 있는 미소라가 신경 쓰였는지 고개를 돌려서 반대쪽으로 담배 연기를 뿜었다.

"그나저나 넌 왜 생활 보조금 받아, 젊은데?"

"일하기 싫어서요."

"흐흠, 나도 마찬가지긴 하네."

아이미의 어깨에 힘이 빠졌다. 자기가 이런 보잘것없는 중년 아저씨랑 같은 부류라니.

"그런데 야마다 씨는 뭘 하러 저희 집에 오셨어요?"

"나? 나는 말이야, 뭐라고 할까……."

그때 날카로운 인터폰 전자음이 방 안에 울렸다. 야마다와 눈이 마주친 아이미는 벌떡 일어나서 벽에 있는 인터폰 화면을 확인했다. 숨이 멎는 듯했다. 두 시간 전에 왔던 사회 복지 사무소 사사키라는 남자의 얼굴이 화면에 비쳤다.

"이런, 사사키잖아."

아이미의 어깨 너머에서 야마다의 목소리가 들렸다. 어느새 그가 아이미의 등 뒤에 있었다.

"어떻게 하죠?"

"어떻게 하냐니. 나도 몰라."

당황한 야마다는 눈알을 이리저리 굴렸다.

"집에 없는 척할까요?"

"아, 그래. 그게 좋겠다."

야마다는 닭처럼 조급하게 고개를 끄덕였다. 하지만 곧바로 손바닥을 아이미를 향해 들었다. "아냐, 잠깐만. 그냥 집에 들이자."

아이미가 의아해하며 물었다.

"들여서 어떻게 하자고요."

"몰라. 일단 저쪽의 얘기를 들어 보자. 뭔가 볼일이 있어서 왔을 거 아냐."

"야마다 씨도 같이 만날 건가요?"

"그럴 수는 없어. 저 녀석이 나를 알아. 나는…… 그래, 저 안에 숨어서 얘기를 몰래 들으면 되겠네."

야마다가 붙박이 옷장을 가리켰다. 옷장 안에는 겨울옷이나 코트 등이 걸려 있었다.

"그건 좋으실 대로 하시는데요. 저는 뭘 하면 되죠?"

"그건 나도 모른다고 했잖아. 상대방이 하는 걸 보자고. 어서 나가 봐."

야마다는 재빨리 옷장 안에 걸려 있는 옷을 헤치고 힘겹게 몸을 구겨 넣었다.

"미소라 짱, 이 옷장 문 좀 닫아 줘. 아, 맞다. 다른 사람한테 이 아저씨가 여기 숨어 있다고 말하면 안 돼, 알았지?"

미소라는 시키는 대로 두 손으로 문을 잡고 온몸의 힘을 실어 문을 닫았다. 그런 상황에서 아이미는 옷장에 아저씨 냄새가 배는 걸 걱정하고 있었다.

"오오, 여기 환기 구멍으로 밖이 보이네. 아이미, 어서 나가 봐. 꼭 집 안으로 들여야 해."

옷장 속에서 중얼거리는 듯한 소리가 들렸다. 아이미는 깊은 한숨을 내쉬고는 현관으로 가며 생각했다. 이제 뭐가 어떻게 되든 내 알 바 아니야. 내 잘못도 아니고.

10

20cm 정도 문을 열고 그 사이로 얼굴을 내민 아이미는 아까보다 더 언짢은 표정이었다. 마모루의 눈이 반사적으로 경계의 빛을 띠었다. 미야타 유코 같은 여자도 불편하지만, 타입은 달라도 이 여자 역시 불편하기는 마찬가지다. 둘 다 마모루에겐 상식 밖에 있는 인간이다. 무슨 생각을 하는지 도무지 알 수가 없다.

"자꾸 찾아와서 죄송합니다. 아까 미소라에게 크레용 새로 사다 준다고 약속했거든요. 그것만 전달하러 왔습니다."

마모루는 조금 전에 역 앞 문방구에서 산 크레용 세트와 그림 그리기용 노트를 내밀었다. 아이미의 집을 나온 후 마모루는 미야타 유코와 함께 다카노의 집에 방문했다. 하지만 집에 없었다. 참고로, 당시에 미야타 유코는 문 뒤에 숨어서 스파이처럼 상황을 살피고 있었다.

"남편이 나쁜 짓이라도 저질렀나요?"

마모루는 다카노 아내의 불안에 싸인 얼굴을 똑바로 보지 못했다. 남편의 회사 동료가 갑자기 집에 찾아왔으니 당연한 반응일 수밖에 없다. 오히려 동요하지 않는 게 이상하다.

다카노 아내의 말에 따르면 다카노는 갑자기 어디선가 걸려 온 전화를 받고 회사 일에 문제가 생겼다며 나갔다고 한다. 거짓말인 건 뻔했지만 진짜 이유가 뭔지 알 수 없었다. 인사하고 나온 마모루는 미야타 유코에게 보고했고, 즉시 다카노에게 전화해 보라는 말에 시키는 대로 했다. 하지만 전화는 자동 응답으로 넘어갔다. 미야타 유코는 불만스러운 표정이었지만 마모루는 내심 통화가 안 돼서 다행이라 생각했다. 이제 겨우 해방된 기분이었다. 솔직히 더는 이 사건에 얽히고 싶지 않았다.

미야타 유코와 헤어지고 집으로 가려는데 미소라와의 약속이 갑자기 떠올랐다. 이런 약속은 생각난 김에 하는 편이 좋을 듯했다. 시간이 지나면 다시 오기 어려워질 것이다. 아니, 약속을 어기게 될 것이 뻔하다.

마모루가 사 온 크레용은 36색의 비싼 것이었다. 문방구에서는 핑크색을 포함해서 단색으로는 팔지 않았고 세트밖에 없었다. 사실은 20색과 12색 세트도 있었지만 마모루는 가장 비싼 36색을 집었다. 거기에다가 그림 그리기 노트도 두 권 샀다. 미소라의 그림 그리기에 도움이 된다는 생각에 돈 쓰는 것은 주저하지 않았지만, 한편으로 자신의 우스꽝스러운 행동에 쓴웃음을 지을 수밖에 없었다. '아무런 관계도 없는 남의 애잖아.'라는 또 다른 자신의 말에는 귀를 막기로 했다.

"미소라 짱에게 그림 열심히 그리라고 전해 주세요. 그럼 저는 이만……."

마모루가 고개 숙여 인사한 후 발길을 돌리자 등 뒤에서 "아." 하는 소리가 들렸다. 마모루가 뒤돌아섰다.

"무슨 문제라도……."

아이미가 고개를 약간 숙인 채 나직한 목소리로 말했다.

"들어오셔도 좋아요."

마모루는 고개를 갸우뚱했다. '들어오셔도 좋아요.'가 일반적으로 맞는 표현인지도 모르겠지만, 그 말의 저의도 알 수 없었다.

"직접 전해 주세요."

"아, 네. 그럼 실례하겠습니다."

거실에 들어서자 눈을 반짝이는 미소라가 있었다. 뒤에서 귀를 쫑긋 세우고 들었나 보다. 미소라의 시선 끝은 마모루가 손에 들고 있는 크레용 세트에 고정되어 있었다.

"자, 이건 선물이야."

마모루는 두 무릎을 바닥에 꿇고 미소라에게 크레용 세트와 그리기용 노트를 내밀었다. 미소라는 받자마자 그 자리에 쭈그려 앉아 그림을 그리기 시작했다. 마모루는 '감사합니다, 라고 해야지.' 하고 예의를 가르쳐 주려다 그만두었다. 옆에 있는 엄마인 아이미가 해야 할 말인데 자신이 하려니 좀 이상했다.

미소라는 기뻐서 어쩔 줄 몰라 했다. 처음으로 접한 많은 색의 크레용. 이면지도 아니고 그리기용 새하얀 노트. 둘 다 미소라가 원했던 것이고 꼭 필요했던 것이다.

마모루는 허리를 굽혀서 살며시 미소라의 얼굴을 들여다보았다. 마모루는 이번에도 깜짝 놀랐다. 미소라는 한순간에 자신의 세계를 만들고 있었다. 갈아 끼운 것처럼 눈빛이 달랐다. 미소라는 다양한 색의 크레용을 흐르듯 바꿔 가며 자신의 감성을 노트에 쏟아 내고 있었다. 마모루는 소리 내지 않으려고 조심스러운 걸음으로 자리에서 물러났다. '약속은 지켰으니 이제 가자.'라고 생각했다. 바로 그때 아이미가 차갑게 쏘아붙였다.

"미소라, 방해되잖아. 저 방으로 가."

미소라는 반응이 없었다. 무시했다기보다는 몰입하고 있어서 들리지 않은 듯했다.

"저리 가라니까!"

아이미의 날카로운 목소리가 거실에 울려 퍼졌다. 옆에 있던 마모루는 놀라서 뒷걸음질을 쳤다. 당사자인 미소라는 익숙한 상황인지 별다른 동요 없이 재빠르게 크레용을 케이스에 넣더니 노트와 함께 안고 일어섰다. 그때 미소라의 손에서 크레용 세트가 미끄러져 떨어졌다. 알루미늄 케이스가 탁 하고 건조한 소리를 내더니 동시에 안에 있던 크레용이 사방으로 흩어졌다.

"뭐 하는 거야!"

아이미는 소리 지르며 미소라의 머리를 때렸다. 결코 가벼운 일격이 아니었다. 미소라의 몸이 크게 앞으로 고꾸라졌다.

"하야시노 씨, 애를 때리실 필요까지는 없잖아요."

마모루가 급히 아이미를 말렸다.

"미소라 짱, 괜찮아. 나랑 같이 주우면 돼."

무슨 이런 엄마가 다 있어. 상대는 약한 아이잖아. 당신 딸이라고. 마모루는 속으로 중얼거리며 아이에게 말했다. 치솟는 분노를 참으며 웃는 얼굴을 보였다. 미소라는 고개를 끄덕였다. 두 사람은 흩어진 크레용을 긁어모았다. 아이미는 민망했는지 고개를 약간 숙인 채 계속해서 눈을 깜박이며 변명 섞인 말을 했다.

"얘가 큰 소리로 말하지 않으면 들어 먹지 않잖아요."

평소에 미소라가 어떤 취급을 받고 있는지 잘 알 수 있는 말이었다. 이건 아동 학대다. 다른 때는 더 심한 폭력을 당하고 있는지도 모른다. 마모루는 미소라가 너무 가여웠다. 그런데도 자신이 할 수 있는 일이 없다는 게 안타까웠다. 이 정도로는 아동 상담소에 고발도 못 한다. 만약 그 이상의 학대가 있었다고 해도 그 사실을 파악하기가 쉽지 않을 것이다. 자신이 그렇게까지 개입하는 게 도리에 맞는 건지도 알 수 없었다.

대충 정리되어 미소라가 옆방으로 이동한 것을 확인한 후, 마모루는 스스로도 놀랄 정도로 큰 소리를 냈다.

"하야시노 씨, 쓸데없는 참견이고, 생판 남인 제가 이렇게 간섭할 일이 아닌 건 압니다. 하지만 하나만 말씀드리고 싶습니다. 미소라 짱에게 애정을 갖고 대해 주세요."

말하고 나서 내가 무슨 말을 하는 건가 했지만 후회는 없었다. 아이미는 기분 나쁜 기색도 없이 그냥 무표정으로 마모루의 얼굴을 쳐다봤다. 한동안 묘한 분위기의 침묵이 흘렀다.

마모루의 시선과 같은 높이에 아이미의 눈이 있었다. 마모루는 '시선을 돌리면 안 돼. 눈싸움에서 지면 안 돼.' 하는 기분으로 아랫배에 힘을 주고 침묵을 견뎌 냈다. 결국, 아이미가 시선을 떨어뜨렸다.

"죄송합니다. 실례되는 말씀을 드렸네요."

마모루는 고개를 숙이며 사과했다.

"……되는 건가요?"

"네?"

"어떻게 애정을 가지면 되는 건가요?"

마모루가 그 말을 이해하는 데는 시간이 필요했다. 아이미는 가면 같은 무표정을 바꾸지 않았다. 남한테 물어볼 게 뭐 있어. 당신이 엄마잖아. 마모루는 그렇게 따지고 싶었지만 왠지 아이미가 진심으로 물어보는 것 같았다.

"미소라가 귀엽지 않으세요?"

아이미가 무슨 소린지 모르겠다는 듯 살짝 고개를 기울였다. 또 두 사람 사이에 침묵이 찾아왔다. 마모루는 생각이 정리되지 않은 상태로 말문을 열었다.

"그러니까…… 애정이란…… 그러니까, 노력해서 생기거나 그런 게 아니라 자연스럽게 솟아 내는 것이라고 할까. 참, 동물들도 그렇지 않습니까. 최근 TV에서 본 건데, 고릴라의 엄마가……."

아아, 내가 무슨 소릴 하는 거지. 마모루는 바로 후회했지만 말을 멈추지 않았다.

"……아기 고릴라를 보호하기 위해 위험을 무릅쓰고 그러거든요. 그런 건 엄마 고릴라가 선택해서 한 행동이 아니라 본능적으로 나온 행동이라, 그걸 인간의 경우로 생각해도⋯⋯."

 망했다. 나도 내가 무슨 말을 하는지 모르겠는데, 당연히 아이미에게도 제대로 전달되지 않겠지. 이건 아이미가 물은 '어떻게'에 대한 답이 아니잖아. 마모루는 그렇게 생각했지만 입은 반대로 아무 말이나 상관없이 계속하고 있었다.

 "⋯⋯그래서 젊었을 때는 저도 어머니 말에 짜증을 내고 그랬는데, 이렇게 어른이 되어 생각해 보니 아아 그건 결국 나를 위해서 하신 말씀이구나, 하고 어머니에게 감사의 마음이⋯⋯."

 점점 얘기가 이상한 방향으로 흘러갔다. 하지만 궤도를 수정할 도리가 없었다. 시작부터 잘못되어 목적지를 찾을 수 없었다.

 "⋯⋯그러니까 아이에게는 가장 가까운 어른인 부모의 영향이 중요하고⋯⋯."

 그때였다. 휘청하고 아이미의 몸이 앞으로 기울어졌다. 그리고 그대로 살며시 포옹했다. 마모루는 순간적으로 몸이 굳어 버렸다.

 "도와줘요."

 아이미가 귓가에 속삭였다. 당연한 얘기지만 아이미의 얼굴이 바로 옆에 있었다. 마모루는 손가락 하나조차 움직일 수 없었다. 스위치가 꺼진 듯 사고도 정지돼 있었다. 희미한 향기가 났다. 달콤한 여자의 향기였다.

 얼마나 그 상태로 있었던가. 이 공간만 시간이 멈춘 듯했다. 멈춰진 시간을 움직이게 한 건 옷장이었다. 텅, 소리와 함께 벽에 있는 옷장 문이 열렸다. 놀랄 정도는 아니었지만 뭔가 이상했다. 아이미의 몸이 스윽 마모루에게서 떨어졌다. 그리고 재빨리 옷장으로 가서 힘주어 문을 닫았다. 어디서 퍽, 하고 둔탁한 소리가 났다.

"너무 많이 넣어서 가끔 이렇게 열려요."

"그렇군요."

마모루의 목소리가 잠겨 있었다. 옷장 같은 건 아무래도 상관없었다. 마모루는 자신이 아이미와 껴안고 있었다는 사실 이외엔 아무것도 생각할 수 없었다.

그 뒤 어떻게 그 집을 나왔는지 기억나지 않았다. 이상하게 붕 뜬 기분으로 현실감이 잘 느껴지지 않았다. 오로지 여자의 부드러운 살결과 닿아 포옹하고 있었던 느낌만 선명하게 남아 있었다.

11

요시오가 손가락으로 이마를 만졌더니 작은 혹이 느껴졌다. 조금 전 아이미에게 한 방 먹었다. "그렇게 세게 닫으면 어떡해." 하고 항의하자 "그러니까 문은 왜 열어요." 하고 아이미가 화를 냈다. 아무리 방 안에 냉방이 잘되어 있다고 해도 옷장 속은 몹시 더웠다. 겨울 코트들이 꽉 채워져 있어서 그것을 모두 껴입은 꼴이었다. 하지만 문을 연 건 더위를 참지 못해서가 아니었다.

"그나저나 꽤 잘하는데. 다시 봤어."

조금 전부터 요시오는 뭐가 그리 좋은지 실실거렸다. 어깨춤이라도 출 기세였다. 아이미에게 안긴 사사키의 얼굴은 생각만 해도 웃음이 터져 나올 것 같았다. 요시오는 옷장의 구멍으로 거실의 상황을 지켜보고 있었다. 사랑에 빠졌다고 하면 과장일지 몰라도 앞으로 그럴 가능성은 충분히 있다는 생각이 들었다. 그때 사사키는 그런 얼굴을 하고 있었다. 사사키를 이용한다. 이 묘안을 떠올렸을 때, 요시오는 너무도 기쁜 나머지 무심코 몸서리를 쳤다. 그 영향으로 문이 밀려 열린 것이다.

"잘 들어, 순서대로 다시 차근차근 설명할 테니."

테이블을 사이에 두고 아이미와 마주 앉은 요시오는 조금 전 설명한 것을 재확인했다. 아이미가 작전을 제대로 이해한 건지 마음이 놓이지 않았기 때문이다.

"가장 중요한 건 사사키를 포섭하는 거야. 너한테 푹 빠지게 해야 해. 그러기 위해서 먼저 오늘 밤에 뭘 한다?"

"사사키에게 전화."

"그래. 전화해서 뭐라고 한다?"

"다카노에 대해 할 얘기가 있는데 내일 또 집에 와 달라고."

"그래그래."

요시오는 크게 고개를 끄덕였다.

"아, 하나 더. 꼭 혼자서 올 것. 미야타라는 여자는 방해가 되니까 같이 오지 못하게 해."

"그 정도는 말 안 해도 알아요."

"다음, 사사키가 집에 오면 어떻게 한다?"

"스킨십?"

요시오는 무심코 웃음을 터뜨렸다.

"바로 그거야. 슬쩍 입맞춤이라도 해 봐. 사사키는 성격상 널 덮치지 않을 거야. 만약 그렇게 나오면 받아들이고. 몰래 촬영하는 것도 잊지 마. 카메라는 내가 다시 준비하지. 처음부터 너무 노골적으로 유혹하지 않아도 돼. 그건 상황을 봐 가면서 하자고."

말하자면 이번 계획은 다카노에서 사사키로 타깃을 변경하는 것이다. 다카노에게 한 것처럼 사사키와 아이미의 정사 장면을 찍어서 협박할 계획이다. 사사키는 소심한 남자다. 직장에도 알리고 영상을 인터넷에 퍼뜨린다고 겁을 주면 틀림없이 요구를 들어줄 것이다.

"그리고 말이야, 나중 얘기지만 이 계획이 잘 진행되었다고 하자. 결국에 가서는 사사키가 경찰에 도움을 청할 가능성도 있어. 그렇게 못하게 할 생각이지만, 만에 하나 그렇게 되었을 경우도 미리 생각해 두자고. 당연히 사사키는 네가 유혹했다고 하겠지. 자신은 정상적인 연애였다고 주장할 거야. 그랬을 때 너는 뭐라고 하면 좋을 거 같아?"

아이미는 이 질문에 대한 대답만 약간 뜸을 들였다.

"저는 협박당했습니다?"

"그래, 맞아. 훌륭해."

요시오는 엄지손가락을 세우고는 아이미를 향해 잇몸을 드러내며 미소를 지었다. 아이미가 담배에 불을 붙여서 요시오 역시 담배를 꺼냈다. 담배 연기를 내뿜으면서 머릿속으로 곰곰이 생각했다.

고민되는 건, 가네모토를 이 계획에 합류시키느냐 마느냐다. 그와 이익을 나눠야 할까. 아무래도 가네모토를 합류시키면 그리 좋은 결과를 가져오지 않을 것 같았다. 잘돼도 이익은 그가 다 차지하고 요시오는 쥐꼬리만큼밖에 못 챙길 가능성이 크다. 아니, 분명 그렇게 될 것이다. 그래도 가네모토의 힘이 없으면 생활 보조금 수급자를 늘려서 큰돈을 뽑아 먹는 작전은 성공할 수 없겠지. 혼자서는 그런 큰일을 할 수 없을 테니 말이다. 이렇게 나이를 먹으니 자신의 한계를 뼈저리게 느낀다.

만약 가네모토를 제외하고 단독으로 사사키를 조종하게 된다면 어떤 요구가 가능할까. 우선 내 생활 보조금액을 최대한 올리게 해야지. 그건 꼭 해야 한다. 그리고 사사키에게 목돈을 요구한다. 금액은 100만 엔 정도가 적당할까. 그 애송이가 그 정도는 가지고 있겠지. 그리고 또…… 없네. 이 정도가 다인가. 요시오는 괜스레 서글픈 생각이 들었다. 나 같은 조무래기는 할 수 있는 게 별로 없구나.

하지만 그 정도가 자신이 감당할 수 있는 크기 같았다. 괜히 무리했다간 금방 계획이 틀어져 버릴 것 같다. 가늘어도 좋으니 가능한 한 길게 유지하는 것이 중요하다. 그래야 생활 수준이 향상된다. 결심했다. 가네모토한테는 말하지 말자.

"이 계획이 성공하면 저는 얼마나 받을 수 있나요?"

담배를 비벼 끄면서 아이미가 물었다.

"가네모토 씨가 얼마라고 했지?"

"50만 엔요."

"그럼 나도 50만 엔 주지."

요시오는 사사키한테 뽑아낼 돈을 150만 엔으로 정했다. 100만 엔은 수중에 확보하고 싶다.

"그 50만 엔은 가네모토 씨가 줄 50만 엔하고 별개죠?"

요시오로선 허를 찔리는 질문이었다. 얘가 아직도 그 돈을 받을 생각이구나.

"그래, 맞아. 별개야. 즉, 가네모토 씨는 다카노, 나는 사사키 담당이라고 보면 돼."

"그럼 저는 합해서 100만 엔을 받는 게 되네요."

"그렇게 되는 거겠지."

물론 저쪽 일이 잘됐어야 그걸 받겠지. 요시오는 속으로 생각했다. 얘기 도중에 전화가 울렸다. 아이미의 스마트폰이었다. 요시오가 반사적으로 물었다.

"누구야?"

"가네모토 씨요."

아이미가 스마트폰 화면을 확인하며 대답했다. 호랑이도 제 말 하면 온다더니. 아이미가 전화를 받았다.

"네. 아뇨, 인정하지 않았습니다. 네. 증거가 있다고 했어요. 정말인지는 모르겠지만요."

아이미는 아까 요시오에게 말했던 내용을 다시 가네모토에게 보고했다.

그러고 보니 다카노를 미장스에 방치해 두고 왔는데 어떻게 됐을까. 설마 살해당한 건 아니겠지. 요시오는 문득 신경이 쓰였다. 그와 동시에 중대한 것을 깨달았다. 아이미가 이 계획에 대해 말하면 안 된다는 것. 특히 가네모토에게. 내가 여기 있다는 것조차 들키면 안 돼. 아이미의 어깨를 두드린 요시오는 먼저 자신을 손가락으로 가리킨 다음 입술에 검지를 댔다. 아이미가 얼굴을 찡그렸다.

"야마다 씨가 전화를 바꾸고 싶은가 봐요."

요시오는 무릎의 힘이 쭉 빠졌다. 어떻게 이 손짓을 그렇게 알아듣는 거야. 아이미가 스마트폰을 내밀었다. 요시오는 힘없이 그것을 받아 들었다.

[갑자기 없어졌다 했더니 왜 거기 있어.]

가네모토가 전화를 받자마자 따졌다.

"가네모토 씨가 전화를 안 받는다고 아이미가 저한테 전화했어요. 그래서 자세한 얘기를 들어 보려고 달려왔죠."

가네모토는 아무런 말이 없었다. 요시오는 전화기 너머에서 눈을 가늘게 뜨고 이 말이 진짜인지 가늠하는 가네모토의 모습이 상상되었다. 이 야쿠자 새끼는 묘하게 날카로운 면이 있다니까. 하지만 괜찮을 거야. 수상한 점은 아무것도 없으니까.

[흐흠, 그건 그렇고, 말 난 김에 너한테 전해 두는 건데, 다카노의 작전은 변경이다. 그냥 간단하게 놈으로부터 돈을 뜯어내기로 했다. 목표는 1천만 엔이다.]

"1천만 엔!"

요시오가 무심코 앵무새처럼 말을 따라 했다.

[그래, 나름 저축해 둔 것도 있을 테고 어떻게든 되겠지.]

어떻게 안 될 거 같은데. 상대는 평범한 지방 공무원이라고.

"하지만 다카노는 잘릴 테고, 그렇게 되면 협박도 별로 효과가 없을 것 같은데……."

[그렇지 않아. 내가 잘 생각해 봤는데, 이번 일로 다카노는 잘리겠지만 관공서에서는 일을 공표하지 않고 은밀히 처리하려고 할 거야. 이 일이 언론에 알려지면 그놈은 그야말로 고개도 못 들게 될 거란 말이지. 그래서 다카노에게 이 영상을 인터넷에 뿌려서 언론에 새어 나가게 한다고 협박하는 거야. 말을 안 들으면 가족까지 말려들어 완전히 파멸이지. 그것만큼은 피하려고 하지 않겠어?]

"그렇군요."

역시 가네모토다. 가차 없이 몰아붙이겠지. 다카노가 가진 돈을 쥐어짜도 모자라면 사채라도 빌리게 해서 억지로 1천만 엔을 만들게 할 것이다. 다카노에게 있어서 더욱 불행한 건, 1천만 엔을 바쳐 봤자 그것으로 끝나지는 않을 것이란 사실이다. 상대는 야쿠자다. 끊임없이 요구할 게 뻔하다.

[아무튼 너는 지금 당장 가게로 돌아와.]

"네? 지금요?"

[그래. 다카노가 정신이 들었는데 몽롱한 상태라 제대로 걷지도 못해. 그렇다고 구급차도 부를 수 없으니 네가 병원에 데려다줘. 이시고에게는 내가 연락해 둘 테니까.]

요시오는 누가 그렇게 만든 건데, 라고 말하고 싶었다.

"하지만……."

[뭐야. 무슨 문제라도 있어?]

"지금은 손님한테 비아그라 배달하러 가야 합니다. 조금 전에 주문이 들어왔거든요."

가네모토의 혀 차는 소리가 들렸다.

[알았어. 그럼 너는 우선 그쪽으로 가. 끝나면 바로 가게에 얼굴 내밀어.]

일방적으로 전화가 끊겼다. 이 야쿠자 새끼는 대체 사람을 뭐로 보고……. 요시오가 고개를 돌리자 목뼈에서 우두둑 소리가 났다. 역시 이번 계획은 가네모토에게 비밀로 하는 수밖에 없겠다. 요시오가 아이미에게 가네모토 모르게 하자고 말하자 그녀가 당연한 질문을 했다.

"그러다 들키면 큰일 아닐까요?"

"그러니까 비밀로 하자는 거지."

"알았어요."

아이미가 힘주어 고개를 끄덕이자 그제야 요시오는 자리에서 일어났다.

"그럼 나는 간다. 손님한테 약 배달해야 하거든."

요시오는 세컨드 백을 들어 보였다.

"이 계획은 네 손에 달려 있어. 정신 똑바로 차려."

요시오는 현관에서 뒤돌아보며 재차 확인했다. 아이미는 눈을 마주치지 않고 애매하게 고개를 끄덕였다. 괜찮을까. 요시오의 얼굴에는 여전히 불안한 기색이 역력했다. 이 여자는 분명 어딘가 나사가 빠져 있어.

요시오는 문을 열고 밖으로 나갔다. 해가 저물고 있었다. 간신히 남아 있는 서쪽 하늘의 노을빛이 당장이라도 사라질 듯했다. 바깥 복도를 걷다가 앞쪽 천장 형광등에 큰 나방이 있는 것을 발견했다. 다른 벌레들을 위협하듯이 기분 나쁜 모양의 날개를 활짝 펴고 있었다. 요시오는 그 밑을 지나자마자 발길을 서둘렀다.

12

일요일이라 공원은 아이들을 데리고 온 사람들로 가득했다. 넓은 부지 안 곳곳에 있는 놀이터는 전부 어린아이들이 점거하여 소란스럽게 뛰어다니고 있었다. 그 주위에는 자식들을 지켜보는 아빠들이 있었고, 엄마들 대부분은 공원을 둘러싼 나무 그늘 아래에서 수다를 떨고 있었다.

하야시노 아이미는 손을 펼치면 벗어날 듯한 작은 나무 그늘 아래에서 담배를 피우고 있었다. 부지 내에 금연 간판이 여기저기 있기 때문에 다른 사람들이 따가운 시선을 보냈지만 전혀 신경 쓰지 않았다.

10m 정도 떨어진 곳에는 공룡 모양의 미끄럼틀이 있었는데, 그곳에 모자를 쓴 미소라와 목에 수건을 두른 사사키의 모습이 보였다. 미소라는 다른 아이들과 부딪힐까 봐 조심스러운지 자발적으로 움직이지 못했다. 사사키는 그런 미소라의 손을 잡아끌고 계단을 올라가 자신의 무릎 위에 태우고 같이 미끄럼틀을 내려왔다. 미소라의 활짝 웃는 입 사이의 흰 이빨이 멀리서도 보였다. 그 모습을 지켜보던 아이미는 이상한 기분이 들었다. 저 애가 저렇게 웃기도 하네, 하는 것이 솔직한 심정이었다.

야마다의 지시대로 아이미는 어젯밤 사사키에게 전화했다. 다카노 건으로 하고 싶은 얘기가 있으니 다음 날 와 달라고 했다. 사사키는 잠시 침묵하더니 [그럼, 찾아뵙겠습니다.]라며 무기질적인 목소리로 답했다.

점심때가 되기 전에 사사키가 집에 찾아왔다. 하늘색 티셔츠에 베이지색 반바지 차림이었다. 왜소한 체격이라 소년 같은 느낌이었다. 사사키가 역 앞에서 사 온 달콤한 케이크를 셋이서 같이 먹었다. 다카노에 대한 얘기는 그때 자연스럽게 나왔다.

"어제는 왜 부정하셨나요?"

"혼날 것 같아서요."

"누구한테요?"

"다카노 씨요. 화나면 폭력적으로 되거든요."

아이미는 폭력적으로 지배당한 불쌍한 여자를 연기했다. 그 역시 야마다의 지시였다. 철저하게 다카노를 악인으로 만들어서 사사키의 동정심을 자극하는 것이다. 아니나 다를까, 사사키는 극도의 분노를 느끼는 모습이었다.

"나쁜 인간."

사사키가 안경 속 눈을 부라리며 화를 냈다. 아이미는 그래도 다카노를 고발할 생각은 없다고 했다. 경찰에게 꼬치꼬치 질문 공세를 받는 것이 싫어서라는 이유를 붙여서.

"여성의 입장에서는 그럴 수 있겠죠."

사사키는 상황을 헤아린 모습을 보였다. 계속해서 미소라에 대한 얘기로 이어지자 사사키는 갑자기 "오늘 공원에라도 같이 가지 않으실래요?"라며 제안했다. 아이미는 밖에 나가고 싶지 않았지만 거절할 수 없는 상황이라 어쩔 수 없이 외출하게 된 것이다.

"하야시노 씨도 타 보세요. 동심으로 돌아가게 될 거예요."

미소라의 손을 잡고 아이미에게 온 사사키가 땀을 닦으며 활짝 웃었다. 얼굴과 팔이 햇볕에 그을려 빨갰다. 아이미는 고개를 가로저으며 사양했다. 사사키는 쓴웃음을 지었다.

"그럼 조금 더 놀다 올게요. 심심하시겠지만 조금만 더 기다려 주세요. 미소라 짱, 다음은 그네까지 누가 먼저 가나 달리기다. 준비, 땅!"

사사키와 미소라의 뒷모습이 나란히 멀어져 갔다. 푸른 하늘 아래 햇살을 받으며 달리는 미소라의 뒷모습을 보며, 아이미는 자신이 이런 광경을 보는 것이 처음이라는 것을 깨달았다. 의외로 지루하지 않다는 것도.

공원을 나와 근처 패밀리 레스토랑에 가기로 했다. 이번엔 아이미의 권유였다. 이유는 그냥 배가 고팠기 때문이다. 아침을 먹은 지 얼마 안 된 거 같은데 공복감을 느꼈다. 햇볕을 쬐기만 했는데 에너지가 소비되는 건가, 하는 생각이 들었다.

종업원이 창가에 있는 4인용 테이블로 안내해 주었다. 아이미와 사사키는 마주 앉았고, 미소라는 사사키 옆에 앉았다. 자연스럽게 그렇게 된 것이 묘했다. 남들에게는 젊은 부부와 어린 딸로 구성된 3인 가족으로 보일 것이다.

미소라는 어린이 런치 세트, 사사키는 일본식 햄버거 세트, 아이미는 해물 파스타를 주문했다. 열심히 손을 움직여 음식을 입으로 가져가며 시시한 대화를 나눴다. 주로 말하는 사람은 사사키였다. 틈을 두는 것이 싫었는지 계속해서 다른 화제를 꺼냈다.

"미소라 짱, 조금만 더 연습하면 혼자서도 그네 탈 수 있을 거 같아요."

사사키가 말하자 미소라가 키득 웃었다. 사사키에게 완전히 마음을 연 것 같다.

식사를 마치고 커피를 마시던 사사키가 조용히 말했다.

"너무 깊게 생각하지 않는 게 좋을 것 같습니다. 미소라 짱과 사는 일, 걱정만 하는 것보다 가끔은 이렇게 함께 외출이라도 해서 시간을 보내는 것이 하야시노 씨에게는 중요한 것 같습니다. 함께 놀며 시간을 보내면 조금은 기분이 나아지지 않겠어요?"

"함께 놀았던 사람은 사사키 씨잖아요."

"그렇긴 하죠. 그럼 다음에는 하야시노 씨가 같이 놀아 주세요."

사사키는 코끝을 살짝 긁었다.

"그럼 사사키 씨도 같이 있어 주세요."

사사키는 안경 속의 눈을 둥그렇게 뜨며 놀랐다.

"안 되나요?"

"아, 그게…… 저는 그저…… 어디까지나 사회 복지 사무소의 일개 직원이라…….'"

사사키가 긴장한 표정으로 시선을 이리저리 움직였다.

"미소라가 싫으신가요?"

"아뇨. 아뇨. 절대 그런 건 아닙니다. 물론 미소라 짱은 좋아합니다."

사사키가 황급히 두 손을 흔들며 부정했다.

"그럼 저는 어떠세요?"

그 말을 듣자 사사키는 석고상처럼 굳어 버렸다. 가만히 시선을 마주치다 갑자기 갈증을 느낀 사사키는 눈을 아이미에게 고정한 상태로 살며시 컵으로 손을 가져갔다. 컵을 제대로 잡지 못해서 테이블 위에 물을 쏟고 말았다. 놀란 사사키는 자리에서 벌떡 일어섰다.

"앗!"

"제가 정리하겠습니다."

바로 종업원이 달려왔다. 종업원의 말에도 불구하고 사사키는 몸을 굽혀 바닥까지 닦았다. 아이미는 잠자코 그것을 보며 생각했다. 어제 왜 내가 이 남자를 껴안았을까. 그건 계산하고 한 행동이 아니었다. 그 순간, 옷장 안에 있던 야마다의 존재를 완전히 잊고 있었다.

쿵.

둔탁한 소리가 들렸다. 사사키가 일어서려다 테이블에 머리를 부딪친 것이다. 얼굴을 찡그리며 뒤통수를 문질렀다. 그리고 오늘, 아니, 지금 나는 과연 연기를 하고 있는 걸까. 아이미는 자신의 감정을 전혀 알 수 없었다.

13

 월요일이 되었다. 여전히 목의 불쾌감은 없어지지 않았다. 결국 토요일에 마모루는 병원에 가지 못했다. 게다가 오늘은 수면 부족까지 더해 몸이 더욱 무겁다. 하지만 묘하게 발걸음이 가벼웠다.
 어젯밤부터 마모루의 머릿속은 하야시노 아이미에게 점령당했다. 아이미는 교양도 상식도 없어서 품위라고는 찾아볼 수 없는 여자다. 무엇보다 어린 딸에게 손찌검까지 하는 경멸스러운 여자다. 그런 여자가 마모루에게 호의를 품고 있다. 단지 그 점 하나가 다른 마이너스 요소를 전부 상쇄해 버렸다.
 개찰구를 통과한 마모루는 홈으로 향하는 에스컬레이터를 탔다. 주 5일 근무가 시작되는 아침이라 다들 시무룩한 상태에서 기계적으로 걷고 있다.
 너, 제정신이냐? 그런 여자를 좋아해서 어쩔 생각이야. 그런 형편없는 여자를……. 또 다른 자신이 연신 경종을 울렸다. 그러나 마음속에 싹튼 아이미에 대한 아련한 감정이 마모루의 귀를 막아 버렸다. 또 다른 자신이 한층 더 소리를 높였다. 그러자 이번에는 그 소리가 닿지 않는 곳으로 도망쳤다. 그런 공방을 밤새도록 펼쳤다.
 [노란색 선 안쪽으로 물러서서 기다려 주세요.]
 역내 방송이 플랫폼에 울려 퍼지더니 저쪽에서 전차의 모습이 나타났다.

이건 사랑일까. 나도 잘 모르겠다. 아니, 또 다른 자신이 방해해서 솔직하게 인정 못 했던 것일 수도 있다.

전차 안은 여전히 사람들로 꽉 차 있었다. 달리는 전차 안에 끼어 탄 마모루는 차체와 같이 흔들리며 가끔씩 수조 속 금붕어처럼 머리를 위로 들어 공기를 마셨다. 키가 작은 마모루는 그렇게라도 하지 않으면 숨을 제대로 쉴 수 없다. 눈을 감고 이 상황을 꾹 참았다.

아이미를 꽉 껴안은 감각은 마모루의 마음속에 남아 달라붙어 있다. 지금까지 마모루의 인생은 여자와 거의 인연이 없었다. 물론 남들처럼 이성에 대한 관심은 초등학생 때부터 있었다. 그리고 중학교, 고등학교에서는 좋아하는 사람이 생기지 않았다. 설령 어떤 이성을 좋아하게 되더라도 관계가 진전되는 일은 없을 것이라는 절대적 체념이 뿌리 박혀 있었다. 어느새 스스로 감정에 브레이크를 거는 것에 익숙해져 버렸다.

그래도 대학생이 되고 나서는 처음으로 여자 친구라는 존재가 생겼다. 같은 서클의 여학생이었다. 주위에서 잘 어울린다는 소리를 들었고, 그 흐름으로 어쩌다 보니 사귀게 되었다. 마모루의 성별을 여자로 바꾼 듯한 수수한 여자였기에 주눅 들지 않았고, 마모루가 보기에도 닮은 꼴의 균형 잡힌 커플이었다. 교제를 시작하고 마모루는 그녀를 사랑하려고 했다. 자신을 좋아해 준 여성을 소중히 여기려고 했다.

하지만 1주일 후, "헤어지고 싶어."라는 일방적인 말을 듣고 사랑은 피워 보지도 못한 채 막을 내렸다. 왜냐고 묻고 싶었지만 말하지 못했다. 결국 그 사랑은 손도 잡지 못하고 끝나 버렸다. 그래서 마모루는 여자와의 스킨십 경험이 제로였다.

전차가 목적지에 도착했다. 문이 열리자마자 냉방 환경에서 쫓겨나

뜨거운 열기가 온몸을 감쌌다. 그 상태로 홈의 계단을 내려갔다. 나는 오늘 밤도 아이미 집에 가겠지. 마모루는 손수건을 이마에 대며 생각했다. 어제 헤어질 때 아이미가 "내일도 와요."라고 했다. 대답은 애매하게 했지만 이미 마모루의 마음은 정해졌다. 그 증거로 '밤에 아이미를 만날 수 있다.'라는 생각만으로도 마음이 들떴다. 결국 사랑의 싹을 스스로 쳐 내는 건 불가능하다는 걸 깨달았다.

어느새 청사가 눈앞에 있었다. 회색 콘크리트 외벽이 햇빛을 반사하여 하얗게 빛을 발했다. 생각하다 보니 시간이 금방 지났다. 사무실에 들어선 마모루는 전화 수화기를 귀에 대고 있는 미네모토 과장과 눈이 마주쳤다. 마모루는 꾸벅 묵례했다.

"그렇군. 상황은 알았어. 일단 병원에 가서 제대로 진단받아 봐. 몸조리 잘하고. 응? 자네한테 할 얘기? 할 얘기…… 있지. 자네 이제 잘렸어. 이렇게 바쁠 때 결근이나 하고 말이야. 하하하. 농담이야, 농담. 빨리 나아서 출근해. 알았어. 쉬어."

미네모토가 수화기를 내려놓고 마모루를 봤다.

"어, 사사키. 슬픈 소식이다. 다카노가 이런 여름에 개도 안 걸린다는 독감에 걸렸대. 이번 주는 출근이 힘들 것 같아. 아참, 자네도 목이 아프다고 하지 않았어? 다들 냉방병 때문에 난리군. 괜찮아?"

"네, 저는 뭐……."

마모루는 적당히 대답을 얼버무렸다.

"몸 관리 잘해. 두 사람 다 동시에 없으면 곤란하단 말이야. 미안하지만, 다카노 일까지 전부 맡아 줘야겠어."

다카노가 독감에 걸려? 거짓말이다. 다카노는 마모루가 토요일에 집에 찾아왔던 걸 와이프를 통해 들었을 것이다. 그래서 뭔가 눈치챘는지도 모른다. 다카노의 핸드폰에 전화도 했었는데 아무런 답도 없었다.

"그나저나 오늘 밤, 간만에 나랑 한잔 안 할래? 역 건너편에 생간을 잘하는 숨은 맛집을 발견했거든. 어때, 더위 좀 같이 식히는 거?"

다카노는 절대 용서 못 해. 지난 며칠 동안 마모루의 분노의 감정은 급격히 증폭되었다. 그 대부분이 사사로운 정 때문이란 건 부정할 수 없지만.

"내 말 듣고 있어?"

"아, 네."

"그래, 그럼 일 끝나고 같이……."

"아, 아닙니다. 죄송합니다만, 오늘은 약속이 있습니다."

"뭐야, 설마 너 여자라도 생긴 건 아니겠지?"

미네모토가 콧등에 주름을 만들며 얼굴을 찡그렸다. 왜? 난 여자 생기면 안 돼?

"아뇨, 그런 거 아닙니다."

미네모토가 눈을 가늘게 뜨며 살피듯이 마모루의 얼굴을 보았다. 마모루는 고개를 숙이고 허둥지둥 자기 자리로 갔다. 미야타 유코로부터 미네모토는 게이라는 말을 듣고 나서 그를 보는 눈이 바뀌고 말았다. 동성애자를 차별할 생각은 없지만, 그가 만약 자신을 노리고 있다면 얘기가 달라진다.

잠시 후 하나둘씩 다른 직원들이 출근했다. 그중엔 미야타 유코도 있었다.

"좋은 아침. 몸은 좀 어때?"

미야타 유코가 마모루의 옆에 오더니 은근한 태도로 물었다. 처음에 마모루는 무슨 뜻인지 몰랐지만 바로 떠올랐다.

"아, 어제는 죄송했습니다. 덕분에 이제 많이 좋아졌습니다."

사실은 일요일도 미야타 유코와 함께 다카노 집에 갈 예정이었다. 아니, 그녀가 일방적으로 그런 약속을 했다. 하지만 마모루는 몸이 너무 안 좋다며 당일에 취소했다. 하야시노 아이미를 만나기 위해.

"계속 집에서 누워 있었어?"

"네."

"그런 사람치고 피부가 꽤 탔는데? 팔은 벌겋게 익었어."

"네? 아, 그건 병원에 갔다 와서 그럴 겁니다. 걸어서 갔다 와서 아마……. 반소매를 입었거든요."

마모루는 자신이 말도 안 되는 변명을 하고 있다는 것을 느꼈다.

"흐음."

당연히 미야타 유코의 얼굴엔 의심이 가득 차 있었다. 마모루는 하야시노 아이미와의 일을 얘기하지 않았다. 아이미가 비밀로 해 달라고도 했지만 마모루 역시 알려 주고 싶은 생각이 없었다. 얘기해 봤자 비난받을 것이 뻔했다. 자칫하면 마모루까지 다카노와 같은 인간 취급받을 가능성도 있다.

"그나저나 미야타 씨, 다카노 씨 건으로 드릴 말씀이……."

마모루는 목소리를 낮추면서 그대로 미야타 유코와 함께 복도로 나갔다.

"사실은……."

마모루는 다카노가 결근했다는 얘기를 전했다. 미야타 유코의 눈썹

사이에 깊은 주름이 새겨졌다.

"그 인간, 도망갔군."

"아무래도 다카노 씨는 제가 하야시노 씨와의 관계를 알고 있다는 걸 눈치챈 거 같아요."

"응, 그런 거 같아. 아니면 도망칠 이유가 없지."

"저를 떠보려 할 거 같은데요. 불안해서 제정신이 아닐 텐데……. 게다가 언젠가는 출근할 수밖에 없을 테고. 당장은 넘어갈 수 있어도 결국 들통나는 건 시간문제라고 할까."

"쉽게 말해서 무서운 거지. 애들 하는 짓하고 똑같아, 곤란하면 일단 도망치는 게. 그런 인간이란 얘기야. 좋아. 사사키, 오늘 일 끝나고 다카노 씨 집에 가자."

미야타 유코가 코웃음을 치며 내뱉었다. 마모루는 당황하며 얼굴을 들었다.

"그게…… 오늘은 좀……."

"뭐? 안 돼?"

"아, 네."

"무슨 일 있어?"

"과장님하고 식사 약속이 있어서요."

갑자기 그런 말이 튀어나왔다. 마모루는 바로 후회했지만 이미 늦었다. 미야타 유코는 의미심장한 미소를 지었다.

"흐음, 그렇다 이 말이지."

"아니, 그…… 이상한 생각 하지 마세요."

미야타 유코가 어깨를 으쓱했다.

"뭐, 아무래도 상관없어. 알았어. 그럼 다카노 씨 건은 다음에 얘기하지. 어디로 도망갈 일도 없을 테니 이대로 그냥 지켜보는 것도 괜찮을 거 같아. 분명히 지금쯤 이불 뒤집어쓰고 벌벌 떨고 있을 거야."

미야타 유코는 잔혹한 미소를 띠더니 그것을 가리듯 입가에 손을 가져갔다. 사람을 궁지에 모는 것이 즐거워서 어쩔 줄 모르겠다는 표정이었다. 이 여자는 이런 걸로 쾌감을 느낀다는 생각이 들자 마모루는 오싹한 기분이 들었다.

대화가 끝나자 마모루는 미야타 유코의 뒤를 따라 사무실로 갔다. 미야타 유코가 걸어가며 슬며시 말했다.

"그럼 오늘은 나 혼자 하야시노 아이미 씨 집에 가 볼게."

놀란 마모루가 빠른 걸음으로 미야타 유코 옆으로 갔다.

"또 가시려고요?"

"그래. 꼭 자백받아야지."

"아, 그건 좀 그렇지 않을까요."

미야타 유코는 발걸음을 멈추더니 마모루를 의아한 표정으로 쳐다봤다.

"왜? 무슨 문제라도 있어?"

"아뇨, 그게 아니라 그저께 방문했으니까 좀 더 시간을 두었다 가는 게 좋지 않을까 해서요."

"그럼 안 돼. 몇 번 말해야 알아듣지? 이런 건 철저하게 몰아붙여야 해. 그 여자가 피해자 신고를 할 때까지 매일이라도 찾아가야지."

마모루는 속으로 낙담에 빠졌다. 오늘은 아이미 집에 갈 수 없게 되었다. 그건 곧 아이미를 만나지 못한다는 얘기다. 그때 미야타 유코가 뭔가 생각났다는 듯 손뼉을 쳤다.

"아, 안 되겠다. 그러고 보니 오늘은 다른 예정이 있었네."

"정말요?"

마모루의 목소리가 커졌다.

"응. 누굴 만날 약속이 있었는데 까먹고 있었어. 큰일 날 뻔했네. 할 수 없이 하야시노 씨 집은 다음에 가야겠다."

묘하게 어색한 말투가 신경 쓰였지만 그게 문제가 아니었다. 마모루는 아이미 생각밖에 할 수 없었다. 이런 자신이 웃겼다. 일희일비하는 모습이 마치 상사병을 앓는 10대 같았다.

업무가 시작되고 사무실 전화가 분주히 울리기 시작했다. 마모루의 데스크 전화에 삐삐, 하고 짧은 신호음이 났다. 이 소리는 내선을 의미한다. 마모루가 수화기를 들었더니 파트타임 직원이 [시민 전화입니다.]라고 기계적인 목소리로 말했다. 어떤 용건이냐고 묻자 [문의 전화입니다.]라며 대답이라고 할 수 없는 답변을 했다.

마모루는 할 수 없이 전화를 받았다. 사카모토라는 노인이었다. 사카모토는 84세의 독거노인으로 걸핏하면 사회 복지 사무소에 전화를 거는 귀찮은 상대였다. 파트타임 직원이 전화를 이쪽으로 돌린 이유가 있었다.

[이것 봐, 우리 집 앞에 또 개똥이 있잖아.]

"네?"

[종이까지 써서 붙였는데 말이야. 배워 먹지 못한 개 주인이 문제라고. 그런 주인을 만난 개도 참 불쌍하다. 그치?]

그런 얘기가 계속 이어졌다. 한 시간 동안 그렇게 붙잡힌 적도 있다. 마모루는 이곳은 그런 민원을 접수하는 데가 아닙니다, 하고 끊어 버리고 싶었다. 하지만 무조건 끊으면 불씨가 이쪽으로 튈 거 같았다. 그렇다고 이런 전화를 돌릴 만한 곳도 없었다.

그때 외출하는 미야타 유코와 눈이 마주쳤다. 통화 상대가 누군지 알아차렸는지 "고생이 많네."라며 입술의 움직임만으로 말했다. 마모루는 수화기를 귀에 댄 상태로 쓴웃음을 지으며 인사를 했다.

정오가 조금 지나자 마모루는 홀로 청사를 나왔다. 오늘은 케이스를 방문할 예정이 없어서 밖에 나올 기회는 점심시간 한 시간 동안뿐이다. 음식점이 즐비한 상점가 쪽으로 향하던 마모루는 아무 골목이나 들어갔다. 주위에 사람이 없는 것을 확인하고 휴대폰을 꺼내 통화 버튼을 눌렀다. 휴대폰 화면에 뜬 이름은 다카노 요지였다.

마모루는 어젯밤부터 생각했다. 미야타 유코가 모르게 다카노를 배제하려면 직접 접촉할 수밖에 없다. 모든 건 아이미를 지켜 주기 위해서다. 직접 찾아가서 얘기하고 싶었지만 당사자가 피신 중이라 어쩔 수 없는 선택이었다.

신호음이 귓가에 울렸다. 10초, 20초……. 마모루가 포기하고 끊으려고 할 때 신호음이 멈췄다. 자동 응답으로 넘어갈 줄 알았는데 자동 응답 안내의 소리가 나오지 않았다. 마모루는 핸드폰을 귀에서 떼어 화면을 봤다. '통화 중'으로 표시되어 있었다.

"여보세요."

마모루가 확인 겸 말해 봤지만 아무런 대답이 없었다. 희미한 숨소리만 들렸다.

"다카노 씨, 제 말 들리세요?"

[……어.]

가라앉은 다카노의 목소리가 들렸다. 마모루는 기묘한 느낌에 사로잡혔다. 지금까지 평범하게 대해 오던 사람이었는데 전화 너머의 상대는 마치 다른 사람처럼 느껴졌다. 마모루는 빈정대듯 말했다.

"독감에 걸리셨다고 들었습니다만, 몸은 좀 괜찮으세요?"

[…….]

"제가 왜 전화를 했는지 아시겠어요?"

[…….]

"다카노 씨가 담당하셨던 하야시노 아이미 씨 건 때문입니다. 토요일에 댁으로 찾아갔던 것도 그 때문이고요."

[……너, 어디까지 알고 있어.]

"전부요."

[하야시노 아이미가 무슨 이상한 소리 했어?]

그의 말투에 마모루는 울컥 화가 치밀었다.

"무슨 말씀이시죠? 있었던 사실 그대로 들었을 뿐입니다."

[너 말고 누가 또 알지?]

미야타 유코가 이 건은 마모루만 알고 있는 것으로 해 달라고 했다. 그 이유는 석연치 않았지만 마모루는 일단 그렇게 하기로 했다.

"저는 다른 사람에게 이 일에 관해 얘기할 생각은 없습니다. 하야시노 씨도 고발할 생각은 없다고 했습니다. 하지만…… 당신은 당장 사직하셔야 할 겁니다."

마모루는 숨을 들이마셨다. 자신의 인생에서 이런 말을 누구에게 할 날이 올 줄은 꿈에도 생각 못 했다. 하지만 지금은 싸워야 할 때다. 마모루는 다시 크게 숨을 들이쉬고 말을 이었다.

"당신은 정말 나쁜 짓을 했습니다. 생각 같아서는 제대로 형벌을 받게 하고 싶어요. 하지만 이 일이 공개되면 상처받는 건 하야시노 씨입니다. 좋지 않은 결정인지 모르지만, 저는 이번 일은 묻어 두려고 합니다."

마모루는 배에 힘을 주고 말했다. 최근 며칠 동안 자신은 강해졌다. 이건 분명히 사랑의 힘이다.

"위기를 모면했다고 생각한다면 큰 착각입니다. 인생은 인과응보입니다. 앞으로 반드시 죗값을 치를 때가 올 겁니다."

[사사키, 너 어디까지 알고 있는 거야?]

다카노는 또 같은 질문을 했다.

"금방 말씀드렸잖아요. 전부 들었……."

[그 가네모토라는 야쿠자도 알고 있어?]

"야쿠자요?"

[그게 인과응보냐?]

"잠깐만요, 지금 무슨 말씀을 하시는 거죠?"

[……]

"다카노 씨."

[……대체 뭐가 어떻게 된 거야.]

"다카노 씨?"

[아무튼, 내 인생은 이제 끝이야.]

"그게 무슨 말씀이신가요?"

[그만두면 되는 거지? 그래, 그만둘게.]

그대로 전화가 끊겼다. 다카노의 마지막 말이 마모루의 귓속에서 한

동안 남아 있었다. 이 자식이…… 어디서 피해자 코스프레를 하고 있어. 또다시 화가 치밀어 올랐다. 마모루는 발밑에 있던 빈 캔을 힘껏 걷어찼다. 깡. 깡. 빈 캔이 건조한 소리를 내며 굴러갔다.

골목길을 나왔다. 작열하는 태양 아래, 가로수가 만든 얼룩덜룩한 그늘 속을 지나갔다. 다카노는 이상한 소리를 했다. 야쿠자한테 찍힌 건가. 불법 사채가 있는데 갚지 못해 곤란한 것으로 안다. 다카노라면 있을 수 있는 일이다. 하지만 그런 건 자신하고 관계없는 일이다. 오히려 야쿠자가 다카노를 혼내 준다면 고마울 것 같다. 천벌을 받았다고 생각하면 된다.

아무튼 하고 싶었던 말을 했다. 조금은 지나치게 낙관적인 생각일지 모르지만, 이것으로 다카노와 아이미 건은 해결될 것이다. 만약 다카노가 이 최후통첩을 무시하고 뻔뻔스럽게 직장에 복귀한다면 그건 그때 가서 생각하면 된다. 그만두지 않으면 위에 보고할 거라고 겁을 주는 수밖에 없다. 그러면 된다. 지금의 자신이라면 분명히 그렇게 할 수 있다.

마모루는 이마의 땀을 손등으로 닦았다. 오늘 밤, 아이미의 집에 가면 다카노에게 사직하라고 말해 뒀다고 얘기해야지. 분명히 기뻐할 것이다. 음식점들이 즐비한 거리로 나왔더니 갑자기 배에서 꼬르륵 소리가 났다. 하지만 식욕은 별로 없었다. 아직 약간의 흥분이 몸에 남아 있었다.

그러고 보니 저녁 식사는 어떻게 할까. 마모루는 문득 생각했다. 저녁 식사 때는 아이미 집에 있을 것이다. 또 외식해야 하나. 아냐, 그 집 주변에는 음식점이 없어. 그렇다면 집에서 먹을 수밖에 없는데 아이미가 직접 요리를 해 주려나. 아니, 아니. 아이미가 요리할 리가 없어. 그럼 배달시킬까. 그것도 좀 그런데. 그럼 식재료를 좀 사 가는 건 어떨까. 저녁밥을 같이 만드는 거야. 그래, 그게 좋겠다. 마모루는 오늘 밤에 대한 생각으로 머릿속이 가득했다.

14

작은 손에 쥔 젓가락이 그릇 속에서 빙글빙글 돌며 조금 전에 간 산마즙에 작은 파도를 만들고 있다. 그림 그리기에 몰두하던 때와 다른 종류지만 미소라의 눈은 마치 진흙 놀이를 하는 것처럼 진지하다.

"자, 이럴 때 하야시노 씨는 야채를 볶아 주세요."

사사키는 손뼉을 치며 아이미에게 말했다. 오후 여섯 시가 지나서 아이미 집을 방문한 사사키는 두 손에 비닐봉지를 들고 있었다. 그 안은 식재료와 조미료 등으로 가득 차 있었다. 앞치마까지 있었다. 그것도 아이미와 미소라 것까지 준비해 왔다.

"모처럼 왔으니 다 같이 요리를 만듭시다."

즐거운 얼굴로 제안을 한 사사키의 저녁 만들기에 두 사람은 반강제로 합류하게 되었다. 사사키는 앞치마를 두르더니 요리 방송에 나온 것처럼 능숙한 솜씨로 채소에 칼질을 했다. 아이미가 "잘하시네요."라고 하자 사사키는 "혼자 산 지 좀 돼서요."라고 말하곤 콧등을 긁적이며 쑥스러워했다.

아이미는 프라이팬을 들고 있는 자신이 웃겼다. 이런 건 아마 중학생 때 가정 수업 시간 이후 오랜만인 것 같다. 요리하기 귀찮기도 하고 시간 낭비라는 생각에 멀리해 왔지만 이상하게 나쁘지 않은 느낌이었다.

"잘 먹겠습니다."

셋이서 합장하고 목소리를 맞춰 외쳤다. 식탁 가득 요리가 놓여 있었다. 돼지고기볶음, 연어 카르파초, 당근 된장조림, 완두콩 계란국, 토마토를 넣은 잡채 샐러드, 무와 유부를 넣은 된장국. 미소라가 갈았던 산마즙도 있었다. 너무 많이 만든 느낌이 들었다. 세 사람이 다 먹을 수 있는 양이 아니었다.

아이미는 이 거실에 감도는 공기가 왠지 간지러웠다. 평소에는 켜 놓았던 TV도 꺼져 있어서 조용했다. 기분 탓인지 형광등이 평소보다 밝게 느껴졌다.

"맛있어."

묻기도 전에 미소라가 말했다.

"다행이다. 미소라 짱이 도와준 덕분이야."

사사키는 손을 뻗어서 미소라의 머리를 쓰다듬었다.

"하야시노 씨도 미소라 짱도 어제 하루 동안 많이 탔네요. 저도 어제 샤워하다 탄 피부가 따가워서 비명을 질렀답니다."

어제는 오랫동안 공원에서 놀았던 탓에 피부가 많이 탔다. 그래도 아이미는 대부분 나무 그늘에서 있어서 사사키나 미소라에 비해 덜 탔다. 미소라는 콧등의 피부가 벗겨질 정도였다.

"오늘도 공원 갈까?"

낮에 아이미가 무심코 미소라에게 물었다.

"가자."

미소라가 대답했지만 결국 가지 않았다. 그냥 물어봤던 것뿐이었다.

아이미는 묘한 기분으로 음식을 먹었다. 집에서 요리를 만들어 먹은 게 언제였던가. 기억을 더듬어 봤지만 바로 생각나지 않았다. 아이미가 어렸을 때 식사는 인스턴트식품이나 이미 만들어진 것들이었다. 그것이 당연한 것처럼 살았기 때문에 집에서 직접 만든 요리를 먹을 수 없는 것에 의문을 품지 않았다. 물론 다른 가정과 다르다는 건 알고 있었지만 어렸을 때부터 그런 생활이 익숙했다. 아이미는 김이 모락모락 오르는 된장국을 먹어 보았다. 열기가 혀를 통해 온몸에 스며들었다. 위가 천천히 따뜻해졌다.

"하야시노 씨, 식사 중이긴 합니다만, 다카노 씨 얘기를 해도……."

사사키는 눈을 조심스럽게 들어 아이미의 표정을 살피며 말을 꺼냈다. 아이미가 고개를 끄덕이자 사사키는 젓가락을 그릇 위에 올려놓았다.

"오늘 다카노 씨와 통화했습니다. 이번 일을 표면화하지 않는 대신에 사직하라고 했습니다. 일단 본인은 그러겠다고 했지만, 어떻게 될지는 모르겠습니다."

"그렇군요."

"지난번에는 정말 죄송했습니다."

사사키가 테이블에 손을 올리고 고개를 숙였다.

"이제 됐어요."

아이미는 빠르게 대답했지만, 머릿속으론 다른 것을 생각하고 있었다. 다카노는 그 이후에 어떻게 되었을까. 사사키는 다카노가 가네모토한테 협박당한 걸 모를 것이다. 그리고 내가 자신을 함정에 빠뜨리려 하는 것을 꿈에서도 생각하지 못하겠지. 아이미는 이런 복잡한 상황에서 앞으로 일을 깊게 생각하지 말기로 했다. 될 대로 되겠지, 하고 달

관한 부분도 있지만 그냥 생각하고 싶지 않은 것이 솔직한 심정이었다. 혹시 돌이킬 수 없는 사태가 기다리고 있는 건 아닐까. 그렇게 생각하니 거대한 벽에 짓눌리는 듯한 공포에 지배당하는 기분이었다.

갑자기 인터폰이 울렸다. 아이미는 튕기듯 벌떡 일어나서 인터폰 액정 화면을 확인했다. 요즘 와서 이 소리가 무서워졌다. 심장이 쿡쿡 찌르듯 뛰었다. 화면에 여자의 모습이 비쳤다. 토요일에 사사키와 같이 왔던 미야타 유코라는 여자다. 아이미가 뒤돌며 말했다.

"사사키 씨와 같이 왔던 여자분이세요."

눈을 동그랗게 뜬 사사키의 표정이 일변했다. 자리에서 벌떡 일어선 사사키는 당황하며 우왕좌왕했다.

"이거 큰일인데요. 어쩌죠."

"돌려보내면 돼요. 걱정하지 마세요."

"오늘은 안 올 거라고 했는데……. 저, 하야시노 씨와의 일 비밀로 하고 있거든요."

"알고 있어요. 제가 부탁드렸잖아요."

바로 이틀 전에도 비슷한 일이 있었다는 것이 떠오르자 아이미는 쓴웃음을 지으며 인터폰 통화 버튼을 눌렀다.

"네."

[며칠 전에 방문했던 사회 복지 사무소의 미야타입니다. 밤늦게 죄송합니다. 긴히 말씀드릴 게 있어서 왔습니다.]

"더 들을 얘기는 없을 텐데요."

[그런 말씀 마시고 조금만 시간을 내 주세요.]

"저녁밥 먹는 중입니다."

[그러시군요. 그럼 나중에 다시 찾아뵙겠습니다.]

너무 쉽게 물러나는 것이 의외였다. 아이미는 계속 물고 늘어지면 인터폰 통화를 바로 끊을 생각이었다.

[아참, 별거 아니지만 작은 선물을 가져왔는데 그것만 받아 주시겠어요?]

아이미는 사사키를 봤다. '어떻게 할까요?'라는 눈짓을 보냈지만 사사키는 애매한 느낌으로 고개를 움직여서 그 뜻을 알 수 없었다. 물건만 받으면 되겠다는 생각에 아이미는 현관으로 갔다. 문을 30cm 정도 열었다. 밖에는 어색한 미소를 지은 미야타 유코가 서 있었다.

"밤늦게 죄송합니다. 이거 역 앞 백화점에서 산 젤리인데 따님하고 같이 드세요."

미야타 유코가 종이봉투를 두 손으로 내밀었다. 아이미가 그것을 받으려고 문을 크게 열었을 때 미야타 유코의 시선이 스윽 내려갔다.

"그럼, 다시 찾아뵙겠습니다. 안녕히 계세요."

미야타 유코는 그렇게 말하고 돌아갔다. 또깍. 또깍. 또깍. 힐 소리가 바깥 복도에 울렸다.

이 여자는 역시 위험해. 아이미는 새삼스럽게 생각했다. 말로 표현하기는 어렵지만, 왠지 그 여자의 눈빛이 기분 나쁘다. 가네모토 같은 인간에게서 볼 수 있는 악의에 찬 눈과는 또 다른 종류의 속을 알 수 없는 두려움이 느껴지는 눈빛이었다.

아이미가 거실로 돌아오니 사사키의 모습이 보이지 않았다. 옆방 문을 열었다. 사사키는 어두운 방 안 구석에서 몸을 숨기듯 무릎을 안고 있었다.

"갔어요."

아이미가 말하자 사사키는 긴장이 풀렸는지 몸에 힘을 풀면서 안도의 한숨을 쉬었다.

"미야타 씨는 위험한 사람이에요."

설거지 중인 사사키가 말했다. 안경테에 주방 세제의 거품이 묻어 있었다. 아이미는 의자에 앉아 담배를 피우며 사사키의 말에 귀를 기울였다. 사사키가 온 후 그것이 첫 번째 담배라는 것을 깨달은 아이미는 그런 자신에게 놀랐다.

"미야타 씨에게 몰래 하야시노 씨와 만나고 있는 걸 들키면 분명 큰일이 날 겁니다. 저도 다카노 씨처럼 경멸할 거예요."

미소라가 TV 앞에 진을 치고 애니메이션을 보고 있다. 완전히 빠져서 화면을 응시하고 있다. 평소에는 아이미가 좋아하는 방송을 보기 때문에 애니메이션을 볼 기회가 없어서인지도 모르겠다.

"미소라 짱, 조금만 떨어져서 볼까."

사사키의 목소리가 부엌에서 들리자 미소라는 고개를 끄덕이고 미끄러지듯 뒤로 물러났다. 설거지를 끝낸 사사키는 한동안 미소라 옆에서 같이 애니메이션을 보다가 잠시 후 자리에서 일어섰다.

"그럼 전 슬슬……."

그 순간, 미소라의 표정이 흐려졌다. 그래서일까, 아이미가 그를 붙잡았다.

"아직 여덟 시밖에 안 됐잖아요."

시계를 보고 잠시 고민하던 사사키가 수줍은 표정으로 말했다.

"그럼, 조금만 더 있을게요."

아이미는 냉장고 안에 있던 츄하이(소주에 약간의 탄산과 과즙을 넣은 일본의 주류) 캔 두 개를 꺼내 하나를 사사키에게 건넸다. 같이 바닥에 앉아 캔으로 건배했다.

10대 때부터 마셔 왔지만 술맛을 아직 잘 모르겠다. 아이미에게 있어서 술은 취하기 위한 것일 뿐이다. 아이미는 좋아하지도 않고 술이 세지도 않아서 자신의 페이스로 천천히 마셨지만, 사사키는 의외로 잘 마시는지 금방 캔을 비우고 또 마셨다. 그리고 점점 말이 많아졌다.

"저는 다카노를 절대 용서할 수 없습니다. 아니, 뭐 그딴 새끼가 다 있어. 폭력을 쓰는 건 좋지 않지만 한 대 쳐 주고 싶은 심정입니다. 사람의 약점을 이용해서 어떻게 그런 악랄한 짓을 할 수 있나요. 아, 열받아. 그 새끼 직장에서도 비겁한 인간으로 유명해요."

어지간히 흥분했는지 사사키의 얼굴은 꽤 상기되어 있었다. 그의 옆에는 빈 캔이 다섯 개나 놓여 있었다. 취기가 도는 것 같았다. TV를 보고 있던 미소라는 어느새 소파 위에서 잠들어 있었다. 짧은 팔다리를 큰대자로 벌리고 누워 있었다. 사사키는 슬픈 눈으로 미소라의 잠든 얼굴을 들여다보았다.

"자는 거 좀 보세요. 천사가 따로 없잖아요. 천사는 사랑받아야 합니다."

천사라. 아이미는 취기가 도는 머리로 그 단어를 되새겼다. 사사키에 맞추다 보니 어느새 두 캔이나 비웠다. 사사키가 리모컨을 집어서 TV를 끄자 정적이 찾아왔다. 희미한 미소라의 숨소리만 들렸다. 사사키가 허공을 보며 불쑥 말했다.

"저 속고 있는 거 아니죠? 솔직히 저 같은 놈을 누가 좋아해 준다는 건 믿기 어렵습니다. 아참, 하야시노 씨가 저를 좋아한다고 한 적이 없지."

혼자서 북 치고 장구 치는 자신이 웃겼는지, 사사키는 어깨를 들썩이며 쿡쿡거렸다.

"좋아해요."

아이미가 사사키의 무릎 위에 손을 얹으며 말했다. 사사키가 충혈된 눈으로 바라봤다. 아이미는 그대로 얼굴을 가까이 댔다. 놀란 사사키의 동공이 확 열렸다. 서로의 입술이 몇 센티미터 거리까지 접근했다.

그 순간, 사사키는 느닷없이 "우욱." 하고 토했다. 아이미는 잽싸게 몸을 뒤로 뺐다. 직격으로 맞는 건 피했지만 바닥에 구토물이 튀어 있었다. 본인도 예상 못 해서 손으로 입을 막을 여유도 없었던 것 같다.

"죄송합니다. 죄송합니다."

사사키는 놀란 모습으로 몸을 떨고 있었다. 입가에 노란 타액이 줄줄 흘렀다.

"전, 사실 술을 잘 마시지 못해서……."

"알았으니까 일단 씻어요."

아이미가 강한 어조로 말하며 욕실 쪽을 손가락으로 가리켰다. 사사키는 고개를 끄덕이고 자리에서 일어나 벽에 부딪히면서 욕실로 비틀비틀 걸어갔다. 아이미는 일단 옷장에서 안 입는 티셔츠를 꺼냈다. 집에 걸레가 없어서 대신으로 쓸 목적이었다. 그것을 부엌에서 물에 담갔다.

이윽고 욕실에서 샤워하는 소리가 들렸다. 아이미는 잠시 움직임을 멈췄다. 그리고 생각했다. 앞으로 자신이 해야 할 행동에 대한 답이 나오지 않았다. 그냥 그 상태로 아이미는 한 걸음 내디뎠다. 이게 맞는 건지는 모르겠다. 그냥 누군가에게 등을 떠밀린 느낌이었다. 아이미는 세면대 거울 앞에 섰다. 스물두 살의 어린 여자가 그곳에 비쳤다. 건드리면 무너질 것 같은 모래로 만든 것 같은 여자였다.

바로 저 앞에 사사키가 있다. 간유리에 흐릿하게 그의 모습이 배어 있었다. 아이미는 천천히 옷을 벗었다. 속옷을 벗고 알몸이 되었다. 그리고 샤워 부스 문의 손잡이를 잡고 살며시 눌러 열었다. 사사키의 등이 보였다. 소년 같은 작은 등이다. 사사키는 앞에 있는 벽을 두 손으로 짚은 채 샤워기에서 쏟아지는 물을 뒤집어쓰고 있었다. "브~" 하고 낮은 신음을 내고 있는 그는 뒤에 아이미가 있다는 걸 전혀 모르고 있었다.

아이미는 사사키의 등에 몸을 살짝 밀착시켰다. 샤워기에서 물방울이 튀어 아이미의 얼굴을 때렸다. 사사키는 반응을 보이지 않았다. 하지만 지금 자신의 몸에 무슨 일이 일어나려고 하는지, 앞으로 어떻게 될지 분명히 알고 있을 것이다.

"토해서 더러워요. 그, 그리고 저, 조금 전부터 목이 아픈데, 감기일지 모르니까 그……."

뒤에서 두 손이 나오더니 감싸 안듯 사사키를 끌어안았다. 아이미는 왠지 자신이 안겨 있는 듯한 기분이 들었다.

15

진찰실에 시끄러운 핸드폰 벨 소리가 울렸다. 눈앞에서 이시고가 냉담한 시선으로 노려봤다. 야마다 요시오는 손을 들어 미안하다는 동작을 한 후 통화 버튼을 눌렀다. 일어서서 이시고에게 등을 돌리고 핸드폰을 가리듯 입가에 손을 댔다.

"아이미, 뭐 하고 있었어."

요시오는 받자마자 불평을 했다. 이틀 전부터 하야시노 아이미는 몇 번이나 착신을 남겼는데도 전화 한 통 하지 않았다. 계속 그러면 오늘 밤이라도 집에 가 볼 생각이었다.

[죄송합니다. 전화하신 거 확인 못 해서…….]

그 말을 믿으라고? 요시오는 힘이 빠졌지만 얘기를 계속하기로 했다.

"그래서 어떻게 됐어? 찍었어?"

마지막 보고에서 아이미와 사사키가 매일 만나고 있다는 것까지 들었다. 다만 육체관계까지는 가지 않고 플라토닉한 정신적 관계를 이어가고 있는 것 같았다. 벌써 2주 가까이 되었는데도 아직 그런 상태라고 한다. 처음에는 순조로운 시작에 만족했던 요시오였지만 이제는 화가 치밀어 올랐다. 목적지가 바로 앞까지 왔는데 어째서 마지막 한 방이 그렇게 힘든 건지 이해할 수 없었다.

[아뇨, 아직…….]

아이미의 대답은 요시오의 짜증을 증폭시켰다.

"녀석은 이미 집에서 자고 가기도 하잖아. 그렇게 생겼어도 남자니까 유혹하면 안 넘어올 리가 없는데 말이야."

[유혹은 하는데 잘 안 되네요.]

"아니, 왜?"

[글쎄요, 별로 하고 싶지 않은 거 아닐까요?]

"그럴 리 없다니까. 남자니까 하고 싶어서 미칠 거라고."

[남자는 다 그런 건가요?]

"당연하지. 애도 아니고, 그런 바보 같은 소리 하지 마."

[취향이 다를지도…….]

요시오는 인상을 쓰며 머리를 박박 긁었다.

"아유~ 말도 안 되는 소리 하지 말고 오늘 밤에는 끝을 봐. 꼭이다."

요시오는 한숨을 쉬며 전화를 끊었다.

"뭔가 재밌는 거 하나 보네. 얘기 좀 해 봐."

이시고가 흥미진진한 얼굴로 몸을 내밀었다.

"아, 별거 아니에요."

요시오는 핸드폰을 집어넣고 다시 스툴 의자에 앉았다.

"뭐야. 말하고 싶지 않은 거야?"

"그게 아니라, 별 대단한 거 아니라니까요."

"그럼 얘기해 줘도 되잖아."

이시고가 물고 늘어졌다. 이 돌팔이 의사는 연예부 기자처럼 속된 얘기들을 좋아한다. 물론 요시오는 얘기해 줄 생각이 전혀 없다.

"부부관계에 문제가 있는 외로운 주부의 고민을 들어 준 것뿐입니다."

"그러든지 말든지."

이시고가 코웃음을 쳤다. 그가 뒤로 몸을 크게 젖히자 그의 전용 아론체어가 삐걱 소리를 냈다.

"그나저나 가네모토한테 내 전화 좀 받으라고 해 줘. 음성 메시지까지 남겼는데 그 자식 연락 한 번 안 하네. 은혜를 잊으면 돌이킬 수 없게 될 텐데 말이야."

"그런 얘기 제가 해 봤자 소용없어요. 가네모토 씨는 제 전화도 잘 안 받거든요."

"흥, 그런 건 난 잘 모르겠고, 생각해서 녀석에게 충고하려고 했는데 말이야."

"충고?"

"그래. 듣고 싶어?"

이시고가 요시오의 얼굴을 노려봤다. 요시오는 담배 때문에 누렇게 변한 이빨을 드러내며 웃었다. 자세히 보니 이시고의 눈은 풀에 있다가 나온 사람처럼 충혈되어 있었다. 모세 혈관 몇 개가 확실하게 보였다. 그리고 묘하게 흥분해 있는 느낌이었다. 요시오는 혹시 마약을 한 상태인지도 모르겠다는 생각을 했다.

"흠…… 당신한테는 말해도 괜찮겠네."

이시고가 처진 턱을 문지르더니 히죽거렸다. 그리고 일방적으로 말을 내뱉기 시작했다.

"가네모토가 뒤에서 멋대로 여러 가지 일을 하고 있는 건 조직도 알고 있을 거야. 그들도 바보는 아니거든. 그래도 못 본 척해 주는 건 결국 녀석이 돈을 벌어다 주기 때문이야. 하지만 요즘 가네모토는 너무 오버하는 거 아니냐는 소리가 가끔 나온단 말이지."

"그렇군요."

"그래, 녀석은 무슨 짓을 하는지 의논도 안 하고 보고도 안 해. 돈만 바치면 되잖아, 하는 태도도 숨기려 하지 않고. 분명히 모리노구미를 먹여살리는 건 자기라고 생각하고 있을 거야. 그렇게 되면 조직의 윗분들도 당연히 기분 좋지 않겠지. 아무 일도 없으면 좋겠는데. 당신도 조심하라고."

이시고가 그렇지 않아도 작은 눈을 더욱 가늘게 뜨고 요시오를 봤다.

"아이참, 괜히 겁주지 마세요."

이시고는 경박스럽게 웃었다. 너무 소리가 커서 옆 방에서 이상하게 생각하지 않을지 쓸데없는 걱정이 되었다.

"재주는 좋은데, 가네모토는 그런 부분에서 배려심이 결여되어 있거든. 이건 내 생각이지만, 그런 타입은 조직 생활에 맞지 않아. 혼자가 좋지."

"네."

"하지만 지금 나가면 녀석은 살기 어렵겠지."

건조한 말투로 이시고가 말했다.

"이런 세상에서 혼자는 여러모로 힘들겠죠."

"그런 뜻이 아니야. 이 세상에 있을 수 없다는 얘기야."

"아, 그건 무슨……."

"말 그대로야. 죽을지도 모른다고."

요시오는 눈살을 찌푸렸다. 듣고 그냥 넘길 얘기가 아니었다.

"당신, 가네모토가 원래 신주쿠 야시로구미에 있던 야쿠자라는 거 알아?"

"아뇨."

요시오로선 처음 듣는 소리였다. 가네모토가 본인에 대한 건 전혀 얘기해 주지 않았다. 물어보고 싶었던 적도 없지만.

"그래? 당신, 정말 아무것도 모르는구나."

바보 취급당한 것 같아서 기분이 나빴지만, 요시오는 고개를 끄덕이며 계속 얘기해 달라는 눈빛을 보였다.

"가네모토가 옛날에 신주쿠에서 화려하게 놀았나 보더라고. 젊으니까 무서운 것도 없었겠지. 위험한 장사에 손을 대서 돈을 마구 벌었나 봐. 그러다가 크게 사고를 쳐서 신주쿠에서 쫓겨났지. 결국 이 동네로

오게 된 거고."

"선생님, 어떻게 그렇게 잘 아세요?"

"면허는 가지고 있지만, 무면허 의사 일도 하니까."

요시오의 물음에 이시고는 재미없는 농담을 하고 웃었다. 진짜 의사 맞나? 이 남자야말로 야쿠자 같다. 그냥 의사 가운만 걸치고 있을 뿐인.

"왜 가네모토 씨가 죽을지도 모른다는 거죠?"

"신주쿠에 돌아가려고 하니까. 녀석은 당장이라도 이 동네를 떠나고 싶어 하거든."

"네? 가네모토 씨가요?"

놀란 듯 반응했지만, 요시오는 속으로 쾌재를 불렀다. 가네모토가 후나오카에서 나가 주면 좋다. 마약 판매상 일은 못 할 수 있지만 그런 건 아무래도 상관없었다.

"왜 신주쿠에 가면 죽는 거죠?"

"신주쿠에는 가네모토를 좋지 않게 생각하는 놈들이 잔뜩 있거든. 아직까지도 녀석을 때려죽이겠다고 씩씩대는 애들도 있나 보더라고. 일단, 같은 편으로 이누카이라는 영감이 있는데, 이 사람은 야시로구미의 구미쵸라 나도 면식이 있어. 그런데 이 구미쵸의 힘으로도 주위 사람들을 설득할 수 없을 거라는 얘기가 돌고 있어. 가네모토는 그런 거 신경 안 쓴다고 생각하나 본데, 사실은 그렇지 않다는 거야. 내가 가네모토에게 충고해 주려고 했던 게 바로 그거야."

이시고가 머리 뒤로 손깍지를 끼고 요시오를 향해 입꼬리를 올려 보였다.

"저…… 그런데 가네모토 씨가 무슨 짓을 저지른 거죠? 무슨 일 때문에 그렇게 큰 노여움을 산 건가요?"

"사람을 죽였어. 어떤 사정이 있었는지 자세한 건 모르지만, 결과적으로 녀석은 자기보다 위인 놈을 때려죽였어. 쫓겨날 만도 하지."

이시고는 망설임 없이 말했다. 소문이 사실이었던 건가. 요시오는 모르는 편이 좋았다고 생각했다. 그냥 소문 정도로 알고 있는 게 나았다.

"그 일과 별개로도 여기저기에서 원한을 사고 있다니까, 사실은 그조차 상관없을 수도 있지. 다만, 신주쿠가 녀석에게 위험한 곳임은 틀림없어 보여. 나 역시 녀석이 없어지면 좀 곤란하거든. 어떻게든 마음을 고쳐먹게 하고 싶어. 당신도 좀 협조해서 녀석을······."

이시고의 말이 더는 들리지 않았다. 요시오는 가네모토에 대해 다시 생각했다. 그에게 어떤 문제가 생겼을 경우 자신도 피해를 보게 될 것인가. 가네모토의 측근이라는 이유로 제거당하는 일은 있어서는 안 된다. 물론 그런 일은 없을 거로 생각하면서도 요시오는 침을 꿀꺽 삼켰다.

병원을 나오자마자 요시오는 가네모토와의 약속 장소로 향했다. 언젠가는 인연을 끊어야 하지만 당장은 눈앞에 할 일이 있다. 요시오는 자신의 그런 고지식함이 바보같이 느껴졌다.

어젯밤, 가지고 있는 MDMA의 양이 많이 줄어서 보충을 요청했다. 요즘 빈번하게 이런 일이 생긴다. 귀찮아서 한 번에 받는 양을 늘려 달라고 말해 봤지만 가네모토는 쉽게 고개를 끄덕여 주지 않았다. 자기도 소량씩 사입하고 있어서 물리적으로 어렵다고 하는데 요시오는 자신을 믿지 않기 때문이라는 생각이 들었다. 가네모토가 자신을 믿어 줘도 곤란한 건 마찬가지지만.

지정된 편의점 주차장에서 흰색 혼다 프리드를 발견했다. 그 자동차의 운전석에 사람이 타고 있는 것이 먼 거리에서도 보였다. 가네모토다. 저 차에 극도의 악인이 타고 있다는 사실을 아무도 모르겠지. 가네모토는 프리드 말고도 람보르기니 우라칸을 가지고 있다. 그건 검정색이다. 일의 종류에 따라 나눠 사용하는 듯했다.

그 자동차로 다가가며 요시오는 도로에 침을 뱉었다. 근처에 있던 중년 여성이 경멸하는 눈빛으로 쳐다봤다. 요시오가 매섭게 노려보니 얼른 시선을 피해 가 버렸다. 요시오는 조수석 문을 열고 자동차에 탔다. 에어컨이 켜져 있고 엔진이 걸려 있었다. 깔끔한 것을 좋아하는 가네모토답게 차 안은 먼지 하나 보이지 않을 정도로 잘 청소되어 있었다. 방향제 냄새가 확 풍겼다.

"수고 많으십니다. 오늘도 무지 덥네요."

요시오가 인사를 하자 무릎 위에 맥북을 올려놓은 가네모토가 손바닥을 내밀었다. 검은 레이밴 선글라스를 끼고 있었다.

"내놔."

요시오가 세컨드 백 속에서 재고로 남은 MDMA를 꺼내 가네모토에게 건넸다. 가네모토가 맥북으로 열어 놓은 엑셀표의 재고 수치와 대조했다. 이런 식으로 요시오가 빼돌린 게 없는지 확인한다. 물론 수치가 맞지 않은 적은 한 번도 없었다. 이상 없음을 확인한 가네모토는 "오케이." 하며 고개를 끄덕였다.

이어서 가네모토는 발밑에서 편의점 봉투를 꺼내 요시오에게 내밀었다. 그 속에는 과자류나 음료가 위장을 위해 들어 있었다. 매번 가네모토는 이렇게 MDMA를 넘겨준다.

"약간 더 넣었어. 조심히 다뤄."

요시오는 봉투 안을 위에서 들여다보았다. 확실히 전보다 많은 양의 MDMA가 들어 있었다. 예상외였다. 이걸 어떻게 판단해야 할까. 신뢰도가 올라간 건가.

"잘 알겠습니다. 그럼……."

요시오가 문손잡이를 잡고 밀어 열었다. 내리려고 몸을 반쯤 내놓는데 가네모토가 불러 세웠다.

"잠깐, 물어볼 게 있어."

느낌이 안 좋았다. 요시오는 다시 차 안으로 들어와 문을 닫았다.

"무슨 일이시죠?"

아이미를 시켜 진행 중인 공작이 탄로 난 걸까? 설마, 그럴 리가 없다. 요시오는 속으로 묻고 답했다.

"다카노 일 말이야."

살짝 안심했다. 사실 요시오도 다카노가 그 이후 어떻게 되었는지 궁금했지만, 자기가 먼저 그 얘기를 하지 않는 것이 좋을 것 같아 참고 있었다.

"아, 그 자식요? 어떻게 됐어요?"

"얼마 전에 사표를 냈나 보더라. 놈은 잘린 게 아니라 개인 사정으로 퇴직하는 것으로 처리될 거 같아. 게다가 퇴직금까지 받는다던데."

"정말요? 어쩌다 그렇게 된 걸까요."

요시오는 놀란 척했다. 아이미로부터 이미 들은 얘기였다. 물론 사사키를 통해 얻은 정보였다.

"나 역시 이해가 안 돼서 말이야. 다카노한테 캐물었더니 놈이 하는 말이 아무래도 사사키라는 케이스 워커만 다카노와 아이미의 일을 정확하게 파악하고 있는 것 같다는군. 그 사사키란 놈이 사무소에는 말하지 않을 테니 그 대가로 일을 그만두라고 했대. 그래서 사무소는 다카노가 사직서를 내는 이유를 모르는 거 같아."

이것 역시 아이미한테 들었다. 사사키는 미야타라는 동료에게도 사실을 숨기고 있다고 했다.

"그런데 너, 그 사사키라는 케이스 워커 몰라?"

"네, 모릅니다."

바로 거짓말이 나왔다. 가네모토도 의심하는 눈치가 아니었다.

"그것참, 알 수 없단 말이지."

"뭐가 말입니까?"

"왜 사무소에 보고 안 한 거지? 그렇게 해서 사사키란 놈에게 무슨 이익이 있냐고."

요시오는 말문이 막혔다.

"다카노가 그러는데, 공개되면 다치는 건 아이미라고 사사키가 말했대."

"아, 그럼 그거 때문이겠네요."

"왜 사사키가 아이미를 걱정해?"

"글쎄요, 보기에 따라서 어떤 의미로는 아이미도 피해자라 동정심이 생긴 거 아닐까요?"

"그럴 리가 없어. 그런 쓰레기 같은 여자를 왜? 아무래도 걸린단 말이지."

말을 심하게 했지만, 가네모토는 역시 날카로운 남자다.

"그래도 가네모토 씨의 계획에 지장은 없잖아요. 다카노에게 퇴직금이 들어오는 건 기쁜 일 아닌가요? 결국 가네모토 씨의 돈이 될 테니까요. 오히려 상황이 좋아진 거 같은데."

가네모토가 머리카락을 매만지며 크게 한숨을 쉬었다.

"그건 그렇지. 하지만 나는 이런 확실하지 않은 상태가 기분 나빠. 마음이 놓이지 않거든. 그래서 말인데, 레이카를 시켜서 아이미 신변을 캐 볼까 해."

요시오는 심장이 크게 뛰었다.

"굳이 그렇게까지 하실 필요가 있나요?"

"아무래도 아이미가 수상해. 내 느낌인데, 뭔가 숨기고 있는 거 같아."

"뭔가 숨기고 있다고요? 뭘요?"

"뭔지 모르니까 캐 본다는 거지."

"아이미가 뒤에서 딴짓한다는 건가요? 무슨 짓을요?"

"나도 모른다니까."

"그런 계집애 혼자서 뭘 할 수 있다고 생각되진 않습니다만."

가네모토는 전방을 보며 아무런 반응을 하지 않았다. 잠시 침묵이 차 안을 지배했다. 요시오가 슬쩍 가네모토의 옆얼굴을 보다 흠칫했다. 선글라스 사이로 들여다본 눈이 요시오를 포착하고 있었다. 요시오는 헛기침을 하고 나서 억지로 화제를 바꿨다.

"그나저나, 다카노는 지금 어디서 뭐 하고 있습니까?"

"내 가게에서 종업원 일을 하고 있어."

"미장스에서요?"

"아니, 코스캬바에서."

"코스캬바? 그게 뭔가요?"

"코스프레 캬바쿠라 말이야. 여자가 간호사나 스튜어디스 유니폼 혹은 학생복을 입고 접객하는 데야. 남자 종업원도 모두 코스프레 시키지. 다카노는 순경 차림으로 일하고 있어."

"하하하, 그거 걸작이네요."

요시오는 손뼉을 치며 크게 웃었지만 진심으로 웃을 수는 없었다. 아이미와의 계획이 들통나면 큰일이라고 생각했다. 요시오는 목을 가다듬었다.

"아무튼, 저는 이제 슬슬 가 보겠습니다."

"그래."

가네모토가 턱을 치켜들어 내리라는 신호를 보냈다. 요시오는 인사를 하고 손잡이를 잡다가 문득 멈췄다.

"참, 가네모토 씨."

"어?"

"이시고 선생님으로부터 전언인데요. 전화 좀 받으시라고 합니다."

가네모토가 혀를 찼다.

"별일도 없으면서……."

"중요한 얘기가 있다고 하시던데요."

그 말에는 대답하지 않고 가네모토는 브레이크를 풀었다. 요시오가 문을 닫자마자 자동차가 후진했다. 프리드는 180도 방향으로 돌더니 주차장에서 나갔다. 요시오는 그쪽을 향해 허리 굽혀 인사했다. 차 안에는 에어컨이 켜져 있었는데, 그의 손바닥은 땀에 흠뻑 젖어 있었다.

16

감기가 아니라는 것을 알게 된 사사키는 점점 불안해졌다. 목에 느껴지는 알 수 없는 불쾌감이 가시지 않아서 얼마 전에 겨우 병원에서 진찰을 받았다. 그때 의사는 고개를 갸우뚱했다. 감기로 보이는 염증도 없고 폴립이 있는 것 같지도 않았다. 물론 종양도 없었다. 하지만 분명히 위화감이 있다고 했더니 마모루가 처음 듣는 병명을 얘기했다.

"어쩌면 '인후두이상감증'일지도 모르겠네요."

연하 운동, 즉 음식물을 삼켜 위로 이동시키는 운동 시 걸리는 느낌은 있지만 그에 맞는 병변(병으로 일어난 육체적 또는 생리적인 변화)이 인정되지 않을 경우 이에 해당할 가능성이 있다고 했다. 그리고 이 병은 보통 정신적인 것으로, '기분 탓'일 수 있다는 것이다.

어쨌든 그 질환의 원인이 스트레스라는 것을 알게 된 마모루는 고개를 갸우뚱했다. 물론 일 때문에 스트레스가 쌓이는 건 맞지만 지금은 매일 너무 즐겁기 때문이다. 현재 하야시노 아이미와는 연인 관계가 되어 거의 동거에 가까운 생활을 하고 있다. 지난주, 마모루는 자신의 집에서 옷가지와 최소한의 생활용품을 여행 가방에 넣어 아이미 집에 갔다. 그 전까지도 아이미의 집에서 자는 일이 많아서 마모루는 첫차를 타고 일단 자신의 집에 갔다가 출근하는 고된 나날을 보내고 있었다. 그러다 같이 살자는 얘기가 나온 것이다.

마모루에게는 인생에서 가장 행복한 나날이었다. 눈을 떴을 때 옆에 사랑하는 사람이 있는 것. 그 이상의 행복이 어디에 있단 말인가.

"이봐, 사사키. 듣고 있어?"

카운터 옆에 앉아 있던 미네모토가 그의 어깨를 치며 말했다. 오늘은 미네모토의 권유로 그가 추천하는 선술집에 왔다. 계속해서 상사의 권유를 거절할 정도로 마모루는 배짱이 세지 않다. 속마음은 당장 집에 가고 싶었다. 아이미를 보고 싶고 미소라의 얼굴을 보고 싶었다.

"보기와 다르게 의외로 섬세했었는지 모르겠어."

미네모토가 고구마 소주가 들어 있는 잔을 기울이자 잔 속의 얼음이 짤랑하며 경쾌한 소리를 냈다.

"그럴지도 모르겠네요."

마모루는 우롱하이(우롱차가 들어간 일본식 과일 소주)를 홀짝거리며 맞장구를 쳤다.

"정말 알 수 없는 일이야."

둘은 다카노 요지 얘기를 하고 있었다. 지난주 다카노는 말한 대로 사표를 제출했다. 미네모토에 따르면 우편으로 보냈다고 한다. 사실 그 일이 있은 뒤로 다카노는 한 번도 출근하지 않았다. 퇴사 이유는 일신상의 사정이라고 적혀 있었다고 한다. 그리고 미네모토는 그런 다카노에 대해서 일 때문에 고민하다가 우울증에 걸린 것이 아닐까, 하는 말도 안 되는 상상을 하고 있었다. 미네모토가 생선회를 집으며 물었다.

"녀석의 물건은 부쳤지?"

"네, 상자에 넣어서 자택으로 발송했습니다."

다카노의 데스크를 정리한 건 마모루였다. 열쇠로 잠가 놓은 서랍 속에서 성인용 장난감이 나왔을 때는 미쳐 버릴 것 같았다. 다시 한번 다카노에 대한 증오의 감정이 타올랐다. 그리고 강한 질투심을 느꼈다. 그 남자는 몇 번이나 아이미와 잤을까. 어떤 식으로 관계를 했을까. 다카노 같은 인간도 할 수 있는데 왜 자신은 할 수 없는 걸까. 너무나 불합리했다.

마모루는 맥주잔의 손잡이를 힘주어 잡았다. 몇 번 시도를 해 봤지만 아이미와의 섹스가 잘되지 않았다. 마모루의 성기가 필요할 때 역할을 제대로 하지 못한 것이다. 겨우 발기했다고 생각한 순간 바로 시들어 버렸다. 조급해할수록 불능이 되었다. 자위할 때는 문제가 없는데 정작 섹스를 하려니 안 되다니. 자신은 남자로서 불능인 건가. 다카노 요지보다 못한 놈인가.

아이미가 괜찮다고 위로해 주었지만 마모루는 자기혐오에 빠져 있었다. 아이미에게도 미안했다. 그리고 다카노가 미웠다. 아이미를 안을 때 그 남자의 그림자가 어른거려서 잘 안 되는 것이 분명했다.

"나도 말이야, 다소 책임을 느껴. 어딘가에 있었을 녀석의 SOS 신호를 놓친 게 분명해."

미네모토는 잔을 흔들어 안에서 돌고 있는 얼음을 보며 말했다.

"말도 안 됩니다. 과장님 책임 아닙니다."

다카노는 SOS 신호 같은 거 보낸 적 없다. 미네모토가 깊게 한숨을 쉬었다.

"우리 일이 이렇지. 정신적으로 문제가 생겨도 불평을 할 수 없잖아. 또 누가 다카노처럼 될지도 몰라."

미네모토가 호소하듯 목소리를 높였다. 오늘은 평소보다 마시는 속도가 빠르다. 벌써 일곱 잔째다.

"그나저나 사사키, 미야타와는 어떤가."

갑자기 그런 질문을 한 미네모토가 마모루의 얼굴을 들여다봤다. 마모루는 고개를 갸우뚱했다.

"어떠냐뇨?"

"내가 이래 봬도 눈치가 빨라. 너네 둘 눈맞았지?"

"왜 그렇게 생각하시죠? 미야타 씨와는 전혀 그런 사이 아닙니다."

"정말?"

미네모토가 못 믿겠다는 표정으로 물었다. 얼굴은 웃고 있었지만 눈은 웃지 않았다. 미네모토가 술을 들이켜며 말했다.

"아무튼, 그 여자 좀 독특하지."

"뭐…… 그렇긴 하죠."

"누구를 만날지 모르겠지만, 고생 좀 할 거야."

자신도 만만치 않으면서 남 얘기는 잘한다. 마모루는 속으로 그렇게 생각했지만 그의 말 자체는 동감했다. 미야타 유코와 사귀는 남자가 있긴 할까. 그 성격에 남자를 만난 적이 있기나 할까. 본인에게는 절대 물어볼 수 없는 얘기지만 궁금하긴 했다. 마모루가 미네모토에게 물었다.

"미야타 씨는 어떤 타입의 남자를 좋아할까요?"

"그러게. 뭐, 나 같은 사람이 아닌 건 확실하지."

미네모토는 허공을 보며 상상했다. 마모루는 실소가 터졌다.

"아마 성인군자 같은 남성밖에 상대 못 하겠죠."

마모루의 말에 미네모토가 그의 옆에서 얼굴을 내밀며 물었다. 술 냄새가 지독했다.

"정말 그렇게 생각해?"

"네."

미네모토가 크게 고개를 저었다.

"세상을 모르네. 자네는 정말 세상을 몰라. 인간이라는 것을 전혀 모르고 있어. 저런 사람일수록 이상한 인간과 잘 붙어. 그런 식으로 신은 세상의 균형을 잡고 있는 거야."

"그런 건가요?"

"그런 거야. 남녀관계는 그런 거라고."

묘하게 그럴듯하게 들렸다. 미네모토가 하는 말이니 그럴 것이다. 마모루는 얌전히 고개를 끄덕였다.

"자네는 인생 경험이 부족하니까 잘 모를 거야."

"맞습니다. 저는 잘 모르겠습니다."

"쌓아 볼 거야?"

"네?"

"경험을 쌓아 볼 거냐고."

미네모토의 시선은 노골적으로 마모루의 얼굴에 집중되어 있었다. 미네모토가 손을 뻗어서 마모루의 손 위에 겹쳤다. 마모루는 즉시 손을 뺐다.

"저는 아직 이른 거 같습니다."

"그렇지 않아. 미지의 세계로 뛰어들 용기를 가져 봐. 전혀 다른 세상이 펼쳐질 거야."

"그, 그러고 보니 미야타 씨가 오늘도 악질 케이스를 지급 중단시켰다고 하더군요."

마모루는 억지로 화제를 바꿨다. 다른 세상은 보고 싶지 않았다. 미네모토가 불만스러운 표정으로 한숨을 내쉬었다.

"맞아. 미야타는 끈질긴 면이 있잖아. 자네도 좀 보고 배워. 이번 달도 지난달도 실적이 제로잖아."

"네, 배우겠습니다."

"그래도 모순된 말 같지만, 너무 고민은 하지 마. 자네까지 그만두면 안 돼. 이건 자네에게만 해당하는 얘기는 아니지만 말이야."

"네, 조심하겠습니다."

"적어도 미야타는 괜찮겠지. 정신적으로 힘들어할 타입이 아니니까."

그 말에는 마모루도 무심코 어깨를 들썩이며 웃었다. 미야타 유코와는 최근 대화한 적이 없다. 매일 아침 사무소에서 얼굴을 보긴 하지만 서로 인사만 하는 정도다. 그 여자가 진짜로 무슨 생각을 하고 있는지 전혀 짐작이 가지 않았다. 매일 아이미 집에 찾아갈 거라고 씩씩거렸지만, 작은 선물을 들고 한 번 갔을 뿐 전혀 모습을 드러내지 않았다. 그때는 정말 명이 단축되는 줄 알았다.

미야타 유코는 다카노가 사표를 제출하자 "선수를 쳤다 이거지."라며 코웃음을 쳤을 뿐, 다른 말은 없었다. 그렇게 집착을 했던 건 대체 뭐였단 말인가. 그녀는 절대 다카노가 스스로 퇴사하는 것 정도로는 만족하지 못할 것 같았다. 끝까지 털어서 증거를 찾은 다음, 법적으로 다카노를 심판할 때까지 포기하지 않을 줄 알았다. 물론 그러면 다치는 건 아이미다. 미야타가 정말 포기한 것이라면 그 이상 바랄 게 없었다.

다음 날 마모루는 전에 방문했던 야마다 요시오의 집에 정례 면담을 하러 갔다. 지난달에 방문했을 때를 생각하면 지금도 화가 나서 견딜 수 없다. 허리가 아프다는 거 하나를 무기로 마모루가 뭐라고 해도 야마다는 들으려 하지 않는다. 그것만 있으면 영원히 생활 보조금을 받을 것이라는 안이한 생각을 하고 있다. 그런 구제 불능의 남자와 정면으로 맞서야 해서 이 일은 역시 쉽게 마무리되지 않을 것 같다. 그래도 오늘은 꼭 지급 정지 서류에 도장을 찍게 할 생각이다. 근거는 없지만, 자신이 질 것 같지 않았다. 마모루는 최근에 왠지 듬직해진 자신에 자부심을 갖게 되었다.

야마다는 옅은 웃음을 띠고 마모루를 맞이했다. 어딘지 평소와는 모습이 달라 보였다. 다른 때처럼 마모루를 거북해하지도 않았다. 방은 여전했다. 발을 들여놓는 순간, 퀴퀴한 냄새가 코를 찔렀다. 어떻게 이런 비위생적인 환경에서 생활할 수 있을까. 마모루는 지난번과 마찬가지로 방석에 앉아 야마다를 대면했다. 형식적인 인사도 생략하고 본론에 들어갔다.

"야마다 씨, 지난번에 말씀드렸던 건은 어떠세요? 일자리는 좀 찾아보셨나요?"

"사사키 씨, 왠지 남자다워진 것 같은데? 혹시 여자라도 생겼어?"

야마다가 놀리듯 말했다. 새끼손가락을 세우고 잇몸까지 보이며 히죽거렸다.

"말 돌리지 마세요."

"칭찬하는 거잖아. 보통 여자는 남자가 생기면 변하지만, 남자도 마찬가지야."

야마다는 비웃는 눈으로 마모루를 비스듬히 보았다.

"말장난만 하지 마시고 대화에 임해 주세요."

"말장난? 지금 정말 엄청 진지하게 말하는 건데."

"그럼 대답해 주세요. 구직 활동은 하고 계신가요?"

"응, 하고 있어, 머릿속으로. 하하하."

바보 같은 웃음소리가 쓰레기통 같은 방 안에 울렸다. 마모루는 생활보조금 지급 정지 동의서를 가방에서 꺼내서 야마다 앞에 쓱 내밀었다. 야마다는 코에 주름을 만들었다.

"이게 뭐야."

"보시는 바와 같아요. 지난번에 말씀드렸죠, 취업 활동을 제대로 하지 않으시면 정지시키겠다고."

"당신 말이야, 이거 너무한 거 아냐? 그러다 내가 굶어 죽기라도 하면……."

"그건 자기 책임입니다."

마모루는 딱 잘라 말했다. 야마다의 안색이 확 변했다.

"뭐가 자기 책임이지? 굶어 죽지 않게 도와주는 게 당신 일이잖아."

"전혀 그렇지 않습니다. 저희가 하는 일은 어디까지나 지원입니다."

"그럼 제대로 지원하라고."

마모루는 크게 한숨을 쉬었다. 그리고 천천히 안경을 가운뎃손가락으로 치켜올리고 야마다를 응시했다.

"야마다 씨, 지난달도 말씀드렸지만, 다시 한번 말씀드리겠습니다. 정말로 이대로 괜찮습니까? 매일같이 이렇게 사시고 싶으세요?"

"이봐, 그 잘난 듯한 말투 그만두라고 했지."

"좀 제대로 사시는 게 어떠십니까?"

"정말 계속 이럴 거야?"

"한심하잖아요, 이런 생활."

마모루는 고조되는 기분을 느꼈다. 더 도발해 주고 싶었다. 더 심한

말로 매도해 주고 싶었다. 야마다는 이를 악물고 굴욕스러운 표정을 지었다. 당장이라도 한 대 칠 것 같은 분위기였다. 마모루는 때릴 테면 때려 봐라, 하는 기분이었다.

"자, 이제 서류에 도장 찍어 주세요."

마모루가 동의서를 내밀며 다그쳤다. 인내의 한계가 왔는지, 갑자기 야마다가 오른손을 뻗어 거칠게 멱살을 잡았다.

"어린 새끼가 겁도 없이. 너 그러다 뼈저리게 후회하는 수 있어."

야마다는 얼굴을 들이대며 협박했다. 마모루는 그의 입 냄새가 좀 역했지만 조금도 무섭지 않았다.

"그럼, 제대로 일하시는 걸로 저에게 앙갚음을 해 주세요."

"이 새끼, 입만 살아 가지고. 잘 들어. 네가 이렇게 잘난 척할 수 있는 것도 지금뿐이야."

야마다는 그렇게 말하고 멱살을 놓더니 마모루의 몸을 밀었다.

"그게 무슨 뜻입니까?"

마모루가 잡혔던 옷깃을 여미며 물었다.

"곧 알게 될 거야."

"뭔가요, 그런 근거도 없는 협박은."

"글쎄."

야마다는 어깨를 으쓱했다. 불쾌한 기분이었다. 곧 무엇을 알게 될 것이란 말인가. 두 사람은 서로 빤히 쳐다봤다. 이 구제 불능의 인간이……. 속으로 욕설을 퍼부은 마모루는 코로 거친 숨을 쉬었다.

"무슨 말씀이신지 잘 모르겠지만, 일단 서류를 작성해 주세요."

마모루는 밑져야 본전이란 생각에 단호하게 말했다. 야마다는 동의서를 향해 손을 뻗어 얼굴 높이까지 들어 올리더니 마모루의 눈앞에서 찢어 버렸다.

"정말 이러실 건가요. 오늘은 여기서 실례하겠습니다만, 이런 식으로 나오시면 저희도 생각이 있습니다. 각오하시기 바랍니다."

"생각 같은 소리 하고 있네. 당신 걱정이나 해."

차갑게 말한 야마다는 이불 속으로 기어들어 갔다. 마모루는 일어서서 그런 야마다를 내려다봤다. 이대로 똘똘 말아서 어두운 바다에 던져 버리고 싶은 충동을 느꼈다. 그런데 구체적인 영상이 머릿속에 떠오르자, 속이 약간 울렁거렸다.

"다녀왔습니다."

현관에서 목소리를 높였다. 그러자 안에서 다다다 하고 천사의 발소리가 다가왔다. 미소라가 힘차게 마모루를 향해 달려들었다. 마모루는 미소라의 머리를 두 손으로 쓰다듬더니 번쩍 안아 올리고는 그대로 거실로 갔다.

"어서 와."

앞치마 모습의 아이미가 부엌에 서 있었다. 머리카락도 하나로 묶은 상태였다.

"별일 없었어?"

마모루의 마음은 행복에 물들어 있었다. '다녀왔습니다.' 마모루가 한동안 못 했던 말이다. 어른이 된 후로 본가에 가서도 쓴 적이 없다. 문득 이상한 냄새가 났다. 마모루가 코를 킁킁거리며 아이미에게 물었다.

"어디서 타는 냄새가 나는데?"

"카레를 태웠어."

아이미가 겸연쩍은 표정으로 입을 오므렸다.

"저런, 그래서 잘 버렸어?"

"아직. 물론 버릴 생각이지만."

"아, 잠깐만."

마모루는 부엌으로 갔다. 냄비 안을 들여다봤더니 카레에서 김이 모락모락 나고 있었다. 숟가락으로 떠서 먹어 봤다. 약간 쓴맛이 느껴졌다.

"아이미, 냉장고에 두유 있지?"

"있긴 한데, 조금밖에 안 남았을걸."

"조금이면 돼. 내가 카레를 되살려 볼게."

"정말?"

"응, 카레를 옮겨 담을 다른 냄비를 줘 봐."

두유를 넣으면 맛이 부드러워져서 쓴맛이 줄어든다. 마모루는 이미 몇 번 해 본 경험이 있었다. 그렇게 부활한 카레를 셋이서 먹었다. 미소라가 있어서 단맛으로 했다.

"역시 쓰다. 맛없게 만들어서 미안해."

아이미가 얼굴을 찡그리며 말했다.

"그렇지 않아. 맛있기만 한데. 그렇지, 미소라 짱?"

입 주위에 카레를 잔뜩 묻힌 미소라가 고개를 끄덕였다. 참으로 사랑스러운 모습이었다. 식사가 끝나자 아이미가 식기를 부엌으로 옮기며 말했다.

"목욕물 덥혀 놨어."

"그럼 미소라 짱, 갈까?"

마모루가 마루에서 그림을 그리고 있는 미소라에게 말했다. 최근, 미소라를 목욕시키는 건 마모루 담당이 되었다. 미소라도 마모루가 같이 욕조에 들어가는 것을 기뻐했다. 하지만 미소라는 일어나지 않았다. 언제나 그렇듯이 그림 그리기에 정신이 팔려 있었다.

"미소라, 목욕하라니까."

부엌에서 설거지하던 아이미가 나무라듯 말했다.

"아, 괜찮아. 그림 다 그려 가. 조금 기다리지 뭐."

마모루는 소파에 앉았다. 거실에서 이렇게 쉬고 있는 시간이 분에 넘치는 것 같고 행복했다.

"아, 그러고 보니 바디워시 슬슬 떨어질 것 같지?"

마모루가 생각나서 말했다.

"응, 거의 없을 거야."

아이미가 그릇을 씻으며 대답했다.

"사 둔 거 있어?"

"없어."

"그럼, 내일 퇴근길에 사 올게."

마모루가 말하자 아이미가 움직이던 손을 딱 멈췄다. 그리고 고개를 비틀어 마모루를 말끄러미 보았다.

"왜? 무슨 일 있어?"

"왜 그렇게 친절해?"

마모루가 고개를 살짝 갸우뚱했다.

"어? 바디워시 사 온다는 게 그렇게 친절한 거야?"

"그게 아니라……. 아, 아무것도 아냐."

아이미는 다시 설거지하다가 문득 "무서워."라고 말했다.

"무섭다니, 뭐가?"

"몰라. 그냥 왠지 무서워."

마모루는 피식 웃었다.

"뭐야, 그게. 이 집에 귀신이라도 나와?"

아이미는 마모루의 농담에는 반응하지 않고 진지하게 말했다.

"고마워, 여러 가지로."

마모루는 어깨를 들썩이며 웃었다.

"왜 갑자기 그런 소리를 하는지 모르겠지만, 별말씀을 다 하십니다."

"제발 없어지지 마."

뭔가 절실한 울림이 있었다. 아이미는 수심을 띤 눈빛으로 마모루를 쳐다봤다. 마모루는 가볍게 한숨을 쉬더니 말했다.

"혹시 내가 없어지는 게 두려운 거라면 걱정하지 마. 나는 앞으로도 계속 같이 있을 테니까. 미소라, 이제 슬슬 목욕하러 가자."

마모루는 자리에서 일어나서 그림 그리기를 끝낸 미소라를 안고 욕실로 갔다. 탈의실에서 미소라의 옷을 벗긴 뒤 욕실로 들어갔다. 머리와 몸을 씻고 같이 욕조로 들어갔다.

"이게 미소라, 이게 엄마, 이게 마모루 아찌."

미소라가 욕조 물 위에 떠 있는 오리 인형들을 하나씩 가리키며 말했다.

"왜 마모루 아찌 오리가 미소라 짱 오리보다 작지?"

마모루는 웃음을 터뜨렸다. 계속되면 좋겠다고 생각했다. 앞으로도 영원히 이 생활이 계속되면 좋겠다고. 평생을 아이미, 미소라와 같이하고 싶다. 마모루는 행복에 젖어 있었다.

17

손을 보며 급하게 종종걸음으로 가던 중 어깨를 부딪친 젊은 남자가 혀를 차며 노려봤다. 오늘 들어 벌써 세 번째다. 사람들이 깊이 잠든 심야, 후루카와 카스미는 핸디 타입의 검은색 검품기를 손에 들고 해변을 따라 늘어선 일각의 창고 안을 분주히 돌아다니고 있었다.

이곳은 축구장 크기의 넓은 부지에 있는 거대 창고다. 철제 선반이 도미노처럼 균일한 간격으로 늘어서 있고, 그 선반에 셀 수 없이 많은 종류의 잡다한 상품이 빽빽이 들어차 있었다. 전부 대형 인터넷 쇼핑몰에서 팔고 있는 물건으로 식품, 옷, 책, DVD, 장난감, 전자 제품 등 다양했다.

간신히 찾은 일자리였다. 일용직 파견 아르바이트로 등록하고 사람들 앞에 나서는 일이 아니면 뭐든지 하겠다고 희망했더니 에이전시가 이 일을 소개해 줬다. 밤 열 시에 후나오카역을 출발하는 버스를 타고 바닷가에 있는 이 공장 지대로 이동, 아침 여섯 시까지 일한 다음 다시 버스로 후나오카역으로 돌아온다. 시급은 1,050엔. 카스미가 지금까지 했던 일 중 가장 높은 시급이었다.

그만큼 일은 힘들다. 개개인에게 검품기가 주어지는데, 기계에 지정된 상품을 픽업해서 집하 장소로 가져간다. 그런 일을 수없이 반복한다. 중간에 멈추는 건 허용되지 않는다. 카스미는 아직 이 일에 익숙하지 않아서 하나하나 시간이 걸린다. 검품기에 나타난 숫자와 알파벳으로 상품이 있는 선반 위치를 알 수 있는데, 그 선반이 어디에 있는지를 잘 모른다. 오늘로 5일째라 어느 정도는 배치를 익히긴 했지만, 여전히 다른 사람에 비해 많이 느리다. 그래도 카스미는 이 일 자체가 싫지 않았다. 이런 단순 작업이 적성에 맞나 보다. 계속해서 몸을 움직이며 아무런 생각 없이 일하는 것이 좋았다.

귀청을 찢는 호각 소리가 울렸다. 집합 신호다. 이렇게 넓은 창고지만 어디에서든 들렸다. 물론 듣기 싫은 소리다. 참고로 호각은 두 시간에 한 번씩 울린다. 주위의 작업자들이 손을 멈추고 모두 집합 장소로 향했다. 80명 정도의 작업자 중 반이 20대 전후의 젊은 남자, 나머지 반이 40대 이상의 중년 남녀였다. 60살이 넘어 보이는 이들도 드문드문 있었다. 그에 반해 카스미처럼 30대 정도의 사람들은 보이지 않았다.

많은 작업자들이 도넛 모양으로 모였고, 그 원의 중앙에 놓인 나무 상자 위에 덩치 큰 남자가 서 있었다. 카스미를 포함한 작업자들에게 지시를 전달하는 직원이었다. 남자가 날카로운 눈으로 모인 사람들을 둘러보며 작은 확성기를 입에 댔다.

[번호를 부른 사람은 남아. 8, 14, 17, 22, 30, 34, 39, 55······.]

남자가 나른한 목소리로 숫자를 불렀다. 카스미는 72번이 불리지 않기를 빌었다.

[72.]

카스미는 어깨를 축 늘어뜨리며 한숨을 내쉬었다. 한 사람씩 번호가 박힌 주먹 크기의 배지를 받아 가슴에 달아야 한다. 번호가 불린 사람들은 작업 성적이 나쁜 사람들이다. 불리지 않은 작업자들은 합격으로 인정되어 5분 휴식 시간이 주어진다. 카스미를 포함한 불합격자들은 그대로 검품 작업을 계속해야 한다. 일종의 벌칙이다.

열 사람 정도 불합격자들이 남아서 조금 전 직원이 있는 곳에 모였다. 전부 나이 든 작업자들이었다. 당연히 카스미가 가장 젊었다.

"당신들 일 제대로 할 생각 없으면 집에 가. 그렇게 급여나 축내는 건 용서 못 해, 알았어?"

20대로 보이는 이 직원은 매번 이런 식으로 험악한 소리를 한다. 카스미는 이 직원 역시 같은 식으로 상사에게 혼나고 있다는 걸 알고 있다. 그는 "네가 제대로 안 해서 만만해 보이니까 사람들이 일을 열심히 안 하는 거 아냐."라며 엉덩이를 걷어차이기도 했다.

"자, 빨리 작업 시작해."

직원이 손으로 내쫓는 동작을 하며 말했다. 카스미도 다시 일을 시작하려고 그 직원 앞으로 지나가는데 "72번." 하고 불러 세웠다.

"당신은 왜 항상 모자를 쓰고 있어? 그런 걸 쓰고 있으니까 일이 늦어지는 거 아냐."

"죄송합니다."

카스미는 고개를 숙였지만 직원이 한 말의 의미를 알 수 없었다. 모자와 작업 효율이 무슨 관계가 있단 말인가.

"돼지 고릴라가 하는 말은 신경 써 봤자 손해야."

카스미가 그 자리를 벗어나는데 같이 불합격을 받은 아줌마가 속삭이듯 말했다. 귀 옆에 흰 머리카락이 섞여 있었다. 나이는 50대 중반 정도로 보였다.

"돼지 고릴라?"

아줌마가 턱으로 슬쩍 그 직원을 가리켰다.

"저 인간 생긴 거 좀 봐. 분명히 만나 주는 여자도 없을 거야. 생긴 것도 저 모양에 성격도 더럽잖아."

"아, 네."

"서두르지 않아도 돼. 대충 해도 괜찮아. 어차피 급여 액수는 똑같으니까."

아줌마는 카스미의 허리를 툭툭 치더니 자신의 자리로 갔다. 그래도 카스미는 열심히 일했다. 요령이 없으면 이동 속도로 메우는 수밖에 없다. 작업 종료 시간인 아침 여섯 시가 되었을 무렵에는 종아리가 통통 부어 있었다. 그래도 나름 노력한 보람이 있어서 마지막으로 건네받은 일일 종합 성적표를 보고 카스미는 가슴을 쓸어내리며 안도했다. 72란 숫자가 중간쯤에 있었다. 지금까지는 더 아래에 있었다. 누가 칭찬해 주는 것도 아니지만 카스미는 작은 성취감을 느꼈다.

"나오면서 봤는데, 돼지 고릴라가 또 상사에게 혼나더라. 아주 고소했어."

흔들리는 버스 안에서 아까 그 아줌마가 말했다. 아줌마는 카스미와 같은 회사에서 파견되었는지 같은 버스를 탔다. 이름은 나카무라라고 했다. 나카무라는 버스에서 카스미를 발견하고 옆자리에 앉았다.

"그놈, 우리 아들하고 비슷한 나이 같아. 아, 참고로 우리 아들은 IT 기업에서 일해. 하지만 거기도 분명히 파트타임으로 일하는 아줌마가 있을 테고, 우리 아들도 저런 태도로 사람들 부린다고 생각하니 싫어지네."

나카무라는 말이 많았다. 게다가 천성적으로 목소리도 컸다. 버스 안을 둘러보니 축 늘어져 잠든 사람들이 많아서 누가 갑자기 "조용히 좀 해!" 하고 화낼까 봐 카스미는 조마조마했다.

"후루카와 씨, 뭐 좀 물어봐도 돼? 왜 항상 모자를 쓰고 있어?"

나카무라가 시선을 카스미의 머리로 옮기며 물었다.

"아, 머리카락이 좀 빠져서……."

"저런, 원형 탈모 같은 거야?"

그녀가 과장되게 얼굴을 찡그렸다. 카스미는 작게 고개를 끄덕였다.

"마음고생이 심한가 보네. 스트레스 때문이야, 그건. 내가 다 알지. 그나저나 후루카와 씨, 남편은? 애는 있어?"

나카무라는 거침없이 질문을 계속했다. 카스미는 당황스러웠지만 조심스레 대답했다.

"초등학교 3학년 아이와 둘이 살고 있어요."

"남편은 없어? 아까워라. 젊고 미인인데. 아직 30대지? 얼마든지 재혼할 수 있지 않나? 물론 신중하지 않으면 안 돼. 나도 재혼했다가 완전히 실패했거든. 작년에 남편이 회사에서 짤렸는데, 그러고 나서 매일 집에서 빈둥거리고 있어. '밥은 아직이야?'라는 소리 들으면 정말 살의를 느낀다니까. 이럴 때 저지르는구나, 하고 살인범의 기분이 이해되더라고. 아, 어쩌다가 이런 인생이 돼 버렸을까."

나카무라는 그런 얘기를 아무렇지 않게 웃으며 했다. 카스미는 창가에 앉은 나카무라 너머로 밖을 보고 있었다. 아직 이른 아침이라 거리에는 사람도 자동차도 적었다. 햇빛을 받는 가로수들이 총총히 우거져 있었다. 매미의 요란한 울음소리가 버스 안에서도 들렸다. 나카무라가 다시 얘기를 시작했다.

"아, 맞다. 초봄에 생활 보조금 신청하러 관공서에 갔었거든. 그런데 지금 거절당했어. 인상 안 좋은 여직원을 만났는데, '조건에 적합하지 않아서 어렵겠습니다.' 하고 바로 잘라 버리는 거야. 열받아서 한바탕 욕해 주고 왔지. 돈은 없지만, 남편도 있고 자식도 성인이라 해당이 안되나 봐. 이런 어중간한 주부가 제일 손해야."

카스미는 그냥 얘기에 맞춰서 고개를 끄덕이기만 했다.

"아, 후루카와 씨도 한번 가 봐. 후루카와 씨 정도면 생활 보조금 받을 수 있을 거 같은데."

그제야 카스미는 고개를 돌려 나카무라를 봤다.

"아이도 아직 어리고 남편도 없으니까 될 거 같은데. 자세한 조건은 가 봐야 알겠지만 말이야."

생활 보조금이라. 카스미는 머릿속에 그 글자를 떠올렸다. 그동안 그런 게 있다는 것 정도만 알고 있었다. 그 내용에 대해서는 전혀 몰랐다. 어떻게 하면 받을 수 있을지 생각해 본 적도 없었다. 아니, 어려운 절차가 잔뜩 있어서 자신은 그런 걸 준비하지 못한다고 생각했다. 처음부터 선택지에 들어 있지 않았던 것이다. 분명히 자신처럼 정보에 어둡고 행동력도 없는 사람이 세상에는 많을 것이다. 아무리 도움의 손길을 뻗어도 당사자가 그걸 모른다면 의미가 없다.

"우리 아파트 옆집에 70 넘은 할머니가 혼자 살고 있는데, 그 할머니가 생활 보조금 받고 있어. 그런데 아무래도 부정 수급 같아. 나보다 훨씬 잘살고 있는 것만 봐도 그래. 내 얘기 좀 들어 봐. 그 할머니는 자식과 연을 끊었다고 했는데, 한 달에 여러 번 나랑 비슷한 나이로 보이는 남자가 집에 들락거리더라고. 아무리 봐도 아들 같아. 그리고 그 아들 자동차가 벤츠야, 벤츠. 약간 싸 보이는 벤츠지만 고급 자동차라는 사실은 변함이 없지. 그런 자동차를 타는 아들이 있는데 생활 보조금을 받다니 말도 안 되잖아. 그래서 내가 그 자동차 보고 바로 관공서에 연락했어. 관공서 사람은 역시 관공서 일이라……."

생활 보조금이라. 카스미는 다시 한번 가슴속으로 되뇌었다. 다만 그 울림은 어쩐지 카스미의 기분을 나쁘게 만들었다. 그런 속 편한 말을 할 처지는 아니지만 유타에게도 유이치로에게도 미안한 생각이 들었다. 하긴, 매일 작은 범죄를 저지르고 있는 자신이 그런 생각을 하는 것도 웃긴다.

"……이런 불합리한 일들이 판을 친다니까. 나 같은 사람은 도와주지 않고 말이야. 정말 화가 나."

나카무라의 입은 버스가 멈출 때까지 닫히지 않았다.

집에 도착해서, 잠에서 깬 유타에게 아침밥을 먹인 카스미는 겨우 잠을 잘 수 있었다. 그렇게 점심때까지 자고, 점심밥을 하고, 또 세 시까지 잔다. 불규칙한 생활이지만 어쩔 수 없다. 어차피 지금까지는 밤에 자려고 이불을 덮어도 불안감 때문에 거의 잠들지 못했다. 그런 걸 생각하면 지금 생활이 오히려 나을 수도 있다.

카스미가 잠든 사이 유타는 혼자 집에서 논다. 여름 방학이라 학교도 안 간다. 유타는 원래 나가서 친구들과 함께 노는 아이였지만 3학년이 되면서 변해 버렸다. 확실한 이유는 모르지만 원인은 자신에게 있다고 생각했다. 가난한 것 때문에 주위 아이들에게 기죽은 것이다. 닌텐도DS가 없는 아이는 유타뿐이라고 한다. 카스미는 의식을 잃으면 그대로 점심때까지 푹 잔다. 오랜만에 제대로 된 잠을 잔 느낌이다. 몸이 많이 피곤했나 보다.

오늘 저녁은 파견 회사의 후나오카 지점에 가서 일한 만큼의 급여를 받을 예정이다. 바로 돈을 받을 수 있다는 것이 일용직의 좋은 점이었다. 밀린 가스비는 첫 급여로 냈기 때문에 이미 복구되었다. 남은 건 전기세랑 수도세랑 핸드폰 요금 납부다. 그리고 두 달 밀린 집세도.

관리 회사로부터 몇 번이나 독촉 편지가 오고 전화도 왔다. 무시하고 있었더니 집까지 사람이 찾아왔다. 그래서 궁핍한 사정을 호소했다. 관리 회사 사람이 동정의 말을 해 주었지만 그래도 계속 못 내면 나가야 한다고 했다.

하지만 이제부터는 괜찮아질 것이다. 밤에 검품하는 일을 하면 하루에 7,350엔을 받는다. 한 달에 25일 일하면 183,750엔의 수입이 생긴다. 물론 거기에서 보험이니 뭐니 해서 빠지지만, 아들과 둘이서 어떻게든 살 수 있을 것이다. 점심밥을 준비하며 카스미는 오로지 앞으로 살아갈 일만 생각했다.

점심을 먹은 후에는 예정을 앞당겨 슈퍼로 향했다. 다시 자려고 누웠다가 잠이 안 와서 볼일을 먼저 보기로 한 것이다. 슈퍼에서는 잘게 썬 돼지고기와 야채를 바구니에 담았다. 그리고 마요네즈를 자신의 토트백에 넣었다.

한 번 하고 난 이후로 도둑질은 버릇이 되었다. 일하게 되면 그만둘 수 있을 줄 알았는데 그러지 못했다. 왜 이런 짓을 하는 건지 스스로도 잘 이해할 수 없었다. 죄책감은 있었지만 그만둘 수가 없었다. 카스미는 정말 자신이라는 인간을 알 수 없었다. 아무리 생각해 봐도 자신의 마음을 이해할 수 없었다. 맨 처음은 우연이었다. 다음은 돈이 궁해서였다. 그럼 지금은 뭔가. 마요네즈 하나 살 정도의 돈은 지갑에 있었다.

장바구니 속 물건은 계산대를 통과했다. 마요네즈는 바코드 리더에 읽히지 않고 토트백 속에 들어 있다. 그러는 동안 심장은 쿵쾅쿵쾅 뛰고 있었다. 이 스릴에 취한 것일까도 생각했지만 그것과는 미묘하게 다른 것 같았다.

지갑을 닫고 가게 출구를 향해 걸음을 옮기는데, "부탁이니 제발 그만둬." 하고 귓가에 유이치로의 목소리가 속삭였다. 오늘은 그렇게 말한 것 같았다. 카스미가 도둑질할 때마다 남편이 속삭였다. 비난하는 말도 있고, 지금처럼 애원할 때도 있었다. 물론 목소리가 들릴 때마다 가슴이 아팠지만 요즘 들어서는 어쩔 수 없잖아, 하고 정색하는 자신도 있었다. 당신이 나와 유타를 남기고 죽어 버려서 이렇게 괴롭게 사는 거잖아, 하고 원망하면서.

혹시 유이치로 보라고 일부러 더 그러는 걸까. 카스미는 걸으며 문득 그런 생각을 했다. 정의감이 강했던 유이치로가 싫어하는 행동을 해서 먼저 가 버린 남편에게 앙갚음을 하고 있는 걸까, 하고. 그럴지도 모른다. 그것이 가장 가까운 이유일 수 있다.

그런 생각을 하고 있던 카스미가 슈퍼 출구의 자동문을 나온 직후였다.

"잠깐, 스톱."

뒤에서 여자 목소리가 들렸다. 돌아보니 중년 아줌마가 차가운 눈으로 미소 짓고 있었다.

"손님, 아직 계산하지 않은 물건이 있을 거 같은데요."

카스미는 그 자리에서 얼어 버렸다. 사고 회로가 끊기며 아찔한 기분이 들었다. 그런 카스미 옆으로 중년 남자가 빠른 걸음으로 지나갔다.

어디선가 본 얼굴이었지만 기억나지 않았다.

18

하야시노 아이미는 평온한 나날 속에 있었다. 지금까지 살면서 이런 시간이 있었을까. 언제나 자신은 불안과 허무함을 두 손에 안고 있었던 것 같다. 고독과 등을 맞대고 살아온 것 같았다.

사사키 마모루라는 남자를 좋아하게 된 것 같다. 아이미는 그렇게 생각했다. 사사키는 지금까지 만났던 남자들과는 전혀 다른 타입의 남자였다. 외모도 성격도 절대 가까워질 일이 없을 것으로 생각했던 부류였다. 하지만 지금, 사사키 마모루는 아이미의 신경 안정제 같은 존재다. 함께 있으면 이상하게 마음이 안정된다. 지금까지 항상 마음속에 일었던 잔물결이 잠잠해진다.

행동에도 변화가 생겼다. 미소라를 때리는 일도 없어졌다. 가끔 화가 나는 일도 있지만, 참을 수 없는 격정에 사로잡히는 일은 없어졌다. 담배도 줄었다. 어쩌면 10년 가까이 피워 왔던 담배를 끊을 수 있을지도 모른다는 생각이 들었다.

테이블 위의 스마트폰이 진동했다. 문자가 왔다. 스마트폰을 집어 든 아이미가 혀를 찼다. 마모루가 보낸 건 줄 알았는데 레이카가 보낸 것이었다. '전화 받아' 한마디였다. 구두점도 없었다. 그 앞에는 '계속 무시하면 죽여 버린다'였다. 평온했던 마음속에 바람이 불었다. 마음의 수면을 물결치게 하는 고약한 바람이다.

아이미는 스마트폰을 다시 테이블 위에 놓고 담뱃갑을 향해 손을 뻗었다. 한 개비를 빼서 입에 물고 불을 붙였다. 최근 아이미는 틈만 나면 걸려 오는 레이카의 전화를 전부 무시하고 있다. 야마다가 레이카를 조심하라고 경고했기 때문이다.

아이미는 폐에 쌓인 담배 연기를 천천히 내뿜었다. 야마다의 말에 따르면, 아이미가 뭔가 숨기고 있는 것 같다며 가네모토가 의심하고 있다. 그래서 레이카에게 아이미의 신변을 살펴보라고 시켰다고 한다. 레이카가 가네모토의 첩자라는 얘기다.

다카노가 케이스 워커에서 잘린 이상, 가네모토와 볼일이 없어져서 뭐라고 해도 상관없지만 사사키와의 관계가 탄로 나는 건 싫었다. 그렇게 되면 분명히 좋지 않은 일이 생길 것 같은 기분이 들었다.

이미 아이미의 마음속에는 사사키를 함정에 빠뜨릴 생각이 조금도 남아 있지 않았다. 때문에 야마다와의 관계도 빨리 끝내고 싶었다. 야마다 역시 끊임없이 연락해 오고 있었다. 어서 빨리 영상을 찍으라고 재촉이다. 이런저런 핑계를 대며 미뤄 왔지만 슬슬 한계가 온 것 같다. 마음이 바뀌었으니 포기하라면 야마다가 이해해 줄까.

사실 아이미와 사사키는 매일같이 살을 섞고 있다. 다만, 사사키가 발기 부전이라 섹스를 제대로 한 적이 한 번도 없었다. 아이미는 별로 신경 쓰지 않지만 사사키는 무척 침울했다. 아이미는 괜찮다고 했지만 사사키는 매일 밤 의지를 굽히지 않고 도전하고 있다. 아마 정신적 문제일 것 같았다. 사사키는 다카노의 환영과 싸우고 있는 것이다. 고작 섹스 가지고 그렇게 열등감에 빠진다니, 남자들이란 참 쓸데없는 데 집착하는 동물이다.

그래도 아이미는 그런 사사키를 솔직하게 받아들이고 있다. 원래 담백한 편이라 행위 자체는 별로 좋아하지 않지만 자신을 원하는 건 싫지 않았다. 적어도 사사키의 숨결은 아이미에게 혼자가 아니라고 느끼게 해 준다.

아이미는 지그시 눈을 감았다. 사사키에게 같이 이사 가는 걸 제안해 볼까. 심기일전을 위해 환경을 바꾸고 싶다고 하는 거다. 가네모토나 레이카, 야마다 같은 인간들로부터 멀어져서 사사키와 미소라와 셋이서 숨어 살고 싶다. 먼 곳이 좋다. 아는 사람이 하나도 없는 먼 곳이.

사사키가 있으면 생활 보조금에 의존하지 않아도 돈 걱정은 할 필요가 없다. 미소라 역시 사사키가 어떻게든 해서 키워 줄 것이다. 아무튼, 생활 보조금 지급은 이번 달로 끝이다. 아직 신청은 하지 않았지만 사사키가 그렇게 하라고 했다. 사사키는 "계속 함께 있고 싶어."라며 결혼을 의미하는 말도 했다.

손끝에 열기를 느낀 아이미는 눈을 떴다. 담뱃불이 필터까지 타들어 가고 있었다. 생각할수록 마음이 위축된다. 문제들이 쌓여 있다. 가네모토 문제, 야마다 문제 그리고 사사키 문제······. 또 스마트폰이 진동했다. 무시하지 못하고 손을 뻗었다. '당장 집으로 갈 테니 각오해'라는 역시 구두점 없는 레이카의 문자였다. 아이미는 두 번째 담배에 불을 붙였다.

한 시간 후, 정오에 접어들려는 시각에 레이카가 정말로 찾아왔다. 아이미는 어쩔 수 없이 레이카를 집 안에 들였다. 집에 없는 척했더니 레이카가 문을 마구 차며 난리 쳤다. 그래도 무시하자 '창문 깨부수고 들어간다'는 협박 문자를 보냈다. 레이카라면 그러고도 남았다.

"이년이 어디서 자꾸 사람 전화를 씹어. 너 정말 한번 죽어 볼래?"

레이카는 잔뜩 화난 얼굴로 바닥에 침을 뱉었다. 으르렁거리는 목소리가 거실에 울렸다. 신발도 벗지 않고 들어와서 아이미를 죽일 듯 노려봤다.

"네년이 하도 짜증 나게 해서 그랬다, 왜?"

아이미도 기죽지 않고 받아쳤다. 미소라는 "절대로 나오지 마." 하고 옆방에 밀어 넣었다. 레이카는 생각지도 못한 반격에 눈을 부라렸다.

"이년이 약을 처먹었나. 짜증이라니, 은인한테."

"은인 같은 소리 하고 있네."

아이미는 코웃음을 쳤다. 갑자기 빡, 소리가 났다. 이마에 충격을 느낀 아이미는 앉아 있던 의자에서 바닥으로 떨어졌다. 이마를 두 손으로 감싸고 있었다. 옆에 TV 리모컨이 떨어져 있었다. 레이카가 이 리모컨을 아이미 머리를 향해 던진 것이다. 피는 나지 않았지만 아파서 일어날 수 없었다.

레이카는 그사이에 금품을 찾는 도둑처럼 온 방 안을 돌아다니며 이곳저곳을 뒤졌다. 서랍이나 옷장을 열어 안에 있는 물건을 끄집어내서 바닥에 내던졌다.

"야, 너 요즘 누구랑 살림 차렸어?"

레이카가 쓰러져 있는 아이미를 보며 물었다.

"누구랑 살림 차렸냐고 묻잖아!"

머리끄덩이를 붙잡더니 강제로 얼굴을 들게 했다.

"살림을 차리긴, 누구랑 살림을 차려!"

아이미도 노려보며 소리쳤다.

"이년이 누굴 속이려고. 여기 남자 양복이 있잖아. 세탁기 속에 남자 속옷도 있고."

아이미가 대답하지 않자 레이카는 잡고 있던 머리카락을 난폭하게 흔들었다.

"어서 말해, 이년아."

머리가 심하게 흔들리는 시야 속에 미소라의 모습이 들어왔다. 옆방에서 얼굴만 내밀고 있었다. 아이미가 떨어진 TV 리모컨을 향해 손을 뻗었다. 그것을 붙잡자마자 있는 힘껏 레이카의 정강이를 찍었다. 레이카가 짧은 비명을 지르더니 뒷걸음치며 몸을 굽혔다.

"이년이 정말 죽으려고 환장했나."

레이카는 고통스러운 얼굴로 정강이를 붙잡았다. 그 틈에 아이미는 부엌으로 달려가 싱크대 서랍에서 식칼을 꺼냈다.

"빨리 나가! 안 나가면 찌를 거야."

아이미가 소리쳤다. 식칼 끝은 몇 미터 앞에 있는 레이카를 향했다.

"찌를 테면 찔러 봐."

레이카가 얼굴을 붉히며 일어섰다. 그리고 테이블 위에 있던 재떨이를 집어 던졌다. 아이미는 간신히 피했지만 담뱃재가 뿌려져 시야를 가렸다. 이어서 유리컵이 날아왔다. 그 컵은 아이미 뒤쪽 벽을 맞고 요란한 소리를 내며 깨졌다.

레이카는 손을 멈추지 않았다. 미쳐 날뛰는 원숭이처럼 닥치는 대로 물건을 집어 던졌다. 그중 몇 개는 아이미에게 직격탄을 날렸다. 뭐에 맞았는지조차 알 수 없는 상황이었다. 어느새 아이미는 레이카에게 식칼을 쥔 손목을 붙잡혔다. 뒤엉켜 쓰러지며 무릎에 차여 명치를 맞았다. 호흡이 곤란해진 아이미는 힘이 빠졌다. 레이카가 아이미 위에 올라탔다. 식칼은 이미 레이카의 손에 있었다.

"이년이, 내가 그렇게 우습게 보여?"

레이카는 식칼의 손잡이 부분으로 아이미의 관자놀이를 찍었다. 뇌가 흔들리며 아이미는 의식을 잃을 것 같은 강한 충격을 느꼈다. 아이미에게 저항 의지가 없어진 것을 확인한 레이카는 스마트폰을 꺼내 전화를 걸었다.

"지금 당장 아이미 집으로 와 봐, 어서 빨리."

거친 숨소리로 누군가에게 얘기했다. 아이미는 상대가 가네모토라는 것을 짐작할 수 있었다. 아이미는 아픔과 괴로움 속에서 실눈을 떴다. 미소라의 모습이 눈에 들어왔지만 시야가 일그러져서 그 표정까지는 알 수 없었다.

"이게 무슨 일이야?"

10여 분 후 가네모토가 아이미의 집에 도착했다. 난장판이 된 방 안을 본 그가 노여움 섞인 말과 함께 레이카를 노려봤다.

"내가 상황만 살피라고 했잖아."

"이년이 전화도 안 받고 문자도 씹잖아. 나도 이러고 싶은 생각은 없었지만, 식칼을 들고 달려드는데 어떡해."

레이카는 과장되게 말했다. 조금 전과는 완전히 다른 애교 부리는 목소리였다.

아이미는 두 손과 두 발이 비닐 끈으로 묶여 꼼짝도 할 수 없는 상태로 바닥에 널브러져 있었다. 한바탕 몸싸움을 한 것에 비해 눈에 띄는

외상이 안 보이는 게 그나마 다행이었다. 미소라는 옆방에 있었다. 조금 전까지 열려 있던 맹장지가 완전히 닫혀 있었다.

"그래서, 뭘 알아냈는데."

가네모토가 콧김을 내쉬며 물었다.

"이년, 남자랑 동거하고 있어. 그런데 누군지 말 안 하잖아."

"동거?"

아이미 옆으로 가서 웅크려 앉은 가네모토가 그녀의 귓가에 속삭였다.

"아이미, 나는 너를 해칠 생각이 없어. 이건 레이카가 멋대로 한 짓이야. 하지만 하나만 대답해. 누구랑 살고 있지?"

아이미는 대답하지 않았다. 사사키에 대해 말할 수는 없었다.

"흠, 얘기 안 한다 이거지. 좋아. 여기서 기다리면 알게 되겠지, 뭐."

그렇게 되면 이제 도망칠 도리가 없다. 아니, 이 시점에서 아웃일지도 모른다.

"남자 친구는……."

아이미는 할 수 없이 입을 열었다. 한동안 말을 안 해서 목이 잠겨 있었다.

"어, 그래. 그 남자 친구가 누군데."

"평범한 사람."

"그러니까 그 평범한 사람이 어디의 누구냐고."

"그걸 왜 꼭 말해야 하는 거지?"

가네모토는 아이미의 마음을 들여다보는 듯 눈을 가늘게 떴다.

"류 짱, 이 인간 같은데."

떨어진 곳에 있던 레이카가 소리쳤다. 다가오는 레이카의 손에는 명함 다발이 있었다. 아이미는 가슴이 철렁했다. 그 명함은 사사키 마모루의 것이었다.

"사회 복지 사무소, 케이스 워커, 사사키 마모루."

가네모토는 그 명함을 들더니 천천히 세 개의 명사를 읊었다. 그대로 꼼짝 안 하고 명함을 들여다봤다.

아이미는 이후의 전개를 상상해 봤다. 하지만 사고는 바로 회전을 멈췄다. 생각하고 싶지 않았다. 마음에 마취 주사를 놓은 것처럼 아이미의 감정이 마비되어 갔다. 가네모토가 낮은 소리로 신음했다.

"이게 어떻게 된 상황인지 도무지 감이 안 잡히네."

"류 짱, 이제 어떻게 할 거야?"

레이카가 희희낙락하며 물었다.

"넌 걸리적거리지 말고 옆방에 있는 애나 봐."

가네모토는 레이카에게 턱을 움직여 지시했다. 레이카는 기분이 상한 듯 떨떠름한 표정으로 미소라가 있는 방으로 갔다. 가네모토는 쓰러져 있는 아이미를 내려다봤다.

"아이미, 어떻게 된 건지 다 털어놔 봐."

가네모토는 위협하듯 눈을 부릅뜨고 입꼬리를 올렸지만, 아이미는 영혼이 빠져나간 사람처럼 반응이 없었다. 이제 아무래도 상관없었다.

19

메뚜기를 떠올리게 하는 샤넬 선글라스는 얼굴에 비해 너무 컸다. 그런 탓에 여자의 앙상한 볼이 더욱 강조되었다. 나이는 40대 중반인 듯했다. 여자의 얼굴이 제대로 보이지 않아서 정확한 건 알 수 없었다.

대형 슈퍼 지하 주차장, 일정한 간격으로 서 있는 둥근 기둥 맨 끝. 딱 사람들의 눈에서 벗어난 사각의 위치에서 두 사람은 마주 보고 있었다. 이 여자가 만나자는 장소는 항상 이곳이었다. 낮에도 어둑어둑한 이런 지하가 은밀한 불법 거래 장소로는 딱이다.

여자의 옷, 구두, 가방은 모두 명품인 거 같지만 전혀 통일감이 없었다. 꼴불견 졸부의 전형적인 모습이다. 그래도 요시오에게, 아니 가네모토에게는 단골이라는 사실에는 변함이 없다.

"개수는 이상 없으시죠?"

요시오가 묻자 여자는 고개를 끄덕이더니 비닐 백을 가방에 넣었다. 그리고 돌아서서 빠른 걸음으로 자신의 자동차로 가 버렸다. 여자가 모는 자동차가 요시오 앞을 가로질렀다. 요시오는 머리 숙여 인사했지만, 여자는 눈길도 주지 않았다.

여자는 왼쪽 약지에 반지를 끼고 있었다. 남편은 자기 아내가 마약 중독이라는 것을 알고 있을까. 아니면 남편도 같이 약을 하고 있을까. 매번 대량 주문을 하는 것을 보면 어느 고급 아파트에서 밤마다 약에 절어 혼음 파티라도 하고 있을지 모른다.

불법 마약 고객들에는 여러 종류의 인간이 있다. 조금 전과 같은 졸부도 있고, 겉보기에는 평범한 아줌마도 있다. 물론 남자도 있다. 나이대도 노인에서 미성년자까지 다양하다. 이들에게 유일한 공통점은 눈빛이다. 마약 중독자라는 자신의 처지는 생각 못 하고 판매상인 요시오에게 멸시의 눈빛을 보인다. 친한 척하는 사람들도 마찬가지였다. 눈은 입만큼이나 많은 걸 말한다. 어쩌면 요시오 때문에 약물 중독에서 벗어나지 못한다고 생각하는 사람도 있을지 모른다.

바로 갈까 하다가 온 김에, 라는 생각에 요시오는 자동문을 지나 슈퍼 안으로 들어갔다. 냉방이 후끈했던 피부를 시원하게 식혀 줬다. 여전히 지랄같이 더운 나날이다. 기다려지기 때문인지 가을은 먼 미래처럼 느껴졌다.

평일 낮이라 손님은 주부들뿐이었다. 요시오는 탁 트인 실내를 느긋한 걸음으로 돌아다녔다. 시식 코너도 전부 들렀다. 이쑤시개가 꽂힌 비엔나소시지를 입에 물고 걸으며 새삼스럽게 '나도 참 성실하게 사는구나.'라는 생각을 했다. 쥐꼬리만 한 보수를 받고 마약 판매상을 하고 있다니. 리스크만 높고 이익은 거의 없는 일을. 실수도 한 번 안 하고 꼼꼼하게 일 처리도 하고 있는데, 이건 해도 정말 너무한다. 이대로는 안 된다. 앞으로 살길을 생각해 둬야 한다. 그러기 위해서라도 어떻게든 사사키를 함정에 빠뜨려서 돈을 뜯어내야 한다. 가네모토 같은 인간에게 빼앗길 수는 없다.

아이미에게 가네모토가 레이카를 시켜 신변을 살피고 있으니 조심하라고 충고해 두었다. 아이미는 레이카의 연락은 무시하고 있으니 문제없다고 여유 부리고 있지만, 정말 괜찮을까. 아무래도 불안하다. 그리고 대체 어떻게 된 것일까. 젊은 남녀가 한집에서 같이 살면서 아무런 일이 생기지 않는다는 게 있을 수 있는 일인가.

생각할 수 있는 이유는 두 가지다. 하나는 사사키가 너무 숙맥이라 아이미에게 손을 대지 못하는 것. 그동안 봐 왔던 사사키를 생각하면 그럴 수도 있겠다. 또 하나는 아이미가 계획에 적극적이지 않게 된 것이다. 하지만 그럴 이유가 없다. 일이 제대로 풀리지 않으면 돈이 들어오지 않는다는 걸 자기도 알 테니. 죄책감 때문일 리는 더욱 없다.

요시오는 생선 코너에 들렀다. 생선 비린내가 식욕을 돋웠다. 여기저기 둘러보던 중 한쪽 구석에 놓인 장어구이가 눈에 들어왔다. '카고시마산 키리시마 용수 장어'라고 패키지에 적혀 있었다. 점심은 이걸로 할까. 요시오는 슬쩍 주위를 둘러보았다. 그리고 물건을 집자마자 티셔츠를 걷어 얼른 바지 속으로 집어넣었다. 곧바로 티셔츠로 덮어 숨긴 후 그 자리를 떠났다.

자세히 보면 부자연스럽게 티셔츠가 부풀어 올라 있지만 요시오는 별로 개의치 않았다. 아무도 제 배 같은 건 눈여겨보지 않았다. 도둑질도 익숙해졌다. 별로 긴장되지도 않았다. 물론 과거에 붙잡힌 적도 있지만 경찰을 부르지도 않았다. 결국 가게 측에서 엄중하게 주의를 주는 것으로 끝난다. 별다른 처벌이 없는 것이다. 그렇다면 또 안 할 이유가 없다.

요시오는 그대로 출구로 향했다. 자동문이 열렸다. 가게 안과 밖, 그 경계선에 한쪽 발을 내디딘 순간, 요시오는 마음 한편에 있는 위화감을 느꼈다. 몇 걸음 더 나아가 그 정체를 알게 되자 순식간에 핏기가 가셨다. 손안에 있는 세컨드 백에 시선이 갔다. 자신은 지금 불법 마약을 소지하고 있다. 내가 지금 뭐 하는 거야. 엄청나게 위험한 상태잖아. 온몸의 모공이 확장되면서 일시에 땀이 솟구쳤다.

"잠깐 스톱."

뒤에서 소리가 들렸다. 요시오는 군침을 삼켰다. 천천히 뒤돌아봤다.

"손님, 아직 계산하지 않은 물건이 있을 거 같은데요."

중년 여성이 요시오 근처에 있는 모자 쓴 여자에게 차가운 시선을 보내고 있었다. 그 중년 여성이 절도 단속 경비원이라는 건 명백했다. 요시오는 잠깐 패닉에 빠졌지만 바로 상황을 파악했다. 절도 단속 경비원은 자신이 아닌 모자 쓴 여자를 잡으려고 한 것이다.

살았다. 가까스로 위기를 모면했다. 요시오는 모자 쓴 여자와 경비원 옆을 가로질러 다시 가게 안으로 들어갔다. 훔친 물건을 원래 있던 자리에 놓고 다시 입구로 갔더니 여자들이 아직 있었다. 어느새 요시오와 비슷한 나이로 보이는 남자도 한 사람 더 있었다. 남자는 앞치마를 두르고 흰색 에나멜 장화를 신고 있었다. 이 가게의 직원인가 보다.

"이게 장난이야! 돈 내면 끝나는 문제가 아니잖아."

"여긴 사람들 눈이 있으니 사무실로 가시죠."

여성 경비원이 남자의 소매를 붙잡자 그는 손을 뿌리쳤다. 말투가 거친 것을 보니 점장 같았다.

"이런 범죄자는 창피를 좀 줘야 해. 우리 가게가 매일 얼마나 손해를 보는지 알아?"

"기분은 이해합니다만, 이런 건 가게 이미지에도 좋지 않습니다. 어서 사무실로 가시죠."

"당신, 이거 몇 번째야? 우리 가게 물건을 몇 개나 훔쳤어? 어서 말해 봐, 이 도둑년. 아무튼, 각오해."

남자는 얼굴에 핏대를 세우고 마구 고함을 쳤다. 경비원이 필사적으로 그를 진정시키고 있었다. 모자 쓴 여자는 생기 없는 얼굴로 고개를 숙이고 있었다. 그 여자의 얼굴을 보던 요시오는 생각에 잠겼다. 이 여자, 어디서 본 적이 있다. 어디지? 아아, 병원이다. 병원 대기실에서 울고 있던 그 이상한 여자다. 아는 사이는 아니지만 약간 불쌍하다는 생각이 들었다. 아무리 그래도 이건 좀 심하잖아. 이렇게 난리를 치면 저 여자는 이 동네에서 살 수 없을 텐데.

어느새 주위에 구경꾼들이 모여 있었다. 그것을 보고 사람이 더 모였다. 삼삼오오 주부들이 둥그렇게 모였다. 모두 호기심에 찬 눈으로 세 사람을 보고 있었다.

"점장님, 그만 좀 하세요."

경비원은 계속 남자를 설득했다.

"남편은 어디 있어. 애는? 무슨 일 해. 전화번호 불러. 당신 아는 사람 모두에게 이 사실을 알릴 줄 알아. 정말 한심해. 마요네즈 같은 걸 훔치다니."

평소에 쌓였던 울분을 털어 내듯 남자의 힐난은 그칠 줄 몰랐다.

요시오는 고개를 돌리고 그 자리를 떠났다. 익어 버릴 듯한 뜨거운 햇볕을 쬐며 역까지 걸었다. 달군 프라이팬 같은 아스팔트가 구울 듯이 이글거렸다. 정말 위기일발이었다. 너무나도 경솔한 자신의 행동을 생각하니 기가 막혀 어이가 없었다. 분명 딴생각하며 돌아다닌 탓일 것이다. 그래서 아무 생각 없이 물건을 훔친 것이다. 이 얼마나 바보 같은 짓인가. 그래도 오늘은 운이 좋았다. 요시오는 그렇게 생각하기로 했다.

최근에는 익숙해져서인지 불법 마약을 가지고 다닌다는 의식이 마비된 느낌이다. 그리고 이렇게 방심할 때 재앙이 찾아온다. 지금까지의 인생을 되돌아보면 항상 그랬다.

집에 도착하자마자 핸드폰이 울렸다. 가네모토였다. 요시오가 전화를 받자 바로 물어 왔다.

[지금 어디 있어?]

"손님에게 비아그라 전달하러 갔다가 집에 도착한 참인데요."

[그래? 수고했어. 지금 데리러 갈 테니까 기다려.]

요시오는 눈살을 찌푸렸다.

"무슨 일 있으세요?"

[응, 너하고 할 얘기가 좀 있어. 나쁘지 않은 얘기야. 돈 좀 만지고 싶지 않아? 일단 한번 들어 봐.]

"네? 그게 무슨……."

[10분 정도면 도착해. 바로 나갈 수 있게 준비하고 있어.]

전화가 끊겼다. 요시오는 뭔가 좀 이상했다. 당황스럽긴 하지만 이런 갑작스러운 권유는 지금까지 몇 번 있었다. 그러나 방금 통화한 가네모토는 뭔가 이상하다. 기분 탓인지 모르지만 목소리가 평소보다 부드러운 느낌이었다. 그래서인지 묘하게 가슴이 떨렸다.

가네모토는 10분도 안 돼서 왔다. 요시오는 뙤약볕인데도 집 앞 길에서 기다리고 있었다. 오늘은 검은색 우라칸을 타고 왔다. 배트모빌을 생각나게 하는 외형이었다. 마니아들은 좋아할지 모르지만 요시오는 별로였다. 차체가 낮아서 속도를 내면 별로 달리는 기분이 안 든다. 요시오는 허리를 굽혀 조수석에 앉았다. 문을 닫자마자 출발했다.

"미안해, 갑자기."

요시오가 안전벨트를 매던 손을 문득 멈췄다. 가네모토가 사과를 했다. 그를 알게 된 후로 처음 들은 소리다.

"할 얘기란 게 뭡니까?"

"응, 도착하면 말해 줄게."

"가까운 곳인가요?"

"어, 금방 도착할 거야."

요시오는 불안한 마음으로 차창 밖에 흐르는 경치를 보고 있었다. 우라칸이 내는 중저음의 엔진 소리만이 들렸다. 몇 분 후 요시오의 고동이 더 빨리 뛰었다. 자동차가 익숙한 어느 주택가를 달리고 있었다. 이 길은, 지금 향하고 있는 곳은, 하야시노 아이미의 집이 아닌가.

"아이미 집에 가는 건가요?"

가네모토는 대답이 없었다. 요시오는 깨달았다. 틀림없어. 들킨 거야. 심장이 미친 듯이 뛰었다. 기회를 봐서 도망갈까. 긴박한 분위기 속에서 요시오는 신중히 고민했다. 커브를 돌며 속도를 줄일 때 스턴트맨처럼 몸을 던질까. 바보 같은 생각이다. 자신에게 그런 재주가 있을 리 없다. 하지만 이대로 가면 어떻게 될지 모른다. 가네모토는 분명히 화가 나 있다.

그러는 사이에 아이미의 아파트 앞에 도착했다. 자동차의 한쪽을 자갈길에 걸친 상태에서 엔진을 끈 가네모토는 내리자마자 조수석으로 돌아가서 요시오의 셔츠 목덜미를 잡았다. 그리고 질질 끌듯이 아이미가 사는 집으로 데려갔다. 이쯤 되니 반항할 생각은 추호도 없게 되었다. 바깥 복도에서 아파트 주민으로 보이는 젊은 남자와 스쳐 지나쳤다. 뭔가 위험한 것을 감지한 남자는 고개를 숙이고 시선을 피했다.

아이미 집에 들어가니 아수라장이 되어 있었다. 가구는 쓰러져 있고, 식기들은 깨져서 흩어져 있었다. 집 안을 큰 태풍이 휩쓸고 지나간 듯 난장판이었다. 아이미는 손발이 묶인 채 마루에 쓰러져 있었다. 요시오는 순간 죽은 거 아냐, 하고 생각했다. 레이카도 있었다. 요시오를 보더니 히죽 웃었다. 요시오는 가네모토에게 떠밀려 마루에서 미끄러졌다. 바로 눈앞에 아이미의 얼굴이 있었다. 눈을 마주쳤다. 이미 포기한 눈이었다. 허탈감마저 감돌았다.

"야마다, 거기 앉아."

가네모토의 지시에 따라 요시오는 그곳에 정좌했다.

"얼굴 들어."

그 지시에는 따를 수 없었다. 거역할 생각은 없었지만 목에서 위쪽이 말을 듣지 않았다.

"아이미한테 대충 들었지만, 이제까지의 경위를 네 입으로 얘기해 봐."

요시오는 말하고 싶었지만 목소리가 목 밖으로 나오지 않았다.

"야, 듣고 있어?"

가네모토가 천천히 다가왔다. 둔탁한 빛이 요시오의 눈을 자극했다. 가네모토는 식칼을 손에 들고 있었다.

"가네모토 씨, 그게 아닙니다."

"인제 와서 변명하려고? 네가 생각해 낸 일이라는 것도 아이미한테 다 들었어. 나한테는 비밀로 하자고? 배짱 한번 대단한데?"

"그…… 가네모토 씨는 다카노를 노리고 있어서 그럼 저는 사사키를, 하고 생각했던 것뿐이라."

요시오는 숨이 멎었다. 가네모토가 목에 식칼을 가져다 댔기 때문이었다. 움직이면 위험하다는 것을 알면서도 턱의 떨림이 멈추지 않았다.

"설마 안 그럴 거로 생각하지? 이런 대낮에 사람 목을 베진 않을 거라고 생각하는 거지? 나는 해. 허튼소리하면 정말로 경동맥 끊을 거야."

가네모토의 눈은 진심이었다. 적어도 요시오에게는 그렇게 보였다. 요시오는 얼굴을 좌우로 약간씩 움직여 가로저었다. 그만둬. 전부 말할 테니까. 가네모토는 요시오의 눈을 보며 살짝 고개를 끄덕였다. 대고 있던 식칼도 떼었다. 동시에 요시오는 온몸의 신경이 이완되면서 허리에 힘이 빠졌다. 정좌의 상태도 유지 못 하고 옆으로 쓰러졌다. 목에 손을 대 보았다. 붉은 피가 묻어났다. 이게 뭐야. 정말 베었잖아.

"그 정도 가지고 겁먹긴. 피는 가만있으면 안 나. 아무튼 어서 실토해 봐, 이 쓰레기야."

요시오는 그동안의 경위를 쭈뼛거리며 말했지만, 대부분 변명으로 일관했다. 생각도 못 했던 요행이 굴러들어 왔다. 결코 가네모토를 따돌릴 생각은 한 적이 없다. 보고를 게을리한 건 미안하지만, 그건 가네모토를 번거롭게 하고 싶지 않아서였다. 자신이 생각해도 억지스러운 변명이었지만 자기 합리화로 설득을 할 수밖에 없었다.

가네모토는 소파에 몸을 맡기고 관찰하듯 응시하며 요시오의 얘기에 귀를 기울였다. 요시오의 얘기가 끝나자 가네모토는 두 손으로 머리를 쓰다듬으며 일어섰다.

"대충 아이미한테 들은 대로네. 그럼 사사키와의 영상만 찍으면 되잖아. 왜 거기서 애를 먹고 있는 거야."

요시오는 고개를 갸우뚱하며 아이미를 봤다. 그건 내가 하고 싶은 얘기야.

"아이미, 어떻게 됐어?"

가네모토가 아이미에게 물었다.

"못 했으니까 못 찍은 거뿐이야."

아이미가 차가운 목소리로 대답했다.

"류 짱, 저거 분명 거짓말이야. 머리맡에 있는 서랍에서 이게 나왔어."

레이카가 이의가 있다는 듯 소리를 질렀다. 손에는 개봉된 콘돔 박스가 있었다. 가네모토가 아이미에게 다가갔다. 머리끄덩이를 붙잡고 강제로 자신을 향해 얼굴을 돌리게 했다.

"아이미, 너 설마 사사키란 놈 정말로 좋아하는 거야?"

아이미는 아무런 대답도 하지 않았다. 가네모토가 웃었다.

"그렇구나. 인질이 납치범에게 반해 버린다는 말은 들은 적이 있지만, 이건 인질에게 반해 버린 경우인가."

요시오는 아이미를 뚫어져라 봤다. 아이미가 사사키를 좋아한다고? 농담하냐?

"아이미, 다카노 건은 원래 네가 먼저 도와달라고 한 거잖아. 그리고 나는 약속대로 깔끔하게 다카노를 치워 줬어. 물론 너에게 돈도 줄 생각이야. 나도 그만큼 이득을 보는 거니까. 다음은 사사키야. 잘만 해 주면 또 돈을 주지. 그러니까 협조해 줄 거지?"

가네모토가 아이미의 귓가에 대고 속삭였다. 하지만 아이미는 반응하지 않았다.

"아이미, 도중에 그만둘 수 있을 거로 생각하지 마. 네가 나랑 인연을 끊을 거라고 한다면 착각이야. 나는 끝까지 너를 몰아붙일 거야. 절대로 도망가지 못하니까 잘 생각해 봐."

그래도 아이미는 아무런 반응을 보이지 않았다. 가네모토는 한숨을 쉬었다.

"레이카, 옆방에 있는 애 좀 데려와."

가네모토가 턱을 들어 레이카를 향해 지시했다. 순간 레이카의 얼굴이 일그러졌다.

"어서!"

가네모토의 재촉에 레이카는 하는 수 없이 옆방 맹장지를 열고 소리쳤다.

"야, 이리 와 봐."

미소라가 모습을 드러냈다. 겁먹은 표정이었지만 울고 있지는 않았다.

"이 아이의 눈 아래부터 칼로 세로로 그을 거야. 어른이 돼도 없어지지 않고 선명하게 흉터가 남겠지."

"가네모토 씨, 아무리 그래도……."

요시오는 자신의 귀를 의심했다. 하지만 말을 하는 순간 요시오의 몸이 뒤로 나가떨어졌다. 가네모토가 그의 얼굴을 향해 발길질을 한 것이다. 요시오는 정신이 아찔했다. 뇌가 심하게 흔들리는 느낌이 들었다. 그네를 타는 것처럼 눈앞이 왔다 갔다 하는 것을 필사적으로 초점을 맞췄다. 이윽고 흔들림이 진정되자 요시오는 가네모토가 미소라의 뺨에 칼을 대고 있다는 것을 알게 되었다. 설마 진짜로 할 생각인가. 요시오는 침을 꿀꺽 삼켰다.

"아이미, 어쩔 거야?"

가네모토가 낮은 목소리로 물었다.

"할게. 하면 되잖아."

아이미가 내뱉듯이 대답했다. 가네모토가 천천히 입꼬리를 추켜올렸다.

"지금 한 말, 믿어도 되겠지?"

"돈은 확실히 줘."

"그래, 그건 약속하지."

가네모토가 미소라를 놓아줬다. 미소라는 옆방으로 뛰쳐 들어갔다.

"그런데 류 짱, 그렇게만 해서 잘될까?"

레이카가 끼어들었다.

"뭐? 그게 무슨 의미지?"

가네모토가 한쪽 눈썹을 추켜세우며 레이카를 봤다.

"다카노는 아이미를 협박했으니까 가능했지만, 사사키란 놈은 다르잖아. 경찰한테 신고할 거 같은데."

구체적이지는 않았지만, 레이카가 하고 싶었던 말은 요시오도 이해할 수 있었다. 즉, 사사키와 아이미의 정사 영상을 찍어서 협박해 봤자 사사키가 경찰에게 함정에 빠진 거라고 주장하면 문제가 생기지 않을까, 그런 말을 하고 싶었던 것이다. 영상만 들이대면 사사키가 경찰에 도움을 청하지 않고 울며 겨자 먹기로 시키는 대로 하는 것을 전제로 한 계획이었다. 듣고 보니 요시오 역시 그 부분이 염려되긴 했다.

"그건 머리를 써 봐야지. 아무튼, 일단 영상을 찍는 것이 선결 과제야. 알겠지, 아이미?"

"그 사람, 안 서는데 어떻게 해."

가네모토가 말하는데 아이미가 불쑥 물었다. 모두 아이미를 쳐다봤다.

"안 서다니, 그게 무슨 소리야?"

"사사키는 발기 부전이야."

"캬하하하하."

레이카의 웃음이 터졌다. 그에 반해 가네모토는 신묘한 얼굴로 아이미를 봤다.

"아이미, 그거 진짜야? 거짓말 아니지?"

"거짓말 아냐. 그래서 정말로 못 했단 말이야."

"뭐야. 뭐야. 뭐야. 뭐야. 뭐야."

가네모토는 황당한 표정으로 혼잣말을 하며 허공을 노려봤다. 이윽고 중얼중얼 작은 소리로 뭐라고 했다. "완벽하잖아."라고 한 것 같다. 가네모토가 다시 고개를 돌리더니 아이미를 보았다.

"아이미, 너는 여배우가 돼 줘야겠어. 그리고 레이카, 너는 이 방을 원래 상태로 돌려놔."

"내가?"

레이카가 자신을 손가락으로 가리켰다.

"네가 이런 난장판을 만들었잖아. 야마다 너도 도와."

이번엔 요시오가 얼굴을 들었다.

"이번 일은 조건부로 용서해 주지. 그 조건은 이 계획이 잘 성사되는 거야. 실패하면 평생 걷지 못할 몸으로 만들어 줄 테니까. 그 나이에 휠체어 신세 지는 건 싫겠지? 그럼 죽을 각오로 움직여."

요시오는 고개를 끄덕일 수밖에 없었다.

"그리고 레이카, 너는 내일까지 이 집 애를 좀 맡아 줘."

가네모토가 옆방을 턱으로 가리키며 말했다. 레이카는 눈을 동그랗게 떴다.

"말도 안 돼. 그건 절대 안 된다고."

"하루 정도는 어떻게든 할 수 있잖아."

"어디서 재우라고. 우리 집에도 애가 있단 말이야."

"어떻게든 해 봐."

"어떻게 하라고."

가네모토와 레이카가 주고받는 말들을 들리지 않게 차단하듯이, 요시오는 눈을 감았다. 역시 나는 재수 없는 놈이야. 오늘뿐 아니라 인생 자체가 재수 없다.

20

"정말 괜찮겠어?"

마모루는 아이미의 뒤를 따라가며 물었다. 아무리 그래도 네 살짜리 애를 남의 집에서 하룻밤 재운다는 건 아니라는 생각이 들었다.

"괜찮아, 친한 친구네니까."

아이미는 새침한 얼굴로 마모루에게 말했다.

"아무리 그래도……. 그럼 아이미도 그 친구 집에 같이 묵는 건 어때? 무슨 일이 생기면 안 되잖아."

"괜찮다니까. 여태껏 이런 적 여러 번 있어. 미소라도 익숙하고."

"그렇지만……."

마모루는 마음이 놓이지 않는지 팔짱을 끼고 한숨을 쉬었다. 집에 돌아가면 미소라가 없다고 생각하니 쓸쓸함마저 느껴졌다. 미소라의 미소를 보며 위안받고 싶었다. 마모루는 점점 미소라에 대한 애정이 깊어지는 것을 느끼고 있었다. 미소라는 더 이상 남의 아이가 아니다. 이제 자신의 딸이 될 아이다. 다른 사람들에게는 바보 같아 보일지 몰라도 마모루는 진지하다.

아이미는 의자에 앉아서 나른하게 담배 연기를 내뿜고 있었다. 테이블 위에 있는 재떨이에 담배꽁초가 수북하게 쌓여 있었다.

"담배, 너무 많이 피우는 거 아냐. 아침에는 재떨이가 비어 있었는데 하루 동안 그렇게 많이 피운 거야?"

마모루가 말하면서 공기 청정기 버튼으로 손을 뻗었다. 지난주에 미소라를 위해 마모루가 새로 산 것이다. 가능하면 끊으라고 하고 싶었지만 말이 입 밖으로 나오지 않았다. 자신의 생각을 강요할 수 없었다.

마모루는 콧김을 내뿜었다. 담배 문제는 일단 보류하고, 아이미에게 조금씩 일반 상식을 가르쳐야 한다. 역시 네 살짜리 아이를 친구 집에 아무렇지 않게 맡기는 행동은 이해할 수 없었다. 같이 살아 보니 아이미의 상식에서 벗어난 사고방식에 종종 놀라곤 했다. 분명히 그건 자라난 환경 때문일 것이다. 인간은 환경의 산물이다.

사정이 이렇다 보니 오늘은 처음으로 두 사람만의 저녁 식사였다. 식탁 위에는 전부 슈퍼에서 산 반찬이 놓여 있었다. 요즘 아이미가 요리를 열심히 하는 것 같았는데.

"오늘은 직접 만든 게 없네."

비꼬는 투로 들렸을 것 같아서 마모루는 말하고 나서 바로 후회했다.

"오늘은 왠지 하기 싫었어."

아이미는 그렇게 말하고 인스턴트 된장국에 입을 댔다.

"혹시 어디 아파?"

"아니."

퉁명스러운 말투의 대답이었다. 방 안에 썰렁한 분위기가 감돌았다. 역시 오늘 아이미는 어딘가 이상하다. 마모루와 눈도 잘 마주치려 하지 않는다.

"무슨 일 있었어? 오늘 왠지 좀 이상해."

아이미가 움직임을 멈췄다. 시선이 마모루의 가슴 근처에 있었다. 잠시 침묵이 흘렀다.

"말하고 싶지 않으면 안 해도 돼. 말하고 싶어질 때 얘기해 줘."

살다 보면 이런 날도 있겠지. 혹시 생리 중이라 그런지도 몰라. 아, 분명히 그럴 거야. 마모루는 억지로 자신을 이해시키고 욕실로 갔다. 오늘은 목욕물도 데워져 있지 않았다. 내일이 되면 원래대로 돌아오겠지. 마모루는 스스로를 그렇게 타이르고 거칠게 샴푸 거품을 냈다.

욕실을 나와 거실로 돌아왔더니 아이미가 기다렸다는 듯이 물이 담긴 컵과 보라색 알약 하나를 건네줬다. 마모루가 궁금한 표정을 지었다.

"이거 뭐야?"

"비아그라. 필요할 거 같아서."

아이미가 억양 없는 목소리로 말했다. 마모루가 손안에 있는 보라색 알약을 보며 물었다.

"이런 걸 어디서……."

"친구가 줬어. 걔네 남편도 발기 부전이래."

마모루는 할 말을 잃었다. 그리고 당황했다. 여러 가지 감정이 뒤섞여 마모루 안에서 소용돌이치고 있었다.

"이 나이에 벌써 약에 의존하다니, 미안하네."

"일단 먹어."

"아, 그래도……."

"괜찮으니까, 어서."

"하지만……."

"부탁이야."

아이미의 재촉에 마모루는 불안한 마음에도 불구하고 손에 있는 알약을 입으로 가져갔다. 그리고 입에 넣으려는 순간, 아이미가 그의 손을 덥석 잡았다.

"안 되겠어. 먹지 마."

마모루가 당황하며 물었다.

"왜 그래?"

"안 먹어도 돼, 이런 거."

갈수록 영문 모를 소리를 했다. 아이미의 눈은 조금씩 흔들리고 있었다. 약간 촉촉해진 듯 보였다.

"모처럼 준비한 거니까 먹을게. 내가 기분 상했다고 생각한다면 그런 거 아니니까 걱정하지 마."

마모루는 얼른 입 안에 알약을 던져 넣었다. 그리고 물을 꿀꺽 마시며 삼켰다. 웬일인지 아이미는 몇 초 동안 눈을 감고 있었다. 그리고 눈을 뜨자 눈빛이 희미해져 갔다.

"하자."

아이미가 다시 마모루의 손을 잡고 조용히 말했다. 아직 아홉 시밖에 안 되었다. 마모루는 너무 이른 거 아닌가 생각했지만 순순히 따르기로 했다. 금방 먹은 약도 그러기 위한 것이니.

이끌리듯 침실로 이동했다. 방 안에 불을 켜고 에어컨을 가동시켰다. 고오~ 하고 소리를 내며 에어컨이 곰팡이 냄새를 내뿜었다. 벽장에서 이불을 꺼내서 다다미 위에 깔았다. 오늘은 하나만 깔았다. 평소에는 두 개를 나란히 깔고 미소라와 함께 내 천 자(川)를 그리며 잔다.

마모루 속에 어떤 생각이 고개를 들었다. 미소라가 없다는 건 마음 놓고 아이미를 안을 수 있다는 뜻이다. 평소에는 옆에 미소라가 자고 있어서 조심한다. 미소라가 깊이 잠들어서 도중에 깨는 일은 없지만 역시 신경 쓰인다. 그런 것이 오늘 밤은 없다.

그런 생각을 하고 있다가 자신의 몸이 변하는 것을 느꼈다. 사타구니 사이를 봤다. 터질 듯이 사나워져 있었다. 그뿐이 아니었다. 이상하게 머릿속이 또렷해졌다. 오감이 날카로워져서 색도 소리도 냄새도 전부 선명하게 마모루를 자극했다. 말할 수 없는 활력이 몸 안쪽에서 점점 솟아났다. 이것이 비아그라의 효력인가. 당연한 얘기지만, 처음 느끼는 경험이다. 비아그라에 대해선 성적인 자양 강장 정도의 지식밖에 없었다. 이렇게 기분까지 고양시키다니. 이런 약이 합법적이라는 게 무서울 정도였다.

"왠지 굉장한 상태가 된 거 같아."

적당한 표현을 찾을 수 없어서 마모루는 추상적으로 말했다.

"그래? 잘됐네."

아이미는 팔을 뻗어 마모루의 목을 감았다. 마모루는 소름이 끼쳤다. 목덜미의 솜털 하나하나가 짓눌리며 피부가 닿는 느낌이 뚜렷했다. 엄청나게 촉각이 예민해져 있었다.

"이런 게 괜찮은 걸까?"

"뭐가?"

"뭐라고 할까, 이 감각이."

"어서 하자."

아이미는 그의 말에는 대답하지 않은 채 선정적인 그리고 왠지 차가운 눈으로 말했다. 마모루가 불을 끄려고 하자 아이미가 말렸다.

"끄지 않아도 돼."

오늘 밤 아이미가 좀 이상했지만 당장은 흥분이 앞섰다. 마모루는 달려들듯이 아이미의 몸을 덮쳤다. 곧바로 쾌락의 세계로 끌려 들어갔다. 아무런 생각 없이 몸을 움직였다. 성의 마물이 마모루를 붙잡고 놓지 않았다.

21

오로지 아침과 밤이 이어지는 생활이 계속되었다. 아이미는 감정을 분리하고 이성을 멀리 저편으로 내던졌다. 이제는 사사키에 대한 죄의식도 없다. 가슴속에 싹트고 있던 연정도 깨끗이 사라졌다. 어쩌면 그것은 처음부터 환상이었는지 모른다. 그냥 가네모토가 부여한 임무만 수행하면 그만인 날들이었다.

"다녀올게."

사사키가 구두 끝을 현관 바닥에 통통 두드려 신고는 문손잡이를 잡았다.

"잠깐."

아이미가 부르는 소리에 사사키가 뒤를 돌아봤다.

"손 좀 내밀어 봐."

아이미의 말에 사사키가 의아한 표정으로 오른손을 내밀었다.

"이렇게?"

아이미는 준비하고 있던 봉투를 어색하고 완만한 동작으로 사사키의 손바닥에 올려놓았다.

"이게 뭐야?"

사사키가 그 자리에서 내용물을 들여다보았다. 미간을 찌푸리고 내용물을 꺼냈다. 사사키의 손에는 1만 엔짜리 지폐 세 장이 있었다.

"이 돈은 뭐야?"

"아무것도 묻지 마. 그냥 잠깐 맡아 줬으면 좋겠어."

사사키의 미간 주름이 더욱 깊어졌다.

"그게 무슨 소리야."

"지금은 그냥 가지고 있다가 나중에 돌려주면 돼. 이러다 지각하겠다."

사사키는 석연치 않은 얼굴로 고개를 끄덕이곤 그 돈을 가방 속에 집어넣었다. 그리고 집을 나갔다.

"다녀올게."

사사키가 출근하자 아이미는 문을 걸어 잠갔다. 그리고 신발장을 열어 작은 비디오카메라를 꺼냈다. 거실로 들고 가서 선을 연결하여 TV에 조금 전 촬영한 영상을 띄웠다. 화각은 문제없어 보였다. 하지만 내용이 꽝이었다. 사사키가 아이미의 지시대로 움직이는 게 너무도 분명했다. 소리를 제거해도 사사키가 아이미에게 돈을 요구하는 것처럼 보이지는 않았다. 아이미는 깊은 한숨을 쉬었다. 다시 찍으라고 할 것이 뻔했다.

이미 사사키를 함정에 빠뜨리기 위한 영상은 넘칠 정도로 많이 찍었다. 가네모토가 몇 번이고 다시 찍으라고 했기 때문이다. 당하는 것처럼 보여야 한다며 엄격하게 검열했다. 마치 연극 연출가처럼 세세한 움직임까지 지적을 했다. 연기가 서투른 자신이 그런 걸 잘할 리가 없었다.

아이미는 지긋지긋했다. 이 계획은 원래 어떤 거였지? 이런 애들 장난 같은 영상을 찍어서 제대로 사사키를 협박할 수 있을까. 원하는 대로 조종할 수 있을까. 사사키는 다카노와는 결정적으로 다르다. 하지만 그런 건 아무래도 상관없다. 자신이야말로 꼭두각시 인형이니까.

아이미는 담배에 불을 붙이고 창밖으로 시선을 던졌다. 8월도 끝나가는데 아직도 태양은 이글이글 거리를 그을리며 타고 있었다.

사사키는 분명 끝날 것이다. 자신 같은 인간과 엮여서 운이 다한 것이다. 동정은 하지 않는다. 이런 인생이 자신의 운명이라면 사사키 역시 이것이 운명일 것이다. 아이미는 담배 연기를 폐 속 깊이 가득 들이마셨다.

22

"이봐 당신, 내 말 똑똑히 듣고 있어?"

눈앞에 앉은 중년의 여자가 분개한 듯 눈살을 찌푸리고 있었다.

"네, 물론이죠."

사사키 마모루는 황급히 신묘한 표정으로 얼버무렸다. 지적당한 대로 마모루는 생활 보호 상담으로 방문한 시민의 진정을 전혀 듣고 있지 않았다. 아침부터 머리가 멍해서 온몸이 권태감에 휩감겨 있었다. 이유는 알고 있었다. 어젯밤에도 비아그라를 복용했기 때문이다.

비아그라를 복용하고 나서 몇 시간 동안은 기분이 고양되고 의식이 또렷해지면서 뭐든지 할 수 있을 것 같지만 약효가 떨어지면 금방 몸이 나른해진다. 그래서 지난주에는 늦잠을 자고 지각도 했다.

"그러니까 지금 집 안이 엉망이라고. 무슨 말인지 알지?"

불안감을 느끼는 증상도 나타났다. 가끔 가만히 있으면 위 근처를 정체 모를 벌레가 기어 다니는 듯한 느낌이 엄습해 온다. 일시적이라 심각한 건 아니라고 자신을 달래 보지만 초조함을 지울 수 없었다. 그런 걸 알면서도 아이미가 권유하면 거절할 수 없으니 비아그라의 마력은 무서웠다. 이 정도면 금지 약물로 지정돼야 하지 않나 생각될 정도였다.

"노망든 시아버지는 기저귀 갈아 달라고 떼쓰고, 남편은 나만 시키고 아무것도 안 한다니까."

그런데 인터넷에서 검색해 보니 비아그라는 기분을 고양시키는 효능은 없고 남성 기능을 돕기만 한다고 되어 있다. 그렇다면 복용 후 끓어오르는 그 황홀한 기분은 설명이 되지 않지만, 아마 그건 기분이 좋아서일 것이다. 인후두이상감증이 심적인 병이라면, 그 반대로 비아그라를 복용해 흥분이 고조될 수도 있다. 그렇게 생각하면 말이 된다.

"애들도 자기 생각뿐이야. 아르바이트해도 집에 돈 한 푼 안 쓰려고 해."

다른 걱정거리도 있다. 처음으로 비아그라를 먹었던 날부터 2주 정도 지났는데, 그날 이후 아이미의 모습이 어딘가 이상하다. 항상 마음이 딴 데 가 있는 느낌으로 데면데면한 태도를 보인다. 이상하게 나와 거리를 두려고 한다. 그러면서 밤에는 오히려 적극적이어서 당황스럽다.

"이봐, 그래서 어떻게 안 되냐고. 생활 보조금 말이야."

면담이 일단락되자 마모루는 자리에서 일어나 정수기로 가서 물 두

잔을 연거푸 마셨다. 요 며칠간 수시로 갈증을 느낀다. 자신이 생각해도 약간 이상한 느낌이 들 정도로 몸이 수분을 원하고 있다. 이 역시 비아그라의 부작용이라 생각되지는 않지만, 화장실을 들락거리는 것이 보통 불편한 게 아니다.

끝이 보이지 않는 업무를 어느 정도 정리하고 서둘러 집에 갈 준비를 했다. 야근하다 보니 시간은 저녁 여덟 시가 다 되어 가고 있었다. 여느 때처럼 미네모토가 한잔하러 가자고 했지만, 마모루는 친구들과 회식이 있다며 거짓말하고 도망 왔다. 아이미의 집에서 가까운 역에서 내렸다. 이제 완전히 익숙해진 역이다. 에스컬레이터에 몸을 맡기며 '역에 도착했어.' 하고 아이미에게 짧은 문자를 보냈다.

원래 살던 집에는 한동안 가지 못했다. 아마 이삿짐을 꾸릴 때나 가게 될 것 같다. 그 집의 계약 해지 신청을 아직 못했다. 일이 바빠서 못한 것이 아니다. 마음 어딘가에 살던 집을 처분해 버리면 되돌릴 수 없다는 것에 대한 두려움이 있었다. 그래도 마모루는 결심했다. 아이미와 함께하기로. 아이미와 부부가 되고, 미소라의 아빠가 되기로.

마모루는 피로감을 느끼면서도 발걸음을 재촉하여 아이미의 아파트로 향했다. 거리는 낮의 열기를 머금고 있었고, 여름의 내음이 여기저기에서 느껴졌다. 하늘엔 바람이 강했지만 구름이 빠르게 흘러가고 있었다.

23

"역에 도착한 거 같아."

아이미가 손에 든 스마트폰에 시선을 두며 무기질적인 목소리로 말했다. 그 말에 TV 앞에서 선을 연결하고 있던 야마다 요시오는 손을 멈췄다.

"나 오늘 좀 기분이 업된 거 같아."

소파에 앉아 있던 레이카가 신나서 옆에 있는 가네모토의 소매를 잡고 흔들었다. 가네모토는 귀찮다는 듯 힐끗 보더니 레이카에게 핀잔을 줬다.

"넌 좀 얌전히 있어."

요시오는 착잡한 심경이었다. 자신이 구상한 계획이 드디어 막바지를 맞이하고 있지만, 이곳에 가네모토와 레이카가 있어서 돈을 독차지할 수 없게 되었다. 요시오는 이 계획에 대한 흥미를 거의 잃었다. 가네모토에게 계획을 들킨 그날부터 오늘에 이르기까지 요시오는 그 어느 때보다 혹사당하고 있다. 명령에 순순히 따른 건, 이 일로 인한 빚보다 단순히 가네모토가 무섭기 때문이다.

미소라의 볼에 칼을 들이댔을 때의 가네모토의 얼굴은 생각만 해도 등골이 오싹했다. 아무렇지도 않은 듯한 그 표정. 아이미가 고개를 끄덕이지 않았다면 가네모토는 정말로 일을 저질렀을지도 몰랐다.

하루빨리 가네모토와의 연을 끊어야 한다. 늘 마음 한구석에 있던 생각이었지만 최근에 와서 요시오는 진지하게 그것을 고민 중이다. 이대로 가네모토 주변에 있으면 언젠가는 분명히 말도 안 되는 일에 휘말릴 것 같다. 돌이킬 수 없는 사태에 빠질 것 같은 불길한 느낌이다.

"이봐, 야마다. 스마트폰 꺼내서 들고 있어."

레이카가 갑자기 그렇게 말해서 요시오는 고개를 살짝 갸우뚱했다.

"기록용으로 찍어 둬야지. 사사키가 어떤 얼굴을 하는지 영상으로 담아 둬야 하지 않겠어?"

"아 네. 그런데 제 것은 스마트폰이 아니라 화질이 좋지 않은데요."

"그럼 내 폰 빌려줄게."

스무 살 연하의 계집애가 반말을 해도 존댓말을 해야 하다니. 어느새 그런 상하 관계가 형성되어 있었다.

"야, 그런 무의미한 짓 하지 마."

가네모토가 말했다.

"하지만 이런 거 아무 때나 볼 수 있는 게 아니잖아. 동거하고 있는 여자한테 줄곧 속아 왔다는 것을 알게 되었을 때 표정 말이야. 이런 볼거리가 어딨어. 나 같았으면 놀라 자빠졌을 거야. 게다가 마약 중독까지 되었잖아. 어째서 아직 알아차리지 못하고 있는 거지."

레이카가 상기된 얼굴로 지껄였다.

"자신도 모르게 마약을 하고 있었다는 얘기는 흔하게 있어. 그보다 부탁이니까 얌전히 좀 있어. 오늘 밤은 중요하단 말이야."

비아그라라고 속여서 사사키에게 MDMA를 먹게 했다. 이 악마 같은 계획을 생각해 낸 것도 물론 가네모토다. 중독성 높은 MDMA의 포로로 만들어 사사키의 퇴로를 막는다. 다카노 때와 같은 방법으로 위협해 봤자 사사키는 굴하지 않고 경찰에 신고할 가능성이 있다. 그렇다면 마약 중독이라는 2단계 작전을 써야 한다. 그러면 경찰에 신고할 수 없을 것이란 계산이다.

하지만 솔직히 말해서 이 계획이 제대로 먹힐지, 사사키를 조종할 수 있을지, 요시오는 의문을 품고 있었다. 자신도 마찬가지, 아니 더 치졸한 계획을 세우고 있었으니 잘난 체할 입장은 아니지만, 이렇게 한발 물러서서 전모를 지켜보니 그리 순탄치 않을 것 같은 느낌이다. 그러나 가네모토는 여유로워 보였다. 요시오가 슬쩍 의문을 제시해도 개의치 않아 했다.

"너는 세뇌 방법을 잘 몰라서 그래."

이런 협박은 세뇌하는 것이 중요하다는 것이다. 사고를 제대로 못 하게 하여 판단력을 잃게 한 다음, 서커스 동물처럼 조련하고 심리 통제로 상대를 지배한다. 그러기 위해서는 사사키의 정신을 산산조각으로 파괴할 필요가 있다고 가네모토는 설명했다. 요컨대 MDMA도 몰래카메라도 사사키의 '정신 파괴'의 소도구에 지나지 않는다는 것이다.

"내 말 잘 들어. 사사키하고는 내가 얘기할 거야. 멋대로 끼어들지 마, 알았어?"

가네모토가 요시오와 레이카의 얼굴을 번갈아 보며 재차 다짐했다.

요시오는 테이블 의자에 걸터앉아 있는 아이미를 향해 눈길을 돌렸다. 그래도 한번 마음을 줬던 남자가 앞으로 험한 꼴을 보게 될 텐데, 아이미는 관심 없다는 태도로 머리카락을 만지작거리고 있었다. 그런 아이미를 보고 있으니 요시오는 가네모토가 말한 세뇌에 관한 얘기가 그럴듯하게 느껴졌다. 파괴되어 버린 후의 모습이 바로 아이미인 것이다.

잠시 후, 현관문에 열쇠를 꽂는 소리가 들렸다. 드디어 사사키가 온 것이다. 가네모토가 아이미를 향해 턱을 치켜들며 지시했다. 아이미는 일어나서 현관으로 갔다. 요시오와 가네모토, 레이카 세 사람은 숨기 위해 옆방으로 재빨리 이동했다.

"어? 미소라는? 벌써 잠들었어?"

맹장지 너머로 사사키의 목소리가 들렸다. 미소라는 이곳에 없다. 방해될 거 같아서 레이카 집에 맡겨 놓았다. 사사키가 거실로 들어왔다. 요시오는 숨을 죽이고 귀를 쫑긋 세웠다.

"손님 왔었어? 컵이 잔뜩 나와 있네."

목소리가 바로 가까이에서 들리자 가네모토는 힘차게 방문을 열고 뛰어 나갔다. 레이카, 요시오 순으로 쫓아 나왔다. 갑자기 사람들이 나타난 것에 놀란 사사키는 뒤로 넘어지며 엉덩방아를 찧었다.

"사사키 씨, 놀라게 해서 미안해. 약간 복잡한 얘기긴 하지만 좀 들어 주면 좋겠군."

가네모토가 사사키 앞에 웅크려 앉으며 말했다. 사사키는 당황한 표정으로 금붕어처럼 입만 뻐끔거렸다. 그리고 이 상황을 설명해 달라는 눈빛으로 아이미를 보았다. 그 시선 끝에 있는 아이미는 갈라진 머리털이라도 찾고 있는 듯 머리카락을 눈앞으로 가져가 그것만 계속 보고 있었다.

"말로 하는 것보다 이걸 보는 편이 빠를걸. 야마다, 플레이해 봐."

가네모토의 지시를 받은 야마다가 움직였다. 이곳에 요시오가 있다는 것을 겨우 알아차린 사사키는 눈을 더 크게 떴다. 왜 이 집에 자신이 담당하고 있는 케이스가 있는지 이해할 수 없었다. 사사키의 표정이 그의 혼란스러움을 말해 주고 있었다.

요시오가 리모컨을 들더니 재생 버튼을 눌렀다. 바로 영상이 나왔다. 처음은 사사키가 아이미에게 돈을 요구하고 있는 장면이다. 손을 내민 사사키에게 아이미가 돈을 건네고 있었다. 이어서 장면이 바뀌더니 사

사사키와 아이미의 정사 장면이 펼쳐졌다. 사사키가 거친 동작을 하고 있고 그 밑에 깔린 아이미는 인형처럼 반응이 없었다.

이 영상은 요시오도 이미 몇 번이고 봤다. 볼 때마다 생각되는 건, 그렇게 보이지 않는다는 것이다. 그래서 어딘지 모르게 감도는 위화감은 지울 수 없지만, 모르는 사람은 단순하게 협박하고 강간하는 것으로 볼 수도 있을 것 같다.

사사키는 망연자실한 상태로 영상을 보고 있었다. 이전에 다카노도 비슷한 표정을 지었지만 사사키의 것은 종류가 달랐다. 이것이 바로 넋이 나간다는 건가, 하고 요시오는 생각했다.

"이제 충분해. 꺼."

지시받은 요시오는 TV 전원을 껐다. 동시에 소리까지 사라지며 조용해졌다.

"영화 감상은 여기까지야. 당신, 이 영상의 의미가 뭔지 알겠지?"

가네모토가 사사키의 귓가에 대고 속삭이듯 말했다.

"아이미, 이게 대체 어떻게……."

사사키가 이제 아무것도 비치지 않는 TV 화면을 바라보며 중얼거렸다. 아이미는 그의 말이 안 들리는 것처럼 무시하고 있었다.

"처음부터 당신을 노리고 있었다는 얘기야. 만약 이 영상을 당신 직장에 보내면 어떻게 될까?"

"이봐, 아이미. 뭐가 어떻게 된 거야?"

"넌 함정에 빠졌다고. 아직도 못 알아듣겠어?"

가네모토가 사사키의 머리카락을 움켜쥐었다.

"아이미! 이게 도대체 어떻게 된 거냐고!"

사사키가 소리치더니 가네모토의 손을 뿌리치며 벌떡 일어나 아이미에게 달려갔다.

"뭐라고 대답 좀 해 봐!"

사사키가 아이미의 어깨를 두 손으로 붙잡고 흔들자 아이미의 몸은 저항 없이 흔들렸다.

"이 새끼가 돌았나. 야마다, 이 새끼 좀 잡고 있어 봐."

가네모토와 요시오가 사사키의 몸을 짓누르려 달려들었다. 사사키는 그 왜소한 몸에서 나오는 것이라고는 믿어지지 않는 힘으로 저항하며 아이미로부터 떨어지지 않았다.

"말 좀 해 봐. 아이미! 아이미!"

"시끄러워!"

요시오가 등 뒤에서 사사키를 꼼짝 못 하게 붙잡고, 그 틈에 가네모토가 명치에 주먹을 날렸다. 사사키는 쓰러지며 바닥에 뒹굴었다.

"이 새끼 꽁꽁 묶어."

가네모토가 요시오에게 청테이프를 던져 주었다. 요시오는 쓰러져 고통스러워하는 사사키 위에 올라타서 레이카의 도움을 받으며 손목과 발목을 청테이프로 칭칭 감았다. 그것을 지켜보던 가네모토는 소파에 주저앉더니 다시 입을 열었다.

"사사키 씨야, 어떤 장사든 손님에게 손을 대는 건 법도에 어긋나잖아. 그것도 약점을 찔러서 돈을 뜯어내며 가지고 놀고, 최악도 그런 최악이 없지. 알겠어? 네가 한 짓은 범죄야."

사사키는 바닥에 뺨을 댄 채 넋이 나간 사람처럼 공허한 눈을 하고 있었다. 입에서 침이 흘러 바닥에 작은 물웅덩이를 만들었다. 저항할 의사가 없는지 미동도 하지 않았다.

"내가 바라는 건 간단해. 이쪽에서 소개한 사람의 생활 보조금 신청을 통과시켜 줘. 그것뿐이야. 안심해. 나름 적합한 사람을 데려갈 거니까. 신상서도 준비할 거야. 결코 어려운 일이 아니야. 그렇게만 해 주면 아무런 문제가 없어. 무슨 말인지 알겠지?"

그의 물음에도 사사키는 전혀 반응이 없었다. 그렇게 건방지고 얄밉던 사사키가 눈앞에서 절망하고 있다. 요시오는 속이 후련할 줄 알았는데 의외로 그렇지도 않았다. 어디 멀리서 방관하고 있는 자신을 느꼈다.

"그렇게 해 줄 거지?"

사사키는 여전히 반응이 없었다.

"아이미, 너도 뭐라고 좀 해 봐."

레이카의 사악한 눈이 빛났다. 하지만 아이미의 태도는 냉담했다.

"나는 할 말 없어."

레이카가 혀를 차며 화를 냈다.

"너 정말 그따위로 나올래? 그럼 내가 대신 말해 주지. 아이미가 너 같은 남자와 함께하고 싶을 리 없잖아. 약이 없으면 제대로 세우지도 못하는 발기 불능 주제에."

"레이카! 넌 좀 닥치고 있으라고 했어, 안 했어?"

가네모토가 레이카를 향해 일갈했다.

"아, 맞다. 사사키 씨, 당신에게 알려줄 게 있어. 당신이 매일 먹은 약은 비아그라가 아니야. MDMA, 마약이야."

가네모토가 비닐봉지에 든 알약을 꺼내 들며 말했다. 사사키는 그제야 그 공허한 눈을 천천히 가네모토를 향해 돌렸다.

"이걸 매일같이 먹었으니 완전히 빠져 버렸겠지. 공갈, 강간 그리고 마약 중독. 도망갈 곳도 없어. 무슨 변명을 해도 경찰은 들어 주지 않을 거야. 한 번 더 말하지. 당신은 함정에 빠진 거야."

사사키는 눈도 깜박하지 않았다. 지금 사사키에겐 무슨 말을 해도 소용없을지 모른다. 여전히 사사키의 시선은 가네모토가 아닌 그 뒤에 있는 아이미를 향하고 있었다. 아이미는 그런 사사키에게 등을 돌리고 있었다.

24

사사키가 모든 것을 알게 된 날부터 일주일이 지났다. 그리고 달이 바뀌어 9월이 되었다. 그날 이후로 아이미의 집에선 미소라와 사사키, 그리고 야마다를 포함한 4인이 기묘한 공동생활을 하고 있다. 물론 그건 가네모토의 지시였다. 야마다는 사사키의 감시역이다.

같은 지붕 아래에 살고 있다지만 그날 이후로 사사키와는 한마디도 하지 않는다. 사사키는 미소라가 말을 걸어도 무시하고 있다. 뭔가 알아차렸는지 미소라도 요 며칠 전부터 사사키에게 다가가지 않게 되었다.

가네모토는 바로 행동으로 옮겨, 사회로부터 이탈한 사람을 찾아내서 사사키의 직장인 사회 복지 사무소를 들락거리게 했다. 가네모토가 직접 동행하지는 않고 돈으로 매수한 민생 위원을 붙여 놓았다. 진행 상황은 야마다가 보고했다.

"그러니까 너도 류 짱 가게에서 일하면 되잖아, 응?"

레이카는 끈질기게 설득하기 위해 매일같이 이 집에 찾아오고 있다. 오는 시간은 오후 세 시로 고정되어 있다. 아마도 낮에 일어나서 바로 오는 것 같다. 그리고 한 시간 정도 아이미를 상대로 잡담을 늘어놓다가 때가 되면 그 얼굴에 짙은 화장을 하고 출근한다.

아이미는 정말 지긋지긋했다. 몇 번이고 오지 말라고 했지만 레이카는 그 말을 무시하면서 "우린 친구잖아."라며 가증스럽게 친한 척을 했다. 바로 얼마 전, 사람을 때린 게 누군데. 정말 아무 생각 없는 여자다.

"너도 처박혀만 있으면 심심하잖아. 일하러 가자, 응?"

"싫어. 절대 거기서는 일 안 해. 약속한 돈 받으면 너하고 관계도 끝이야."

아이미는 의연하게 잘라 말했다. 가네모토와 레이카, 야마다 그리고 사사키와의 관계를 끝낸다. 이것이 아이미의 목표다. 매일 그것만 생각하며 살고 있다. 겨우 발견한 작은 마음의 버팀목이었다. 레이카가 콧방귀를 뀌며 웃었다.

"그럼 그러시든지. 어쨌든 나도 곧 이 동네를 뜰지 모르니까."

그 말에 아이미는 담배를 입에 물려던 손을 멈추고 레이카를 쳐다봤다. 레이카는 연애하는 소녀처럼 눈빛을 반짝였다.

"류 짱이 말이야, 조금 있으면 도쿄로 돌아갈지 모른다고 했어. 그렇게 되면 나도 같이 갈 거야. 다카노한테 뜯어낸 돈을 높은 자리에 있는 야쿠자에게 바칠 거래. 그러면 옛날 잘못은 탕감해 주고 도쿄에 돌아올 수 있게 해 줄 거라고 했어. 모리노구미가 그걸 쉽게 받아들일 순 없겠지만, 사사키 덕에 새로운 비즈니스 루트를 개척할 수 있게 됐잖아. 그걸 조만간에 후임자에게 인수인계해 줄 거 같아. 그 정도면 보내 주기

259

에 충분한 보상이 되겠지."

아이미는 레이카의 말을 잘 이해할 수 없었지만, 가네모토와 레이카가 멀리 간다는 건 좋은 소식이었다. 갑자기 레이카의 표정이 어두워지며 한숨을 쉬었다.

"그런데 한 가지 고민이 있단 말이지. 도쿄에 가면 카렌은 어떻게 하지. 역시 데려가는 건 안 되겠지? 류 짱도 싫어할 거야. 그렇다고 놓고 가면 엄마가 화낼 테고."

레이카에게는 카렌이라는 두 살짜리 아들이 있는데 거의 외할머니가 키우다시피 하고 있다.

"아이미, 네가 키워 주면 안 될까?"

레이카는 애완동물을 부탁하는 듯한 느낌으로 말했다. 아이미는 더욱 상대하고 싶지 않아졌다.

"너 미쳤냐?"

"좋잖아, 미소라한테 남동생도 생기고."

아이미는 무시했다. 레이카가 진심으로 하는 얘긴지 아니면 농담인지 모르겠지만, 조금이라도 빈틈을 보이면 그대로 밀어붙일 것 같았다.

"그나저나, 사사키는 언제 이 집에서 나가는 거야? 이렇게 같이 사는 건 이제 아무 의미 없잖아."

"나도 몰라. 류 짱이 한동안 이렇게 있으라고 하니까 참고 기다려 봐."

"그럼 최소한 야마다만이라도 내보내 줘. 같이 있으면 집에서 냄새가 나."

아이미가 호소하자 레이카는 손뼉을 치며 크게 웃었다.

"그러게 말이야. 그 인간, 냄새가 좀 지독하지. 하지만 어려울 거 같아. 사사키 감시역이잖아."

"뭘 감시한다는 거지? 사사키는 시키는 대로 잘하고 있잖아."

"아직 몰라. 상황이 안정될 때까지 잘 지켜봐야 하니까."

아이미는 코로 한숨을 쉬고 레이카로부터 시선을 돌렸다.

"이건 다른 얘기지만 다카노 있잖아, 너 협박했던 인간. 그 인간 마누라한테 버림받은 모양이야."

아이미는 다시 레이카를 봤다.

"이혼당했다는 얘기야?"

"그래. 잘 모르지만, 너한테 한 짓을 들킨 거 같아."

"가네모토 씨가 알려 준 거야?"

"아니, 류 짱이 그런 데 신경 쓸 리가 없잖아."

그렇다면 누가 말한 걸까. 아이미는 잠깐 생각해 봤다. 다카노가 스스로 자백했을 리는 없다. 아무렴 어때. 아이미는 더 이상 생각 안 하기로 했다. 이제 자신하고는 관계없는 얘기니까.

"그나저나 사사키는 어떻게 하고 있어?"

레이카가 물었다.

"어떻게 하고 있냐니?"

"집에서 어떤 느낌이야?"

"아무 말도 안 하니 알 수 없지 뭐."

"그 친구도 안됐어, 그치? 너한테 정말로 빠졌다니 말이야. 그나저나 그 동영상 봤을 때 사사키 얼굴, 정말 장난 아니었어. 생각만 해도 웃음이 나온다니까."

그런 말 해 봤자 모른다. 아이미는 그때 사사키의 얼굴을 보지 않았다.

"그거 알아? 류 짱한테 들은 건데 말이야. 사사키 그놈 지금 완전히 약에 쩐 것 같대. MDMA가 뿐아니라 각성제까지 한대. 직접 주사도 놓는다더라."

아이미는 귀를 의심했다. 그 사사키가……. 아이미는 믿어지지 않았다. 각성제 의존도는 MDMA와 비교할 수 없을 정도란 얘기를 들은 적이 있다.

"류 짱이 한번 놔 줬더니 그때부터 빠진 모양이야. 인간, 타락하는 거 한순간이네."

아이미는 줄곧 손에 들고 있던 담배에 겨우 불을 붙였다. 타락이라. 그건 사사키한테만 해당하는 말이라 생각했다. 자신은 오래전부터 밑바닥에 있다. 가네모토, 레이카, 야마다 그리고 자신이 사사키를 이쪽으로 끌어당긴 것이다.

사사키는 앞으로 어떤 인생을 살게 될까. 아이미는 담배 연기를 내뿜으며 멍하니 생각했다. 하지만 생각해 봤자 아무 소용 없는 것이라 바로 머릿속에서 털어 버렸다. 사사키가 아닌 누구의 인생이라도 앞으로의 일은 모른다. 자신의 인생은 더욱 모른다.

25

여름 방학이 끝났는데 유타는 밖에 나가지 않았다. 집에 있다. 2학기가 시작되어 개학식 날은 등교했다. 하지만 그다음 날부터 학교에 가지 않게 되었다. 담임으로부터 이유를 듣고 카스미는 죽고 싶어졌다. 반에서 한 아이가 '도둑놈'이라고 손가락질했다고 한다. 한창 종례 중이라

반 전체가 알게 되었다. 물론 유타는 도둑질 같은 건 안 했다. 도둑질을 한 건 엄마다.

카스미는 어두컴컴한 방 안에서 이불 위에 누워 있다. 졸려서가 아니라 일어날 기력이 없기 때문이다. 그때 반 아이 중 누군가의 엄마가 본 게 틀림없다. 유타 엄마가 도둑질했어, 라고 아이에게 말했을 것이다. 인제 와서 그런 거 생각해 봤자 아무런 소용이 없지만.

일자리를 잃었다. 슈퍼에서 등록한 파견 회사에도 얘기했기 때문이다. "파견된 곳에서 그런 일이 생기면 다른 어디도 소개할 수 없습니다."라는 얘기를 에이전시로부터 들었다. 카스미는 손을 뻗어 옆에 같이 누워 있는 유타의 머리를 쓰다듬었다. 비듬이 쌓여 있었다. 목욕을 못 했기 때문이다. 이어서 팔을 문질렀다. 가느다란 팔. 제대로 먹지도 못한 몸이다.

며칠 전에 드디어 물이 끊겼다. 물이 끊긴다는 것이 얼마나 인간의 생활에 영향을 미치는지 카스미는 몸소 깨달았다. 근본적인 문제의 해결책은 돈이다. 하지만 돈이 없다. 그래서 두 사람은 그냥 껴안고 잠만 자고 있다. 내가 왜 그런 짓을 했을까. 왜 그런 짓을……. 카스미는 무거운 몸을 세워 일어섰다.

"엄마 좀 나갔다 올게. 금방 돌아올 거야."

그렇게 말했더니 유타가 머리를 약간 움직였다. 카스미는 모자를 쓰고 빈 페트병을 두 개 든 다음 밖으로 나갔다.

휘청휘청 걸었다. 걸음걸이가 불안정했다. 먹은 게 없으니 힘이 없을 수밖에. 바로 얼마 전까지의 생활이 꿈만 같았다. 가난의 밑바닥이었지만 그래도 살아가는 데 최저한의 삶이 있었다. 지금은 최저 정도의 수준이 아니다.

돈이 없다.

물이, 먹을 것이 없다.

가스가, 전기가 끊겼다.

카스미는 이제 싫었다. 모든 게 싫었다. 숨 쉬는 것조차 싫었다.

목적지인 공원에 도착했다. 여기서 페트병에 물을 담아서 돌아갈 것이다. 화장실 물은 그것으로 겨우 내릴 수 있다. 음수대에서 먼저 목을 축이던 카스미는 자신에게 화가 났다. 유타를 고통스럽게 한 주제에, 죄인 주제에, 자신은 살겠다고 갈증을 해소하려고 한다. 아직 살려고 한다.

페트병 입구를 수도꼭지에 대고 물을 받았다. 졸졸졸 소리를 내며 조금씩 차오르는 것을 멍하니 보고 있었다. 주위 사람들의 시선을 느꼈지만 멈출 생각은 없었다. 남의 눈이 신경 쓰이지 않는 게 아니라 신경 쓸 기력조차 없었다.

"카스미, 이제 됐어."

문득 유이치로가 말했다. 오랜만에 들린 상냥한 남편의 목소리였다. 절도로 붙잡힌 이후 카스미는 남편이 자신의 곁에서 사라진 줄 알았다. 한마디도 하지 않았으니까. 눈시울이 시큰거리며 달아올랐다. 곧 눈물이 흘러내렸다. 이 수도꼭지에서 나오는 물처럼 눈물의 탁류가 멈추지 않았다.

"그 정도면 충분해."

남편은 사라지지 않았다. 그런 짓을 했는데도, 계속 무시하고 있었는데도 유이치로는 저버리지 않았다. 오열이 터질 듯했다.

"이제 괜찮아."

뭐가 괜찮다는 거야? 카스미는 속으로 물었다.

"이제 힘들지 않아도 돼."

어떻게?

"어서 이쪽으로 와."

당신한테 가도 돼?

"나랑 같이 있자."

정말? 같이 있을 수 있어?

"정말이지, 그럼. 어서 이쪽으로 와."

하지만…… 유타는 어떡하고.

"물론 유타도 함께 있어야지."

물이 튀어서 얼굴에 맞자 카스미는 제정신이 들었다. 가득 찬 페트병 입구에서 물이 뿜어져 나왔다. 수돗물을 잠근 후 병뚜껑을 닫고 일어섰다. 눈물을 닦고 두 손에 페트병을 안은 채 공원을 나섰다. 아주 약간이지만 기운이 났다. 안 되면 유이치로가 있어. 안 되면…….

집에 가는 길인 아파트가 즐비한 주택가를 걷고 있는데 뒤에서 여자의 수다 소리가 들렸다. 뒤돌아보니 인상 안 좋은 금발의 여자가 스마트폰을 귀에 대고 짜증스럽게 지껄이고 있었다. 타닥타닥, 거슬리게 샌들 소리를 내며 걷고 있었다.

"그래서 말인데, 못 데려갈 거 같아. 도쿄에 가도 양육비는 보낼게. 절대 버리고 가는 거 아냐. 엄마도 내가 주는 돈이 없으면 곤란하잖아.

그렇게 생각하면 엄마도 카렌 덕에 사는 거라고. 상부상조 아니겠어? 생활 보조금? 나는 이제 안 되니까 엄마가 받으면 되잖아. 같은 말 몇 번이나 하는 거야."

여자가 카스미를 앞지를 때 팔이 부딪쳤다. 그 충격에 카스미가 가지고 있던 페트병이 땅에 떨어졌다. 여자가 뒤돌아서 카스미를 힐끗 봤다. 눈이 마주쳤다. 여자가 먼저 눈을 돌렸다.

"아, 아무것도 아냐. 기분 나쁘게 생긴 아줌마랑 부딪쳤는데 신경 안 써도 돼. 그나저나 생활 보조금 관련된 일은 류 짱한테 부탁해 볼 테니까 엄마는 어떻게든 카렌을……."

여자의 뒷모습이 점점 멀어져 갔다. 카스미는 그 뒷모습을 물끄러미 보고 있었다. 머릿속에 '생활 보조금'이란 글자가 떠올랐다. 그러고 보니 검품 일 할 때 같이 있던 나카무라라는 아줌마가 말했다. 카스미라면 생활 보조금을 받을 수 있을 거라고.

떨어뜨린 페트병을 쳐다봤다. 빙글빙글, 아직도 천천히 돌고 있었다. 돌면서 안에 있는 물이 반짝반짝 햇빛을 반사하고 있었다. 카스미는 눈을 가늘게 뜨고 하늘을 바라봤다. 구름 한 점 없는, 빠질 듯한 푸른 하늘이 저 멀리까지 펼쳐져 있었다. 지겨울 정도로 낯익은 광경이었다.

비가 내린 지도 한참 된 것 같다. 내가 앞으로 비 내리는 걸 볼 수 있을까. 카스미는 문득 그런 생각을 했다.

26

"사사키, 잠깐 와 봐."

미네모토가 턱으로 지시하자 사사키 마모루는 키보드를 치던 손을 멈추고 그와 함께 사무실을 나왔다. 칸막이만 쳐져 있는 회의실 공간에서 책상을 사이에 두고 미네모토와 마주했다. 미네모토가 사사키의 눈을 쳐다보며 물었다.

"지금 왜 불렀는지 알겠어?"

"아뇨, 무슨 일 때문이시죠?"

마모루는 무표정한 얼굴로 고개를 갸웃했다. 하지만 속으로는 드디어 올 게 왔구나 했다.

"자네가 올린 신청서가 일주일 동안 네 건이나 돼. 아무리 그래도 이건 아니잖아."

"아, 그건 어쩌다 보니 그렇게 된 것뿐입니다."

"요즘 상황도 안 좋은데 이러면 안 되지. 전부 통과시키다니."

"모두 규정에 맞는 거라 저도 마음이 편하지 않지만 어쩔 수 없었습니다."

"그건 그렇지만……."

미네모토가 벌레 씹은 얼굴로 낮게 신음 소리를 냈다. 마모루는 가네모토가 데려온 노숙자 남성 네 명의 생활 보조금 신청서를 상사인 미네모토에게 제출했다. 그냥 넘어가지는 않을 것으로 생각은 했지만, 역시 그랬다.

그렇다고 해도 결국 수리될 것이다. 가네모토는 생활 보조금 지급 시스템을 파악하고 있어서 그들에게 조건을 갖추어 신청하게 했다. 생활 보조금을 받으려면 돈이 없다는 것만으로는 부족하다. 네 명 모두 바로 얼마 전까지는 없었던 거주지 주소를 취득했다. 가네모토가 재빠르게 준비했을 것이다.

또 어디서 데려왔는지, 가네모토는 민생 위원 한 명을 휘하에 두고 있었다. 이 빈틈없는 민생 위원이 옆에 있어서 상담자는 그 자리에 앉아 있기만 하면 되는 구도이다. 결국, 생활 보조금 신청 수리 여부는 그 자리의 퍼포먼스에 좌우된다. 말 잘하는 영업 사원이 일을 따내는 것과 같다.

"이 건은 그렇다 치고, 사사키 자네 괜찮나?"

미네모토가 신묘한 표정으로 물었다.

"괜찮냐니, 그게 무슨······."

"최근 좀 이상해진 것 같아. 묘하게 밝은 날이 있는가 하면, 어떨 때는 세상이 끝난 것 같은 얼굴을 할 때도 있고."

"세상이 끝난 것 같은 얼굴이 뭔가요?"

"말 그대로야. 생기가 전혀 없는 얼굴이었다고."

"그건 지나친 과장이십니다. 저는 잘 지내고 있어요."

마모루는 일부러 이빨이 보이도록 환한 표정으로 어깨를 들썩이며 웃었다.

"오늘이 그런 날이었어. 나만 그렇게 생각하는 게 아니야. 말 나온 김에 하는 얘긴데, 다른 사람들도 자네 얘기를 하고 있어. 무슨 병이라도 걸린 거 아니냐는 말도 들린다고."

"병요? 제가요? 목은 계속 아프긴 합니다만, 이건 그냥······."

미네모토가 고개를 좌우로 흔들며 마모루의 말을 가로막았다.

"그런 얘기가 아니야. 기분이 좋았다 나빴다 하는 정신병 같은 게 아닐까 한다고."

"조울증 같은 거 말씀이세요?"

"어, 그래, 그거."

"그렇군요. 하지만 걱정하실 필요 없습니다. 저는 극히 정상입니다."

미네모토는 한숨을 쉬더니 시선을 돌려 초점 없는 눈으로 허공을 바라봤다. 미네모토가 급히 손을 뻗어서 마모루의 손을 잡았다. 두 손에 통증이 느껴질 정도로 세게 쥐며 말했다.

"사사키, 다른 걱정 하지 말고 병원에 한번 갔다 와."

"병원요? 싫습니다."

"혼자 가기 그러면 내가 같이 가 줄까?"

"아, 그런 뜻은 아니고요."

"속는 셈 치고 일단 가 보자고. 나는 말이야, 또다시 다카노처럼 내 사람을 잃고 싶지 않아. 그러니까 병원 가 보자고, 응?"

마모루는 한숨을 쉬며 어깨를 떨어뜨렸다. 정말 못 해 먹겠네, 라는 느낌이었다. 잠시 침묵이 흘렀다. 미네모토는 마모루를 뚫어져라 보고 있었다.

"과장님, '생활 보호'에 대해서 어떻게 생각하세요?"

"갑자기 무슨 소리야."

마모루의 물음에 미네모토가 미간을 찡그렸다.

"그러니까, 일본의 생활 보조 제도에 대해서 어떤 견해를 가지고 계신가요?"

"질문이 너무 추상적이라 잘 모르겠네. 뭐가 알고 싶은 건데?"

"저는 최근, 일본은 너무 무른 게 아닌가 생각하게 되었습니다."

"무르다고?"

"네. 그렇지 않나요? 일도 하지 않고 나랏돈으로만 먹고살려고 하다니, 그렇게 세상 편하게만 살려는 사람들에게 손을 내밀고 있으니까요. 그 증거로, 제가 이렇게 올린 신청도 결국 거절할 수 없잖아요. 가령 그것이 부정 수급이라도 말이죠."

당황한 얼굴로 마모루를 바라보던 미네모토가 넥타이를 느슨하게 하며 입을 열었다.

"이보게, 사사키. 선진국들은 어디든 생활 보호 제도가 있고, 그런 사회 안전망이 있어야 민주주의가 성립돼. 나는 그렇게 생각해. 부정 수급이 있는 건 어쩔 수 없는 일이라고. 아무리 완벽한 시스템을 만들어도 작은 구멍을 찾아내서 나쁜 짓을 하는 인간들은 생겨나거든. 인간이란 그런 거야. 하지만 그런 놈들은 극히 일부에 지나지 않고, 대부분의 생활 보조금은 정말로 그것이 필요한 사람에게 지급되고 있어. 제대로 돌아가고 있는 거지. 그래서 우리나라는 우수한 국가라고 생각해."

"과장님은 이해심이 많으시군요."

미네모토가 얼굴을 일그러뜨렸다가 바로 정색하고 마모루를 바라봤다.

"사사키, 아무튼 병원에 한번 가자. 자네는 지금 피곤한 상태야."

"저만 피곤한 게 아니죠. 과장님도 피곤하시잖아요. 저는 그럼 쌓인 일이 있어서 그만……."

마모루는 자리에서 일어나면서 일방적으로 대화를 끊었다. 병원은 절대 갈 수 없다. 내과도 정신과도 안 된다. 상담사에게 지금까지의 속사정을 말할 수도 없고, 신체검사라도 했다가는 큰일이다.

지금의 자신은 약 없이는 살아갈 수 없는 상태이다. 약 기운이 떨어지면 압도적인 현실이 엄습한다. 작은 계기로 자살 충동을 참지 못할 수도 있다. 항거할 방법은 어디에도 없고 그냥 도망 다닐 뿐인 일상이다.

아이미는 자신을 사랑하지 않았다. 자신은 그녀에게 아무것도 아니었다. 그 사실이 전부였다. 이상하게도 분노의 감정은 없었다. 그저 쓸쓸한 기분만 들었다. 자신은 혼자 신나서 꿈꾸고 있었다. 모두 혼자만의 것이었다.

점심시간이 지나, 마모루의 몸과 마음은 점점 불안정한 상태에 빠져들었다. 트림도 심해졌다. 아침에 맞은 약의 효력이 떨어졌다는 것을 금방 알았다. 마음을 가라앉힐 수 있는 장소를 찾아 정신없이 배회했다. 그러자 갑자기 사람들의 눈이 신경 쓰였다. 주변 사람들이 전부 자신을 쳐다보는 듯한 착각에 사로잡혔다. 눈이 마주치면 상대방의 눈 속에 적개심이 깃든 것처럼 느껴졌다. 그리고 꼭 그럴 때 미야타 유코가 말을 건다.

"사사키, 괜찮아? 안색이 안 좋은데."

"네, 괜찮습니다."

마모루는 평정을 가장했지만 표정이 굳는 건 숨길 수 없었다.

"그래? 그럼 같이 점심 먹자. 아직 안 먹었지?"

"오늘은 별로 식욕이 없네요."

"그렇구나. 그렇다면 나 점심 먹는 데 같이 가 주는 건 괜찮겠지?"

마모루는 눈앞에서 뻔뻔한 미소를 짓는 미야타 유코의 막무가내의 말에 기가 막혔다. 대답을 못 하고 있었더니 멋대로 오케이라고 받아들였다.

두 사람은 회사에서 가까운 조용한 카페에 들어갔다. 클래식 음악이 낮게 깔린 가게 안엔 손님이 드문드문 있었다. 미야타 유코는 점심 먹는다고 와서는 아이스커피만 시켰다. 마모루는 한시라도 빨리 이곳에서의 시간을 끝내고 싶어서 아무것도 주문하지 않았다.

"사사키, 최근에 무슨 일 있었지?"

아이스커피에 우유를 넣으며 미야타 유코가 물었다.

"아뇨, 아무런 일도 없었는데요."

"거짓말. 나, 이것저것 알고 있어."

"이것저것이라뇨?"

"하야시노 아이미 씨와는 잘 지내고 있어?"

마모루의 얼굴에서 핏기가 확 가셨다. 미야타 유코의 입에서 아이미의 이름이 나오다니.

"전에 내가 혼자 하야시노 씨 집에 갔던 날, 그때 사사키가 집에 있었지? 현관에 사사키 신발을 봤어. 그리고 나서 몇 번인가 일 끝나고 사사키를 미행한 적도 있고. 아, 너무 기분 나빠하지 마. 별다른 뜻은 없었어. 어쨌든 사사키는 하야시노 아이미 집에 살고 있는 거잖아."

마모루는 기가 찼다. 테이블 밑에서 오른손 엄지손톱으로 왼쪽 손등을 찔러 통증을 느낌으로써 어떻게든 평정심을 유지하려고 했다. 별다른 뜻 없이 미행하는 사람이 세상 어디에 있을까. 하지만 지금은 미야타 유코에게 화를 낼 때가 아니다. 다음에 어떤 얘기가 튀어나올지 모른다. 과연 이 여자는 어디까지 알고 있는 걸까.

"대체 어떻게 된 걸까, 하고 생각했어. 그래서 여기서부터는 나의 추리인데……."

미야타 유코는 빨대로 아이스커피를 한 모금 마셨다.

"원래부터 사사키가 하야시노 아이미와 알고 있었던 사이라고는 생각하기 어려워. 그때가 첫 대면이 아니었다고 생각되지는 않거든. 그렇다면 사사키는 다카노 씨 일로 하야시노 아이미를 만나고, 어떤 경위인지는 몰라도 사귀게 되어 남녀관계가 된 거 같다. 나에게 비밀로 했던 건 오해받고 싶지 않아서일 테고."

마모루는 잠시 생각하더니 고개를 끄덕였다. 여기서 거짓말을 해 봤자 의미 없다는 생각이 들었다. 미야타 유코가 후우, 하고 숨을 내쉬었다.

"역시 그랬구나. 결국 다카노 씨와의 일을 하야시노 아이미가 인정한 거지? 그걸 내게 말 안 했던 건, 일을 크게 키우고 싶지 않아서고?"

"그렇습니다."

"역시, 그렇게 된 거구나."

미야타 유코는 이해했다는 듯 반복해서 고개를 끄덕였다.

"죄송합니다."

"괜찮아. 사과 안 해도 돼. 이미 지난 일이잖아. 그래도 솔직히 약간 환멸을 느꼈어. 별로 잘한 행동이라고 말할 수는 없잖아."

미야타 유코가 눈을 가늘게 떴다. 마모루는 고개를 숙였다.

"나는 괜찮지만, 회사 사람들이 사사키와 하야시노 아이미의 관계를 알게 되면 어떻게 생각할까. 그렇게 되면 다카노 씨 건도 백일하에 드러나게 될 테니 여러모로 번거로워지겠지."

마모루의 마음속에 그림자가 드리워졌다. 그것이 그대로 얼굴에 드러났는지 미야타 유코가 미소를 지었다.

"아, 걱정하지 마. 나는 사람들에게 아무런 말도 할 생각이 없어."

하지만 마모루로선 낙관할 수 없었다. 현재 위험한 상황임에는 변함이 없었다.

"그 대신이라고 말하면 좀 그렇지만, 사사키에게 부탁하고 싶은 게 있어."

그 말에 마모루는 고개를 들었다. 동시에 침을 꿀꺽 삼켰다. 미야타 유코가 부탁하는 거라면 제대로 된 일일 리가 없다.

"사사키는 다카노 씨가 지금 어디 있는지 알아?"

"아뇨, 전혀 모릅니다."

마모루가 고개를 저었다.

"부인하고 이혼하고 집에서 쫓겨났다는 것까지는 알고 있는데, 그 후의 소식을 모른단 말이야."

다카노가 이혼을? 마모루는 몰랐던 정보였다. 부인에게 들킨 걸까. 하지만 대체 누구를 통해 알게 된 걸까. 이 건에 대해 알고 있는 사람은 마모루, 미야타 유코, 가네모토, 야마다, 레이카 그리고 아이미뿐이다. 다카노가 스스로 자백했을 리는 없다.

"다카노 씨, 이혼했어요?"

"그런 거 같아."

"미야타 씨는 누구로부터 그런 얘기를?"

"들리는 소문이야. 아무튼 그런 건 아무래도 상관없고."

말을 차단하듯 미야타 유코는 아이스커피가 든 컵을 탁 소리를 내며 테이블 위에 놓았다.

"그래서 부탁인데, 사사키, 다카노 씨 좀 찾아 주지 않을래?"

"제가요?"

마모루는 눈살을 찌푸렸다.

"응."

"왜 다카노 씨를……."

"이유는 묻지 마. 아무튼, 다카노 씨를 찾아 줬으면 좋겠어."

마모루는 미야타 유코의 갑작스러운 부탁에 당황스럽기만 했다.

"제가 할 수 있는 건 그분한테 전화해 보는 정도가 고작입니다. 게다가 지금까지 있었던 일 때문에 제 전화조차 받지 않을 겁니다."

"응, 그건 알고 있어. 그래도 부탁해. 부인이나 지인들을 만나 봐. 가능한 범위까지만이라도 좋으니까 조사해 봐 줘."

전혀 이해할 수 없었다. 진의가 대체 뭘까. 미야타 유코는 지나치게 강한 그 정의감 때문에 다카노 일에 관여하고 있다고 생각했었다. 하지만 이젠 다시 생각해 보게 되었다. 대체 왜 이러는 걸까. 무슨 일이 있었는지 모르지만, 이 여자는 이상하리만큼 다카노에게 집착하고 있다.

마모루는 컵에 든 물을 단숨에 마셨다. 그리고 바로 물을 한 잔 더 달라고 했다. 식욕은 전혀 없는데 계속 갈증이 느껴졌다. 찾아봤더니 이건 약물 의존증 환자에게 보이는 증상 중 하나라고 한다. 자신이 이렇게 될 줄은 바로 얼마 전까지만 해도 꿈에도 생각 못 했던 일이다.

마모루는 점원이 따라 준 물을 바로 다 마셨다. 얼음까지 깨물어서 위로 보냈다. 그런 마모루를 미야타 유코가 의아스러운 눈으로 봤다. 마모루는 급한 일이 생겼다며 거짓말을 했다. 그렇게 미야타 유코를 남기고 카페를 나오자마자 뛰었다. 푸른 하늘과 태양 아래, 마모루는 크게 팔을 흔들며 전력 질주했다.

그러다 누군가와 부딪쳤다. 무시하고 달리는 그의 등 뒤에서 욕지거리가 들렸다. 그래도 돌아보지 않았다. 곁눈질도 하지 않고 빨간불인 건널목을 통과했다. 날카로운 경적이 주위에 울려 퍼졌다. 지금 자신을 둘러싼 이 현실이 전부 꿈이길 바랐다. 아니, 이건 분명 꿈이다. 너무 더운 여름이 나쁜 꿈을 꾸게 한 것이다.

잠시 후 사무실로 돌아온 마모루는 기다리던 상담자를 대응하기에 바빴다. 미네모토에게 몸이 안 좋아서 조퇴하겠다고 말할 생각이었지만, 일이 너무 바빠서 말도 꺼내 보지 못했다.

상담자의 진정을 대충 듣고 넘기며 마냥 시간이 가기를 기다렸다. 불안정한 상태에 빠져 있었지만 나빠졌다 좋아졌다 해서 비교적 안정을 찾을 때도 있었다. 그래도 심할 때는 상담자가 자신을 죽이러 온 게 아닐까 하는 말도 안 되는 망상에 휩싸일 정도로 일그러진 세계로 끌려 들어갔다. 그런 망상이 말도 안 된다고 생각할 수는 있으니까, 아직 괜찮다고 자신을 위로했다. 마모루는 계속해서 자신이 만들어 낸 환각과 싸웠다.

시곗바늘이 오후 다섯 시를 가리키며 겨우 마지막 상담자를 배웅했을 때, 아이를 데리고 모자 쓴 여성이 들어왔다. 마모루는 그것만으로도 절망적인 기분이었다. 왜 하필 이런 타이밍에 찾아와서. 그는 격한 분노를 느꼈다. 이 여자는 마치 어쭙잖은 상담자들의 대표 같았다. 자신에게 닥칠 재앙의 원흉 같다는 생각마저 들었다.

"생활 보조금을 신청하려고 왔는데요."

여자는 고개를 숙인 채 꺼질 듯한 목소리로 말했다. 마모루는 여자를 패 버리고 싶은 충동을 느꼈다. 자신의 슬랙스 옷자락을 꽉 잡고 필사적으로 그 충동을 억제했다.

상담 공간으로 안내한 후 책상을 사이에 두고 마주 앉았다. 여자는 후루카와 카스미이고, 서른두 살이라고 했다. 후루카와 카스미는 어둡고 불행한 분위기를 휘감고 있었다. 눈에 생기가 전혀 없었다. 옆에 앉아 있던 여덟 살 정도로 보이는 남자아이도 엄마와 같은 느낌이었다. 힘없이 고개를 숙이고 있어서 어린애다운 활기가 없었다. 어딘지 모르게 기아 난민 아이를 연상시켰다.

말하는 것이 서툴러서인지 후루카와 카스미는 쭈뼛쭈뼛한 상태로 사정을 말했다. 그 얘기를 너무 요령 없이 해서 마모루는 점점 짜증이 증폭되었다. 또한, 후루카와 카스미는 말끝마다 꼭 "죄송합니다."를 붙였다. 그것이 더욱 마모루의 신경을 건드렸다. 실내에서 모자를 벗지 않는 결례에도 화가 났다. 이 여자는 하나에서 열까지 마음에 들지 않았다. 마모루는 계속해서 다리를 떨었다. 한없이 넘쳐 나는 초조함이 온몸 구석구석까지 퍼져 마모루의 자율 신경을 파괴했다.

"그러니까, 4년 전에 남편분과 사별해서 지금 아드님과 둘이서 생활하는 것이 힘들다, 그런 말씀이시군요."

마모루가 이마에 손을 얹으며 빠른 말로 물었다. 그 손에는 끈적한 진땀이 묻어 있었다.

"네, 죄송합니다."

후루카와 카스미는 고개를 숙인 채 대답했다.

"그래서, 일자리는 찾고 계시나요?"

"구인지 등을 보고 이력서도 보내 봤습니다만, 어디도 채용해 주지 않았습니다. 죄송합니다."

"최근 한 달 동안 몇 군데나 보내 보셨죠?"

"……세 군데 정도 보냈습니다."

마모루는 어이없다는 표정으로 웃었다.

"말이 안 되네요. 일을 정말 할 생각이라면 수십 군데는 찾아봐야죠."

"……죄송합니다."

"요즘은 핸드폰 하나만으로 지원 가능한 곳이 많이 있잖아요."

"핸드폰은 지난달에 끊겨서 사용 못 하고 있어서……."

마모루는 혀를 차더니 코로 크게 한숨을 쉬었다.

"근처에 도와줄 만한 분도 없나요?"

후루카와 카스미는 대답 대신에 아이처럼 고개를 저었다.

"후루카와 씨의 가족, 친척 그리고 돌아가신 남편분의 부모나 형제분들, 그런 분들에게 도움을 요청해 보신 거죠? 그러고 나서 이곳에 오신 거죠?"

후루카와 카스미는 고개를 숙이고 있다기보다 바닥을 보고 있는 듯한 자세로 아무런 말도 안 했다. 마모루는 집게손가락으로 책상을 탁탁 소리를 내며 두드렸다. 자신의 의사와는 상관없이 그 동작은 멈추지 않았다.

"이곳을 피난처 같은 곳으로 착각하고 계신 것 같군요. 이건 후루카와 씨에게만 한정된 얘기는 아니지만, 다들 살기 힘들다고 아우성치며 이곳에 찾아옵니다. 하지만 그렇다고 그렇게 쉽게 신청을 받아 주면, 한도 끝도 없잖아요, 안 그래요?"

그 말을 들은 후루카와 카스미는 몸이 얼기라도 한 것처럼 떨기 시작했다. 마모루는 연기하지 말라며 머리채라도 잡아 끌어내고 싶었다.

"이곳은 말입니다, 할 만큼 해 봤는데도 어쩔 수 없는 상황이 되어야 찾아오는 곳이잖습니까."

마모루는 탁자를 두드리는 손가락의 속도를 높였다. 게다가 다른 손가락까지 같이 움직이며 두드렸다. 피아노를 치듯 마모루의 다섯 손가락이 불온한 선율을 연주했다. 더는 제어가 되지 않았다.

"저는 후루카와 씨 같은 분이 이해되지 않습니다. 세상 대부분의 사람은 어떻게든 살 수 있으니까 어떻게든 사는 겁니다. 후루카와 씨, 질문을 좀 드리겠는데요. 혹시 국가에 폐를 끼치고 있다는 거 알고 계세요? 제 생각엔 모르시는 것 같네요. 그래서 속 편하게 사시는 것 같다고 할까. 저도 월급 많이 받고 일하는 건 아니지만, 그 돈으로 월세 내고, 밥 먹고, 부모님에게도 좀 보내면서 거의 남지 않는 생활을 하고 있습니다. 정말 빠듯하게 살고 있단 말입니다. 나름 성실하게 사는 제가 말입니다. 그런데 이런 불합리한 처사나 받고 있습니다. 대체 내가 무슨 짓을 한 건지, 나만 손해 보고 힘들게 사는데 아무도 편들어 주거나 귀를 기울여 주지 않아요. 아무도 저를 사랑해 주지 않는다구요. 처음부터 사랑하지도 않았단 말입니다. 어쩌다 이 지경이 된 건지……."

자신이 아닌 누군가가 멋대로 지껄이고 있었다. 어딘가 이상하다는 느낌도 있었지만, 마모루는 망가진 자신을 되돌릴 방법을 알 수 없었다. 얼마나 그렇게 떠들고 있었을까. 어느새 그의 눈앞에 있던 후루카와 카스미의 모습은 사라지고 없었다.

27

작게 삐걱거리는 소리가 고막을 간지럽혔다. 거실에서 잠들어 있던 야마다 요시오의 의식이 깨어났다. 어스레함 속에서 눈을 뜨자 부엌에만 불이 켜져 있다는 것을 알 수 있었다. 여기가 어디지. 순간적으로 지금 있는 장소가 생각나지 않았다. 이곳에서 생활하게 된 지 꽤 지났는데도 아직 환경에 익숙하지 않았다.

부엌의 불빛 속에서 사람의 기척이 느껴졌다. 장벽이 있어서 그곳에 누가 있는지 보이지 않았지만, 사사키일 것이라고 짐작했다. 옆에 깔린 이불에 사사키가 없었기 때문이다. 아이미와 미소라는 맹장지 너머 옆방에서 자고 있다.

다시 잠을 청하려고 눈을 감았는데 갑자기 소변이 마려웠다. 요시오는 이불을 걷고 일어났다. 화장실 가는 길에 부엌을 들여다보니 역시 사사키가 있었다. 오른손에 주사기를 들고 고무관을 묶은 왼팔에 바늘을 대고 있었다. 부엌에는 잘 익은 멜론 같은 달콤한 향이 가득했다. 열을 가한 각성제 때문이다.

"적당히 좀 해."

그렇게 말을 해 봤지만 사사키는 눈이 풀려 있어서 아무런 말도 들리지 않는 듯했다. 요시오는 한숨을 남기고 화장실로 향했다. 문을 열고 변기 시트를 올렸다. 아이미가 소변은 앉아서 봐 달라고 했지만 요시오는 지키지 못하고 있었다. 어렸을 때부터 소변은 서서 보는 것으로 몸이 기억하고 있어서 앉아서 보는 건 저항감이 있었다. 쪼르르 소리를 내며 소변을 봤다. 한밤중이라 괜스레 소리가 크게 울리는 듯했다.

요시오가 아이미의 집에 살게 된 지 2주가 다 되어 갔다. "그놈들이 딴짓하지 않는지 잘 보고 있어." 그렇게 가네모토가 사사키와 아이미를 감시하라고 시켰지만, 두 사람한테서 딴짓할 기색은 조금도 없었다. 그럴 기력조차 없는 느낌이었다. 요시오는 꼭 여기 있어야 할 이유가 없는데도 사명을 다해야 하는 현재 상황이 답답했다. 도대체 뭘 지켜보란 말인가. 요시오는 기가 막혀서 웃음이 나왔다. 어째서 사사키와 나란히 이불을 깔고 자야 하는 건지 이해할 수 없었다.

볼일을 끝내고 다시 거실로 돌아왔더니 이번에는 거실 전체에 불이 켜져 있었다. 요시오의 입이 반쯤 벌어졌다. 사사키가 나란히 깔아 놓은 두 이불 위에서 어린아이처럼 공중제비를 펼치고 있었다.

"당신, 뭐 하는 거야."

"구르고 있죠."

하얀 이를 보이며 사사키가 대답했다. 이 녀석, 드디어 갈 데까지 갔구나, 하고 요시오는 생각했다. 완전히 맛이 가 버렸다. 원래 고지식한 성격이라 더 이상해진 것일 수도 있다.

"진정 좀 해. 지금 한밤중이잖아."

요시오는 허리에 손을 얹고 말했다.

"왠지 이렇게 막 힘이 뿜어져 나오는 느낌이 들어서 도저히 가만히 있을 수가 없습니다."

"그래? 그럼 나는 잠깐 담배 좀 피울 테니 실컷 굴러 봐."

요시오는 의자에 앉아 담배에 불을 붙였다. 사사키는 계속해서 공중제비를 넘고 있었다. 그렇게 주는 거 없이 싫었던 사사키였지만 지금은 불쌍한 마음이 훨씬 크다. 담배 연기를 뿜으며 요시오가 말했다.

"내가 할 말은 아니지만, '샤브(마약의 은어)'를 끊는 게 좋을 거야. 근본적으로 MDMA 같은 거랑은 달라. 그러다 죽을지도 모른다고."

"상관없습니다, 언제 죽어도. 저는 이 세상에 미련이 없거든요."

사사키는 몸을 구르면서 아무렇지도 않은 듯 말했다.

"젊은 사람이 그런 말은 왜 해."

말을 하고 보니 전과 입장이 바뀌었다는 생각이 들었다. 자신이 사사키를 질타하는 날이 오다니, 그것도 이런 형태로. 요시오는 담뱃불을 비벼 끄고 핸드폰을 집었다.

밤중에 죄송합니다. 사사키 말인데요. 슬슬 약 주는 것을 그만두는 게 좋을 것 같습니다. 이상한 행동이 눈에 띌 정도로 심해졌거든요.

가네모토에게 보내는 문자를 입력했다. 사사키에게 약을 주는 건 가네모토다. 보내기 버튼을 누르려고 할 때 현관문에 열쇠 꽂는 소리가 들렸다. 이런 밤중에 누구지 했는데, 가네모토였다. 생각해 보니 가네모토 외에 그럴 사람이 없다. 가네모토 말고 이 집 열쇠를 가지고 있는 사람은 모두 집 안에 있었다.

"……뭐 하는 거야."

안으로 들어온 가네모토는 구르고 있는 사사키를 보고 눈살을 찌푸렸다.

"때마침 가네모토 씨에게 메시지를 보내려던 참입니다. 이 녀석, 완전히 맛이 갔어요. 좀 전에도 한 방 놓더라고요."

요시오가 자기 팔에 주사하는 시늉을 했다. 사사키는 가네모토가 와도 구르는 것을 멈추지 않았다. 가네모토는 그런 사사키를 가늘게 뜬 눈으로 응시했다.

"금방 맞았다고?"

"네, 조금 전에요."

"할 수 없지. 곧 안정될 거야."

가네모토가 능청스럽게 말하며 의자에 앉아 손가락 두 개를 세웠다.

"야마다, 담배 한 대 줘 봐."

"피우시려고요?"

요시오가 의아한 표정으로 물었다. 가네모토는 담배를 싫어하는 것으로 안다. 그래서 요시오는 가네모토 앞에서는 담배를 피우지 않는다.

"응, 가끔 피워."

요시오가 담배를 한 대 건네고 불을 붙였다. 가네모토는 맛나게 깊이 들이마시더니 한동안 연기를 담아 두었다가 천천히 뿜었다. 그리고 희미한 눈으로 피어오르는 연기를 바라보았다. 어쩐지 기분이 좋아 보였다. 자세히 봤더니 얼굴이 주홍색으로 물들어 있었다. 어디서 한잔 걸치고 온 것 같았다.

"그나저나 갑자기 웬일이세요, 이런 밤중에."

"그냥 왔어, 특별한 건 없고."

가네모토는 얼버무렸지만 입꼬리가 올라가 있었다. 요시오가 더 묻지 않자 이번엔 가네모토가 입을 열었다.

"야마다, 너 도쿄 안 갈래?"

예상조차 못 했던 말에 요시오는 당황했다.

"무슨 말씀이세요, 갑자기 도쿄라니."

"말 그대로야. 이런 구질구질한 동네를 떠나 도쿄에서 비즈니스를 하지 않겠냐 이 말이지. 나는 갈 거야. 모리노구미와도 얘기를 끝냈어. 빠르면 다음 달에 빠이빠이다."

"그, 그렇게 갑작스러운 얘기를 하시면……. 게다가 왜 저까지."

"솔직히 너는 별 볼 일 없는 인간이지만 의외로 쓸 만하단 말이지. 맡은 일도 잘 처리하고, 솜씨도 나쁘지 않아. 내 계획을 빼돌리려고 했던 건 없었던 일로 해 주지. 그러니까 나랑 가자. 지금의 생활에서 벗어날 수 있어."

"그래도……."

"그래도 뭐? 일 때문에? 내가 가면 할 일들이 있어. 다만, 나 혼자서 하기엔 손이 부족해. 그래서 잔일을 처리해 줄 사람이 필요하거든."

지금 장난해? 누가 따라간대? 정말 누굴 봉으로 아나.

"그 일, 제가 하면 안 될까요?"

옆에 있던 사사키가 말했다. 가네모토와 요시오는 동시에 사사키 쪽을 봤다. 그는 어느새 바닥에 대자로 누워 있었다. 지쳤는지 어깨를 들썩이며 거친 숨을 쉬고 있었다. 가네모토가 코웃음을 쳤다.

"지금 무슨 소리 하는 거야."

"무슨 일이든 좋으니 이곳을 뜨고 싶어요."

누워서 천장을 바라보며 사사키는 건조한 어조로 말했다.

"말은 고맙지만 유감이군. 사사키, 네가 이곳을 뜨게 할 수는 없어. 이미 내 후임이 정해졌거든. 조만간 그 녀석에게 내 사업을 인수인계하기로 했어."

"이제 지겨워요, 이런 일."

가네모토가 고개를 좌우로 저으며 목뼈 소리를 냈다.

"포기해. 운이 안 좋았던 걸 어떡하겠어. 내 생각엔 앞으로 점점 일이 줄어들 거야. 내 후임을 맡을 놈, 위세만 좋지 멍청하거든. 한마디로 일을 잘 못해. 아마 이 일에 쓸 만한 사람을 구하지 못할 거야."

"그런 얘기가 아닙니다. 이 케이스 워크 일 자체가 이젠 싫습니다. 매일같이 변변치 않은 인간들을 상대하며 얘기 들어 주고 손 내밀고……웃기잖아요, 그런 짓. 기분만 더 안 좋아져요. 결국엔 당신 같은 사람들한테 걸려서 이용만 당하고. 정말 최악입니다."

사사키는 눈을 감고 입만 움직였다. 말끝에는 자조적인 미소를 지었다.

"사사키."

가네모토가 담배를 비벼 끄더니 자리에서 일어나 사사키에게 다가갔다. 그 옆 바닥에 책상다리를 하고 앉아 얼굴이 붙어 버릴 정도의 거리에서 내려다봤다.

"당신, 부정 수급을 멸시하는 거지? 그래서 피곤해지는 거야. 나는 안 그래. 부정 수급을 옳다고 생각해. 부정이라고 생각하지 않거든. 잘 들어 봐. 지금 일본의 열악한 노동 환경에서 자력으로 생계를 이어 나가는 건 말도 안 된다고 생각되지 않아? 밑바닥의 삶을 사는 인간이 직업을 가져 봤자 받는 급여는 생활 보조금보다 낮은 게 현실이잖아. 최저한의 사회 보장조차 없어. 그런 현실은 무시하고 이상적 사회를 설파해 봤자 그건 사기고 눈속임일 뿐이지. 한마디로 세상은 '생활 보조금을 받는 놈들은 편하게 돈을 받아서 교활해.'가 아니라 '열심히 일을 해도 생활 보조금 받는 세대보다 낮은 임금밖에 받지 못하는 사회가 이상해.'라고 생각해야 한다고. 어때? 비판의 화살을 국가를 향해 겨눠야 하는 게 잘못된 걸까? 당신뿐 아니라 전부 잘못 생각하고 있고 틀렸어. 반론하고 싶으면 말해 봐. 사사키, 나는 말이야. 지금 사회 상황이라면 밑바닥의 인간들은 모두 생활 보조금을 신청해야 한다고 생각해. 그것이 국민으로서 당연한 권리잖아. 그리고 그것이 이 모순된 시스템을 만든 국가에 대한 가장 효과적인 압력이 될 수 있어."

가네모토는 사사키에게 스며들도록 지론을 펼쳤다. 정말로 가네모토가 그렇게 생각하고 있는 건지는 몰라도 묘한 설득력이 있었다. 이 자리에 있는 요시오는 부정 수급자라 더 그렇게 느껴졌다. 사사키는 아무런 말도 하지 않았다. 그냥 조용히 천장을 바라보고 있었다.

"자, 그럼 슬슬 가 볼까."

가네모토가 무릎에 손을 짚고 일어섰다. 가 주는 건 고맙지만 대체 무슨 일로 이 시각에 온 걸까. 온 지 10분도 안 돼서 갈 거면서. 가네모토는 느린 걸음으로 현관을 향했다. 요시오도 일단 그를 배웅하려 일어섰다.

"아참, 모처럼 왔는데 잠자는 얼굴이라도 보고 갈까."

가네모토가 발걸음을 돌려 천천히 맹장지 문을 열었다. 방 안에는 아이미와 미소라가 누워 있었다.

"뭐야, 안 자고 있었네."

가네모토가 코웃음을 치더니 말했다. 요시오의 위치에서는 방 안이 잘 보이지 않았다.

"아이미, 조금만 참아. 조금만 더 있으면 넌 자유의 몸이다."

문을 닫은 가네모토가 다시 현관 쪽으로 갔다.

"이 시간이라도 큰길로 나가면 택시를 잡을 수 있겠지."

가네모토는 신발을 신으며 혼잣말하듯 중얼거렸다.

"글쎄요, 택시 잡기가 쉽지는 않을 것 같은데······. 가네모토 씨, 차 안 가져오셨어요?"

"응, 술 마셨거든. 그렇다면 밤공기 마시며 천천히 걸어서 갈까. 한 시간 정도 걸으면 도착하겠지."

그러고 보니 이 남자는 절대로 음주 운전을 하지 않는 사람이다. 그러면서 마약도 잘 팔고 사람도 잘 죽인다. 그 균형 감각은 보통 사람이 헤아리기 어렵다.

"야마다, 도쿄 가는 거 잘 생각해 봐. 이런 시시한 장사 말고 좀 더 큰, 장래성 있는 사업을 해 보자고."

그만큼 리스크도 크겠지. 그 정도는 누구라도 알 수 있어. 가네모토가 가자 단숨에 힘이 빠졌다. 요시오는 어깨를 돌려 크게 숨을 내쉬었다. 거실로 돌아왔더니 사사키는 아직도 천장을 보며 큰대자로 누워 있었다. 또 한숨이 나왔다. 요시오는 테이블 위에 있는 담배로 손을 뻗어 한 대 물었다. 불을 붙이고 연기를 내뿜었다. 천장을 보고 있는 상태로 사사키가 물었다.

"야마다 씨, 담배가 맛있으세요?"

"피워 본 적 없어? 나한테는 맛있다고 할 수 있지."

"그럼 한 대만 주세요."

사사키는 두 발을 들어 올리더니 그 반동으로 벌떡 일어났다.

"줄 수는 있는데, 거기 있는 아이미 담배가 나을 거야. 내 건 타르가 많아서 독해."

요시오는 테이블 위에 있는 아이미의 담뱃갑을 턱으로 가리켰다.

"싫어요. 야마다 씨 거로 주세요."

사사키의 말에 요시오는 담뱃갑에서 한 개비를 빼서 사사키에게 내밀었다. 사사키는 그것을 받아 입에 물었다. 요시오가 라이터로 불을 붙여 주었다. 사사키는 한 모금 빨자마자 콜록댔다.

"그래서 내가 뭐랬어."

"하지만 확실히 맛있어요."

"웃기지 마."

"정말입니다."

"알았어. 이제 좀 앉지그래."

그 말을 들은 사사키는 요시오 앞에 마주 앉았다. 한동안 아무런 말도 없이 두 사람은 담배만 피웠다. 요시오는 힐끔 곁눈질로 사사키의 모습을 살폈다. 역시 정상이 아닌 것 같았다. 꽤 나른해 보이는데 눈만 이상하게 번득거렸다. 갑자기 생각난 듯 사사키가 물었다.

"그나저나 야마다 씨는 다카노 씨가 어디서 뭐 하고 있는지 아세요?"

"다카노? 아, 가네모토 씨가 새로 시작한 가게에서 일한다고 했던 것 같은데. 뭐라더라, 코스프레 캬바쿠라라고 했던가. 순경 차림으로 일하고 있다고……."

"그렇게 되었군요. 그럼 일부러 아내분한테 안 가 봐도 됐을 뻔했군요."

사사키는 담배를 피우며 작게 혀를 찼다.

"다카노를 왜 찾는데?"

"네, 회사 동료가 다카노 씨 좀 찾아 달라고 부탁해서요. 다카노 씨가 제 전화를 안 받아서 오늘 아내분한테 갔다 왔어요. 결국, 아내분한테는 별소리 못 듣고 쫓겨났거든요. 이제 그 사람과는 일절 엮이고 싶지 않으니까 다시는 오지 말라고 화내더라고요."

"흐음, 알 수 없는 얘기구만. 그래서 이혼한 건가. 어쩌다가 들켰을까."

"누가 집으로 다카노 씨가 한 짓을 상세하게 쓴 편지를 보냈나 봐요."

"편지?"

"네, 아내분은 내가 한 짓 아니냐고 의심하더라고요. 그런데 다카노 씨가 일하고 있다는 그 가게는 어디 있나요?"

사사키의 담뱃재가 바닥에 떨어졌다.

"몰라. 좀 알아보면 금방 찾을 수 있겠지만."

"그럼 부탁드립니다."

"어."

요시오는 별생각 없이 바로 대답해 버렸다. 물론 그 정도는 어렵지 않게 알아낼 수 있지만.

"그건 그렇고, 당신은 앞으로 어떻게 할 거야?"

요시오가 추상적인 질문을 던지자 사사키는 볼품없게 담배를 피우며 천천히 연기를 내뿜었다. 그리고 그 연기를 흐린 눈으로 보면서 입을 열었다.

"몰라요, 그런 거. 그런 걱정 할 거였으면 처음부터 말려들게 하지 마셨어야죠."

담담한 말투에 비판적인 울림은 없었다. 눈빛은 점점 공허해졌고, 입가에는 엷은 웃음이 곁들여졌다. 그런 사사키의 얼굴을 본 요시오는 어떻게든 지금의 상황을 바꿔야 한다고 새삼 생각했다. 이대로 지금의 생활을 계속하면 틀림없이 위험한 것이 기다리고 있을 것이다. 그리고 언젠가 파멸의 날이 온다. 그것은 분명 멀지 않은 날이 될 것이다. 그렇게 되지 않으려면 가네모토와의 인연을 끊는 것이 급선무다. 도쿄라니, 말도 안 돼.

요시오와 사사키, 두 사람이 내뿜는 연기로 거실 안이 안개에 싸여 있는 것 같았다.

28

9월 중순에 접어들었다. 이제 무더운 여름도 끝나 가고 있었다. 듣던 대로 올해 일본은 전후 최고 기온을 기록한 것 같다. 그것과 연관성이 있는지 모르겠지만, 올해는 예년과 비교하면 범죄 발생률이 이상하게 높은 여름이었다는 것을 아침 뉴스를 보고 알게 되었다. 사람은 기온이 올라갈수록 나쁜 짓을 하고 싶어지는 걸까. 그게 사실이면 이대로 온난화가 진행될수록 세상은 걷잡을 수 없게 될 것이다. 마모루는 남의 일 걱정하듯 그런 상상을 했다.

그런데 오늘은 비가 온다. 그것도 양동이로 물을 퍼붓듯 억수같이 내린다. 지금까지의 장부를 대조하는 것처럼, 하늘에서 내리는 엄청난 빗방울이 후나오카의 대지를 정신없이 두드리고 있다. 생각해 보니 장마가 끝나고 두 달 만에 오는 비다. 여름의 끝을 알리는, 그런 비다.

정오가 가까워지는 시간, 마모루가 사무실에서 일을 하고 있는데 지나가던 미야타 유코가 등 뒤에서 걸음을 멈추더니 귓가에 대고 속삭이듯 말했다.

"여러 가지로 고마워."

마모루는 어제 다카노 요지가 종업원으로 일하고 있다는 클럽 정보를 미야타 유코에게 전달했다. 찾아서 알려 준 사람은 야마다였다. 야마다는 생각보다 힘들게 알아냈다며 생색을 냈다. 가네모토에게 물어봤다면 금방 알 수 있었겠지만, 괜히 의심 사는 게 싫어서 다른 방법으로 찾아봤다고 했다. 그런데 야마다의 말에 의하면 다카노가 며칠 전부터 모습을 감췄단다. 한마디로 달아난 것이다. 가네모토는 노발대발하며 부하를 시켜 행방을 쫓고 있다고 했다.

당연히 그런 자세한 얘기까지는 미야타 유코에게 말하지 않았다. 단순히 장소만 알려 줬다. 미야타 유코가 어젯밤 클럽을 방문했던 것 같은데, 그런 사람은 없다며 다른 종업원에게 문전 박대를 당했다고 한다.

"그래서 저녁에 사사키네 좀 가 보려고."

미야타 유코가 슬쩍 말하자 마모루는 귀를 의심했다.

"오늘요? 갑자기 무슨 용건으로……."

"하야시노 아이미한테 다카노 씨에 대해 좀 물어볼 게 있어서. 이제 달리 알아볼 데도 없어."

"그 사람은 더 할 말이 없어요. 다카노 씨의 행방 역시 절대 모를 것이고."

"괜찮아. 내가 직접 그 여자와 얘기하고 싶은 것뿐이니까. 사사키에게는 폐를 끼치지 않을 거야."

"그래도 갑자기 찾아오시면 곤란합니다."

"나 역시 곤란한 상황이야. 작은 단서라도 필요해. 당신들 관계에 대해서는 아무 말도 하지 않을 테니 협조해 줘."

미야타 유코의 말은 부탁이 아닌 협박으로 들렸다. 마모루는 속으로 제발 그만 좀 해 달라고 외쳤다.

"죄송합니다만, 오늘은 좀 참아 주시면 안 되겠습니까?"

그런 말을 주고받고 있는데 데스크 내선이 울렸다. 전화를 받은 파트 직원이 소리쳤다.

"사사키 씨, 전화 왔어요."

"저를 지명했다고요? 어떤 분인가요?"

마모루는 의아스러웠다.

"야노라는 할머니 옆집에 사는 나카무라 씨."

갑자기 마음이 무거워졌다. 나카무라라고 하는 사람은, 야노는 부정 수급자라며 여러 번 신고했던 중년 여성이다. 한숨을 내쉰 마모루는 통화 보류를 해제하고 전화를 연결했다. 역시 예상했던 대로였다. 현재 야노의 집에 연을 끊었다던 아들이 와 있다고 한다. 그러니 당장 와 보라는 것이다, 이런 폭우가 쏟아지는 날에.

[내가 말이야, 조금 전에 한번 떠봤잖아. 나도 생활 보조금 받고 싶은데 어떻게 하면 되냐고 말이야. 그랬더니 아주 조잘조잘 얘기해 주더라고. 세게 나가면 받을 수 있다나. 누워서 떡 먹기보다 쉽다고 하더라. 내가 정말 용서가 안 돼서 말이야. 야노 씨는 나보다 훨씬 좋은 생활을 하고 있어. 분명히 돈 좀 있을 거야. 아들이 몰고 다니는 자동차도 벤츠야, 벤츠. 왠지 좀 싸 보이는 벤츠지만, 그래도 그걸 타고 다니는 아들이 있는 거잖아. 아무튼 당장 와서 봐봐. 안 그러면 이번에도 놓친단 말이야. 아참, 그리고 내가 신고했다는 건 절대 얘기하지 말고.]

나카무라는 콧소리를 거칠게 냈다.

"신고해 주셔서 감사합니다. 하지만 제가 일정이 있어서 바로는 힘들 것 같은……."

[그게 무슨 소리야. 그럼 언제 잡을 건데. 그런 소리 하니까 언제까지

나 체포도 못 하는 거 아니야.]

"아, 아무리 부정 수급이 발각된다고 해도 체포 같은 건 할 수 없습니다."

[왜? 속이고 돈 받는 거니까 범죄잖아. 도둑질하고 같은 거 아니냐고.]

"사회 복지 사무소는 그런 기관이 아닙니다."

[그럼 나도 생활 보조금 줘.]

"네?"

[나, 전에 거기 갔다가 거절당했어. 진짜로 생활이 곤란한 내가 말이야. 그 이유를 알 수 있도록 제대로 설명해 봐.]

"그 건과 이 일은 다릅니다."

[다르긴 뭐가 달라. 정작 받아야 할 사람이 못 받고 있는데 이게 말이 돼? 아무튼 당장 와. 어서, 빨리 대답해.]

"아, 알겠습니다. 지금 가 보겠습니다."

[서둘러. 바로 와야 해.]

수화기를 내려놓은 마모루는 깊은 한숨을 내쉬었다. 정말이지 최악의 날이다. 고개를 돌려 일을 하고 있는 미야타 유코를 봤다가 바로 돌아섰다. 같이 가자고 부탁하고 싶지만 괜히 빚을 지면 안 될 것 같았다. 더는 무리한 부탁을 들어줄 수는 없었다. 마모루는 창밖으로 시선을 옮겼다. 자신의 심경을 나타내듯이 거무스름한 구름이 거리를 삼킬 것처럼 하늘을 뒤덮고 있었다.

도착했을 때는 신발이 흠뻑 젖어 있었다. 우의를 입고 왔기 때문에 옷은 괜찮았지만 무방비한 신발은 별도리가 없었다. 장화는 없어서 못 신었다. 이렇게 억수같이 쏟아지는데 나만 꼭 이렇게 자전거를 타고 가야 하나. 오는 도중에 그런 사람은 한 명도 못 봤다. 마모루는 왠지 서글퍼졌다.

야노의 아파트 앞에는 확실히 회색 벤츠가 서 있었다. 자동차 번호를 보니 카스카베(春日部, 사이타마현 동부에 있는 도시) 넘버였다. 어디서 박았는지 앞쪽 범퍼 왼쪽이 움푹 패어 있었다. 측면에는 선명하게 긁힌 자국이 여러 개 있었다. 가까이 가서 슬쩍 차 안을 살펴봤다. 뒷좌석에 대량의 수건이 난잡하게 쌓여 있었다.

마모루는 차 옆에 자전거를 세우고 아파트 계단을 올라갔다. 야노의 집은 302호였다. 문 앞에 서서 초인종 버튼을 눌렀다. 대답도 없이 그대로 문이 열렸다. 모습을 나타낸 야노는 놀라서 눈을 동그랗게 떴다. 당황해서 눈을 깜박였다.

"사사키 씨, 갑자기 무슨 일 있어?"

"근처에 볼일이 있었거든요."

"그건 그렇고, 이렇게 비가 많이 오는데 무슨 일로 여길……."

"아드님, 지금 안에 계시죠?"

야노는 대답이 없었다. 가만히 마모루를 노려보기만 했다. 바깥에 내리는 빗소리가 더 시끄럽게 들렸다.

"당신, 이렇게까지 해서 나를 괴롭혀야겠어?"

"글쎄요, 그럴지도 모르겠군요."

야노가 눈을 부릅떴다. 곤혹스러움이 얼굴 위에 번졌다.

"야, 너 뭐야?"

야노의 뒤에서 중년 남자가 불쑥 나타났다. 한눈에 야노의 아들임을 알 수 있었다. 야노의 유전자가 그 얼굴에 분명하게 새겨져 있었다. 옆으로 벌어진 콧등이 판박이처럼 닮아 있었다. 야노가 아들을 떠밀었다.

"넌 들어가 있어."

"아냐, 이번에 확실하게 해 두자고. 이놈이지? 생활 보조금 끊는다고 했던 놈이?"

아들이 야노의 손을 뿌리쳤다.

"그만해. 이건 내 문제니까 내가 알아서 해."

"너 이 새끼, 이런 불쌍한 할머니 괴롭히는 거 아냐. 돈 받는 게 뭐가 문제야. 가난하니까 생활 보조금 좀 받는 게 뭐가 문제냐고. 이 할머니는 굶어 죽으라는 거야?"

"저는 그냥 와 본 것뿐입니다."

두 사람은 동시에 미간을 찌푸렸다.

"이대로도 문제없습니다."

잠시 침묵이 흘렀다.

"그게 무슨 뜻이야?"

야노가 의아한 얼굴로 물었다.

"이대로 사셔도 괜찮다고요. 생활 보조금은 끊지 않을 겁니다."

두 사람의 미간 주름이 더욱 깊어졌다.

"그럼, 이만 가 보겠습니다. 안녕히 계세요."

마모루는 몸을 돌려서 다시 빗속으로 들어갔다. 우의가 빗방울을 튕겨 파파파파파 하는 머신건 같은 소리를 냈다. 물웅덩이를 피하려고도 않고 일직선으로 자전거 쪽으로 향했다. 안경에 물방울이 묻어서 시야가 흐려졌다. 마모루는 자전거에 올라탔다. 고개를 들자 3층 밖 복도에 야노와 그녀의 아들이 이쪽을 내려다보고 있었다. 그들이 어떤 얼굴을 하고 있는지는 잘 보이지 않았다.

청사에 도착했을 때 마모루는 걷고 있었다. 자전거는 도중에 내팽개치고 왔다. 물웅덩이 상태가 너무 심해서 계속 타고 가는 것이 바보 같다는 생각이 들었다. 그 자리에서 내려 걸어온 것이다. 길에 버린 자전거는 신경도 쓰지 않았다. 놀랍게도 그 자전거는 5m 정도 떠내려갔다. 비가 내려 생긴 거센 물줄기는 물살이 불어난 계곡 같았다. 도로의 배수구는 물이 빠지긴커녕 오히려 뿜어내고 있었다.

우의를 벗어서 비상계단 귀퉁이에 걸쳐 놓고 셔츠를 갈아입고 사무실로 들어갔다. 상담자의 모습은 없었다. 이런 악천후에 외출을 선택하는 멘탈을 가진 사람이라면 애당초 이곳에 올 리가 없다. 마모루의 모습을 본 미야타 유코가 자리에서 일어나 바로 다가왔다.

"어떻게 된 거야? 야노 씨 집에 가 보긴 한 거지?"

"그분 아드님은 없었어요."

마모루는 자연스럽게 거짓말을 했다.

"이미 가 버린 후란 얘기야?"

"아뇨, 아드님이 아니었어요. 그러니까 야노 씨는 부정 수급이 아닌 거죠. 엉터리 신고 때문에 이게 무슨 고생인지 모르겠어요."

미야타 유코는 뭔가 말하고 싶은 표정으로 마모루의 얼굴을 보고 있었다. 마모루는 계속해서 입을 열었다.

"그리고 미야타 씨, 오늘은 오지 마세요."

"싫어. 꼭 갈 거야."

미야타 유코가 고개를 저었다.

"어째서 이렇게 비 오는 날 굳이 오시겠다는 거죠? 민폐인 것도 생각 안 하고, 정말 이상하시네."

미야타 유코가 얼굴을 찡그리더니 걱정스러운 목소리로 물었다.

"사사키, 왜 그래?"

"왜 그러긴 뭐가 왜 그래요. 오지 말라는 것뿐인데."

미야타 유코는 지그시 마모루를 쳐다봤다.

"이러다 다카노 씨를 못 찾으면 어떡해."

"전 상관없어요."

"영원히 못 찾으면 어떡해. 그 사람이…… 다카노 씨가 궁지에 몰려서 자살이라도 하면 어떡해."

"그런 말도 안 되는 소리 하지 마세요."

"알았으니까, 하야시노 아이미랑 얘기 좀 하게 해 줘. 뭐든 좋으니까 정보가 필요해. 내 말 안 들으면 이쪽도 생각이 있다고."

두 사람은 서로 노려봤다. 미야타 유코의 검은 눈동자가 살짝 좌우로 흔들렸다. 바로 그때, 마모루의 시야 끝에 양복을 입은 남자 두 사람이 들어왔다. 미야타 유코도 뒤돌아 마모루의 시선 끝을 봤다. 찾아온 두 남자는 나이가 달라 보였지만 양쪽 다 한 덩치 했다. 둘 다 일반 사람과는 어딘가 이질적인 분위기를 띠고 있었다.

"뭐야, 저 사람들."

그 말에 마모루는 반응할 수 없었다. 이상하게 가슴이 두근거렸다. 미야타 유코가 자리로 돌아간 후에도 마모루는 두 남자로부터 눈을 떼지 못했다. 나이가 많아 보이는 쪽이 창구에 서 있는 직원에게 양복 안에서 거무스름한 지갑처럼 생긴 것을 꺼내 보였다. 그 순간, 마모루의 심장이 크게 요동쳤다. 경찰이다.

직원이 돌아보며 미네모토를 불렀다. 미네모토는 의아한 얼굴로 두 남자에게 다가갔다. 뭔가 말하고 있었지만, 목소리가 작아서 마모루의 자리에서는 무슨 얘긴지 알 수 없었다. 잠시 후 두 남자는 미네모토의 안내로 안쪽에 있는 접객실에 들어갔다. 설마, 나 때문에 온 건 아니겠지. 마모루의 심장이 마구 뛰었다.

갑자기 창밖이 빛났다. 그것을 따르듯 이어서 굉음이 울려 퍼졌다. 천둥소리였다. 마모루는 창밖을 보았다. 두툼한 먹구름이 낮게 하늘에 깔려 있었다. 그 구름을 찢듯이 다시 섬광이 번쩍였다. 그리고 빗소리가 더욱 거세졌다.

"뭐야, 이거. 이러다 수몰되는 거 아냐."

가까이에 있는 직원이 얼굴을 찡그리며 혼잣말로 투덜댔다.

몇 분 후, 미네모토가 접객실에서 나와 마모루에게 다가왔다. 역시 놈들은 나를 잡으러 온 거야. 도망가야 해. 도망가야 해. 마모루는 재빠르게 주위를 둘러봤다. 하지만 의자와 한 몸이 된 것처럼 자리에서 일어설 수가 없었다. 몸이 명령을 무시했다. 그러는 사이에 미네모토가 눈앞까지 왔다.

"사사키, 조금 전에 온 두 사람 경찰인데 말이야. 잠깐 와 줄래?"

"경찰요? 제가 왜요?"

아무렇지 않은 척했지만 볼이 경직되어 있었다.

"겁내지 말고, 일단 와 봐."

미네모토의 재촉으로 그를 따라서 접객실로 들어갔다. 낮은 테이블을 사이에 두고 소파 상석에 두 형사가 앉아 있었다. 그 두 사람이 일어서서 마모루를 향해 허리 굽혀 인사했다.

"일하시는데 죄송합니다. 저희는 이런 사람인데요. 잠깐 사사키 씨에게 말씀을 좀 듣고 싶습니다."

젊은 쪽이 아까 보였던 검은 지갑을 마모루에게 보였다. 경계심을 없애기 위해서인지 부자연스러운 미소를 지었다.

"제가 무슨 짓을 했다는 건가요?"

마모루의 목소리가 떨렸다.

"사사키, 흥분하지 마. 네 이름을 말한 건 나야."

마모루는 고개를 틀어서 옆에 있는 미네모토를 봤다. 떠밀리듯 미네모토와 함께 소파에 앉았다.

"사사키, 후루카와 카스미라는 사람 기억나?"

"후루카와 카스미? 그게 누구죠?"

바로 기억해 내지 못하고 마모루는 고개를 갸우뚱했다.

"지난주에 우리 사무실에 왔던 상담자 같은데, 기록을 확인하니 그때 응대했던 사람이 자네였더라고."

미네모토가 마모루 앞에 프린트된 종이 한 장을 툭 내려놨다. 상담자의 방문 기록이었다. '상담자 후루카와 카스미, 담당 사사키 마모루' 분명히 그렇게 명기되어 있었다. 상담 내용은 '모자 가정, 무직, 취업 가능해 보임'이라고만 적혀 있었다.

이게 내가 쓴 내용인가. 전혀 기억 안 나는데. 마모루가 프린트된 종이로 시선을 떨어뜨린 채 아무런 말도 하지 않자 미네모토가 거들듯 한마디 했다.

"매일 여러 명을 상대해서요."

"네, 그러실 테죠. 요즘 많이 바쁘실 거라 생각합니다. 누구냐 하면 이분인데요."

젊은 형사가 가방 안에서 사진 한 장을 꺼내더니 마모루에게 내밀었다. 한 여성의 얼굴 사진이었다.

아, 이 사람……. 마모루는 숨이 멎는 듯했다. 생각났다. 그때, 그 여자다.

"사사키, 본 적 있어?"

"아…… 아뇨."

마모루는 엉겁결에 부정했다. 미네모토의 한쪽 눈썹이 치켜 올라갔다.

"정말?"

"네."

"그렇군."

미네모토가 한숨을 내쉬며 형사들을 바라봤다.

"그런데 이분이 어떻게 되셨나요?"

"유감스러운 말씀입니다만, 자택에서 돌아가신 채로 발견되었습니다."

젊은 형사가 목소리 톤을 낮추며 말했다. 마모루는 가슴이 철렁했다. 반응을 보인 건 미네모토였다.

"죽었다고요?"

"네, 돌아가신 건 아마도 이곳을 방문한 그날 밤 같습니다. 하지만 발견된 건 어제 오후입니다. 요즘 날씨도 이런데 이상한 냄새가 난다고 근처에 사시는 분들이 신고했나 봅니다. 현장 검증 결과, 자살로 판단하고 있습니다."

"자살요?"

"그렇습니다. 유서치고는 간단한 것이었지만, 종이에 '유이치로가 있는 곳으로 갑니다.'라고 쓰여 있었거든요. 유이치로 씨는 후루카와 카스미 씨의 사별한 남편분입니다."

"저런."

"생활이 상당히 어려웠던 것 같습니다."

나이 든 형사가 말을 이어서 했다.

"집을 조사해 보니 생활이 상당히 안 좋은 상태라는 것을 알 수 있었습니다. 그날 먹을 것조차도 없었던 모양입니다. 집세도 체납되어 있고, 관리 회사로부터 압박이 있었던 것 같습니다. 인생을 비관하여 스스로 목숨을 끊은 듯합니다."

"애가 있었죠? 그 애는 어떻게 되었나요?"

마모루가 끼어들며 물었다. 그 말에 두 형사는 서로 눈을 마주쳤다.

"사사키, 생각난 거야?"

"네."

마모루는 순간 움츠러들었다.

"네, 약간 기억이 납니다. 그래서 아이는요?"

"어린아이를 그대로 둘 수가 없었나 봅니다. 그 아이도 같이……."

"동반 자살을 했다는 건가요?"

나이 든 형사가 천천히 고개를 끄덕였다. 마모루는 그 형사의 대답에 가슴을 밀린 기분이었다. 등 뒤에는 밟을 땅이 없다. 어둠이 펼쳐져 있을 뿐이다. 그 어둠에 삼켜지듯 마모루의 몸은 낙하하고 있었다.

"그래서 사사키 씨에게 묻고 싶었던 건 그때 후루카와 카스미 씨의 상태입니다. 사사키 씨가 보기에 뭔가 이상한 모습이 없었나요?"

마모루는 아무것도 대답할 수 없었다. 우물쭈물하고 있자 미네모토가 재촉했다.

"이봐, 사사키. 그때 어땠어?"

"특별히 이상한 점은 별로······."

젊은 형사가 자기 손을 깍지 끼며 말했다.

"그렇군요. 약간 미심쩍은 부분은 이렇습니다. 생활 보호 상담을 받으러 왔다는 건 후루카와 카스미 씨가 살아 보려고 했던 증거라고 생각합니다. 그런데 어째서 그다음에 바로 죽음을 택했을까요. 이건 좀 실례되는 말씀입니다만, 직원이 제대로 응대해 주지 않았던 건 아닐까요? 그러니까 소홀한 대응을 한 것이 아닌지, 그런 상상을 하게 되었습니다."

"이봐요, 형사님. 사사키는 저희 직원 중 상담 오신 분들에게 가장 세심하고 친밀하게 얘기를 들어 주는 케이스 워커입니다. 소홀한 대응이라니, 절대 있을 수 없는 일입니다."

미네모토가 언성을 높였다.

"그렇게 세심한 분이 이렇게 간단한 기록밖에 남기지 않을 수 있나요?"

나이 든 형사가 비꼬듯이 프린트 종이를 가리키며 말했다.

"다른 상담자의 기록은 꽉 차게 적혀 있을 겁니다. 제가 이런 일을 하고 있어서 조금이나마 생활 보호에 대한 지식이 있습니다. 이건 좀 너무 부실한 거 아닌가요? 이걸로는 후루카와 카스미 씨가 무슨 말을 했었는지 전혀 알 수 없지 않습니까?"

"그건······ 분명히 별로 말을 하지 않았기 때문이겠죠, 그 후루카와 씨라는 분이요. 그렇지, 사사키?"

마모루는 아무런 반응이 없었다. 젊은 형사가 미소를 지으며 말했다.

"제가 말씀드린 건 물론 그냥 추측입니다. 후루카와 카스미 씨는 약간 우울증 증세가 있어서 사소한 말을 확대 해석한다고 할까. 피해망상에 사로잡혀 있었을 수도 있습니다. 다만 저희도 이것이 일이다 보니 상황을 정확하게 파악해야 해서요. 그러니 가능하시다면 그때의 일을 자세하게 말씀해 주시길 바랍니다."

"잘…… 기억이 안 납니다."

마모루는 고개를 숙인 채 쥐어짜듯 겨우 그 말을 했다. 거짓이 아니었다. 어떤 말을 주고받았는지, 정말로 그 기억은 마모루 속에서 애매모호한 상태라 확실하지 않다. 하지만 자신이 그 여자를 매정하게 대했다는 것만은 분명하게 기억난다. 나이 든 형사가 마모루의 눈을 똑바로 바라보며 말했다.

"그러시군요. 사사키 씨, 저희는 특별히 당신을 체포해야겠다는 생각은 없습니다. 설령 당신이 후루카와 카스미 씨를 부실하게 대했다고 해도 죄가 되지는 않습니다. 다만, 진실을 알고 싶을 뿐입니다. 그렇지 않으면 고인도 마음 편히 눈을 감지 못할 것 같거든요."

그리고 나서도 형사들은 이런저런 식으로 질문 내용을 바꿔 가며 조금이라도 정보를 얻기 위해 노력했지만 마모루가 계속해서 알 수 없는 소리만 해서 일단 포기하고 돌아갔다.

"기죽지 마. 네 탓이 아니라는 사실은 분명해. 그 부분은 내가 보증해 주지."

미네모토는 마모루의 등등 툭툭 두드렸지만, 그의 말은 마모루의 귀를 그냥 스쳐 지나갔다. 마음속 깊이 죽고 싶다는 생각이 들었다. 후루카와 카스미의 얼굴이 뇌리에 착 달라붙어 있었다. 그리고 그 소년의 얼굴까지도. 두 사람은 그저 조용히 마모루를 보고 있었다.

마모루는 미네모토의 배려로 조퇴하게 되었다. 미네모토는 택시까지 불러 줬다. 택시의 앞 유리 와이퍼가 정신없이 좌우로 움직이며 내리는 비와 격투를 벌이고 있었다. 그래도 전방의 시야가 제대로 확보되지 않았다.

"죄송합니다. 상황이 이래서 서행으로 가야 할 것 같네요."

몸을 앞으로 굽힌 택시 운전사가 쓴웃음을 지으며 말했다. 마모루는 무표정으로 뒷좌석에 등을 기댄 채 쏟아지는 비에 젖은 거리를 바라보았다. 그 눈에 비치는 모든 것은 무채색이었다.

'죽고 싶다.'라는 생각이 '죽자.' 하고 바뀐 것은 마모루가 집의 문에 열쇠를 꽂은 순간이었다. 그때 마음속에서 어떤 스위치가 탁, 하고 켜졌다. 동시에 뇌가 사르르 녹는 감각을 느꼈다.

마모루는 조용히 신발을 벗고 소리를 죽이며 복도를 지나쳤다. 자연스럽게 그런 행동을 했다. 어두컴컴한 거실에서는 아이미가 테이블 앞에서 담배를 피우고 있었다. 이쪽을 보려고 하지도 않고. 야마다도 있었다. 야마다는 소파에 드러누워서 마모루를 보고 놀란 표정을 지었다.

"어, 무슨 일이야. 이렇게 일찍 귀가하다니."

마모루는 부엌으로 들어가 싱크대 밑에서 식칼을 한 자루 꺼냈다. 조금도 주저하지 않고 그런 행동을 했다. 손에 든 예리한 식칼에 시선을 떨어뜨렸다. 칼의 단면이 형광등 불빛을 희미하게 반사하고 있었다. 그리고 마모루는 한발 내디뎠다. 아이미의 등 뒤에 섰다. 식칼을 든 손이 멋대로 올라갔다.

집에 발을 들여놓은 이후 여기까지 물 흐르듯 이어졌다. 격앙된 기색도 없었다. 마치 누군가에게 조종당하는 것 같았다. 어쩌면 그것은 지금까지 경종을 계속 울려 왔던 또 다른 마모루 자신이었을지도 몰랐다. 아이미는 마모루가 등 뒤에 있는 것조차 눈치채지 못했다. 대신에 그 광경을 본 야마다가 놀란 눈을 크게 뜨고 있었다.

29

"지금 뭐 하는 거야!"

갑작스러운 야마다의 고함에 하야시노 아이미의 몸이 놀라서 떨렸다. 야마다는 험악한 표정으로 아이미의 등 뒤를 노려보고 있었다. 아이미가 뒤돌아보자 바로 뒤에 사사키가 표정 없이 서 있었다. 아이미는 순간적으로 뒷걸음질하며 거리를 두었다.

어느새 온 거지? 전혀 낌새도 못 차렸는데. 사사키의 손끝에 뭔가 빛나고 있었다. 아이미는 그것이 식칼이라는 것을 바로 알아차렸다. 반사적으로 야마다 곁으로 달려갔다. 심장이 빠르게 뛰었다.

"너, 너 지금 무슨 생각 하는 거야."

야마다가 당황하며 사사키를 향해 소리쳤다. 사사키는 아무런 대답도 하지 않고 넋 나간 시선만 건넸다. 눈의 초점이 맞지 않는 느낌이었다. 야마다가 빠르게 지껄였다.

"또 약했구나. 그래서 적당히 하라고 했잖아. 아니, 반대로 약 기운이 끊어진 건가. 그렇구나. 사사키, 지금 바로 한 대 맞는 게 어때? 그래,

그게 좋겠어. 가진 게 없으면 내가 나눠 줄게. 샤브는 없지만 MDMA는 저 가방에 잔뜩 들어 있어. 이봐, 무슨 말이라도 좀 해 봐."

"죽을 겁니다, 같이."

드디어 사사키가 말을 했다. 아이미는 침을 꿀꺽 삼켰다. '같이'란 '아이미와 같이'란 뜻이겠지.

"바보 같은 소리 하지 마. 진정해, 응? 진정하라고."

야마다는 양손을 사사키 앞으로 내밀며 호소했다.

"저, 생각해 봤는데요. 혼자서 죽는 건 왠지 아닌 것 같더라고요. 아이미도 죽을 의무가 있는 거 같아요. 아아, 맞다. 야마다 씨도 같이 죽는 게 어때요?"

"우, 웃기지 마. 왜 나까지 같이 죽어야 하는 건데?"

"어차피 살아 봤자 좋은 일 같은 건 없잖아요."

"사람의 인생을 멋대로 정하는 거 아냐. 아무튼 진정 좀 해. 너, 얼마 전까지만 해도 나한테 잘난 척하며 지껄였잖아."

"그때와는 상황이 다릅니다."

사사키는 결코 언성을 높이지 않고 마치 입만 다른 생명체인 듯 담담하게 입술을 움직이고 있었다. 표정은 조금도 변화를 보이지 않았다. 그 무기질적인 얼굴에는 예전에 봤던 사사키의 모습은 전혀 남아 있지 않았다.

이 사람을 이렇게 만든 건 우리야. 아니, 나야. 사사키의 그런 얼굴을 보고 있으면 아이미는 바로 앞에 자신을 죽이려는 사람이 있는데도, 살의를 보이는데도 이상하게 공포심이 점점 희미해졌다. 창문 너머 거센 빗소리 때문인지 모르겠다. 그로 인해 귀가 마비되듯, 마음도 마비되고 있다.

사사키도 아이미를 보고 있었다. 그 시선을 아이미는 주눅 들지 않고 그대로 받아들였다. 사사키는 '의무'라고 했다. 만약 사사키가 죽는다면, 나도 같이 죽을 의무가 있는 걸까? 답은 나오지 않았다. 죽고 싶지는 않았지만 살고 싶지도 않았다. 이것이 현재 아이미의 본심이었다.

"그래, 같이 죽자."

마음은 정하지 않았는데 입에서 그런 말이 자기도 모르게 나왔다. 야마다가 이상한 표정으로 아이미를 보았다.

"방금 뭐라고 했어?"

"죽어도 될 것 같다고."

아이미는 주저 없이 대답했다. 일단 그런 말을 하고 나니 그것이 자신에게는 적당한 말인 듯했다. 죽고 싶지는 않지만, 죽어도 상관없어. 대충 날린 화살이 정곡을 찌른, 그런 느낌이었다.

"둘 다 무슨 말도 안 되는 소리야. 죽으면 끝이잖아. 목숨을 끊어 버리면 그것으로 끝 아니냐고."

얼굴을 붉힌 야마다가 침을 튀기며 흥분했다. 바로 그때, 인터폰이 울렸다. 누군가 온 것이다. 하지만 그걸 응대할 수 있는 상황이 아니었다. 아이미는 벽걸이 시계를 힐끗 쳐다봤다. 세 시. 누가 왔는지 알 수 있었다. 이 시간만 되면 찾아오는 레이카다.

몇 초 지나자 인터폰이 연속해서 울렸다. 틀림없이 레이카라는 것을 알 수 있었다. 성질 급한 레이카는 아이미의 응답이 늦어지면 매번 이런다. 문이 열리는 소리가 났다.

"어? 문이 열려 있었잖아. 아이미? 있어?"

현관에서 레이카의 목소리가 들렸다.

"비 장난 아니게 오네."

이어서 터벅터벅 발소리가 가까워졌다.

"뭐야, 다 있었잖아. 어? 그런데 왜 다들 서 있어?"

거실에 모습을 나타낸 레이카는 능청스럽게 웃었다. 레이카는 사사키가 들고 있는 식칼을 보지 못한 모양이다. 야마다가 레이카를 보며 말했다.

"마침 잘 왔어. 여기 두 사람 다 제정신이 아니야. 자꾸 죽는다잖아. 어떻게 좀 말려 봐."

"죽어? 왜?"

"내 말이 그 말이야. 이유 없이 왜 이러는지 모르겠어."

레이카가 그제야 눈을 크게 뜨고 사사키를 봤다.

"어? 너, 왜 그런 거 들고 있어."

레이카의 안색이 바뀌었다. 용감한 건지 아니면 그냥 겁이 없는 건지, 레이카는 사사키를 향해 성큼성큼 다가갔다.

"너 이 새끼, 어디서 장난질이야."

그 순간, 아무런 예고도 없이 사사키의 오른손이 움직였다. 레이카를 향해 재빠르게 오른손을 뻗은 것이다. 1초도 안 되는 한순간의 일이었다. 레이카의 움직임이 멈췄다. 입고 있던 얇은 티셔츠가 금방 피로 물들었다. 레이카는 천천히 복부에 손을 가져갔다. 그 손에 새빨간 피가 끈적하게 묻어 있었다.

"이게 무슨……."

레이카가 무릎을 꿇고 웅크렸다. 아이미는 아무런 말도 못 하고 있었다. 단순한 일인데도 상황을 받아들이는 데 시간이 걸렸다. 처음으로 사람이 찔리는 현장을 목격했다. 아이미는 야마다에게 시선을 돌렸다. 그도 자신처럼 할 말을 잃은 듯했다.

"이 바보 같은 새끼!"

정신이 돌아온 야마다가 소리치더니 레이카의 옆에 앉아 몸을 흔들었다.

"괜찮아?"

"……아파. 아프다고."

레이카는 얼굴을 찡그리며 신음했다.

"걱정하지 마. 바로 구급차 불러 줄게."

야마다는 그렇게 말하더니 바로 뭔가 떠오른 표정이 되었다가 얼굴을 찡그렸다. 야마다가 무슨 생각을 했는지 아이미는 알 수 있었다. 구급차를 부르면 사사키의 범행임을 감출 수 없다. 사사키가 체포되면 지금까지의 경위가 백일하에 드러나게 된다. 이 자리에 있는 사람 모두가 범죄자라는 사실이 떠오른 것이다.

"류 짱…… 류 짱 좀 불러 줘."

레이카도 그것을 알아차렸는지 가네모토를 찾았다. 야마다는 핸드폰을 꺼냈다. 재빠르게 버튼을 누르더니 레이카가 통화할 수 있게 스피커폰 설정으로 바닥에 놓았다. 전화벨 소리가 거실에 울려 퍼졌다. 부재중 전화로 바뀌었다. 야마다가 혀를 차고는 다시 전화를 걸었다. 또 부재중 전화가 되어 다시 세 번째 시도를 했더니 [뭐야.] 하고 가네모토의 목소리가 들렸다.

"가네모토 씨, 저예요. 레이카가 쓰러졌어요. 사사키와 아이미도 있는데, 저만 빼고 다들 제정신이 아닙니다."

동요하고 있는 야마다가 바로 알아들을 수 없는 말을 했다.

[뭐야. 알아듣게 좀 말해 봐.]

"아무튼, 즉시 레이카를 병원에 데려가야 합니다."

[야마다, 진정하고 제대로 설명해 봐.]

"그러니까…… 어디서부터 말해야 하지."

야마다는 양손으로 머리를 긁적였다.

"먼저, 사사키가 급하게 귀가해서 식칼을 꺼내 오더니 아이미와 같이 죽겠다고 하고, 그 말을 들은 아이미도 죽을 거라고 했습니다. 그런데 사사키가 레이카를 찔렀어요."

[대체 무슨 소린지 모르겠어.]

가네모토가 혀를 차는 소리가 들렸다.

[아무튼, 레이카가 찔렸다는 얘기지? 상태가 많이 안 좋나?]

"잘 모르겠습니다. 출혈이 꽤 심해요."

[꽤라고 하면 어떻게 알아. 아무튼 알았어. 아이미 집이지? 내가 바로 갈 테니까 괜히 흥분해서 경찰이나 구급차 부르지 마.]

가네모토는 이번에도 멋대로 전화를 끊었다.

"들었지? 가네모토 씨가 지금 온대. 조그만 참아 봐."

야마다는 레이카 옆에 붙어서 위로하듯 말했다. 아이미는 그런 야마다의 모습이 의외임과 동시에 우습기도 했다. 레이카가 죽든 말든 상관없잖아. 적어도 아이미에게 레이카는 어떻게 되든 신경 안 쓰이는 존재다.

아이미는 문득 창밖을 보았다. 하늘이 잿빛투성이였다. 눈을 가늘게 뜨고 빨려 들어가듯 그 회색 하늘을 쳐다봤다. 이런 와중에도 한동안 하늘을 보지 않았던 것 같다.

30

 세찬 빗소리가 고막을 두드렸다. 야마다 요시오는 이 자리에 있는 것을, 이 사람들하고 엮이게 된 것을 마음 깊이 후회했다. 아까부터 머릿속에서 맴도는 말은 '왜 내가 이런 꼴을 당해야 하지.'였다. 시간을 되돌리고 싶었다. 사사키가 귀가하기 전으로. 아니, 가네모토를 만나기 전으로. 그것도 아니다. 제대로 된 인간이었던, 가족과 직업도 있었던 그 시절로.

 순간 아야노의 얼굴이 떠올랐다. 7년 동안 만나지 못한 딸이다. 그렇게 생각 안 하고 살았는데 왜 이제 와서……. 아니, 지금 떠올린 건 아야노가 아닐지도 모른다. 어느 쪽인가 하면 미소라의 얼굴에 가까운 것 같았다.

 요시오는 벽에 걸린 시계를 봤다. 가네모토는 얼마나 있어야 올까. 전화를 끊고 나서 이미 15분이 지났다. 대충 언제쯤 도착할지 물어볼 걸 그랬다. 물론 가네모토가 나타난다고 해도 이 상황을 해결해 줄 것 같지는 않지만. 이대로 레이카가 죽으면 대체 나는 어떻게 될까.

 레이카의 복부에 대고 있는 수건이 피로 물들어 있었다. 수건 위에 그려져 있는 귀여운 애니메이션 캐릭터가 잔혹하게도 검붉게 물들었다.

 사사키는 거실 한쪽 구석에서 무릎을 껴안은 채 떨고 있었다. 그리고 알아들을 수 없는 목소리로 주문을 외우듯 중얼거렸다. 왜 그렇게 되었는지 알 수 없었다. 갑자기 주저앉더니 그런 이상한 행동을 하고 있다. 다만, 식칼은 아직 손에 들고 있었다. 조금 전에 갑자기 레이카를 찌르기도 해서 함부로 다가갈 수도 없었다. 아이미는 말을 걸면 겨우 반응을 보였지만, 넋이 나간 상태로 창밖을 바라보고 있다.

그런 상태로 한동안 시간이 지난 뒤, 거센 빗소리에 섞여 독특하고 굵직한 엔진 소리가 가까워지는 것이 요시오의 귀에 들려왔다. 우라칸이다. 드디어 가네모토가 온 것이다. 엔진 소리가 멈추더니 잠시 후 현관문이 열리는 소리가 났다.

"대체 뭐가 어떻게 된 거야."

모습을 나타낸 가네모토는 상황을 파악하기 위해 험악한 얼굴로 거실을 둘러봤다.

"저 미친 새끼가."

사사키에게 몇 초 동안 시선이 머물더니 이제 전부 알겠다는 듯 욕을 내뱉었다.

"레이카, 나야. 잠깐 다친 데 좀 보자."

가네모토가 바닥에 앉으며 말하자 레이카는 옅은 미소를 보였다. 가네모토가 티셔츠를 말아 올려서 상처를 들여다봤다.

"아, 이 정도 출혈이면 괜찮을 거야."

"류 짱, 나 아파."

"조금만 참아. 죽지는 않을 거야."

가네모토는 레이카에게 말하더니 스마트폰을 꺼내서 어딘가에 전화를 걸었다.

"나요. 긴급하게 치료를 해 주셨으면 하는 사람이 있는데, 배를 찔렸어. 뭐? 선생, 그러면 안 되지. 이럴 때를 위해 돈도 줬잖아. 웃기는 소리 말고, 아무튼 어떻게 좀 해 줘요, 응?"

가네모토는 짜증 난 말투로 소리쳤다. 요시오는 대화 내용에서 가네모토가 전화를 건 상대가 이시고라는 것을 알 수 있었다.

"이 새끼가, 어디서 나를 우습게 보고 있어. 처죽여 버릴까 보다."

전화를 끊은 가네모토가 거칠게 말했다. 가네모토의 얼굴에서 항상 있던 여유가 사라졌다. 레이카의 상태를 걱정하는 게 아니라, 상황이 이렇게 되어 골머리를 앓고 있는 것이다. 그리고 그건 요시오 역시 마찬가지였다. 사사키가 제대로 미쳐 버린 덕에 여러 가지가 드러나게 된 것이 아닌가. 그렇다면 틀림없이 요시오는 궁지에 몰릴 것이다.

"자, 이제 가자, 레이카."

"이시고 선생님한테 가는 겁니까?"

요시오가 물었다.

"어, 지금부터 내 차로 데려갈 거야. 그 전에……."

가네모토가 고개를 갸우뚱하며 사사키를 노려봤다. 사사키는 아직도 중얼중얼 주문을 외우고 있다. 이미 어딘가 다른 세계로 가 버린 듯했다. 그는 가네모토가 모습을 드러냈을 때도 아무런 반응을 보이지 않았다. 가네모토는 사냥감을 노리는 육식 동물처럼 사사키를 노려보며 조금씩 다가갔다. 그리고 몸을 날려 있는 힘껏 사사키의 머리를 발로 찼다. 대단한 일격이었다. 사사키의 몸이 날아갔다. 식칼이 사사키의 손을 떠나 바닥에서 회전하며 미끄러졌다. 마치 요시오를 노리는 듯이 발끝까지 왔다. 요시오는 순간적으로 점프하여 식칼을 피했다.

"야마다, 이 새끼 꼼짝 못 하게 어디에 좀 묶어 둬."

가네모토가 턱짓을 하며 요시오에게 명령하더니 레이카의 몸을 감싸 안았다. 레이카가 작게 신음했다. 그대로 거실을 나가려고 하는 가네모토의 등을 향해 요시오가 물었다.

"가네모토 씨, 저는 이제 어떻게 하면 될까요?"

"말했잖아, 이 새끼 묶어 놓으라고."

가네모토가 반쯤 몸을 돌리며 고함을 질렀다.

"다시 오실 거죠?"

"그래, 레이카를 이시고한테 맡기고 올 거야."

"어떻게 하실 생각이신가요. 일이 이렇게 돼 버려서."

구체적인 표현은 아니었지만, 가네모토는 그 의미를 알아들은 듯했다. 요시오는 불안했다. 이곳에 남겨지는 것도, 앞으로의 처지도.

"나중에 생각하자."

가네모토는 잠시 생각을 하더니 그렇게 대답했다. 그의 대답을 기다리는 동안 요시오는 더욱 불안해졌다.

가네모토와 레이카가 나간 지 세 시간 정도 지났다. 시각은 여섯 시를 지났지만 창밖 풍경은 그다지 변화가 없었다. 오늘은 아침부터 줄곧 어두컴컴했다. 비도 전혀 그 기세가 떨어지지 않고 벌이라도 내리듯 후나오카의 거리를 적시고 있었다.

확실히 아까보다는 정신 상태가 안정되면서 냉정하게 생각할 수 있게 된 요시오는 상황의 심각성을 새삼스럽게 느꼈다. 이제 사사키가 직장에 복귀하는 건 바랄 수 없을 것이다. 그건 전혀 상관없었지만, 사사키가 내일부터 출근하지 않으면 틀림없이 수상하게 생각하는 사람이 나타나서 조사하게 될 것이다. 갑자기 퇴직한다면 다카노에 이어 연이어 발생하는 것이라 주변 사람들이 의심을 하게 될 것이 뻔하다.

기적적으로 사사키가 지금까지처럼 일을 계속하게 된다면 어떻게 될까. 아니, 그건 어림없다. 조만간 마약에 중독된 것이 발각될 것이다. 이미 사사키는 무너져 버렸다. 그렇게 되면 당연히 경찰이 움직일 것이다. 그리고 야마다 요시오라는 사람이 이 사건에 깊이 관련되어 있다는 사실도 알게 되겠지.

요시오는 수없이 한숨을 쉬었다. 생각을 아무리 해 봐도 이 일을 수습할 방책이 떠오르지 않았다. 출구가 없는 미로를 계속 방황하던 요시오는 점점 피폐해져 갔다.

"미소라, 아저씨는 앞으로 어떻게 하면 좋을까."

요시오는 옆에서 그림을 그리고 있는 미소라에게 힘없이 말을 걸었다. 하지만 그 말이 미소라에게 닿지 않는다는 건 지금까지의 공동생활로 이미 알고 있었다. 그림을 그리고 있을 때 미소라는 바깥세상과 완전히 차단한 상태라는 것을 말이다.

요시오가 미소라의 존재를 떠올린 것은 가네모토가 나간 지 얼마 지나지 않아서였다. 정확하게 말하면 떠올랐다기보다 발견했다는 것이 맞을 것 같다. 요시오가 맹장지 문을 열자 그곳에는 크레용을 들고 있는 미소라가 있었다. 그 난리 중에도 계속 그림을 그리고 있었다면 미소라도 정상이라고 말하기 어렵다. 아마 그건 엄마인 아이미의 영향이 클 것이다. 요시오는 그런 아이미를 향해 시선을 돌렸다. 저 여자가 아이를 전혀 신경 쓰지 않고 방치해서 그 결과 미소라가 저렇게 된 거야.

아이미는 전혀 아랑곳하지 않고 창가에 양반다리를 하고 앉아서 기계적으로 담배를 피우고 있었다. 꽁초가 될 때까지 다 태우고 바로 새 담배에 불을 붙였다. 시선 끝은 창밖이었지만 특별히 어딘가를 보고 있지는 않았다.

요시오는 또 한숨을 쉬더니 고개를 반대 방향으로 돌렸다. 비닐 끈으로 두 손 두 발이 묶인 사사키가 바닥에 축 늘어져 있었다. 그를 묶은 건 요시오였다. 사사키 역시 넋 나간 사람처럼 초점 없는 눈으로 허공을 멍하니 보고 있었다.

니들은 좋겠다. 요시오는 문득 그런 생각을 했다. 두 사람의 정신은 어딘가 먼 곳으로 나가 버린 상태다. 자신도 그렇게 이런 현실에서 눈을 돌리고 싶었다. 손에 들고 있는 핸드폰이 진동하자 요시오는 즉시 통화 버튼을 눌렀다. 애타게 기다리던 가네모토의 전화였다. 아까부터 요시오가 몇 번이고 전화했는데 연결이 되지 않았다.

[일이 곤란하게 됐어.]

가네모토의 침울한 목소리가 들렸다. 그 말을 들은 요시오의 기분도 침울해졌다. 도대체 얼마나 더 상황이 악화될까.

"어떻게 됐나요?"

[레이카의 의식이 돌아오지 않아.]

"네? 그게 어떻게 된……."

[수술은 끝났는데 혼수상태에서 깨어나지 않고 있어. 이시고도 초조해하고 있어.]

"그게 무슨 말씀이세요. 가네모토 씨가 문제없을 거라고 하셨잖아요."

무심코 따지는 말투가 되었다. 가네모토가 화를 낼 줄 알았는데, 가네모토는 [그랬지.]라는 말밖에 하지 않았다.

"이제 어떻게 하실 건가요?"

요시오는 난처한 목소리로 물었다. 가네모토는 한동안 말이 없더니, 이윽고 입을 열었다.

[거기 사사키 있지?]

"네, 정신이 나간 상태예요. 아이미도 그렇고 딸아이 미소라도."

[일단 갈게.]

가네모토는 그 말만 하고 전화를 끊었다. 요시오는 절망적인 기분이었다. 레이카는 가네모토가 괜찮을 거라고 해서 문제없을 것으로 생각했다. 레이카가 이대로 죽는다면, 아니, 죽지는 않는다고 해도 앞으로 의식이 돌아오지 않는다면 어떻게 될까. 기분이 찜찜한 정도에서 끝나는 문제가 아니다. 일이 커지면 자신도 해를 입게 될 것이다. 그게 제일 두려운 것이다.

요시오가 골머리를 앓고 있는데 갑자기 인터폰 소리가 거실에 울렸다. 요시오는 반사적으로 벌떡 일어섰다. 아이미도 정신을 차렸는지 요시오를 쳐다봤다. 누구지? 두 사람은 눈으로 그렇게 물었다. 가네모토가 아닌 건 분명하다. 아무리 빨리 와도 벌써 도착했을 리가 없다.

요시오는 벽에 있는 인터폰 액정 화면을 확인했다. 숨이 멎는 듯했다. 제복 차림의 경찰관 모습이 화면 속에 있었다. 고개를 숙인 채 모자를 푹 눌러써서 얼굴은 보이지 않았지만, 그가 경찰이라는 건 틀림없었다. 머릿속이 하얘졌다. 왜 경찰이…… 경찰이 무슨 일로 여길 온 거야. 다시 인터폰이 울렸다.

"실례합니다. 아무도 안 계세요?"

낮고 분명하지 않은 남자의 목소리가 들렸다. 문에 붙어 있는 우편물

투입구를 열고 그곳을 통해 말하고 있는 것 같은데, 도대체…….

"안에 계시는 거 같군요."

문 저편에 있는 사람은 요시오 일행이 안에 있는 것을 아는 듯했다. 아무튼, 기분 나쁜 목소리였다. 요시오는 할 수 없이 인터폰 버튼을 눌렀다. 아이미보다 자신이 상대하는 게 낫겠다는 판단이었다. 요시오가 조심스럽게 물었다.

"누구세요?"

[치바현경 후나오카서에서 왔습니다.]

상대는 자신을 그렇게 밝혔다. 경찰인 건 알고 있었지만 요시오는 새삼스럽게 패닉에 빠졌다. 침을 꿀꺽 삼키고 나서 다시 입을 열었다.

"경찰관분께서 무슨 일로 오셨죠?"

[이 아파트 앞에 수상한 사람이 돌아다닌다는 신고가 있어서요. 몇 가지 묻고 싶은데 괜찮으실까요?]

수상한 사람? 비가 이렇게 내리는데?

"저는 계속 집에 있어서 잘 모르겠는데요. 드릴 말씀도 없고……."

[네, 그러실 거로 생각합니다만, 잠시만 시간을 내 주세요. 이 아파트에 사시는 분들 모두에게 부탁드리고 있습니다.]

안 나가면 괜히 의심받으려나. 아니, 안 돼. 너무 위험해. 만일 집 안까지 들어오면 단박에 끝장이야. 그렇다고 무조건 거부하면 찍힐 거야. 현관에서 얘기를 끝낼 수 있으려나. 지금의 심리 상태로는 제대로 잘 대처할 자신이 없는데……. 도대체 오늘은 왜 이러는 거야. 어째서 신은 이런 악질적인 장난을 하는 걸까. 어떻게 해야 할까. 어떻게 해야…….

생각이 정리되기도 전에 요시오는 현관을 향해 발을 내딛고 있었다.

이미 머릿속은 새하얘져 있었다. 요시오는 조종당하듯이 자물쇠를 열었다.

"열지 마!"

거실에서 아이미의 외침이 들렸다. 하지만 늦었다. 문밖에서 힘주어 문을 억지로 열었다. 온몸이 흠뻑 젖은 남자가 서 있었다. 요시오는 경악했다. 그 남자는 다카노 요지였다.

31

[이 아파트 앞에 수상한 사람이 돌아다닌다는 신고가 있어서요. 몇 가지 묻고 싶은데 괜찮으실까요?]

그 경찰관이라는 남자는 상당히 더듬거리는 말투였다. 목소리도 이상하게 낮았다. 일부러 그런 목소리를 내는 것 같았다. 그리고 하야시노 아이미는 그 목소리가 이상하게 익숙했다.

[네, 그러실 거로 생각합니다만, 잠시만 시간을 내 주세요. 이 아파트에 사시는 분들 모두에게 ······.]

다음에 한 말을 듣고 아이미의 기억 속에서 목소리와 인물이 연결되었다. 다카노 요지다. 목소리를 바꿨지만 숨길 수 없다. 아이미는 알고 있다. 자신의 귓가에 속삭이던 그 목소리를.

게다가, 방문한 이유를 설명할 때 느낀 수상하고 억지스러운 태도는 누가 봐도 이상했다. 그런데 야마다는 눈치 없이 그의 말에 따라 문을 열려고 한다. 다카노가 무슨 일로 찾아왔는지 모르지만, 정체를 속이고 있는 것을 보니 뭔가 위험한 일이 벌어질 것 같았다.

"열지 마!"

아이미가 소리쳤다. 하지만 이미 늦었다. 바깥의 빗소리가 갑자기 크게 들렸다. 문을 열어 버린 것이다.

야마다가 천천히 뒷걸음으로 거실에 들어왔다. 그 너머로 다카노 요지의 얼굴이 보였다. 다카노의 모습은 완전히 달라져 있었다. 원래 근육이 탄탄한 몸매를 가지고 있었는데, 바람 빠진 풍선처럼 온몸이 시들해져 있었다. 볼은 쏙 들어가고 눈알은 튀어나올 듯 보였다. 늘어진 앞 머리카락에서 물이 뚝뚝 떨어졌다. 그런데 왜 경찰복을 입고 있는 걸까.

"역시 있었군."

다카노는 대치하고 있는 야마다에서 아이미로 시선을 옮기며 입꼬리를 올려 미소 지었다. 그의 손에는 30㎝ 정도 되는 서바이벌 나이프가 들려 있었다.

즉시, 아이미의 본능이 몸을 움직였다. 바로 그곳에 있던 미소라의 옷을 붙잡더니 바닥에 미끄러뜨리듯 몸을 잡아당겼다. 그러고는 제 몸과 위치를 바꾸더니 미소라를 감추기 위해 벽이 되었다.

"이게 대체 무슨 짓이야."

야마다의 목소리가 떨렸다.

"너도 죽여 버릴 거야. 전부 죽여 버릴 거라고."

다카노가 정신 나간 얼굴로 소리쳤다. 그의 눈에는 광기가 서려 있었다.

"그만둬. 나는 부탁받아서 잠깐 도운 거뿐이라고. 아무 관계 없는 사람이라고. 제발 그만 좀 해. 이제 나이프나 식칼은 그만 좀 하라니까. 대체 오늘은 뭐가 어떻게 된 거야. 다들 미친 짓 좀 작작 하란 말이야."

야마다는 얼굴을 찡그리며 소리쳤다. 하지만 다카노는 그의 말을 듣고 있는 것 같지 않았다. 시선이 다른 곳에 있었다. 바로 옆에 쓰러져 있는 사사키를 발견한 것이다.

"살인까지 할 필요 없잖아. 그래 봤자 일자리를 잃은 정도고 가족한테 버림받은 정도야. 나도 경험한 거야. 그렇다고 해서······."

다카노는 눈살을 찌푸리며 의아한 표정으로 사사키를 내려다보았다. 이곳에 사사키가 살고 있다는 것을 다카노가 알고 있는지는 둘째치고, 사사키가 끈에 묶여 있는 상태라는 것에 대해서 감이 잡히지 않았을 것이다. 사사키는 이런 상황에서 다카노를 쳐다보지도 않고 있었다.

"인제 그만하자. 없었던 일로 하자고. 아직 늦지 않았어."

야마다는 머리카락을 흩뜨리며 필사적으로 설득했지만, 아무도 야마다의 말을 듣지 않았다.

아이미는 베란다로 향하는 창문을 쳐다봤다. 잠겨 있는 상태였다. 잠금장치를 풀고 창문을 연 다음 난간을 넘어서 밖으로 달아난다. 미소라와 함께. 여긴 1층이니 어떻게든 될 것이다. 폭우가 내리지만 그게 문제가 아니다. 단, 다카노가 그럴 틈을 주었을 때 가능한 얘기다.

다카노가 살의를 품고 이 집에 왔다는 건, 당연히 아이미를 노린 것이다. 일자리를 잃고, 가족에게 버림받고, 야쿠자에게 협박당하고 있다. 모두 자업자득이지만, 다카노는 아이미에게 원한을 품고 있다. 이제 잃을 건 아무것도 없다는 심경일 것이다.

하지만 아이미는 다르다. 미소라가 있다. 아이미는 미소라의 몸을 힘주어 자신에게 밀어붙였다. 스스로도 이 감정을 설명할 수 없지만, 지켜야 한다. 자신이 죽는 건 좋지만 미소라는 안 된다. 지금 이 순간의 자신은 분명히 그렇게 생각하고 있다.

이럴 때 잠금장치만이라도……. 아이미가 살짝 창문 잠금장치로 손을 뻗는 순간, 또 인터폰이 울렸다. 대체 오늘은 몇 번째인가. 그 소리가 마치 저승사자의 웃음소리처럼 느껴졌다. 그곳에 있는 전원이 움직임을 멈추었다. 아이미는 가네모토라고 생각했다. 야마다도 그렇게 생각했는지 아이미를 힐끗 보더니 고개를 끄덕였다.

"아무 소리 내지 마."

다카노는 야마다와 아이미를 번갈아 보면서 위협하듯 나이프 끝을 내밀었다. 문은 잠겨 있지 않았다. 아이미는 '제발 그냥 들어와.' 하고 마음속으로 빌었다. 사사키한테 했듯이 다카노도 제압해 줬으면 했다.

탕탕.

문을 두드리는 소리가 났다. 그때 갑자기 사사키가 껄껄 웃기 시작했다.

"야, 조용히 해. 찔리고 싶어?"

다카노는 황급히 사사키의 볼에 나이프를 들이댔다. 사사키는 그 말에 전혀 동요하지 않았다. 미친 사람처럼 더 크게 웃음소리를 냈다. 이제 완전히 착란 상태가 된 것이다. 문을 천천히 여는 소리가 들렸다. 비 내리는 소리가 크게 들렸다.

"사사키, 안에 있어?"

현관에서 여자 목소리가 들렸다. 아이미와 야마다가 놀란 얼굴로 서로를 봤다. 가네모토가 아니었다.

"과장한테 사정은 들었는데, 괜찮아? 들어가도 되지? 안으로 들어간다. 그럼 들어갈게."

발소리가 가까워졌다. 다카노는 재빠르게 그늘진 곳으로 몸을 숨겼다. 거실에 모습을 나타낸 것은 사회 복지 사무소의 미야타 유코라는 여자였다. 2개월 정도 전에 사사키와 같이 찾아왔던 그 기분 나쁜 인상의 여자. 미야타 유코는 현장 상황을 보고 할 말을 잃었다.

"뭐야, 이게. 어떻게 된 거야?"

누구한테랄 것도 없이 그렇게 중얼거렸다. 당황한 모습으로 시선이 갈피를 못 잡고 있었다.

"넌 여기 왜 왔어."

다카노가 미야타 유코 뒤에서 신음하듯 말했다. 미야타 유코가 그 말을 듣고 돌아섰다.

"요지 씨."

미야타 유코는 눈을 크게 뜨더니 입가에 손을 얹었다.

"역시 너도 한패였구나. 나를 이 꼴로 만들다니."

다카노의 입술이 떨렸다.

"한패? 그게 무슨 소리야. 칼은 왜 들고 있는 거야. 그리고 그 차림은 또 뭐고."

"시끄러워!"

"나, 계속 찾고 있었어."

"나를 파멸시켜 놓고 찾긴 뭘 찾아."

"당신 탓이야. 나를 버린 벌을 받은 거라고. 이혼한다고 그렇게 말하더니 결국 와이프한테 돌아가고, 그것도 모자라 저런 년까지 손대고 말이야."

미야타 유코는 '저런 년'이라는 대목에서 아이미를 힐끗 봤다.

"아무리 그래도 이렇게까지 할 필요는 없잖아. 그 편지를 집에 보낸 것도 너지?"

"그래, 그게 어때서? 사직서 내는 걸로 마무리될 거로 생각했어? 와이프랑 다시 시작하는 거, 난 절대 용납 못 해."

"지금 화낼 사람이 누군데 그래. 야쿠자까지 불러서 사람 병신 만들었으면서."

"야쿠자? 그게 무슨 소리야?"

"인제 와서 시치미 떼지 마."

"야쿠자가 갑자기 왜 나와. 난 그런 거 몰라. 아무튼, 헤어질 때 그랬지. 분명히 후회할 거라고."

무슨 소린지 알 수 없는 대화가 반복되고 있었다. 야마다도 어리둥절해 있었다. 그나마 알 수 있었던 건 미야타 유코라는 여자가 다카노의 불륜 상대라는 것이다. 그러고 보니 전에 다카노가 와이프에게 바람피우는 걸 들킨 얘기를 한 적이 있었다. 그 상대가 어쩌면 이 여자였을 수도 있겠다고 아이미는 생각했다. 사사키는 미야타 유코를 '정의감이 강하고 결벽증이 있는 사람'이라고 했다. 아이미 역시 그렇게 느꼈다.

"잠깐만."

야마다가 미야타 유코를 향해 손을 들며 주의를 끌었다.

"댁이 누군지 나는 잘 모르지만, 나름대로 이유가 있어서 나는 명령받은 대로 도운 것뿐이라고 할까, 아무튼 그렇거든. 그런 의미에서 나 역시 피해자라······."

"누군지 모르지만 남의 말에 끼어들지 마."

미야타 유코는 야마다에게 그 손 치우라는 손짓을 했다.

"요지 씨, 지금 어디 살고 있어?"

"그런 거 묻지 말고 내 말 좀 들어 봐. 가네모토라는 나쁜 야쿠자가 나를 협박하고 끌어들여서······."

"끼어들지 말라고 했지!"

미야타 유코가 두 손으로 야마다를 떠밀었다.

"요지 씨, 밥은 먹고 다녀?"

"너하고는 상관없잖아."

다카노가 소리쳤다.

"상관없다니, 그게 무슨 소리야. 이제 요지 씨에게는 아무것도 남은 게 없어. 나한테 돌아올 수밖에 없다고."

"왜 항상 그런 식으로 말하는데. 나는 너의 그런 기분 나쁜 부분이 싫다고."

"아냐, 거짓말하지 마. 마음속 깊은 곳에서는 결국 나밖에 없다고 생각할 거야. 사실 요지 씨도 그걸 알고 있을 거라고."

"웃기지 마."

"그러지 말고 나랑 같이 가자. 이제 요지 씨를 도와줄 사람은 나밖에 없잖아."

그 말에 다카노는 시선을 비스듬히 떨어뜨리며 씁쓸한 표정을 지었다.

"나는 우리 아들딸하고 같이 살고 싶다고."

"그런 생각은 이제 단념해. 당신이 무슨 짓을 했는지 몰라? 이제 돌아갈 수 없어. 당신 와이프는 절대 아이들을 만나게 해 주지 않을 거야."

"전부 네 탓이야."

"그렇지 않아. 당신이 잘못한 거야. 이렇게 된 건 전부 당신 탓이라고. 그러니까 모두 당신을 버렸지. 하지만 난 달라. 그러니까 이제 당신은 나와 함께할 수밖에 없어."

왠지 이상한 전개가 되어 있었다. 무슨 이유에선지 미야타 유코가 다카노를 압도하고 있었다. 아이미는 마음속으로 몰래 미야타 유코를 응원했다. 어떤 형태든 좋으니까 이 자리에서 위험이 사라지면 그만인 것이다. 그런 생각을 하고 있던 아이미를 야마다가 봤다. '이 여자는 누구야?' 하는 느낌으로 미야타 유코를 눈으로 힐끗하며 가리켰다.

"미, 야, 타."

아이미는 입술만 움직여 대답했다. 야마다는 이마에 손을 얹더니 기가 막힌다는 표정으로 머리를 위로 젖혔다.

"으흑."

갑자기 다카노가 신음하며 어깨를 들썩였다. 무슨 일인가 했더니 울고 있었다. 엄마한테 혼난 아이처럼 얼굴을 잔뜩 찡그리며 눈물을 흘리고 있었다.

"어쩌다 이 모양 이 꼴이 된 거야. 잠깐의 실수였는데, 이건 너무하잖아."

"그건 내가 할 말이야."

야마다가 호통치듯 말했다. 그런 야마다의 눈도 당장이라도 울음을 터뜨릴 것처럼 눈물을 글썽이고 있었다.

"너희들 때문에 내 인생이 엉망진창이야. 내 인생은 이게 무슨 꼴이냐고."

"당신, 누군지 모르겠지만 찌그러져 있어."

"뭐? 찌그러져 있어?"

야마다는 분노의 화살을 미야타 유코에게 겨누었다.

"이제 레이카가 죽으면 어떻게 되는지 알아? 사사키는 살인자가 되는 거야. 그럼 사사키가 그런 미친 짓을 하게 된 건 누구 때문일까? 가네모토 때문이잖아. 나 때문이 아니라고. 나도 피해자란 말이야."

"아까부터 대체 무슨 소리를 하는 거야? 당신 머리 어떻게 된 거 아냐?"

"머리가 어떻게 된 건 너희들이잖아. 나 말고 전부 제정신이 아니야. 여기 있는 모두 미쳐 버린 것 같다고."

"시끄러워. 둘 다 멋대로 지껄이지 마. 정말 죽고 싶어서 그래?"

"죽긴 누가 죽어. 울면서 무슨 소리 하는 거야."

"너도 울었잖아."

"유지 씨, 진정해."

세 사람 모두 아이미는 신경도 안 쓰고 언성만 높였다. 이럴 때 도망가는 게 좋겠다. 그렇게 판단한 아이미는 미소라의 귀에 대고 속삭이며 팔을 붙잡았다.

"가자. 도망치는 거야."

"마모루 아저씨도."

미소라가 쓰러져 있는 사사키를 손가락으로 가리켰다.

"그건 안 돼."

아이미가 애원하듯 말했다.

"그럼 싫어. 안 가."

아이미는 자신의 귀를 의심했다. 미소라가 태어나서 처음으로 반항을 했다. 왜 하필 이럴 때……. 그러고 있는 사이에 멀리 중저음의 자동차 소리가 들렸다. 그 소리가 점점 가까워졌다. 이제야말로 진짜 가네모토가 온 것이다. 반응한 건 야마다였다.

"큰일이다. 가네모토가 돌아왔어."

아이미 역시 같은 기분이었다. 조금 전까지만 해도 가네모토가 빨리 돌아왔으면 했는데, 지금 가네모토가 나타나면 오히려 더 혼란스러워질 것 같았다.

"이봐, 당신들. 지금 당장 여기서 나가 줘. 가네모토가 돌아왔어."

야마다가 다카노와 미야타 유코에게 절박한 어조로 말했다.

"왜 내가 당신 말을 들어야 하는데. 가네모토 따위 무섭지 않아. 그놈도 죽여 버릴 거야."

"떨고 있으면서 무슨 소리야. 가네모토는 권총을 가지고 있을지도 몰라. 네가 아무리 그 나이프로 어떻게 해 보려고 해 봤자 당해 낼 수 없어."

"가네모토는 또 누구야?"

"가네모토는 말이야, 야쿠자 중에서 가장 나쁜 새끼야. 제발 부탁이니까 당신 둘 빨리 나가 줘. 더 이상 사람 힘들게 하지 말고."

"그 가장 나쁜 새끼를 내가 죽여 버릴 거야."

"그러다 죽는 건 너란 말이야. 미야타 씨라고 했나. 저 사람한테 뭐라고 얘기 좀 해 봐."

"요지 씨, 일단 우리 집으로 가자, 응?"

"싫어. 난 그놈 때문에 모든 걸 잃었단 말이야."

"목숨은 아직 붙어 있잖아. 가네모토는 정말로 널 죽일 거야."

"그전에 내가 놈을 죽여 버릴 거야."

"요지 씨는 살인 같은 건 할 사람이 못 되잖아. 게다가 자식은 어떻게 되겠어. 아빠가 살인자가 되잖아."

그 말을 들은 다카노는 움직임을 멈추었다. 고개를 숙이더니 눈을 깜박였다. 그러는 사이에 엔진 소리가 사라졌다. 자동차가 멈춘 것이다. 이제 가네모토가 들어오기까지 30초도 남지 않았다.

"아아, 젠장. 일단 저 방에 숨어 있어."

야마다가 두 사람의 등을 밀어 옆방으로 들여보내려 했다.

"내 몸에 손대지 마, 이 변태 새끼야!"

미야타 유코가 야마다의 손을 뿌리쳤다.

"변태 새끼든 뭐든 상관없어. 절대로 이 방에서 나오지 마. 찍소리도 내지 말고. 내가 대충 둘러대서 내보낼 테니까."

야마다가 맹장지 문을 열더니 다카노와 미야타 유코를 옆방으로 떠밀었다.

"알았지? 조용히 있어."

그렇게 재차 다짐을 받고 탁, 하고 문을 닫았다. 그와 동시에 현관문이 거칠게 열렸다. 터벅터벅 발소리와 함께 가네모토의 모습이 나타났다. 험악한 눈으로 주위를 둘러보다가 아이미와 눈이 맞았다. 아이미는 반사적으로 시선을 피했다. 야마다가 물었다.

"수고하셨습니다. 레이카는 어떤가요?"

"아까 말했잖아. 할 수 있는 건 다 했어. 남은 건 깨어나길 비는 것뿐이야."

"경찰에 알려지는 건 아니겠죠? 이시고 선생이 어떻게 해 주겠죠?"

"어, 그건 어떻게든 되겠지. 문제는……."

가네모토가 사사키를 내려다봤다.

"이 새끼야."

가네모토가 사사키에게 다가가더니 발끝으로 허리를 찼다.

"야, 네가 무슨 짓을 했는지 알고 있어?"

사사키는 기분 나쁜 옅은 미소를 지었다. 가네모토가 혀를 차며 말했다.

"안 되겠네. 야마다, 이 새끼 좀 들어 봐."

야마다가 고개를 갸웃했다.

"어디로 데려가시려고……."

"토치키에 있는 산업 폐기 시설에 작은 소각로가 있거든."

야마다가 미간을 찡그리자 깊은 주름이 새겨졌다.

"소각로라고요?"

"그래. 그곳 주인한테는 이미 얘기해 뒀으니까 괜찮아."

"아니, 그, 그게 무슨 말씀이신지……."

"이제 제거할 수밖에 없잖아."

"제거라뇨, 어떻게 그런……."

"이 새끼를 이 상태로 놔두면 어떻게 되겠어. 발목을 잡힐 게 뻔하잖아. 이렇게 된 이상, 어쩔 수 없어."

"아니, 그래도……."

"그래도는 무슨 그래도. 이미 결정된 일이야. 아이미, 너도 같이 가자."

가네모토가 아이미를 노려봤다.

"잠깐만요, 가네모토 씨. 아무리 그래도 저는 살인 같은 건 못 합니다."

말이 끝나자마자 야마다의 몸이 나가떨어졌다. 가네모토에게 한 방 맞은 것이다. 등이 바닥에 부딪히면서 그 진동이 아이미에게까지 전해졌다.

"아, 이 새끼 정말 말이 많네!"

가네모토가 험악한 얼굴로 소리쳤다. 가네모토의 몸이 가늘게 떨렸다.

"이런 일로…… 이런 자잘한 일 때문에 내 앞길이 막히는 건 난 용납 못 해."

"저를 아무리 패셔도 살인은 못 합니다."

야마다는 얻어맞은 뺨을 누르며 상반신을 일으키고는 딱 잘라 말했다.

"건방 떨지 마. 이 새끼 살려 두면 어떻게 되겠어. 바로 마약 중독이라는 거 들킬 거라고. 그러면 분명히 우리 이름을 말할 거야. 이제 우리에게 남은 다른 방법은 없단 말이야."

"우리, 우리, 우리라니. 난 가네모토 씨 지시에 따르기만 했어. 애당초 사사키를 저 꼴로 만든 건 당신이잖아. 전부 당신의 책임이잖아."

"뭐? 당신? 이 새끼가 죽으려고!"

가네모토가 입술을 부르르 떨더니 눈을 부라렸다. 야마다의 머리카락을 움켜잡고 억지로 일으켜 세우더니 그대로 있는 힘껏 돌려 내던졌다. 야마다의 몸이 맹장지를 뚫고 옆방으로 날아들었다. 그와 함께 그 안에 숨어 있던 다카노와 미야타 유코의 모습이 드러났다. 거친 숨을 쉬던 가네모토의 눈이 휘둥그레졌다. 가네모토가 소리쳤다.

"너네는 또 뭐야! 야, 야마다, 이게 어떻게 된 거야?"

"주, 죽여 버릴 거야! 죽여 버릴 거야! 죽어~!"

다카노는 두 손으로 서바이벌 나이프의 자루를 움켜쥐고 떨기 시작했다. 느닷없이 무대에 오른 탓에 다시 흥분 상태에 돌입한 듯했다. 야마다가 다카노를 향해 손을 내밀었다.

"다카노, 그거 내놔."

"요지 씨, 그러지 마."

미야타 유코도 다카노의 허리를 잡고 말렸다. 다카노는 그 손을 뿌리치고 가네모토를 향해 나이프를 들고 달려들었다. 가네모토는 순간적으로 상반신을 비틀어 공격을 피했다. 그리고 바로 다카노의 팔을 잡아 나이프를 빼앗으려 했지만, 다카노도 필사적으로 저항했다. 둘은 몸싸움을 했다. 주변 물건들이 시끄러운 소리를 내며 튕겨 나갔다.

옥신각신하던 중 쓰러져 있는 사사키에게 발이 걸려 둘 다 넘어졌다. 가네모토가 재빨리 일어나더니 다카노 위에 올라타 제압했다. 아직 나이프는 다카노의 손에 있어서 가네모토는 그 손목을 잡아 들어 반복해서 바닥 위로 내리쳤다. 다카노가 불리한 상황에 처한 것을 본 미야타 유코가 괴성을 지르며 달려들었다.

"그만해! 그만하라고!"

뒤에서 가네모토의 등을 마구 때렸다. 가네모토는 다카노의 손목을 잡은 채 일어나는 기세로 미야타 유코의 얼굴에 박치기를 했다. 그 충격으로 뒤로 나자빠진 미야타 유코의 얼굴에서 피가 튀었다. 그대로 정신을 잃고 눈이 뒤집혔다.

아이미는 벌떡 일어나서 미소라의 몸을 껴안았다. 이제 도망칠 수밖에 없어. 여기 있으면 미소라가 위험해. 잽싸게 창문을 열고 발을 베란다로 내디뎠다. 그때, 뒤에서 목덜미를 붙잡혀 끌려갔다. 몸이 공중에 떴다. 미소라와 함께 등 뒤로 날아갔다. 바닥에 떨어지면서 뒤통수를 세게 부딪혔다. 그 충격에 시야가 흐물거리며 일그러졌다.

"가긴 어딜 가!"

가네모토의 노여움에 찬 목소리가 귀청을 때렸다. 가네모토는 어느새 다카노로부터 나이프를 빼앗은 상태였다. 다카노는 쓰러져 있었다. 허벅지를 두 손으로 누르고 고통스러운 신음을 흘렸다. 그 손은 피투성이였다. 칼에 찔린 것이다.

그대로 가네모토는 이쪽을 향해 왔다. 아이미는 미소라를 몸으로 덮었다. 아, 아이만큼은 지켜야 해. 옆구리에 충격이 느껴졌다. 가네모토가 발로 찬 것이다. 아이미의 몸이 옆으로 넘어졌다. 고통이 너무 심해서 소리도 나오지 않았다. 갈비뼈가 부러졌는지 모르겠다.

그때 갑자기 미소라가 울음을 터뜨렸다. 미소라가 울었다. 태어나서 지금까지 줄곧 참아 왔던 울음을 한 번에 쏟아 내듯 큰 소리로 울부짖었다.

"시끄러! 애새끼야!"

가네모토가 미소라의 머리에 발길질했다. 작은 몸이 인형처럼 퉁겨졌다. 때리지 마! 미소라만은 때리지 마! 아이미는 그렇게 소리치고 싶었지만 목소리가 나오지 않았다.

"으아아아!"

갑자기 야마다가 포효를 하며 럭비 태클하듯 일직선으로 가네모토에게 달려들었다. 가네모토의 허리를 잡더니 세차게 밀어붙여서 벽에 가네모토의 등이 세게 부딪혔다.

"이 새끼야! 이 나쁜 새끼야! 어디서 아야노를 때려! 어린 아야노를 어떻게 그럴 수 있어!"

아야노?

야마다는 정신이 나간 채 두 손을 마구 휘둘러 가네모토를 인정사정없이 때렸다. 하지만 그것도 오래가지 못했다. 건전지가 끊어진 장난감처럼 야마다의 움직임이 딱 멈췄다. 야마다가 천천히 몇 걸음 뒤로 물러섰다. 나이프가 배에 깊게 박혀 있었다. 그는 그 자리에서 힘없이 무너졌다.

모두 쓰러져 있었다. 가네모토를 제외하고 전원이 바닥에 누워 있었다. 이게 현실인가. 악몽 같은 광경이었다. 도대체 오늘은 왜 이러는 걸까. 나쁜 일이 겹치는 것도 정도껏 하지. 이번 여름에 쌓여 있던 악운이 단숨에 터져 나오는 그런 암흑의 하루다.

다만, 언젠가 이런 날이 찾아올 것을 마음속으로는 알고 있었던 것 같다. 그동안 멈출 기회는 몇 번 있었다. 그걸 알고 있으면서도 모른 척하며 흐름에 몸을 맡긴 결과가 지금 여기에 있다. 싸우지도 항거하지도 않고 계속해서 눈을 감고 있었던 결말이 이 꼴이다. 그리고 지금, 이곳에 싸울 수 있는 사람은 남아 있지 않다. 나 이외에.

아이미는 마지막 힘을 쥐어짜서 무릎을 세웠다. 나뒹굴던 유리 재떨이를 집어 들었다. 묵직함을 느꼈다. 때마침 가네모토가 자신에게 등을 돌리고 있었다. 가네모토가 숨 쉬고 있는 것을 어깨의 움직임으로 알 수 있었다. 그 거친 숨소리와 바깥 빗소리만이 거실에 울려 퍼졌다.

아니, 아니야. 아이미는 귀를 기울였다. 세찬 빗소리 속에 희미하게 사이렌 소리가 섞여 있었다. 이건 경찰차 소리다. 그 소리는 순식간에 커졌다. 이곳을 향해 오고 있다는 것을 짐작할 수 있었다. 다 큰 어른들이 모여 이 난리를 피웠으니 근처의 누군가가 신고했을 것이다.

온몸의 힘이 빠졌다. 아이미는 재떨이를 내려놓고 그 자리에 엎드렸다. 바로 눈앞에 사사키의 얼굴이 있었다. 그 눈은 그저 조용히 아이미를 바라보고 있었다. 계속 두 사람은 서로 마주 보았다.

32

아, 죽으면 안 돼. 요시오는 이렇게 죽는 건가 하는 생각이 들었다. 이상하게도 고통은 없었다. 단지 배에 뜨거운 돌을 안고 있는 느낌이 들 뿐이었다. 사람은 마지막에 고통 없이 죽을 수 있다고 들은 것 같은데, 바로 지금, 이 순간이 그런 건지도 모르겠다. 어쩌다 이렇게 되었을까. 문득 그런 생각을 했지만, 다 그런 거지 뭐, 하는 생각이 들었다.

그렇게 나쁜 인생이 아니었을지도 모른다. 최고의 인생은 아니었지만 그렇게 최악도 아니었다. 이런 상황에서는 자연스럽게 그런 생각을 하나 보다. 아무도 해 주지 않으니까, 자신이 스스로의 인생을 긍정하지 않으면 불쌍해진다.

주위에서 사람들이 분주하게 돌아다니고 있다.

"괜찮으세요? 대답하실 수 있으세요?"

귓가에 누군가 소리치고 있다. 눈을 가늘게 뜨고 확인해 보니 제복을 입은 경찰이었다. 다카노가 아닌 진짜 경찰이었다. 괜찮을 리 없잖아. 요시오는 힘없이 웃음 지었다. 서서히 시야가 좁아진다. 어둠 막이 조용히 내려갔다.

에필로그

여름은 싫다. 쨍쨍한 태양을 보기만 해도 기분이 가라앉는다. 그래서 커튼을 항상 쳐 놓고 있다. 오늘은 여느 때보다 컨디션이 안 좋다. 누가 와도 얘기하고 싶지 않고 아무것도 하고 싶지 않다. 하루 종일 이불 속에 있고 싶다. 이유는 스스로 잘 알고 있다. 바로 얼마 전, 장마가 끝났다. 여름이 드디어 본격적으로 시작되었다는 것을 몸이 인식한 것이다.

매년 이 시기가 되면 불안정해진다. 지진이라도 난 것처럼 종일 중심이 흔들리는 느낌이다. 피난처를 찾아 헤매어 보지만 도무지 발견할 수 없다. 그로부터 몇 년이 지났는데 아직도 이러고 있어. 이제 그 정도면 됐잖아. 몇 번이고 스스로에게 그렇게 말해 보지만 효과가 없다. 마음 속 깊은 곳에 여름이라는 계절을 거부하는 자신이 있다. 알고 있다. 잘못되었다는 것을. 하지만 어쩔 도리가 없다. 움직여지지 않는다. 한심하다, 라는 생각이 자꾸 자신을 몰아붙인다.

조용히 벽을 바라봤다. 온통 선명한 색으로 가득 찬 벽을. 여러 개의 그림이 걸려 있다. 한 달에 한 번씩 꼭 그림이 온다. 보낸 사람의 이름은 없다. 이것이 무엇을 의미하는 것인지 잘 모르겠다. 그런데 왜 버리지 못하는 걸까. 자신이 생각해도 이상하다.

인터폰이 울린다. 상대가 누군지 알고 있다. 나가야 한다. 그걸 알고 있지만 몸이 움직이지 않는다. 온몸이 흥건히 땀에 젖는다. 그러는 동안 문을 마구 두드리는 소리가 난다. 이불을 뒤집어쓰고, 두 손으로 입을 막고, 숨을 죽인다.

"안에 계시죠? 알고 있어요."

문밖에 있는 사람의 말소리가 들렸다. 사회 복지 사무소에서 오는 사람은 끈질겨서 싫다. 부탁이야. 언젠가, 언젠가는 꼭 정신 차릴 거야. 그리고 다시 시작할 거라고. 그러니까 지금은 가만히 좀 내버려 둬.

"사사키 씨, 적당히 하세요. 생활 보조금이란 건 말입니다. 당신 같은 사람에게는……."

비극과 희극

"인생은 가까이서 보면 비극이지만 멀리서 보면 희극이다."

그 유명한 영화배우 찰리 채플린의 명언입니다. '힘들었던 일도 나중에 돌이켜보면 우스갯소리'라는 해석이 맞는다고 생각됩니다만, 이 비극과 희극의 차이인 '멀다'와 '가깝다'는 '자신'과 '타인'으로도 대체될 수 있지 않을까요.

대수롭지 않은 일로 고민하고 몸부림치는 사람은 왠지 우습게 보입니다. 하지만 자신에게 같은 일이 생겼을 때, 사람은 고민하고 괴로움에 몸부림치기 때문에 인간이란 실로 헤아리기 어려운 존재 같습니다. 말할 것도 없이, 자신과 무관한 일이 아닐 경우에는 사람은 비로소 냉정을 잃게 되겠죠.

본 작품에 나오는 사람들도 역시, 눈앞의 작은 일에 고뇌하고 있습니다. 늪에 빠지고, 팔다리를 바둥거리더니 결국 극단적인 행동을 하게 됩니다. 멀리서 보면 우습고 어리석게 보이겠지만, 본인들은 무척 진지하답니다. 그리고 아무리 잘못되었더라도 그들 나름대로 할 말과 정의가 존재하는 것입니다. 그건 물어볼 필요도 없이 자업자득이라고 확실하게 잘라 버리지 않고, 그 주장에 귀를 기울이고 싶어서 저는 이 작품을 쓰게 되었습니다.

저는 작가로서 등장인물들의 선악을 따지는 일은 하고 싶지 않습니다. 누구의 인생이라도 타인이 심판할 권리는 없으니까요. 인생이란 이야기의 주인공은 언제나 자신이며, 아무리 짐이 무거워도 인생에서 하차할 수 없습니다. 이것이 바로 비극이자 동시에 희극이라고 할 수 있습니다. 그리고 그런 누군가의 이야기를 한쪽에서 들여다보고 싶어서 저는 이 일을 하고 있는지도 모르겠습니다. 이것도 역시 비극이자 희극이겠죠.

그런 제가 그린 '비극'과 '희극'에 앞으로도 같이해 주시면 감사하겠습니다.

染井為人
소메이 다메히토

나쁜 여름

초판 1쇄 2023년 7월 12일
개정판 1쇄 2025년 4월 16일

지은이 소메이 다메히토
옮긴이 주자덕
발행인 주자덕
인쇄 미래피엔피
펴낸 곳 아프로스미디어
출판등록 제 2016-000073호
주소 서울특별시 성동구 금호로 173, 101동 904호
전화 02-6352-5133
팩스 02-6455-5891
홈페이지 www.aphrosmedia.com
전자우편 spitz70@aphrosmedia.com
ISBN 979-11-89770-62-4 (03830)

* 저작권법에 의해 보호를 받는 저작물이므로 무단전재와 무단복제를 금합니다.
* 잘못 만들어진 책은 구입하신 곳에서 바꾸어 드립니다.
* 책값은 뒤표지에 있습니다.